zatoka trujących jabłuszek

Monika Szwaja

zatoka trujących jabłuszek

Wydawnictwo SOL

SOL

SOL OMNIBUS LUCET

Redakcja:
Elżbieta Tyszkiewicz

Redakcja techniczna, skład, łamanie:
Dominik Trzebiński Du Châteaux
atelier@duchateaux.pl

ISBN 978-83 925879-9-6
Warszawa 2008

Wydawca:
Wydawnictwo SOL
Monika Szwaja
Sławomir Brudny
Mariusz Krzyżanowski
05-600 Grójec, Duży Dół 2a
wydawnictwo@wydawnictwosol.pl

Dystrybucja:
Grupa A5 sp. z o.o.
92-101 Łódź, ul. Krokusowa 1-3
tel. (042) 676 49 29
handlowy@grupaa5.com.pl

Druk i oprawa: OPOLgraf SA
www.opolgraf.com.pl

Markowi Szurawskiemu i Jackowi Reschke, moim Przyjaciołom, dzięki którym świat jest zdecydowanie piękniejszy, a także Krysi Kajewskiej, Ani Łaszewskiej i Mirze Urbaniak – Siostrom Załogantkom…

Z podziękowaniem – jak zwykle – dla Tych Wszystkich, którzy cierpliwie odpowiadali mi na różne pytania (tu Ania psycholożka, Andrzej Mendygrał – kapitan jachtowej żeglugi wielkiej, Ela Masojć – pani wiceprezydent, nieoceniony Jędrzej Pawełko, doktor nauk zbędnych i wielu innych)...

I z uściskami dla Tych Wszystkich (a to się częściowo pokrywa), którzy byli obecni na rufie „Daru Młodzieży", najpiękniejszego statku na świecie, w dniu, kiedy wodowaliśmy konspekt tej książki...

I ze specjalnymi uściskami dla komendanta Białej Fregaty, kapitana żeglugi wielkiej Mirosława Peszkowskiego, zwanego Pestką wśród tych, którzy słuchają szant... oraz Ani Peszkowskiej, autorki słów wielu pięknych pieśni, w tym „Mony", której słuchając, wjechałam kiedyś w zupełnie inny samochód...

Ach, dla takich chwil warto jest żyć![1]

[1] Tylko trzeba mieć autocasco!

– Płyń po morzach i oceanach wiedzy, a kiedy już dobijesz szczęśliwie do brzegu, nieś sławę naszego liceum, które oby stało się prawdziwą szkołą dla Europejczyków, ludzi światłych i inteligentnych! Irenko, możesz lać!

Taką to nietypową formułę wodowania wygłosiła lekko wzruszonym głosem Agnieszka Borowska, a Irenka Michałek, której udzieliły się emocje, chlusnęła ze sporego kielicha bezalkoholowym szampanem prosto na świeżo wyprasowaną śnieżnobiałą koszulę Dawida Niepiery. Bez mała setka uczniów nowiutkiej szkoły mieszczącej się w starej szczecińskiej kamienicy przy ulicy Storrady wydała z siebie radosny wrzask. Liceum wypływało na szerokie wody.

Patent na inaugurację stosowną dla miasta portowego i stoczniowego wymyśliła kiedyś Agnieszka w żartach, sugerując zresztą walnięcie Niepiery w łeb butelką prawdziwego szampana. Bystry młodzian o urodzie gibona przyjął żart za dobrą monetę, z pomocą koleżanki Jagulki Grosik nieco patent zmodyfikował i opowiedział o wszystkim paru kolesiom, którzy wraz z nimi dwojgiem przeszli do nowego liceum ze szkoły Rozbickich. Kolesie łyknęli pomysł i udali się do pani dyrektor z petycją, aby w taki właśnie sposób szkółkę zwodować. Zawsze to jakaś zabawa – rozumowali słusznie.

Uroczystość odbyła się dokładnie wtedy, kiedy uczniowie pozostałych szkół kraju w pozycji na baczność słuchali drętwych przemówień swoich dyrektorów. Tu nikt nie stał na baczność. Uczniowie i nauczyciele zebrali się przed budynkiem, grupa inicjatywna z drugiej klasy sprawnie rozdała obecnym plastikowe kieliszki-szampanki, a kiedy Niepiera był już mokry, strzeliły korki pozostałych butelek i złocisty, bąbelkowy, choć bezalkoholowy napój popłynął do owych szampanek.

Wyjaśnijmy jeszcze, że zaszczytu bycia oblanym dostąpił nasz stary przyjaciel gibon, ponieważ to on figurował na liście uczniów pod numerem pierwszym. Oblewająca Irenka Michałek z kolei zapisała się do liceum na Storrady ostatnia. Niczego nie pozostawiono przypadkowi.

– Wznieśmy kielichy! – Donośny głos profesora Frajmana od biologii z łatwością górował nad rozchichotaną młodzieżą. – Niech żyje nasza szkoła! Evviva studio!

Młodzież nie wiedziała, co to znaczy „evviva studio", wrzasnęła więc kolektywnie „hura!" i wypiła to, co miała nalane. Znaczy „szampan Piccolo o smaku brzoskwiniowym", raczej ohydnym.

– Ależ to świństwo – powiedział pogodnie Frajman. – Nikt mi nie wmówi, że dobrze jest być dzieckiem. Agnieszko, wygłosisz mowę?

– Jasne! – Dyrektorka i współwłaścicielka liceum promieniała, co z kolei przyprawiało o radosne bicie serca stojącego obok współwłaściciela szkoły i jej (Agnieszki, nie szkoły) aktualnego amanta – notariusza Brańskiego. Amanta, dodajmy, absolutnie prawdziwego. Agnieszka nie musiała sobie tym razem wyobrażać romansu, bowiem notariusz leciał na nią jak szalony i przy każdej okazji dawał temu wyraz. Zerknęła w jego kierunku i zobaczyła człowieka doskonale szczęśliwego. Troszkę ją to zaniepokoiło, ale nie pora teraz była na życie osobiste. – Jurek, a może ty im coś powiesz?

Brański tylko pokręcił głową. To był JEJ dzień. Zrozumiała jego intencje i zwróciła się w stronę wciąż chichoczącego tłumku.

– Halo, halo – powiedziała głośno. – Będę do was mówić! Dajcie mi szansę!

Nie używała żadnego nagłośnienia, jednak była doskonale słyszalna. Młodzi ludzie przestali hałasować, zaintrygowani dziwną w sumie dyrektorką. Wprawdzie wszyscy ją już znali ze wstępnych rozmów kwalifikacyjnych, ale teraz okazja była oficjalna, dyrekcja powinna wbić się w garsonkę i gadać do mikrofonu co najmniej kwadrans, nie przejmując się, czy ktoś jej słucha, czy nie. Ta cała Borowska miała na sobie obfitą kwiecistą suknię do kostek, bardzo elegancką, stonowaną kolorystycznie i absolutnie nieurzędową. Niektórym bardziej oczytanym uczennicom skojarzyła się z blondwłosą wersją Scarlett O'Hary. Taki jakiś miała ten sznyt. Niestety, brakowało w jej otoczeniu Rhetta Butlera. Choć było paru przystojniaków, w tym cherubiński blondyn z niebieskimi oczkami i wstrząsająco długimi rzęsami. Kilka dziewczyn zdążyło się już założyć, do czego to ciacho w szkole służy. Przeważała opinia, że jest wuefistą. Wyglądał na wuefistę. Choć mógłby mieć potężniejszą klatę.

Agnieszka przedstawiła Brańskiego i grono nauczycielskie. Wuefista bez klaty okazał się fizykiem. Boże, jaki on ma cudny ten uśmiech! Chemik też nie najgorszy... Za to gość od biologii to egzot jakiś kłapciaty, najbrzydszy belfer świata. Pchają się do niego różni tacy, co wyglądają, jakby go znali. Ach, to ci, co tu przyszli razem z dyrektorką i częścią nauczycieli. Może coś w nim jest. A te nauczycielki rozpromienione takie, zadowolone, bez sensu, przecież wakacje właśnie się skończyły, a nie dopiero zaczynają. I też poubierane jak nie do szkoły. No, nie wszystkie, część. Trzeba przyznać, że nie wyzywająco. Elegancko, ale swobodnie. Stanowiły rażący kontrast z większością uczennic, które przyodziały się w konwencjonalne białe bluzki i ciemne spódnice.

Dyrektorka skończyła pobieżną prezentację nauczycieli i leciała dalej.

– Nie wiem, czy lubicie długie, ideologiczne przemówienia – tu zabrzmiało ciche, ale stanowcze buczenie. – Ja nie przepadam, zwłaszcza kiedy sama mam je wygłaszać. W związku z tym niczego już nie wygłoszę, tylko będę życzyła nam wszystkim przyjemnej współpracy. Cała reszta dotrze się w praniu. Proponuję, żebyście udali się do swoich gabinetów. Każda klasa będzie gospodarzem jakiegoś gabinetu, poznacie się nawzajem, moi koledzy podadzą wam podstawowe komunikaty porządkowe i pożegnamy się do jutra. Chyba że macie teraz do mnie jakieś pytania, to chętnie odpowiem.

Zapadła normalna w takich okolicznościach cisza, którą po chwili przerwał na poły nieśmiały, na poły arogancki pisk:

– Czy możemy ubierać się tak jak pani?

Dwie czy trzy nowe nauczycielki prychnęły karcąco, ale dyrektorka nawet się nie uśmiechnęła.

– Jasne. W naszej szkole nie obowiązuje umundurowanie. Ogranicza nas tylko poczucie stosowności. To znaczy może być kolorowo, ale nie wściekle kolorowo, i prosimy, żeby nie eksponować przesadnie swoich wdzięków. W sensie dekolty i wprost przeciwnie.

– Co to znaczy „wprost przeciwnie"? – zapiszczał inny głos skontrapunktowany przez męski rechocik.

– Tyłek na wierzchu – objaśniła uprzejmie dyrektorka. – W szkole… zresztą nie tylko… jest objawem złego gustu. Uważamy, że bycie bezguściem to wprawdzie nie grzech, ale duży wstyd.

Kilka panienek zaczerwieniło się gwałtownie i usiłowało bezskutecznie obciągnąć na sobie mikroskopijne kawałki materiału występujące w roli spódniczek. Notariusz Brański wewnętrznie pękał ze śmiechu, ale trzymał się dzielnie i wyglądał jak uosobienie obojętności. Agnieszka podobała mu się jak nigdy. A właściwie jak zawsze. Co za wspaniała kobieta!

Wspaniała kobieta skonstatowała, że więcej pytań nie ma, i zaprosiła wszystkich do szkoły. Tuż za drzwiami oczy dziewcząt ucieszył woźny i konserwator Marcin, posiadacz imponującej klaty, wywijający klasycznym szkolnym dzwonkiem. Uczniowie nie wiedzieli jeszcze, że dzwonek w tej szkole stanie się wyłącznie rekwizytem okazjonalnym. Na co dzień granice lekcji i przerw wyznaczać będzie jedynie zegarek nauczyciela. Agnieszka nienawidziła dzwonków szkolnych tak samo jak budzika. Jedno i drugie uważała za źródło niebezpiecznych nerwic. W JEJ szkole – nie do przyjęcia.

Kolejne zaskoczenie czekało uczniów w klasach. Spodziewali się wysprzątanych pomieszczeń z ławkami ustawionymi w równy rządek. Posprzątane niby nawet było, w tym sensie, że nie brudno, ale stoliki i krzesła upchnięto niedbale w kącie gabinetu.

– To dlatego, że sami sobie ustalimy, jak chcemy siedzieć – wyjaśnił swoim nowym uczniom Jarek Dąbrowa, chemik ściągnięty z renomowanego szczecińskiego liceum przez swojego kolesia z piaskownicy, Bodzia Domaniuka. – To jest gabinet chemiczny, więc musicie uwzględnić konieczność wykonywania doświadczeń. Chodzi o to, żebyście dobrze widzieli, co robię na moim stole i żebyście sobie wzajemnie nie przeszkadzali, kiedy sami będziecie produkować na przykład materiały wybuchowe.

– Semtex – mruknął lekko pryszczaty pierwszoklasista, Romek Górski, w gimnazjum zwany Jasnogórskim z powodu niemal białych włosów.

– Semtex nie – odpowiedział stanowczo chemik. – Na semtex nie mamy licencji od Czechów. Sami sobie coś wymyślimy. Co proponujecie?

– W sensie pirotechniki? – drążył Jasnogórski.

– Nie, w sensie umeblowania – Jarek Dąbrowa rozbłysnął zniewalającym uśmiechem.

Jak było do przewidzenia, dwadzieścia minut później wszystkie dziewczyny siedziały możliwie najbliżej nauczycielskiego stołu.

Jarek nie miał wprawdzie cherubińskiej urody swojego przyjaciela, ale też był zdecydowanie przystojny. W typie Macieja Silskiego, rockowego wokalisty z kropką na czole. Tyle że bez kropki.

Dziki rumor rozbrzmiewający w całej szkole upewnił Agnieszkę, że ustawianie mebli w gabinetach przebiega zgodnie z planem.

– Po co to? – spytał ciekawie Brański. – Żeby uczniowie poczuli się u siebie?

– Między innymi. – Agnieszka dolała mu kawy z kremowego dzbanuszka w kwiatki. Siedzieli we dwoje w gabinecie „armatorskim", jak to określił gibon Niepiera, od jakiegoś czasu zafascynowany wszystkim, co miało związek ze statkami i morzem.

– Poza tym niech siedzą, jak im wygodnie. Niech się uczą szanować pomysły innych, bo to wiesz, w różnych klasach różnie te mebelki będą ustawione. I niech sobie pohałasują, to im dobrze zrobi. W ich wieku hałasowanie jest konieczne do życia. Kurczę, Jurek, patrz, jak nam się udało...

– Myślałaś, że nam się nie uda?

– Wiedziałam, że się uda, ale miałam pewne wątpliwości co do tego szaleńczego tempa. Pobiliśmy rekord świata w prędkości zakładania szkoły średniej. Nie... powiem ci uczciwie: nie sądziłam, że zaczniemy już w tym roku szkolnym.

– To i ja powiem uczciwie: też nie miałem pewności. Jesteś genialna, Agnieszko. Podziwiam cię. Słuchaj, chciałbym ci przedstawić moich synów, moich rodziców, no, rodzinę w ogóle, brata... kiedy mogłabyś? Obiecałaś, że za mnie wyjdziesz, więc sama rozumiesz...

Agnieszka jakby odrobinę spięła się w sobie, co Jerzy natychmiast spostrzegł.

– No, obiecałam, ale przecież nie zaraz! Teraz mamy początek roku, muszę się zająć szkołą. Jest w fazie organizacji tak naprawdę, jeszcze tysiąc rzeczy wyjdzie i trzeba będzie szybko reagować. Poza tym musimy przemyśleć, co z moim mieszkaniem, co z panią Różą... Nie mogę jej znienacka zostawić samej sobie. W ogóle nie mogę jej zostawić. Jurek, błagam, daj mi trochę czasu.

Notariusz Jerzy Brański westchnął – jak to on, dyskretnie i prawie niezauważalnie.

– Szefowie! – W uchylonych drzwiach pojawiła się głowa sekretarki Ewy Borzęckiej. – Sorry. Telefon. Kuratorium. Łączyć cię teraz, Agnieszko?

– Tak, proszę.

Agnieszka rozłożyła ręce w geście mającym symbolizować niechętne poddanie się wyższej konieczności. Notariusz uśmiechnął się nieco krzywo. Wyglądało mu na to, że ukochana kobieta odetchnęła z ulgą.

~

Tylko jeden nauczyciel nie był obecny na uroczystym wodowaniu nowego liceum. Slawista na etacie anglisty, Irlandczyk Noel Hart, leciał właśnie samolotem z Dublina do Szczecina, a wraz z nim spory bagaż, który wraz z kilkoma tobołami nadanymi na cargo miał stanowić jego dobytek na najbliższych kilka lat. Noel siedział przy oknie, intensywnie wpatrując się w białe obłoki pod sobą i nad sobą, niewiele go one jednak obchodziły. Zastanawiał się, czy na pewno dobrze robi, zamieniając w miarę spokojne bytowanie nauczyciela akademickiego w niepełnym i dość dowolnym wymiarze godzin pracy na pełnoetatowe zatrudnienie w liceum, gdzie młodzież jest jeszcze niedojrzała i jeden Bóg wie, jakie może mieć pomysły. Wszystko przez nadmiernie romantyczną atmosferę wielkich żaglowców. Zgodził się przyjąć tę fuchę telefonicznie... Michalina złapała go na pokładzie irlandzkiej brygantyny „Asgard II" na wodach Finlandii; trwały regaty, wszyscy chodzili pięć centymetrów nad ziemią... Potem było jeszcze gorzej: finał regat w Szczecinie, setka żaglowców w porcie, kilka dni radosnego zamętu... no, dał się trochę zwariować. Każdy by się dał, gdyby właśnie odzyskiwał rodzinę. Nie żonę, broń Boże, żony w żadnym wypadku Noel nie zamierzał odzyskiwać, ale córkę. Małą Misię, która w międzyczasie stała się już Misią niemal czterdziestoletnią. Coś takiego, czterdziestoletnia córka!

To by oznaczało, że on jest stary. Za chwilę będzie miał zięcia, który przekroczył pięćdziesiątkę… nie wiadomo jak dawno temu. Misia jest w ciąży. Za kilka miesięcy on sam zostanie dziadkiem.

W Irlandii wszystko wydawało się prostsze. Oczywiście, po jakichś dwudziestu latach od wyjazdu z Polski, kiedy przestał się łudzić, że Bożenka pozwoli mu kiedykolwiek spotkać się z Michaliną. Inna rzecz, że był idiotą, nie próbując skontaktować się z dorosłą już córką. Z drugiej strony może podświadomie czekał na to, żeby dorosła córka skontaktowała się z nim?

Z drugiej strony, z trzeciej strony. A jakież to ma dzisiaj znaczenie?

Z czterdziestej czwartej strony – dobrze będzie oddalić się jakoś definitywnie od drogiej Stephanie. Ona, na szczęście, nienawidzi podróżować, przerażało ją nawet pokonanie dystansu z Dublina do Killybegs, dzięki czemu nie siedziała mu bezustannie na garbie i nie otaczała opieką. Może też trochę dlatego, że nie podał jej dokładnego adresu. Bóg w swojej niezmierzonej łaskawości obdarzył nas wszak telefonią komórkową – tak sobie to tłumaczył – a ta znakomicie wystarcza do utrzymania podstawowych kontaktów. Zresztą spotykali się co jakiś czas w Dublinie, kiedy przyjeżdżał wykładać na uczelni, gdzie ona była doktorem literatury angielskiej, specjalistką od średniowiecznych eposów, których on szczerze nie cierpiał. Czyniła mu wtedy wiele wyrzutów, a on, człowiek miękki, przepraszał, kajał się fałszywie i ostatecznie poddawał jej czułości i troskliwości. Przy najbliższej zaś okazji zwiewał do swojej nadmorskiej kryjówki, ona zaś pozostawała w objęciach „Beowulfa".

Stewardesa miłym głosem poprosiła Noela, aby zapiął pas. Samolot zaczynał właśnie podchodzić do lądowania. Noel uśmiechnął się do sympatycznej dziewczyny. Do licha, czyżby panienka używała tych samych perfum co Stephanie?

Zapinając pas, zastanawiał się, czy to, co odczuwa względem Stephanie, to wyrzuty sumienia, czy nie. Trochę może tak, z drugiej strony jednak trudno pozwolić się zagłaskać na śmierć.

Masz ci los, znowu zaczął – z drugiej strony, z trzeciej strony! Hamlet to przy nim mistrz świata w precyzowaniu poglądów na czas.

Dość tego. Jest, jak jest. Samolot właśnie siada na pasie w Goleniowie. Misia na niego czeka. Nowe życie na niego czeka. Może jest to życie dziadka, ale kto powiedział, że dziadkowie już tylko patrzą na księżą oborę?

Zadowolony z przypomnienia sobie tego trudnego i kompletnie bezsensownego idiomu, Noel przeciągnął się w fotelu. Ahoj, przygodo! Kiedy mieszkał w Polsce, słyszał coś takiego w radiu. Ahoj, przygodo! Jakaś audycja w Trójce. Ciekawe, czy jest jeszcze Trójka…

~

Nika Mokrzycka siedziała w swoim pokoju i nie miała najmniejszego zamiaru chodzić na żadne inauguracje. Oczywiście wiedziała, że w końcu będzie musiała pójść do szkoły, ale przecież nie dzisiaj. Jutro, pojutrze. Popojutrze. Dziś nie.

– Czy ty, Nicole, kompletnie zwariowałaś? Co ty sobie właściwie wyobrażasz?

Matka jest beznadziejna. Nawet nie stać jej na oryginalne wyrażenie pretensji. „Co ty sobie wyobrażasz?". Każda matka w ataku furii zadaje to kretyńskie pytanie.

– Nic sobie nie wyobrażam. Nie muszę. Ja wiem, jak wyglądają inauguracje roku szkolnego i ja ich nienawidzę. Mogę chodzić do szkoły po to, żeby się uczyć, ale nie mam zamiaru robić z siebie małpy.

– Małpę robisz z siebie tu i teraz! Ubieraj się na galowo i wychodź! Słyszysz?

Matka była purpurowa.

– Nigdzie nie idę. A ty się tak nie gorączkuj, bo afrykańskiej dzidzi zaszkodzisz.

Matka złapała się za brzuch.

Oczywiście nic po niej jeszcze nie było widać, dzidzia została poczęta jakieś dwa i pół miesiąca temu, w czasie afrykańskiej wycieczki matki i jej nowego męża na śniegi Kilimandżaro. Niemniej matka cackała się sama z sobą jak ze śmierdzącym jajkiem i palpitowała przy każdej okazji. Aż dziw, że dzisiaj o tym zapomniała i zajęła się Niką. To znaczy wypychaniem jej na szkolne uroczystości. Teraz jednak przypomniała sobie, co jest najważniejsze, złapała głęboki oddech, wydała nieartykułowany i już niegroźny okrzyk, po czym poleciała na taras, aby natychmiast zażyć świeżego powietrza i uspokoić niechybnie zdenerwowaną dzidzię.

Nika zaśmiała się sama do siebie i padła z powrotem na łóżko. Było to śliczne białe łóżeczko w typie dziewczyńskim, metalowe, z aniołkami przy oparciu i czterema ozdobnymi gałeczkami na obu szczytach. Cały pokój urządzony był rozkosznie i po dziewczyńsku. Nika nie miała jednak wątpliwości, że kiedy matka zabierała się do tych wszystkich przeróbek i nowego wyposażania jej pokoju (Nika leżała wtedy w szpitalu w Szczecinie), miała na celu nie tyle sprawienie córce przyjemności, ile własną zabawę w dom. Tylko patrzeć, jak zacznie wyposażać równie rozkoszny pokoik dziecięcy – jest w domu taki nieduży, akurat między sypialnią rodziców i salonem.

No, no. Nie rodziców. Państwa Kaczmarków, za przeproszeniem.

Fajny ten dom, obiektywnie biorąc – jednopoziomowy, za to rozległy, z trzema wyjściami – jednym od frontu i dwoma od strony ogrodu. A jedno z tych dwóch jest osobistym wyjściem Niki, z jej pokoju na słodki ganeczek. Salon z kolei otwiera się na zabójczy taras, wielki jak małe lotnisko. Można tam wydawać przyjęcia na czterdzieści osób. Kiedy jest więcej gości, rozstawia się stoły na trawniku.

No i co z tego wszystkiego, skoro nikomu w tym fajnym domu na niej nie zależy – kompletnie nie zależy.

Nika usiadła po turecku na swoim cacanym łóżeczku i popadła w zamyślenie.

Niestety, była całkowicie pewna, że ma rację i że naprawdę ani jej własna matka, ani tym bardziej pan Kaczmarek nie przejmują się zbytnio tym, co się z nią dzieje, co ona myśli i czuje. Wiele razy analizowała zachowanie ich obojga i swoje własne odczucia, i zawsze wychodziło jej to samo. Nie można powiedzieć, że stanowiła w domu jakieś specjalne obciążenie czy przeszkodę, co to, to nie. Pana Kaczmarka stać było na utrzymanie jeszcze z pięciu lub sześciu przybranych córeczek i prawdopodobnie tak samo by ich nie zauważał, jak nie zauważał Niki.

Nie, to nie jest właściwe określenie. On ją właściwie zauważał i nawet czasem z nią rozmawiał, ale tak, jakby rozmawiał z własnym kotem. Dawał jej przyzwoite kieszonkowe – z taką samą obojętnością, jakby sypał kotu whiskasa. Najbardziej był jednak zajęty sobą samym, swoim biznesem i rozmaitymi przyjemnościami typu golf, podróże, jazda konna i terenowe samochody. Im większe i na wyższych kółkach, tym lepiej. W zakres przyjemności wchodziła również aktualna pani Kaczmarkowa. Chyba nawet pan Kaczmarek się ucieszył z tego, że zaszła w ciążę, bo może wreszcie będzie miał syna. Pierwsza żona rozczarowała go dwiema córkami, na szczęście po rozwodzie wyjechała z obiema do Francji i uwolniła byłego męża od odpowiedzialności za potomstwo, wiążąc się z facetem sześć razy bogatszym od pana Kaczmarka.

Nika zastanowiła się głębiej. Czy pan Kaczmarek nie traktował przypadkiem matki jak rasowej kobyły, która może dać mu wystrzałowe źrebię?

Nie, to by jednak krzywdziło faceta. On matkę nawet lubił, w taki pobłażliwie protekcjonalny sposób. W ten sam pobłażliwie protekcjonalny sposób traktował Nikę, tyle że ona mu zwisa. Zwisa też matce, którą obchodzi wyłącznie pan Kaczmarek, obiektywnie przystojny i miły facet, nadzwyczaj dobrze sytuowany, nie to co kapitan Mokrzycki na etacie porucznika na żaglowcu Akademii Morskiej.

Zwisanie komukolwiek nie wydawało się Nice do przyjęcia. Ojciec robił wrażenie, jakby mu nie zwisała. To on zapłacił za implanty kostne, które Nice wszczepiono, a nie dziany ojczym.

Pomijając implanty – ojciec rozmawiał z nią jak z myślącą istotą. Przejmował się jej nastrojami. Zwierzał jej się. Razem planowali jego nowe małżeństwo i całkowitą reorganizację życia rodzinnego. Z ciocią Grosik. Z Jagą, córką cioci, i z Niką...

Poczuła nieprzyjemne mrowienie w okolicach serca. Czy to wszystko przypadkiem nie było jedną wielką dziecinadą? Był sobie festiwal żaglowców, wszyscy częściowo potracili głowy, powpadali sobie w objęcia – a potem festiwal się skończył, wszyscy wrócili do swoich zajęć, ciocia lata koło chorych dzieci, ojciec gania po pokładzie jakichś kursantów (Nika miała mgliste pojęcie o obowiązkach zastępcy dowódcy „Daru Młodzieży"), a ona, Nika, powinna się zająć nadrabianiem edukacji, nadszarpniętej odrobinę przez „przygodę z rakiem".

Matka tak to kiedyś nazwała. Przygoda z rakiem. Boże święty, chyba miała kompletnie wyłączone myślenie w tej chwili. Przygoda!

Jeśli rzeczywiście wszyscy wrócili grzecznie do rzeczywistości i ma być jak dawniej, to ona, Nika, wpadnie w jakąś otchłań rozpaczy, zupełnie jak Ania z Zielonego Wzgórza. Tak, to chyba Ania wpadała w otchłań rozpaczy.

O nie! W nic takiego wpadać nie będziemy. Choroby lubią wracać, kiedy im się stworzy sprzyjające warunki. Nie ma lepszych warunków jak załamania i otchłanie rozpaczy. Żadnych więcej

„przygód z rakiem”! Trzeba zagonić do roboty te wszystkie geny po tatusiu – geny zdecydowania, odwagi, determinacji…

Nika nie była pewna, czy dobrze użyła słowa „determinacja”, więc sprawdziła w Internecie. Owszem, dobrze. No więc jej też tego nie zabraknie.

Na początek trzeba dać matce nieco popalić. Niech sobie powoli zacznie zdawać sprawę, jak miło będzie w wielkim domu, kiedy Nikusia z niego zniknie.

~

Lilianna Bronikowska, dawno emerytowana fryzjerka i perukarka teatralna, dama lat sześćdziesiąt siedem, wciąż elegancka, energiczna i kochająca życie, siedziała na walizkach i czekała na synka Edusia. Miał się pojawić lada chwila i zabrać ją z wygodnego mieszkania na Zygmunta Starego do Bóg wie jakiego domu we wsi o haniebnej nazwie Stolec. Wprawdzie Eduś proponował kilka razy, żeby przyjechała do tego Stolca i zobaczyła sobie dom i kobietę, z którą się związał, ona jednak nie znalazła na to dotąd ani czasu, ani chęci. W zasadzie wolała nawet teraz jechać w nieznane – miało to posmak przygody. Nie survivalu, który pani Lilianna uważała za wyjątkowe kretyństwo, tylko właśnie przygody. Niezbyt ryzykownej, dodajmy, gdyż pani Bronikowska, której mąż wykładowca klepał wprawdzie biedę i umarł na zawał w stanie wojennym, była doskonale na stare lata wyposażona przez swojego świętej pamięci tatusia, doktora Nałęcza, rozchwytywanego ginekologa położnika z doskonale prosperującą prywatną praktyką. Mogła więc w razie czego wrócić ze wsi i do końca życia mieszkać w trzech obszernych pokojach z kuchnią, biegając do teatrów i opery na ploteczki (wszędzie tam miała przyjaciół, a zwłaszcza przyjaciółki) i na przedstawienia, które z lubością krytykowała (jak wiadomo, nic się nie równało ze spektaklami sprzed lat i z aktorami czasów minionych).

Eduś pojawił się w okolicach południa, jak to on, zadowolony i uśmiechnięty. Mama Bronikowska spojrzała na niego z pewnym rozrzewnieniem: jaki on przystojny! To ona doradziła mu kiedyś ostrzyżenie ciemnych włosów na lotniskowiec – oczywiście nie wiedziała, że ta twarzowa fryzura tak idiotycznie się nazywa, ale była świeżo pod wrażeniem obejrzanego w telewizji po raz trzeci filmu z Harrisonem Fordem i Wilemem Dafoe, w którym to filmie obaj panowie jechali do Wenezueli czy może Kolumbii w celach awanturniczych. A może jeden z nich już tam był, a drugi dojechał? Mama B. nie pamiętała tego dokładnie, ale bardzo podobała jej się fryzura jednego amerykańskiego snajpera z tego filmu. Oczywiście sama ostrzygła syna i efekt okazał się olśniewający.

Ciekawe, co ma na głowie ta jego nowa donna? Pani Lilianna była zdania, że po fryzurach ich poznacie. Pierwsza żona Edusia czesała się na topielicę, co w najmniejszym stopniu nie wzbudzało zaufania. Osoby czeszące się na topielicę bywają nastawione egoistycznie i nie potrafią stworzyć prawdziwego domu rodzinnego. No i rzeczywiście, inkryminowana Gosia po dwóch latach pretensji i cichych dni rzuciła biednego Edusia i złapała jakiegoś kauzyperdę z własną wypasioną kancelarią adwokacką. Było do przewidzenia!

Niestety, nowa donna Edusia miała na głowie jeszcze coś gorszego. Była ostrzyżona niechlujnie i co najmniej trzy miesiące temu, a jej włosy szczotki nie widziały od Bóg wie kiedy. Umyła je, owszem, jednak nie wymodelowała ani nic. Zwisały smętnie wokół twarzy – może nawet niebrzydkiej, ale jakby trochę zaszczutej. Mama Bronikowska znała się na twarzach. Donna, jakjejtam, Marcelina (imię z Beaumarchais, słowo daję! W „Weselu Figara" pęta się jakaś Marcelina!) starała się udawać swobodę i wesołość, ale gdzieś głęboko w jej oczach krył się smutek i strach.

Ciekawe, czego ona się boi?

A smutnym ludziom pani Lilianna nie wierzyła z zasady.

– Pani Michalina! Oczom nie wierzę. Szczęść Boże, pani Misiu. Pięknie pani wygląda.

– Szczęść Boże księdzu! Pięknie wyglądam, bo jestem, kurczę, szczęśliwa jak królewna z bajki. Ma ksiądz trochę czasu?

– Mam. To jest cud, ale mam. Zamierzałem nawet oddawać się grzesznym rozrywkom, ale skoro pani przyszła, to z radością zrobię nam obojgu herbaty i zaproszę panią pod krzaczki, które pani własnoręcznie zasadziła…

– Z księdza pomocą. A poza tym dobrzy ludzie sadzili. Widzę, że wszystko pięknie rośnie i nawet nie choruje. Przędziorek nie dobierał się znowu do iglaków?

– Dobierał się, ale zwalczyliśmy łobuza w zarodku. Pan Zbieraczyk bardzo fachowo się opiekuje ogrodem.

Istotnie, hospicyjny ogród prezentował cały późnoletni urok, na jaki było go stać. Michalina patrzyła z przyjemnością na ładnie skoszoną trawę, zdrowe krzewy i uporządkowane rabaty bylinowe. Część róż kwitła w najlepsze i nie było na nich ani jednej mszycy, ani jeden listek nie zwijał się w trąbkę. Widać pan Zbieraczyk naprawdę wziął sobie do serca zadanie, którego się podjął.

– On miał u was mamę, prawda?

Ksiądz Hieronim przyniósł właśnie pod krzak jaśminu dwa kubki z pięknie pachnącą herbatą i talerzyk niemniej pięknie pachnącego ciasta upieczonego przez jakąś wolontariuszkę. Domyślił się, o kogo pyta Michalina, i skinął głową.

– Tak. Leżała u nas dwa lata. Pan Zbieraczyk nie miał żadnej możliwości opiekowania się nią w domu, bo ona, biedaczka, nie mogła się ruszać z łóżka. Tu miała dobrze, a syn odwdzięcza się nam, jak potrafi. Dla niego to też jakaś forma ucieczki od samotności.

– On nikogo nie ma?

– Właściwie nikogo. Jakieś ciotki w południowej Polsce, też starsze panie. I dzieci tych ciotek. A tu ma grób żony, grób matki. I teraz ten ogród. Czyli, kochana pani Misiu, pani ogród po raz kolejny zrobił coś dobrego. Przynosi nam radość, a teraz daje sens życia panu Zbieraczykowi. Ja też tu czasem dłubię, wie pani?

– Bardzo zdrowo – zaśmiała się Michalina. – Niech zgadnę, róże ksiądz przycina.

Ksiądz też się zaśmiał.

– Tak, co do róż, to są moje i nikomu nie oddam sekatora. Za nic. Uważam, że nauczyłem się bardzo fachowo ciąć.

– Widzę. Pięknie się rozkrzewiły. Tnie ksiądz bez litości?

– Bez litości. W miarę nisko. One to lubią. A co u pani?

Michalina uśmiechnęła się marząco.

– Kwitnę jak te księdza róże. Zostałam prawidłowo przycięta swojego czasu. To ksiądz mnie chlasnął przy ziemi i odciął, co przekwitło. I wyrzucił. No, jestem z moim Grzegorzem, to ksiądz wie. Znalazłam ojca, to też już księdzu kiedyś mówiłam, jak byłam na inspekcji iglaków. A teraz mam dwie nowości. Nie, trzy. Ojciec przyjechał do Szczecina z tej swojej Irlandii, zamieszkał z nami na Rozmarynowej... ale będziemy się przenosić, to znaczy Grzegorz i ja, do Zdrojów, do mojej mamy. Nie chcemy, żeby zostawała sama. To raz. Po drugie, proszę mi gratulować, będę miała dziecko. Zawahała się nagle. – O kurczę, ksiądz chyba nie powinien mi gratulować, bo dziecko jakby nieślubne... Ale tu by była właśnie ta trzecia nowość, bo my z Grzesiem chcemy się pobrać.

Ksiądz uśmiechał się i najwyraźniej nie miał zamiaru ustawiać Michaliny do pionu.

– Cieszę się, pani Misiu. Ładnie się pani układa.

– No właśnie. W dużej mierze dzięki księdzu. Naprawdę, niech się ksiądz nie śmieje. To ksiądz mnie kopnął we właściwym kierunku... przepraszam za kolokwializm. Bo dalej bym się tak snuła między grobami.

– Widocznie znalazłem się we właściwym czasie we właściwym miejscu – powiedział filozoficznie ksiądz. – Może to przypadek, a może zamysł Najwyższego. Najważniejsze, że kilka osób może teraz Panu Bogu dziękować. Ma za co.

– No właśnie. Pamięta ksiądz nasze wszystkie rozmowy na te tematy… ani ja, ani Grzegorz nie jesteśmy specjalnie kościelnie zorientowani, ale chyba chcielibyśmy mieć ślub w kościele. Nie wiem, czy ksiądz nie uzna tego za niewłaściwe…

– Pani Misiu, ja już pani kiedyś powiedziałem: nie będę pani nawracał. Skoro ma pani taką potrzebę, mam na myśli ślub – to mogę się tylko cieszyć.

– Naprawdę? To ja się też cieszę. Bo dla mnie jedynym księdzem, który mógłby nam tego ślubu udzielić, jest właśnie ksiądz.

– Jako ten, co to… we właściwym kierunku?

– Tak. Jako ten. Czy jest to możliwe? Oczywiście nie myślałam o ślubie w kaplicy hospicyjnej…

Ksiądz podrapał się łyżeczką po głowie.

– No tak, nasza kaplica jest bardzo ładna, ale może istotnie niekoniecznie… Nieważne. Pani Misiu, ja już mam pewien pomysł, tylko muszę go, powiedziałbym, rozpracować. Proszę dać mi trochę czasu. Kiedy chcecie ten ślub?

– A dałoby się pod koniec września? Żeby jeszcze złapać złotą jesień, a nie pluchy, ksiądz rozumie…

– Myślę, że dałoby się. Pani Misiu, ja z radością was połączę… sama pani wie, dla mnie to też będzie miłe urozmaicenie po tych wszystkich pogrzebach…

– Ksiądz się ze mnie śmieje!

– A skądże. Nie z pani, tylko do pani.

Michalina poprawiła się na solidnej ławce zbudowanej zapewne przez kolejnych wdzięcznych.

– Jest jeszcze jedna sprawa, proszę księdza. Te… szkolenia małżeńskie, czy jak to się tam nazywa. Kursy. Wie ksiądz, co mam na myśli.

– Wiem. Nauki przedmałżeńskie. Nie jestem jednak pewien, czy państwu są one naprawdę potrzebne. Znam i panią, i pana doktora, pana doktora od lat zresztą, wcześniej niż los mnie zetknął ze zmokniętą dziewczyną pod platanem. To był platan?

– Chyba platan. Albo dąb. Nie pamiętam, co tam rośnie.

– Kora mu obłazi.

– A, to platan. Ale to nie choroba. One tak mają, platany. Rozumiem, że darujemy sobie nauki i tak dalej?

– Myślę, że możemy. Cieszę się, pani Misiu, że ładnie się pani wszystko ułożyło. Naprawdę. I gratuluję z całego serca. Będziemy w kontakcie w sprawie ślubu, dobrze?

– Dobrze. A proszę mi jeszcze coś powiedzieć, bo mnie strasznie ksiądz zaintrygował...

– Tak, pani Misiu?

– Te grzeszne rozrywki... Jakim grzesznym rozrywkom może się oddawać ksiądz taki jak ksiądz?

– Ach, to... Ja, pani Misiu... tylko proszę, niech pani się ze mnie nie śmieje. Ja gram na komputerze w kulki. Bardzo mnie to pochłania ostatnio.

– Matko moja, w jakie kulki?

– No, takie kulki. Ja mam dużą kulkę, a dokoła mnie latają małe. Niebieskie i pomarańczowe. Ja zjadam niebieskie, a pomarańczowe zjadają mnie, więc muszę je omijać. Pełno ich wszędzie, ale jakoś daję sobie z nimi radę. A co jakiś czas jestem nieśmiertelny i wtedy mogę zjadać pomarańczowe. Potem przestaję być nieśmiertelny... No dobrze, zdaję sobie sprawę, że to dziwnie brzmi. Może nawet trochę bluźnierczo. Ale zawsze byłem przekonany, że Pan Bóg ma największe poczucie humoru we wszechświecie... I niech się pani ze mnie nie śmieje, bo pani ślubu nie dam!

Notariusz i ostatnio biznesmen oświatowy Jerzy Brański siedział na starym fotelu w rodzinnym domu na Pogodnie. W innych starych fotelach i na równie starych krzesłach siedzieli jego rodzice, mecenas Ewa Brańska i sędzia Andrzej Brański, oraz dwaj synowie, Andrzej Junior i Jerzy Junior, studenci prawa, którzy korzystali jeszcze z akademickiej wolności przed wyjazdem na uniwersytety w Warszawie i Krakowie. Na stoliku stały kieliszki ze znakomitym koniakiem i urocze miśnieńskie półmiseczki z ptifurkami. Notariusz i biznesmen Brański czuł się w tej chwili jak jedna z ofiar własnego ojca, który na wydziale prawa systematycznie wykańczał co tępszych studentów, zakładając, że prawnik nie ma prawa być nygusem i niedoukiem. Wezwano Jerzego na rodzinny dywanik w sprawie Agnieszki, która dzień wcześniej uczestniczyła w rodzinnej kolacji i która (Agnieszka, nie kolacja) zrobiła na rodzinie jak najlepsze wrażenie.

– Dziadku, czy ja mogę przewodniczyć? – wyrwał się najmłodszy w zgromadzeniu Jerzy Junior, zwany w rodzinie Jurusiem. Tak go nazwała kiedyś babcia i, niestety, zostało.

– Jeśli twoja babka nie ma nic przeciwko temu, to proszę bardzo – zgodził się sędzia Brański. – Przewodnicz.

Mecenas Ewa Brańska pobłażliwie skinęła ręką. Niech się dziecko wprawia.

– O, przepraszam, ja mam coś przeciwko – zaprotestował notariusz. – Nie będzie mnie przesłuchiwał mój własny syn. I to młodszy. Mogę z wami rozmawiać, ale normalnie, bez tego prawniczego cyrku. Po coście zwołali ten konwentykiel? Agnieszka wam się nie podoba?

– Przeciwnie – powiedziała rodzina jednogłośnie.

– Twoja Agnieszka jest wspaniałą kobietą, mój drogi – dodał ojciec, uśmiechając się na wspomnienie obiektu rozmowy. – W tym cała rzecz.

– No to o co wam chodzi, do diabła? Przepraszam cię, mamo, najmocniej.

– Nie przepraszaj, synu. Oni są okropni. Ale ja też chciałabym wiedzieć, czy wiążesz z Agnieszką jakieś konkretne plany. Zrozum, nas po prostu zżera ciekawość.

– I chcieliśmy, tato, żebyś wiedział, że w razie czego jesteśmy z tobą – dołożył starszy syn Andrzej Junior. – Masz nasze całkowite i absolutne poparcie. Uważamy, że ona do ciebie pasuje idealnie.

– Coś podobnego! – wyrwało się Jerzemu. – A wyglądacie, jakbyście mnie chcieli skazać na śmierć.

– Widzisz, synu, jak to pozory mylą – zmartwił się obłudnie senior rodziny. – Źle nas oceniłeś. To teraz już nie matacz, tylko opowiadaj. Żenisz się z nią?

Cztery pary oczu zachłannie wpatrzyło się w notariusza.

Jerzy westchnął i wzruszył ramionami.

– Uważam, że robisz błąd, zwlekając – powiedziała ostrożnie jego matka, odczekawszy kilkanaście sekund. – Jeśli będziesz się za długo namyślał, Agnieszka gotowa pomyśleć, że ci na niej nie zależy... a może naprawdę ci nie zależy?

Atmosfera egzaminu jakby wróciła.

– Mnie zależy – wyznał notariusz. – Ja mógłbym już, jutro, proszę bardzo, dzisiaj, proszę bardzo. Ona mnie zbywa.

– Co to znaczy, zbywa? Opowiedz nam po porządku.

– Przy dzieciach? – wyrwało się Jerzemu.

– Tato, przestań...

– Od lat jesteśmy dorośli. Na trzecim roku prawa wie się o życiu wszystko. Zwłaszcza w Krakowie.

– Zwłaszcza w Krakowie w wieku lat dwudziestu dwóch nie wie się o życiu nic. Ale dobrze. Doceniam waszą zbiorową życzliwość. Tylko że już wam powiedziałem, co miałem do powiedzenia. Agnieszka kręci. Niby chce być ze mną, a kiedy zaczynam z nią rozmawiać o ślubie, zamieszkaniu razem, to mi mówi, że ma na opiece staruszkę.

– Jaką staruszkę? – zainteresowała się Ewa Brańska.

– Nawet zabawną. Poznałem ją kiedyś. Wiozłem je obie z Krakowa, gdzie spotkaliśmy się absolutnie przypadkowo. Zobaczyłem je przez szybę u Noworola, wyobrażacie sobie? No i zawiozłem do Szczecina. Agnieszka zabrała ją do Krakowa wagonem sypialnym.

– Wagonem sypialnym? Dlaczego?

– Bo babcia nigdy w życiu nie jechała wagonem sypialnym i Agnieszka chciała jej zrobić przyjemność. To było tuż po tym, jak ją wylali z poprzedniej pracy.

– Ma kobieta charakter – powiedział sędzia Brański z zadowoleniem. – Umieszczenie babci w wygodnym domu opieki zapewne nie wchodzi w rachubę?

– Tato! Gdybym wspomniał Agnieszce o czymś takim, przestałaby ze mną rozmawiać na zawsze i nieodwołalnie.

– Tak myślałem, ale chciałem się upewnić. I co zrobisz?

– Nie wiem. Napadacie na mnie znienacka – poskarżył się Jerzy. – Sam się zastanawiam, co by tu zrobić. Bo mam wrażenie, że sprawa nie tylko w babci. Agnieszka ma jakieś opory. Może chce najpierw stanąć na nogach w szkole.

– Tato, ale masz pewność, że ona cię kocha?

– Synu! W Krakowie nie nauczyli cię, że w takich sprawach nigdy nie ma się całkowitej pewności?! Rodzino, proszę. Dajcie mi spokój. Sam nie wiem jeszcze, na jakim świecie żyję! Jak się dowiem, to wam powiem. Na razie porozmawiajmy o czymś innym. Andrzej, kiedy dostaniesz temat pracy magisterskiej?

Agnieszka czesała grubą szczotką ogon kota Rambo i myślała dokładnie o tym samym, co zajmowało aktualnie notariusza Brańskiego i jego najbliższych. Nie tak dawno – oczywiście na fali ogólnego szaleństwa żaglowcowego – popadła w nadmierną romantyczność i obiecała Jerzemu, że za niego wyjdzie.

Teraz wcale nie była taka pewna, czy to było najmądrzejsze z jej strony. Jerzy okazał się cudownym amantem, to prawda, i należy to traktować jako szczególny podarunek od losu. Nie wiadomo jednak, czy jako mąż będzie taki sam? Czy może troszkę inny? Troszkę bardziej… w kapciach? A ona? Czy jako żonie będzie jej wypadało biegać po domu w bieliźnie? No ale skoro on w kapciach? A może on nie jest kapciarzem, tylko przeciwnie, do kolacji siada w smokingu i lakierkach?

Matko jedyna!

No i pani Róża.

Nie wolno zostawić pani Róży samotnej, to znaczy w towarzystwie kota Żuczka, ale właściwie samotnej… Teraz można wpadać do niej codziennie chociażby na chwilkę – stało się to o wiele łatwiejsze, odkąd stara dama zamieniła swoje mieszkanie na trzecim piętrze na parter. Ale jeśli Agnieszka przeprowadzi się do Jerzego, to będzie kompletnie nie po drodze!

– Nie zrobię tego, Rambuś. Nie mogłabym. W ten to sposób chyba nie wyjdę za Jerzego, za którego chciałabym wyjść. Patrz, kocik, pierwszy prawdziwy, a ja nie mogę za niego wyjść… To jest jakieś straszne świństwo, nie uważasz? Bo mam wrażenie, że jednak chciałabym za niego wyjść.

Ośmiokilowy Rambo pomrukiwał zachęcająco. Bardzo lubił, kiedy jego pani zajmowała się nim, a nie jakimiś obcymi facetami. Wcale mu nie zależało na obecności w domu jegomościa, który absorbuje panią do tego stopnia, że kiedyś nawet zapomniała mu nalać wody do miseczki. To było po prostu niesłychane. On, Rambo, miauczał i popiskiwał, a oni w ogóle nie zwracali na niego uwagi, tylko, za przeproszeniem, bzykali się na kanapie!

Rambo, pozbawiony męskości we wczesnym kocięctwie, nie był zainteresowany bzykaniem w żadnych jego przejawach.

Agnieszka, owszem, była. Nie posunęłaby się jednak do nazywania tego bzykaniem. W ich wykonaniu – jej i notariusza – bywało to coś o wiele wspanialszego, piękniejszego, niosącego mnóstwo emocji i zakończonego niezwykłą falą czułości u obojga.

Kilka razy w sprzyjających okolicznościach Agnieszka zastanawiała się, w jakim stopniu jakość ich wzajemnych kontaktów (łóżkowych) ma coś wspólnego z ogólnym poziomem osobistym. W tym wykształcenia oraz kindersztuby.

Czy osoby, które czytały Owidiusza, ale też Hłaskę i Houellebecqa, i Tomasza Manna, i Orzeszkową, miewają lepszy seks niż osoby, które nie czytały?

Spytała kiedyś o zdanie Jerzego, a on, ku jej wielkiemu zadowoleniu, potraktował zagadnienie jak najbardziej poważnie.

– Sądzę, że tak, kochanie – powiedział, wstając z kanapy i demonstrując komplet męskich wdzięków. Agnieszka kochałaby go również, gdyby był nieforemnym konusem (Napoleon, którego wielbiła, też był, no, powiedzmy, lekkopółśredni), cieszyła się jednak, że jest wysportowany i ogólnie przystojny. – Zrobię nam kawy, chcesz? I dosypię kulek Rambusiowi.

Rambo machnął pogardliwie ogonem.

Agnieszka mniemała, że Jerzy już się wypowiedział do końca w temacie związków seksu i kindersztuby z wykształceniem do kompletu, ale on przyniósł jej kawę i zamierzał kontynuować rozmowę.

– Myślę o tym, co powiedziałaś. To bardzo poważna sprawa. Tylko nie jestem pewien, czy to działa w obie strony…

– Co to znaczy: w obie strony?

Zastanowił się chwilę.

– To jest też kwestia osobowości, na pewno. Bo są ludzie, a znam kilka sztuk, którzy przeczytają całą literaturę świata i nic im to nie da.

– Tępe główki – podpowiedziała Agnieszka, popijając kawę. Była świetna. Kawa.

– Tępe główki. Ale ich nie brałbym pod uwagę w naszych rozważaniach. Stanowią pomyłkę przyrody. Pozostali mają, zakładamy, pewien stopień wrażliwości, inteligencji i tak dalej. I teraz, jeśli mają tylko to, mogą się z poradników i telewizji uczyć dowolnych technik seksualnych, a osiągną efekty zbliżone jedynie do umiejętnego użycia wibratora...

– Nie, jeśli mają wrażliwość wrodzoną, empatię i tak dalej, no i kochają partnera, to jednak będzie chyba trochę lepiej...

– Tylko trochę.

– Jurek, nie chcesz chyba powiedzieć, że taki wykształciuch w łóżku myśli sobie: teraz to ja kocham jak Romeo z lekką domieszką Otella plus odrobinka d'Artagnana i pana Andrzeja Kmicica...

– Nie, nie, skądże. On tego nie myśli. Ale on MA w sobie trochę Romea i trochę Otella, i tych pozostałych panów, plus jeszcze doktor Ravic i mój ulubiony Piotr Blood...

– Jurek! Ty i kapitan Blood?

– Oczywiście. Pamiętaj, że kapitan Blood był nie tylko piratem, ale i dżentelmenem. I potrafił pięknie kochać... tę głupią gęś Arabellę.

– Jerzy, czy ty chcesz powiedzieć, że jestem gęsią?!

– Mój Boże, nigdy by mi to do głowy nie przyszło! Agnieszko, właściwie to już mi się nie chce teoretyzować. Słuchaj, ja czytałem te wszystkie lektury obowiązkowe i ty również. Może sprawdzimy ich działanie na żywym przykładzie?

– Już w zasadzie sprawdzaliśmy...

– Ale nie pod tym konkretnym kątem, kochanie.

Jakiś czas później rozmarzony notariusz Brański zadał swojej pięknej i równie rozmarzonej kobiecie pytanie:

– Agnieszko, a dlaczego właściwie zaczęłaś z tą całą teorią literatury?

Agnieszka usiadła na poduszce, a oczy jej rozbłysły.

– Myślałam o wychowaniu seksualnym w naszej szkole, rozumiesz. Do życia w rodzinie to raz, ale do miłości i szczęścia to dwa... Widziałeś kiedy, żeby w szkole uczyli, jak być człowiekiem szczęśliwym? Niekoniecznie na przykładzie literatury... oczywiście nie mam na myśli zajęć praktycznych...

Jerzy z udawaną rozpaczą padł na tę samą poduszkę.

– Chryste Panie! Oświadczyłem się wydziałowi oświaty!

~

Pani Lilianna przechadzała się po sadzie i robiła przegląd wojska. To, co widziała, nie napawało jej optymizmem. Na jabłoniach wisiały jabłka, których nikt nie miał zamiaru zbierać, i gruszki, którym było przeznaczone tu wisieć aż do samobójstwa przez upadek na glebę. Względnie do zjedzenia przez robaki. Wysokie zarośla wszelakich chwastów utrudniały poruszanie się skrupulatnie swego czasu wyznaczonymi alejkami. Pokrzywy i lebiody miały się świetnie i rozsiewały swobodnie, gdzie tylko chciały. Z krzaków opadały zwiędłe grona porzeczek i owoce agrestu, a liście na tych krzakach zostały dokładnie ogołocone przez nieznanego wroga.

Panią Liliannę trafiał potężny szlag. Z natury była gospodarna, a poza tym dostatecznie stara, żeby pamiętać powojenną biedę, kiedy taki sad z tyloma owocami stanowiłby majątek. Dlaczego ta smętna amantka Edusia, ta cała Marcelina, nic z tym dobrem nie robi? Bo w ciągu ostatniego tygodnia, to jest odkąd mama Bronikowska zamieszkała w Stolcu, Marcelina ani razu nie wytknęła nosa poza jako tako uporządkowane podwóreczko. Siadała tam z małą Krzysią i bawiła się z nią w koci-koci-łapci czy coś w tym guście. Albo mała bawiła się sama, a jej matka wbijała tępawy wzrok w kojec córeczki.

Krzysia jest milutka, nawiasem mówiąc. Eduś mógłby się postarać o własne dziecko, pani Lilianna chętnie zostałaby babcią i nawet od czasu do czasu (nie za często) gotowa byłaby nieść pomoc w wychowaniu, a zwłaszcza rozpieszczaniu wnuczęcia. Tylko czy naprawdę chciałaby mieć wnuczę od smętnej Marcelki?

Miał, osioł jeden, ładną i niekonfliktową Gosię (co prawda trochę lalkowatą i jak się dobrze przyjrzeć, to niezłą egoistkę), to tak ją traktował, że nawet ta anielska (powiedzmy) dziewczyna nie wytrzymała. Nie chciała stawać do konkurencji z czaplami, żurawiami i innymi ptaszyskami taplającymi się w błocie. A głupi Eduś wolał taplać się w błocie razem z czaplami. Łaził po moczarach i nagrywał ptasie głosy. Mój Boże – pani Lilianna niewiele paskudniejszych dźwięków słyszała niż wrzask żurawi. Klangor, poprawiał ją Eduś, cały zachwycony. Proszę bardzo, może być klangor. Dla niej było to skrzypienie żelaznych zawiasów starych wrót od stodoły.

Stodoła, czy raczej spory budyneczek gospodarczy w ogrodzie, była tak samo zapuszczona, jak ogród i jak dom. Bo najgorsze okazało się, niestety to, że dom jest zapuszczony okropnie. Wprawdzie Marcelina z grubsza posprzątała, ale było widać, że to tylko śmieci zamiecione pod dywan.

A Edusiowi to odpowiada...

Bzdura. Eduś jest naiwny jak dziecko i nie ma pojęcia o tym, że wybrał sobie kobietę niechlujkę. Jemu wystarczą pozory. Jak większości mężczyzn!

Pani Lilianna miała określone zdanie na temat mężczyzn. Na temat kobiet również. Osoba, która pracowała w teatrach tyle lat co ona, po prostu musiała wiedzieć o życiu wszystko.

Zaczęła się zastanawiać, czy lepiej wygarnąć Edusiowi całą prawdę prosto w oczy, czy może raczej zastosować wyrafinowaną dyplomację i stopniowo obrzydzić mu Marcelinę. Na razie jednak postanowiła zlecić mu zakupienie stu... lepiej stu dwudziestu słoików z zakrętkami typu twist. Zawekuje trochę tych jabłek. I zrobi gruszki w occie. A resztę trzeba dać jakiemuś domowi dziecka czy coś. Niech sobie zerwą i zjedzą, jeśli ma się zmarnować!

– Słuchajcie mnie wszyscy! – zaintonował doktor Grzegorz Wroński, bardzo dzisiejszego wieczoru elegancki i dość wzruszony, choć mistrzowsko wzruszenie maskujący. W ręce trzymał kieliszek francuskiego szampana, z którego wesolutko ulatywały bąbelki.

– Słuchajcie mnie, o wilcy! – nie wytrzymała Michalina, równie elegancka jak Grzegorz i również z kieliszkiem w dłoni.

– Szanujcie wiek podeszły! – zabuczał Noel i wszyscy troje prychnęli niepowstrzymanym śmiechem.

– Wszyscy czytaliśmy „Księgę dżungli"! – Grzegorz pierwszy przestał się śmiać i upił łyczek szampana. – Nasze zdrowie. Ale i tak mam wam coś do powiedzenia.

– Zawsze ceniłem ten przekład – zauważył Noel. – Ma mnóstwo wdzięku, jak zresztą wszystkie jego tłumaczenia.

– Czyje, tato? – Michalina okazała niejaką ignorancję.

– Birkenmajera, dziecko. Józefa Birkenmajera. A krokodyl z Mugger Ghaut wołał o poszanowanie wieku sędziwego. Na wszelki wypadek czynię to samo.

– Myślałeś, że chcemy ci jakoś uchybić? – zainteresował się Grzegorz.

– Tato, ja pamiętam krokodyla, tylko nie pamiętałam Birkenmajera. Ale ja też chcę wam coś powiedzieć.

– To nie będzie łatwe małżeństwo – mruknął Grzegorz. – Byłem pierwszy. Jednak ustępuję kobiecie i przyszłej żonie.

Obaj panowie wpatrzyli się z nieskrywaną miłością i ukontentowaniem w Michalinę, która zakwitała jako ta róża na końcu stołu.

– Chłopaki – powiedziała czule. – Kocham was bardzo.

– My cię też – odparli obaj zgodnie.

– To ja już mogę? – spytał z nadzieją Grzegorz.

– Nie, nie. To był tylko wstęp. A meritum mojego wystąpienia zasadza się na czymś zupełnie innym. Grzesiu, załatwiłam nam ślub kościelny... bez uprzednich kursów przygotowawczych.

Ksiądz Hieronim. Znasz go. Obiecał, że nas... tego... pobierze. Tato, ksiądz Hieronim to ten ksiądz z hospicjum. Opowiadałam ci.

– Pamiętam. Mówiłaś, że bardzo dorzeczny. Cieszę się. Ja jestem starszym człowiekiem i jest mi jakoś przyjemnie, kiedy moja córka zakłada prawdziwą rodzinę. Z mężem, dzieckiem, domem i ślubem. Kiedy mam oddać frak do czyszczenia?

– Pod koniec miesiąca jakoś. To już niedługo. Ale chyba zrobimy wszystko bezfrakowo, co, Grzesiu? Tylko najbliżsi przyjaciele i rodzina.

– Nie będzie to tłum, zgadza się. Dla mnie najważniejsze jest, żebyś ty była, no i Noel, bo ojciec musi cię poprowadzić do ołtarza...

– No właśnie. Jeszcze nie wiem tylko, w jakim kościele będzie ten ślub, ksiądz nie umiał mi powiedzieć, kiedy z nim rozmawiałam.

Grzegorz uśmiechnął się szeroko.

– A mnie już umiał...

Michalina zrobiła wielkie oczy.

– Rozmawiałeś z nim? I nic mi nie powiedziałeś?

– Ty też mi nie powiedziałaś, kotku. Chciałem ci zrobić niespodziankę. Tak samo jak ty mnie. Ty wpadłaś na ten pomysł pierwsza. Kiedy ja go dopadłem, już miał kościół załatwiony. Zgadnij gdzie.

– Nie zgadnę. Nie męcz mnie!

– W Karsznie. Chcesz wziąć ze mną ślub w Karsznie?

– Chcę wziąć z tobą ślub wszędzie. Co to jest Karszno?

– Ten malutki kościółek przed Nowym Warpnem, kojarzysz?

Michalina pomyślała chwilę i nagle przypomniała sobie.

– Karszno! Wiem! Mały kościółeczek w krzakach! Ryglówka, pruski mur! Grzesiu! Pewnie, że chcę! Jak on na to wpadł, ten ksiądz Hieronim, czarodziej?

– Nie opowiadałaś mu nigdy, jak jeździliśmy do Nowego Warpna? Noelu, to znaczy, chciałem powiedzieć, teściu prawie... Nie możesz tego wiedzieć, ale ja ją tam pierwszy raz pocałowałem. I jedliśmy tam rosół z leszcza... Mniej więcej rok temu. Misiu, a gdyby zrobić ślubne przyjęcie w barze Argus?

– Mama dostanie szału...

– Dlaczego mama ma dostać szału? – zaciekawił się ojciec.

– Bo to naprawdę malutki bar w bocznej uliczce miasteczka na końcu świata. Tato, byłeś tam kiedyś?

– W Nowym Warpnie? Byłem. Jakieś sto lat temu. Nie pamiętam nic.

– Bo tam nie ma nic do pamiętania, niestety. Kiedyś tam były plaże, restauracje, statki wycieczkowe, a po wojnie wszystko zniszczono. Jakiś czas pływały statki między Nowym Warpnem a Starym, czyli Altwarp w Enerdówku, wiesz, głównie po to, żeby można było zrobić zakupy wolnocłowe. Urwało się, jak weszliśmy do Unii. Ja uważam, że to świetny pomysł, żeby zrobić przyjęcie weselne w tym barze. Zjemy rosół, po rybce albo pierogi, właścicielki upieką ciasto... Kurczę, będzie ślub stulecia. Grzesiu?

– Jestem za. Ten szampan już się prawie ugotował. Twoje zdrowie, Misiu.

~

Pani Bożena Konik-Hart, oczywiście, dostała szału.

– Ja nie wiem, który z nich ma na ciebie gorszy wpływ – syczała następnego dnia przy późnym obiedzie, kiedy Michalina wróciła z pracy. – Ten twój doktor niby poważny człowiek, bo wiadomo, że Noel stary i głupi, ale żeby doktor brał ślub w jakimś kościółku na końcu świata! Oni się, widzę, dogadali. Ja ci mówię, Michalino, rude to fałszywe i robisz ten sam błąd, co ja zrobiłam wiele lat temu...

– Ja też jestem ruda – zauważyła Michalina pogodnie. Myśl o rychłym ślubie z doktorkiem miała na nią wpływ zdecydowanie kojący.

– Kobiety to co innego – prychnęła wzgardliwie jej matka. – Rudy facet to rudy facet. Michalino, ja, twoja matka, żądam od ciebie, żebyś nie ulegała takim idiotycznym namowom. Mamy w Dąbiu duży, porządny kościół, w Podjuchach, albo jak wolisz, sanktuarium na Słonecznym; proszę bardzo, tam będzie godny ślub. I tam się wszyscy zmieszczą spokojnie.

– Mamo, to nie jest tak, że uległam namowom. Ja się bardzo ucieszyłam, bo to śliczny kościółek, zobaczysz.

– Ale sama mówisz, że malutki i że tam się nikt nie zmieści!

– A kto ma się zmieścić?

– Cała rodzina – oświadczyła godnie matka. – Twoi wujkowie i ciotki.

– Przecież ja nie mam wujków i ciotek. Mamo, zapomniałaś, że byłaś jedynaczką?

– Mam braci i siostry cioteczne! W całej Polsce! Córki i synowie mojej ciotki Zdzisi i ciotki Balbinki, i wujka Franka!

– Mamo, przecież nigdy nie utrzymywaliśmy z nimi żadnych kontaktów...

– No i właśnie ślub w rodzinie to jest okazja do nawiązania kontaktów!

– Mamo, proszę. Zapomnij. Z rodziny ty i ojciec. Rodzice i młodszy brat Grzegorza przyjadą z Francji. Kurczę, coś mi przyszło do głowy! Trzeba będzie ich zwizytować, oni mieszkają w Prowansji!

– Nie zamydlaj mi oczu Prowansją! – warknęła matka. – Nie zgadzam się na twoje idiotyczne pomysły!

Michalina pomyślała z zadowoleniem, że jakiś czas temu, wcale nie tak dawno, skuliłaby się pod tym wściekłym spojrzeniem i zrobiła wszystko, żeby matkę zadowolić. A teraz – nic. Zero strachu. Zero tego okropnego niepokoju. Zero dławienia w gardle i ściskania w żołądku. Sam spokój i łagodność płynąca gdzieś spod serca. Może to nie tylko światły wpływ Grzegorza, ale i świadomość istnienia Grzesiowego dzieciaczka?... Ach, dzieciaczka! A może strzelić w mamusię dzieciaczkiem?

– Mamo, proszę, miej wzgląd na twojego pierwszego wnuka i nie rób mi scen – rzekła najłagodniejszym głosem, na jaki było ją stać. – Nie powinnam się stresować, bo to ma wpływ na dziecko, jak zapewne wiesz.

W matkę jakby piorun strzelił. Starała się, żeby Michalina nic po niej nie poznała, ale bardzo wyczekiwała tego wnuczka. Snuła nawet całkiem niezwykłe jak na nią marzenia o tym, jak będzie małemu – a może dziewczyneczce malutkiej?! – pokazywała świat, dom, las, drzewa – listek po listku, trawka po trawce.

Zaczerwieniła się jak piwonia i zdusiła w sobie to, co jej się cisnęło na usta.

– Ja nie chcę mieć wielkiego ślubu, mamo. Nie chcę tego całego zamieszania. Tylko najbliżsi. Ci, których to naprawdę obchodzi.

Michalina nie powiedziała matce, że niechęć do wielkich ceremonii powzięła dawno temu, kiedy szła do pierwszej komunii, a matka zrobiła z tego nieprawdopodobny cyrk – z falbaniastą sukienką, diademem na głowie, białymi rękawiczkami z koronki, bankietem dla wszystkich psiapsiółek i koleżanek z pracy... swoich, ma się rozumieć. Misia zmuszona była uczestniczyć w tym bankiecie i cały czas umierała ze strachu, żeby nie pobrudzić sukienki albo rękawiczek. Matka zabroniła ich zdejmować i biedna dziewczynka odmówiła zjedzenia kawałka tortu, chociaż miała na niego taką wielką ochotę. Nie wiedziała jednak, jak się do tego zabrać, i wolała udawać, że jest jej niedobrze. Zresztą naprawdę było jej wtedy niedobrze.

O nie. Nigdy więcej. Jej ślub – i to z Grzesiem, kurczę, jakie ona miała szczęście, że on na nią poleciał!... Jej ślub to będzie samo fajne.

Trzeba zwołać nadzwyczajne zebranie Klubu i omówić z dziewczynami szczegóły.

~

– Jak to, pani Marcelinko – zaświergotała z autentycznym zdumieniem mama Bronikowska znad stu dwudziestu słoików czekających grzecznie na dżemy, konfitury i pikle. – Nie piecze pani w ogóle ciasta na przyjęcie gości?

Marcelina wzruszyła ramionami. Na spotkanie organizacyjne Klubu w zupełności wystarczą duńska rolada z kremem i duńskie kruche ciasteczka z puszki, których dwa miesiące temu kupiła niezły zapasik. W puszkach się nie psują.

– Panie mają jakąś organizację? – drążyła pani Lilianna. – Klub kobiet? Koleżanek ze szkoły? Czy to może „Nasza klasa"? Och, już wiem! Przypomniałam sobie! Eduś mi kiedyś opowiadał, taka śmieszna nazwa, ale on poznał te panie i mówił, że są bardzo sympatyczne. Jedna chciała go zastrzelić z dezodorantu. To te same?

– Te same – mruknęła niechętnie Marcelina. – Klub Mało Używanych Dziewic. To żart, ta nazwa.

– Nie wyobrażam sobie, że mogłoby być inaczej – prychnęła mama B., lekko już poirytowana niemrawością synowej. O matko! Jeszcze nie synowej i oby nigdy nie! Inna rzecz, Eduś chyba się do niej przywiązał... Ciekawe, czy dałoby się go odwiązać?

Pani Lilianna mieszkała w Stolcu już dwa tygodnie i zdążyła zaobserwować to i owo. Smętna donna Marcela nabierała energii w obecności jej pierworodnego (i jedynego) Edusia, ten zaś w jej towarzystwie zakwitał. Pani Lilianna nie rozumiała, dlaczego on nie widzi, że Marcela jest zakamuflowanym flejtuchem i melancholiczką, która głównie udaje entuzjazm... i z kolei dlaczego do Marceliny nie dociera, że jemu bardziej chodzi o wikt i opierunek w bezpośredniej bliskości błot i moczarów niż o prawdziwy, pełnokrwisty związek z kobietą.

A może nie chcieli być przesadnie spostrzegawczy? Może uznali oboje, że pasują do siebie? W takim razie nie należałoby przeszkadzać.

Ale czy matka może patrzeć spokojnie, jak jej syn marnuje sobie życie z nieodpowiednią kobietą?

Trzeba dokładniej rozeznać sprawę, a na razie wyręczyć nyguskę i upiec chociaż ciasto z owocami...

– Zrobię tartę z jabłkami – oświadczyła, na co Marcela tylko kiwnęła obojętnie głową. – I może drożdżowe ze śliwkami. Te węgierki z końca sadu są fantastyczne. Muszę poprosić Edusia o kolejne słoje, trzeba usmażyć powidła.

– Już pani smażyła – zdziwiła się Marcelina.

– Mało. Mnóstwo owoców się zmarnuje.

– Ale kto to zje?

– My zjemy. Eduś, pani, ja. Krzysia przede wszystkim będzie lubiła. A jak nie zjemy wszystkiego, co zrobię, to oddam komuś. Pani przyjaciółkom. Albo do domu dziecka. Ach! – wykrzyknęła, aż Marcela podskoczyła. – Gruszki w czerwonym winie! Też zrobię!

Marcela uznała, że mama Edusia chyba lubiła bawić się w dom i nie wybawiła do końca w dzieciństwie. Nie miała zamiaru jej przeszkadzać, niech sobie babcia pichci, jak chce.

W rezultacie przybywające in gremio Dziewice zostały zaskoczone niesłychanymi wprost zapachami, które owionęły je, gdy tylko weszły do sieni.

– Marcela! Wracasz do formy! Znowu zaczęłaś piec ciasto!

– To nie są sklepowe zapachy!

– Przywiozłyśmy stosowne wino, patrz! – Agnieszka wyciągała pękatą flaszkę. – To znaczy, mam nadzieję, że stosowne. Nigdy nie piłam porto i chciałam spróbować.

Z kuchni wychynęła głowa z włosami we wszystkich możliwych kolorach. Spod pasiastej grzywki wyłaniała się twarz niewątpliwie leciwa. Bystre oczka, ładnie umalowane, dokonały błyskawicznego przeglądu gości.

– Pani pozwoli, pani Lilu – powiedziała Marcelina jakby niechętnie. – To moje przyjaciółki. Pani Lilianna Bronikowska. Te ciasta… to pani.

– Mama Bronika – ucieszyła się impulsywnie Michalina. – Bardzo nam przyjemnie. Ja się nazywam Michalina Hart.

– Dzidzia w drodze? Gratuluję! – Mama Bronikowska uścisnęła rękę Michalinie, którą od razu oceniła pozytywnie; oczywiście na podstawie fryzury: pięknych, ciemnorudych loków, doskonale ostrzyżonych. Nie jest rzeczą łatwą poradzić sobie z włosami, które się kręcą, bo one zawsze idą tam, gdzie chcą. Tu ktoś wykorzystał ich naturalne tendencje i po mistrzowsku je wymodelował, tak że uwydatnił lekko wystające kości policzkowe i wyrazisty uśmiech. To musi być dobra dziewczyna, szkoda, że już ją ktoś złapał.

– Dziękuję – odrzekła Michalina, lekko zdumiona. – Przecież nic nie widać! Marcela powiedziała, że jestem w ciąży?

– Ja zawsze wiem, kiedy kobieta jest w ciąży – oznajmiła tryumfalnie pani Lilianna. – A pani jest jakąś dyrektorką? Biznesłumen?

– Trafiła pani – roześmiała się Agnieszka, która nie mogła wzroku oderwać od kolorowej czupryny starszej damy. – Jedno i drugie. Ale dyrektorka szkoły. Nauczycielka.. Zawsze pani wie, kiedy kobieta jest biznesłumen? To tak jak z tą ciążą?

– Nie, to głównie po włosach – odrzekła starsza dama pozornie bez sensu. – Świetna fryzura, prawdziwy szyk. I nosi ją pani bardzo ładnie. A że nauczycielka, to wcale nie przeszkadza, że kobieta interesu. Pani musi być bardzo zdecydowana. Nadaje się pani na dyrektora.

– To ja też poproszę o szybką psychoanalizę – odezwała się Alina. – Nazywam się Alina Grosik. I kto ja jestem?

– Polka mała – mruknęła pani Bronikowska. – Z panią nie pójdzie mi tak łatwo. Pani jest tajemnicza. Ale jak tak patrzę na panią, tobym powiedziała: opiekunka. Nie wiem, kim się pani opiekuje, ale stawiałabym właśnie na to. Ma pani łagodne włosy.

Koleżanki spojrzały na siebie nawzajem i skoncentrowały się na głowie Aliny.

Coś w tym było. Same by na to nie wpadły, ale teraz, kiedy usłyszały tę dziwną definicję, widziały wyraźnie: Alina miała łagodne włosy. Ciemne, prawie czarne, gęste, półdługie, naturalnie spływające na ramiona.

– Ja bym je odrobinkę przycieniowała… Chce pani, to możemy od razu.

– Pani to potrafi? – spytała Alina z odrobinką powątpiewania. Za tę fryzurę zapłaciła prawie dwie stówy. I rzeczywiście, nie bardzo śmiała powiedzieć mistrzowi, do którego czekała w kolejce półtora miesiąca, że efekt niespecjalnie ją zachwycił.

– Całe życie byłam fryzjerką w teatrze – zaśmiała się mama Edusia, a Dziewice zrozumiały w tym momencie fenomen jej kolorowych włosów. – Wszystko potrafię. A z tą opiekunką trafiłam? Opiekuje się pani kimś?

– Chorymi dziećmi.

– No widzi pani. To co, tniemy?

Alina poczuła nagłą sympatię dla wyraźnie zwariowanej starszej pani, w której podmalowanych oczkach kryły się wesolutkie iskierki, znamionujące osoby kochające zabawę (czasami kosztem bliźnich). A jeśli kobietka zrobi z niej maszkarona?

To trudno.

No risk, no fun!

Chyba Michalina ją nauczyła tego powiedzonka. A może ktoś inny? Nieważne.

– Tniemy. Teraz czy potem?

– Teraz, teraz! Eduś zaprosi panie do stołu, poda ciasto, kawkę, pogadacie sobie o tym ślubie pani Misi, a my tymczasem szybciutko poprawimy tego papraka, co się do pani dobrał! Siądźmy w moim pokoju, tam jest odpowiednie lustro!

Proszę, babcia ma tempo!

Mama Bronikowska posadziła Alinę przed toaletką z trójdzielnym lustrem, z szuflady wyciągnęła kilka różnych par nożyczek i zabrała się do dzieła, nie bawiąc się w takie drobiazgi jak zwilżanie włosów. Alina ze zdumieniem patrzyła, jak w ciągu kilku minut jej twarz nabrała zupełnie innego wyrazu – nie tracąc wrodzonej łagodności, stała się weselsza i bardziej otwarta.

– Coś podobnego – powiedziała ze szczerym uznaniem. – Ależ pani jest artystką!

Pani Lilianna z głębokim zadowoleniem zakłapała nożyczkami tuż przed nosem zafascynowanej klientki.

– Bardzo dobry efekt! – zachichotała. – Bardzo! Wiedziałam. Tylko wie pani, pani Alu... mogę tak do pani mówić, prawda? Ja bym poszła na całość. Zaryzykuje pani?

– Co to znaczy „na całość"? Na łyso?

– Na łyso nie, ale na krócej. No, na całkiem krótko. Ja pani mówię. To co, jedziemy dalej?

Alina w pierwszej chwili się zawahała, jednak po sekundzie podjęła decyzję.

– Jedziemy, pani Lilu. Nie wiem, co pani chce ze mnie zrobić, ale zaryzykuję. Na pani odpowiedzialność.

– Oczywiście, że na moją! Odmłodzę panią o dziesięć lat!

– Nawet pięć mi robi...

Kiedy kwadrans później obie panie wchodziły do pokoju, gdzie towarzystwo zażerało się wypiekami pani Bronikowskiej, powitał je zbiorowy okrzyk zachwytu i zaskoczenia. Alina miała teraz góra trzydzieści lat i generalnie była młodą dziewczyną, przed którą świat stoi otworem! Najgłośniej wołała Michalina, domagając się natychmiastowego strzyżenia. Lecz tu mama Bronikowska stanowczo odmówiła.

– Nie teraz. Pani ma bardzo dobrą głowę i ja jej nie będę ruszać. Na wiosnę zrobię panią na króciutko, a teraz niech tak zostanie. Mogę panią uczesać na ślub, chce pani?

– Jasne, że chcę. A co mi pani zrobi?

Pani Lilianna obejrzała ją fachowym okiem.

– Koczek. Na koczku toczek. Spod koczka loczek. Mała woalka. Albo nie. To do pani nie pasuje. To panią Agnieszkę bym tak widziała. Oczywiście bez loczka. Panią inaczej. Trochę podepnę, ale niech włosy opadają swobodnie. I na tym kapelutek w stylu lat dwudziestych. Z woalką.

– Ja myślałam, żeby całkiem skromnie...

– To będzie skromnie. – Artystka machnęła ręką. – Jakby pani chciała, to ja bym umiała nieskromnie... wyglądałaby pani jak królowa! Kiedy jeszcze teatr był prawdziwym teatrem i były pieniądze na scenografię, i na kostiumy, i na wielkie obsady... kiedy się grywało Szekspira i Wyspiańskiego, ohoho, umiałyśmy zrobić królową z najbrzydszej aktorki! A pani jest ładna i ma warunki; może by pani jednak zmieniła zdanie? Fajnie byłoby znowu pokombinować. Ślub to czasem jedyna okazja, żeby być królową.

– Królową matką od razu – mruknęła Michalina. – Nie, pani Lilu, bardzo dziękuję, ale ja jednak nie mam warunków. Umysłowych. Potykałabym się o berło i przez roztargnienie zjadłabym jabłko...

– No to jeszcze korona by została – próbowała pertraktować mama B., jednak bez większej nadziei.

Marcela pomyślała, że ona chętnie wystąpiłaby jako królowa, niechby matka... w diademie i z welonem, w sukni z trenem i rękawiczkach do łokci... tylko jej tego nikt nie zaproponował.

~

Ostateczną listę gości weselnych, haniebnie, zdaniem pani Bożeny Konik-Hart, krótką, rozpoczynała ona sama, potem był Noel. Rodzice Grzegorza nie mogli przyjechać z Prowansji, bo nie miałby się nimi kto zaopiekować w drodze, a bardzo już byli leciwi i schorowani. Brat Grzegorza natomiast musiał pozostać na miejscu, ponieważ jego żona niedawno przeszła operację złamanego obojczyka i też wymagała opieki. Mąż chirurg nie chciał jej zostawiać bez siebie, jako że nie miała za grosz zaufania do lekarzy francuskich. Dalej szły dwie telewizyjne przyjaciółki Grzegorza (nie wiedziały, czy będą mogły przyjechać z powodu jakiegoś programu na żywo), a ze strony Michaliny: Agnieszka, Alina z Jagą i Marcela jako Klub. Agnieszce towarzyszył notariusz, a Marceli Krzysia, Bronik i mama Bronikowa, która się wprosiła.

– Pani Misiu – trajkotała z błyszczącymi oczami podczas wizyty Klubu u Marceli, kiedy to pokazała swój kunszt fryzjerski. – Pani Misiu droga! Ja tak kocham śluby! Ja wiem, że pani planuje cichy ślub, bo ten kościółek malusieńki i w ogóle... sami najbliżsi, a ja nie jestem najbliższa. Ani w ogóle bliska. Ale to takie optymistyczne! Zrobiłabym pani tę fryzurę... i upiekę wam ciasto! Ja wiem, że zamawiacie ciasto u tych pań z Warpna, ale moje na pewno będzie lepsze! Bo ja je wam zrobię z radością! I z tymi owocami, stąd, one są niepryskane ani nic... Uwielbiam śluby, uwielbiam!

Rozśmieszyła tym entuzjazmem całe towarzystwo i została serdecznie zaproszona na uroczystość. W tym układzie Agnieszka zaproponowała panią Różę, bo szkoda jej było, żeby starsza pani siedziała w domu.

– Jasne – skwitowała krótko Michalina. – Alka, a twój piękny kapitan by nie przyjechał?

– Piękny kapitan pływa i będzie miał wolne dopiero w październiku.

– Kochacie się? – spytała mama Bronikowa z nadzieją. Może widziała w perspektywie kolejny ślub, na który będzie mogła się załapać. Jej zainteresowanie było tak niewinne, że Alinie nawet nie przyszło do głowy obruszyć się na raczej obcesowe pytanie.

– Korespondencyjnie – odrzekła i westchnęła. – I to tylko wtedy, kiedy są w porcie i komórki mają zasięg. Albo Internet. Ale on dużo nie gada. I nie pisze przesadnie długich listów.

– To nie ma znaczenia – orzekła mama Bronikowa ze znawstwem. – Ważne, czy pani czuje w tych listach i w tych rozmowach to, co powinna pani czuć. To jak? – Wpatrzyła się w Alinę intensywnie.

– Mamo! – Bronik, który do tej pory przyjmował dość bierną postawę, poczuł teraz, że musi interweniować.

– Co „mamo", co „mamo"... Przepraszam, pani Alu, ja tak naprawdę wcale nie jestem wścibska...

Audytorium nie wytrzymało i ryknęło zbiorowym śmiechem. Mama B. trochę się skonfundowała, ale po chwili śmiała się ze wszystkimi. Miała uroczy, zaraźliwy śmiech.

– Przepraszam was – powiedziała, wycierając oczka (lewe poniekąd się rozmazało). – Jestem cholernie wścibska, ale to dopiero od czasu, kiedy przeszłam na emeryturę. Można skonać z nudów. Obiecuję, że będę się powstrzymywać. Nie wyrzucajcie mnie z towarzystwa, bardzo proszę. Jesteście tacy młodzi i sympatyczni! Niech ja chociaż czasem mogę na was popatrzeć, bo siedzenie na ławce na Wałach i gapienie się na nieznajomych to zupełnie nie to samo! Albo plotki z tymi moimi przyjaciółkami z dawnych lat! One są już całkiem stare i chcą rozmawiać głównie o chorobach i o tym, gdzie je strzyka! Albo o swoich wnukach. Ale najchętniej o chorobach i lekarstwach. A znowuż z filmów to oglądają głównie komedie romantyczne. Coś koszmarnego, mówię wam.

– A pani co ogląda najchętniej? – spytała Agnieszka, też wycierając oczy (żadne jej się nie rozmazało, bo miała lepszy tusz niż mama B.).

– Ostatnio „Delta Force", „Top Gun" i „Czas patriotów" – odpowiedziała natychmiast mamunia. – Lubię, żeby coś się działo. Chociaż ten cały Tom Cruise to mydłek.

– A kto się pani podoba? – drążyła Agnieszka.

– Wilem Dafoe, Harrison Ford, Gene Hackman i młody Zakościelny – odparła bez namysłu mamunia, która poglądy miała dawno sprecyzowane.

Stała teraz wraz ze wszystkimi w niewielkiej nawie małego kościółka w Karsznie – śliczny kościółeczek, śliczny! Kamienie i pruski mur czy ryglówka, czy jak tam się to nazywa, cały w zieleni, a dalej widać jezioro... mój Boże, jak to może być pięknie! Panna młoda jak jagoda – mama Bronikowska osobiście umówiła się z nią tydzień temu w mieście (Eduś ją zawiózł) i zaprowadziła do zaprzyjaźnionej modystki, ta zaś wzięła pod uwagę lekko staroświecki krój sukni (kupionej w telefonicznym porozumieniu z mamą B.) i dobrała przepiękny, mały kapelusik – rzeczywiście jak ze starego filmu. Kapelusik został ozdobiony jedwabnymi różami i małą woalką w kropki. Co do bukietu, to pani Lilianna wraz z modystką zabroniły Michalinie nawet myśleć o różach, które w takich przypadkach przynoszą nieszczęście, nawet małe dzieci to wiedzą. Zamówiła więc niewielki bukiecik eustomy, podobnej nieco do róż z powodu mnogości płatków.

Kiedy w dniu uroczystym przyjaciółki zobaczyły Misię w pełnej gali, nie szczędziły okrzyków zachwytu, które to okrzyki stanowiły miód na serce leciwej stylistki. Pan młody nie krzyczał, ale był kompletnie rozmaślony i widać po nim było, że wziąłby Michalinę nawet w worku po cukrze. Zdanie mężczyzn nie jest miarodajne w podobnych przypadkach.

Dziwnie zachowywała się natomiast matka panny młodej. Pani Lilianna wzięła ją początkowo za obcą osobę! Sztywna, jakby kij połknęła, niby uśmiechnięta, ale bez śladu wzruszenia. Kamienne serce – oceniła natychmiast znawczyni ludzkiej natury. Za to ojciec – omal nie fruwał z radości. Pani Lilianna zapałała do niego wielką sympatią natychmiast, kiedy go ujrzała. Facet był we fraku! Wyglądał olśniewająco, jak to faceci we frakach – o ile nie są grubi. Do fraka trzeba mieć figurę. Ten cały tatunio miał figurę, miał poza tym umiejętność poruszania się w tym dziwnym ubraniu. Chyba jego przodkowie też nosili fraki. W pierwszym pokoleniu to nie wychodzi.

Kiedy stanął z panną młodą w drzwiach kościoła, oboje wyglądali jak marzenie. Pani Lilianna gratulowała sobie, że przekonała Misię do długiej sukni. Krótka przy fraku wyglądałaby idiotycznie. A frakiem tatunio facecjonista błysnął dopiero dzisiaj rano. W charakterze niespodzianki. Za takie niespodzianki powinni w sądzie dawać rok bez zawieszenia!

Ale w tych drzwiach prawie się popłakali... pani Lilianna nie znała jeszcze historii rozstania ojca i córki i ich odnalezienia się w Irlandii jakieś pół roku temu, widziała tylko głęboki związek uczuć i charakterów (nie licząc rudych włosów!) obojga. Coś jej natomiast mówiło, że z mamusią ten tatuś chyba... nie, nie chyba... zdecydowanie nie bardzo.

Ojciec z córką wykonali pierwszy krok i w tym momencie nastąpiła kolejna niespodzianka. Z kąta kościoła odezwały się dźwięki organów – oczywiście elektronicznych, w kościółku nie było instrumentu – i rozległ się głos anioła.

Zebranym, włącznie z młodą parą, oczy wyszły na słupki i tak na jakiś czas pozostały. Tylko ksiądz Hieronim zachował godną postawę, słuchając z wyraźną przyjemnością. Anioł gdzieś w ciemnym kącie śpiewał „Laudate Dominum" z „Nieszporów uroczystych" Mozarta, operowym sopranem niezwykłej urody i siły.

Droga od drzwi kościoła do ołtarza nie trwała długo, raptem kilka kroków. Wzruszony Noel przekazał Michalinę co najmniej równie wzruszonemu Grzegorzowi (pani Lilianna z satysfakcją odnotowała wytworny smoking pana młodego) i podobny do gawrona ksiądz mógł zacząć ceremonię. Poczekał jednak, aż anioł skończy swą arię.

Zanim Grzegorz ostatecznie został mężem Michaliny, anioł odzywał się jeszcze kilka razy. Kiedy zaś młoda para podpisywała akt małżeństwa, zaśpiewał „Ave Maria" Schuberta z przejmującym polskim tekstem i wtedy już zebrani nie mieli innego wyjścia, jak tylko się zbiorowo popłakać. Nawet ksiądz wycierał oczy, nawet pani Konik-Hart wyjęła chusteczkę. Noel w ogóle nie starał się ukrywać łez, które płynęły mu po policzkach.

Pani Lilianna była zachwycona. Słusznie uwielbiała śluby. Mało jednak widziała ślubów aż tak nastrojowych. Z dużą przyjemnością wytarła nos w chusteczkę higieniczną.

Ceremonia dobiegła końca. Kiedy wszyscy zgodnie z tradycją rzucili się z uściskami na nowożeńców, z kąta wychynęły trzy damskie postacie i skromnie stanęły w okolicy pana młodego. Jego szeroki uśmiech jeszcze odrobinę się poszerzył.

– Lala, Wika, dziewczyny moje drogie! Słuchajcie – tu zwrócił się w stronę pozostałych gości. – To moje przyjaciółki z telewizji, panie redaktorki Lala Manowska i Wika Wojtyńska. Zapraszałem je, ale udawały, że nie będą mogły przyjść. I zrobiły niespodziankę. Misiu, kochanie, to Wika przysłała mnie swojego czasu do twojego ogrodu i dzięki niej mogłem cię poznać. Oraz uwieść. Wiko, po kres życia będę twoim dłużnikiem!

– Drobiazg – powiedziała lekko Wika. – Życzę wam obojgu szczęścia. A jak wam się podobała nasza siurpryza?

Siurpryza okazała się postawną damą w zielonej sukni. Dama prezentowała radosne podniecenie, jak młoda dziewczyna. Pani Lilianna natychmiast swoim szóstym zmysłem wyczuła w niej bratnią duszę. Opera! Powiało operą! Wielką sztuką wokalną! Wielką sceną! Wielką obsadą! Tysiącem kostiumów! Scenografią jak ten słoń!

– Dzień dobry – powiedziała dama. – Ja też wam życzę wszystkiego najlepszego. Wika mnie lubi dawać przyjaciołom w prezencie, kiedyś nawet zapakowała mnie do pudełka. To były urodziny jednego ortopedy, pamiętam jak dziś. Dobrze, że tym razem nie dała mnie wam w skrzynce po rybach.

– A to jest pani Adela Skotnicka, solistka opery w Kopenhadze – wyjaśniła Wiktoria. – U nas też śpiewała. Znaczy w Szczecinie, w operze, nie na ślubie.

– No przecież! – Pani Lilianna aż podskoczyła. – Pani Adela! Ja przecież z pięć lat temu robiłam pani perukę do Toski! I czesałam panią tysiąc razy! – zatchnęła się z emocji.

– Pani Lila! – Śpiewaczka otworzyła ramiona i dwie artystki uściskały się serdecznie. – Co za miłe spotkanie!

– Strasznie pani zeszczuplała, ale nic pani na głos nie zaszkodziło – powiedziała ze znawstwem pani Lila. – No i nazwisko nie to. Wyszła pani za mąż?

– Wyszłam. Nie miałam alternatywy, Duńczycy nie umieją wymawiać nazwiska Brzostowska. Ale nie żałuję. Warto było. Mój Skotnicki jest w porządku.

– Adela jest w Szczecinie przypadkowo – powiedziała Wika. – Przejazdem. Na moją prośbę zatrzymała się jeden dzień. Mówiłeś, Grzesiu, że ksiądz Hieronim wam będzie dawał ślub, więc załatwiłyśmy wszystko po cichu z księdzem.

– To był nasz prezent dla was obojga – dodała Lalka Manowska. – A teraz musimy pędzić, niestety. Naprawdę mamy program. A znowuż Adela jedzie do Warszawy i jak się sprężymy, to zdąży na swój samolot.

– Nie wiemy, jak pani dziękować – zwrócił się do śpiewaczki Grzegorz, ale ta tylko się roześmiała perliście.

– Nie trzeba. Fajnie było. Wika twierdzi, że świetni z was ludzie. W takich przypadkach zawsze warto coś zrobić. No, ja naprawdę muszę już lecieć. Dziewczynki, możemy?

Trzy damy wsiadły do opla zaparkowanego za kościółkiem, wystartowały z wizgiem i zniknęły w lesie.

Reszta towarzystwa również wsiadła do tego, czym przyjechała i cztery samochody skierowały się w stronę centrum Nowego Warpna, gdzie w bocznej uliczce znajdował się bar Argus, najzwyklejszy w świecie bar obiadowy, którego właścicielki poproszone zostały o zarezerwowanie dwóch stołów w krzaczkach i ugotowanie stosownej ilości rosołu z leszcza. Z pierogami z tegoż leszcza. Dodajmy, że o poranku zjawił się tam Bronik z kilkoma blachami ciasta upieczonego przez swoją mamę, niedowierzającą nikomu w kwestii przygotowania ciast weselnych. Mama B. nie dała sobie też przetłumaczyć, że tort nie jest planowany, i przyrządziła takowy – parterowy, ale ogromny, jeśli chodzi o powierzchnię. Stosowną tortownicę znalazła, ku swej uciesze, w przepastnej spiżarni domu w Stolcu, kiedy chowała tam sto dwadzieścia słoików z przetworami owocowymi. Co pomyślała o Marceli, sprzątając niepotrzebne badziewie i usuwając tony kurzu, tego nie da się powtórzyć.

Pani Lilianna cały czas zastanawiała się, czy aby na pewno taki skromny ślub i jeszcze skromniejsza imitacja wesela jest dobrym pomysłem, ale w miarę rozwoju sytuacji zaczynała się do patentu przekonywać. Towarzystwo bawiło się doskonale, zamawiając i zajadając. No faktycznie, a takie tradycyjne wesele to trochę jak stołówka zakładowa, wszyscy dostają to samo, niezależnie od tego, czy lubią. Na przykład ona. Ten rybny rosołek, którym wszyscy się zażerali, zjadła, owszem, ale na drugie... żadne rybki, tylko duży schabowy! Jak na subtelną, starszą osóbkę – powiedzmy to uczciwie – bardzo duży.

W końcu pojawiły się ciasta, w tym ów parterowy tort. Autorka nie bawiła się w żadne dekoracje z marcepana, różyczki i listeczki, machnęła tylko kremowy zygzak na obwodzie. Pośrodku dzieła natomiast, solidnie wbite nóżkami w kremowo-biszkoptowe podłoże, stały dwie laleczki ubrane w ślubne stroje. No, nie da się ukryć: Barbie i Ken... Natychmiast rozległy się radosne głosy porównujące młodą parę z parą tortową.

– Gdyby Misia miała cokolwiek z Barbie, prędzej bym skonał, niż się z nią ożenił – oświadczył pan młody. – A co oni mają w rączkach?

Laleczki w istocie miały w rękach srebrzystą pałeczkę. Michalina pierwsza sięgnęła po nią.

– A co to, pani Lilu? Patyk do wyżerania kremu?

– Krem się wyżera paluchem – mruknęła mama B. – Niech pani rozwinie sreberko, tylko ostrożnie, żeby nie zafaflać...

Michalina odwinęła folię i znalazła kawałek papieru zwinięty w rurkę.

– Co to?

Grzegorz wyjął papierek z jej palców i rozwinął.

– Kupon totka. Pani Lila zafundowała nam szansę.

Nawiasem mówiąc, był to jedyny prezent tego dnia, jeśli nie liczyć śpiewaczki. Państwo młodzi stwierdzili, że wcale nie są tacy całkiem młodzi, zatem obrośli już w przedmioty – każdy swoje – nie chcieliby więc dostać trzech kolejnych ekspresów do kawy ani żadnych innych tego typu gadżetów. Gdyby jednak ktoś chciał... to będzie miło, jeśli obdaruje kogoś naprawdę potrzebującego.

Agnieszka z notariuszem dogadali się bardzo szybko i na rok obniżyli o połowę czesne pewnej bardzo sympatycznej i zażartej na naukę dziewczynie z pierwszej klasy. Matka, wychowująca samotnie Justynę i jej młodszego brata, aż się zachłysnęła z radości i natychmiast pomknęła do banku, by zrezygnować z jednej karty kredytowej (miała sześć i żonglowała nimi jak wytrawny prestidigitator).

Alina, oczywiście, poleciała do sklepu, gdzie kupiła jakąś potworną ilość jedzenia dla psów i kotów, które to jedzenie razem z Jagą zataszczyły radośnie do schroniska. Po czym uciekły z niego jak najszybciej, nie mogąc zabrać wszystkich tych szczekających i miauczących nieszczęść do własnego domu celem zapewnienia im odpowiedniej porcji miłości i głaskania.

Marcela z Bronikiem wpłacili pewną, niezbyt wielką, kwotę na organizację WWF zajmującą się ochroną dzikich zwierząt przed wyginięciem. Gdyby istniało tam specjalne konto dla bąka *Botaurus stellaris,* zapewne zasililiby właśnie bąka. I może nawet hojniej sypnęli groszem.

Noel na prośbę Michaliny wpłacił trzysta funtów (w postaci złotówek, oczywiście) na hospicjum.

Pani Bożena Konik-Hart nie miała zamiaru się wygłupiać, ale przemyślała zagadnienie i doszła do wniosku, że to dopiero będzie idiotycznie, nie móc się niczym wykazać. Znalazła więc w książce telefonicznej pierwszy lepszy dom dziecka i wysłała na jego adres dwie stówy jako anonimowy ofiarodawca. W charakterze nadawcy wpisała Rozamundę Kowalską zamieszkałą przy ulicy Ponurej 18a.

„A" dodawało, w jej mniemaniu, autentyczności wymyślonej Rozamundzie.

Mama Bronikowa jako niemal obca emerytka zwolniła się z dobroczynności, uznawszy, że upieczenie tych wszystkich ciast z tortem na czele, nabycie laleczek Barbie i Kena oraz kuponu totka najzupełniej wystarczy. A jeszcze konsultacje ubraniowe i fryzura panny młodej!

Towarzystwo zastanawiało się właśnie, jak, do licha, wypełnia się totka systemowego. Nikt z obecnych, z ofiarodawczynią włącznie, nie miał żyłki hazardowej, a przecież państwo młodzi powinni absolutnie i jedynie w dniu swojego wesela wypełnić kupon, żeby im przyniósł szczęście i główną wygraną...

Na szczęście bar Argus w soboty zapełniali stali bywalcy. Jeden z nich, zorientowawszy się, na czym polega nagły kłopot siedzących w krzakach weselników (oddzielała ich tylko kratka i pnący się po niej winobluszcz trójklapowy), podniósł się z miejsca i podszedł do państwa młodych. Był wielki, zwalisty, miał brodę, a zresztą i całą aparycję jak Rumcajs, do tego mówił grubym głosem.

– Państwo mają trabla, jak słyszę? Mogę pomóc, jeśli chcecie. Całe życie gram i więcej niż dwadzieścia złotych na raz nie wygrałem. Ale reguły mam opanowane. Pokażcie no ten kuponik...

Michalina bez wahania przekazała świstek przyjemnemu zbójcy. Ten rzucił tylko okiem i pokiwał głową.

– Systemowy – powiedział ze znawstwem. – Dziesięć cyfr.

– Co to znaczy? – Grzegorz nie był pewien, co powinien teraz zrobić.

– Musicie skreślić dziesięć cyfr. Na tym, co tu macie. Taki to rodzaj totka. Oni tam losują sześć cyferek, więc państwo mają cztery szanse ekstra. Ja popilnuję, jeśli chcecie. Pani skreśla, czy pan? Czy po połowie?

Świeżo upieczeni małżonkowie spojrzeli po sobie niepewnie.

– Za duża odpowiedzialność – powiedziała stanowczo Michalina. – Jak nie skreślę wszystkich prawidłowo, to do końca życia będę miała do siebie pretensje. A może by tak każdy po jednej?

Rumcajs uznał za konieczne zaprotestować.

– Ja bym nie radził. A co będzie, jak wygracie milion? Podzielicie się? Tak bez problematyki?

Michalina gwałtownie kiwała głową.

– Tak, tak, tak. Podzielimy się. Skreślamy wszyscy!

Rumcajs znał życie i nie pochwalał entuzjazmu panny młodej. Pewnie za dużo szampana było, pomyślał i zauważył delikatnie:

– Ludzie są różni, proszę pani. A zwłaszcza jak się dzieli pieniądze. Ja bym nie ryzykował.

– E tam, panie kochany – przerwała mu niecierpliwie pani Bronikowska. – Co pan za bzdury gada. To porządni ludzie i zaprzyjaźnieni, przecież się nie pogryzą!

– Ale bardzo panu dziękujemy za wyjaśnienia. To co, kreślimy? Kto zaczyna?

– Młodzi! – orzekła mama Konik-Hart, która z nagła dała się ponieść atmosferze. Może i szampan miał w tym swój udział. – Michalina pierwsza. Potem Grzegorz! Potem ja!

Trzy cyfry zostały skreślone pod czujnym okiem życzliwego Rumcajsa.

Czwartą skreślił Noel.

Piątą Agnieszka, szóstą Alina, siódmą Marcela, ósmą notariusz, dziewiątą Bronik, dziesiątą Jaga. Ksiądz Hieronim odmówił udziału w hazardzie. Panie Lila i Róża kurczowo trzymały kciuki. Rumcajs wciąż kontrolował prawidłowość procesu.

– No – odsapnął, jakby wykonał jakąś wielką pracę fizyczną. – Teraz tylko nie zapomnijcie kuponu wysłać, bo jakby tak naprawdę wygrał, to by was szlag trafił. O, przepraszam księdza i damy. To ja już pójdę.

Został jeszcze poproszony o spełnienie toastu za wspólny kupon, spełnił go rzetelnie i odszedł, zadowolony ze spełnienia dobrego uczynku.

Weselnicy zaś posiedzieli jeszcze godzinkę, a ponieważ ciast mamy Bronikowskiej żadną miarą zjeść nie dali rady (napiekła ich bez mała jak dla tradycyjnego wesela na sto osób), poczęstowali nimi wszystkich obecnych w barze Argus, resztki rozdzielili między siebie i rozjechali się swoimi czterema samochodami do domów.

No właśnie.

Rozjechali się.

Pani Bożena Konik-Hart nigdy w życiu nie czuła się tak parszywie. Michalina, oczywiście, pojechała z Grzegorzem na Rozmarynową (do Zdrojów mieli się przenieść oboje nieco później), a wraz z nimi Noel, który już się na Krzekowie na dobre zadomowił. Wprawdzie Bożena od czasu jego przyjazdu z Irlandii konsekwentnie unikała nawet zdawkowej rozmowy z nim – a było kilka okazji do uczciwego rozliczenia się z przeszłością – ale teraz miała o to do niego coś w rodzaju pretensji. Miała zresztą pretensję do wszystkich. Nie powinni jej tak zostawiać, nie powinni.

Do Zdrojów podrzucili ją Agnieszka z Jerzym, pozbywszy się uprzednio Aliny z Jagą. Wysadzili na Czeremchowej i pojechali. Tak całkiem po prostu. Pani Bożena weszła do pustego domu i już w przedpokoju wpadły na nią – na szczęście! – dwa bure koty.

– Muszka, Motylek… no, chociaż wy mi zostałyście! Chodźcie, chodźcie, pani wróciła, zaraz dam wam coś dobrego…

Dzielnie walcząc z dławieniem w gardle, pani Bożena zajrzała do lodówki i wyciągnęła swoją świętą nienaruszalną śmietankę do kawy. Koty wykonywały wokół niej rozmaite figury taneczne, bardzo zadowolone, że pańcia wreszcie się pojawiła po całym dniu nieobecności.

Śmietankę przyjęły z pewną rezerwą, nigdy bowiem nie rozpieszczano ich do tego stopnia. Umoczyły pyszczki w dwóch spodeczkach (pańcia nie chciała, żeby, Boże broń, powstał jakiś konflikt interesów), oblizały wąsiki i obydwa zamruczały ekstatycznie. Whiskas whiskasem, ale to było to!

– Jedzcie, pieszczoszki, jedzcie. Będę wam to kupować i tyjcie sobie na zdrowie. Ale wy nie utyjecie, za bardzo lubicie rozrabiać. Moje słoneczka ogoniaste…

Słoneczka nachłeptały się śmietanki i nabrały ochoty na harce. Pańcia rzuciła im na podłogę sztuczne myszki, piszczące żałośnie, i zrobiła sobie kawy, nie bacząc na niekawową porę. Czy kogokolwiek obchodzi, że ona nie będzie mogła zasnąć?

Otóż nie. Nikogo.

Uczciwie byłoby przyznać, że ona też niespecjalnie interesowała się całe życie, jak kto się czuje i jakie ma potrzeby. Ważne były JEJ potrzeby. Zazwyczaj egzekwowała w ten czy inny sposób ich zaspokojenie. No i wygląda na to, że się skończyło.

Rozległ się delikatny dzwonek do drzwi.

O tej porze?

No, nie jest tak źle. Dochodzi szósta. Ślub był w samo południe. Jakoś pochmurno się zrobiło i wyglądało na to, że już wieczór.

– Dzień dobry, Bożenko. Sama tak siedzisz, bidulko?

Nazwanie pani Konik-Hart bidulką odniosło skutek odwrotny do zamierzonego. Wyprostowało ją natychmiast, dodając jej co najmniej trzy centymetry wzrostu, i wywołało niebezpieczne błyski w oczach. Tymi oczami przeszyła panią Duszycką, swoją sąsiadkę i prawie przyjaciółkę, jak sztyletami.

– Kto ci powiedział, że jestem jakąś cholerną bidulką?

Pani Zuzanna jednak się nie wystraszyła.

– Sama zostałaś w dniu ślubu własnej córki. Ja bym na twoim miejscu czuła się okropnie…

– I przyszłaś mi to powiedzieć? – Pani Bożena, owszem, czuła się okropnie, ale nie było to na pewno sprawą żadnych Duszyckich.

– Przyszłam dotrzymać ci towarzystwa….

– Bo ci się zrobiło mnie żal? A kto ci powiedział, że ja potrzebuję twojego żalu? Nie potrzebuję niczyjej cholernej litości. Niczyjej. Twojej też. Jak będę chciała twojego towarzystwa, to cię zaproszę!

Byłaby trzasnęła drzwiami pani Duszyckiej przed nosem, ale ta przytomnie wsadziła solidny półbut w szparę i przytrzymała ręką klamkę.

– W ten właśnie sposób zrażasz do siebie ludzi przez całe życie – powiedziała spokojnie. – Nie chcesz towarzystwa, to nie. Cześć.

Puściła klamkę, zabrała nogę i odwróciła się do przyjaciółki plecami.

– No to już chodź! – Pani Bożena wycofała się na z góry upatrzone pozycje.

Ale sąsiadka Duszycka zawinęła się i odeszła.

No tak. Miała, niestety, stuprocentową rację. Tylko że z tego nic nie wynikało.

Przez głupią Duszycką kawa straciła optymalną temperaturę. Pani Bożena prychnęła wściekle (choć tak naprawdę była zadowolona, że ma się czym zająć), wylała kawę do zlewu i przystąpiła do produkcji nowej. Niestety, zajęło jej to zaledwie cztery minuty. Wyjęcie z szafki jakichś ciasteczek, po starannym wyborze ich spomiędzy kilku dostępnych gatunków – kolejne trzy. Siadła przy stole i włączyła telewizor. Jakaś polityka. Ta Michalina jest głupia, kogo obchodzą wrzaski w sejmie i te wszystkie wściekłe gęby popluwające jadem? Przełączyła się na program kuchenny. Przypomniała sobie, że ma ciasto z wesela, więc odłożyła do szafki, to, co wzięła, weselne zaś odwinęła z papieru i wyłożyła na talerzyk. Wróciła do telewizora. Matko święta, kto je takie obrzydlistwa? Ona sama za żadne skarby nie wzięłaby do ust czegoś takiego (wrzaskliwy facet na egzotycznej plaży właśnie przysposabiał do grillowania sporą langustę; obok czekała na swoją kolej kupka przegrzebków). Może jest jakiś serial? Zawsze gdzieś jest jakiś serial. Ciekawe, który to? One wszystkie są dość podobne.

Kawa znowu wystygła. Koty ułożyły się do snu na kanapie, pomrukując smakowicie. Pani Bożena wypiła letni napój, też zresztą smaczny, i zapadła w rodzaj letargu. Nie chciało jej się myśleć. Serial zamienił się w kolejny serial, trudny do odróżnienia od poprzedniego.

Beznadzieja.

Minęła kolejna beznadziejna godzina.

Nagle w zamku od drzwi frontowych rozległ się chrobot. I głosy w przedpokoju. Pani Bożena niechętnie uniosła głowę.

Coś podobnego!

Do salonu wchodzili właśnie Michalina z Grzegorzem.

– Cześć, mama – powiedziała swobodnie Michalina. – Zrobiło nam się jakoś łyso, kiedy pomyśleliśmy, że taka sama tu siedzisz. Przynieśliśmy jeszcze trochę tortu, bo widziałam, że ty brałaś tylko suche placki. Zrobimy after party i pójdziemy spać, co ty na to?

– Ja lubię suche placki – odrzekła sucho matka. Przez chwilę chciała się usztywnić i walnąć im między oczy odrobinę prawdy, jak głupiej Duszyckiej, ale przypomniała sobie reakcję głupiej Duszyckiej i zrezygnowała z bojowej postawy. To naprawdę było ładnie z ich strony, że przyszli. – A co zrobiłaś z tatulkiem? – Nie wytrzymała jednak i zadała to pytanie dość zgryźliwym tonem.

Michalina nie przejęła się jej zgryźliwością.

– Tatulek siedzi w domu. Dobrał się do biblioteczki Grzesia i robi sobie powtórkę z literatury rozrywkowej. Czyta stare Jurandoty, Marianowicze, Tuwima, Słonimskiego i różne opary absurdu. I ryczy z radości. Tatulek nie zginie. To ja poukładam te resztki świetności. – Zaczęła wydobywać z opakowania to, co zostało z arcydzieł pani Lilianny. – Grzesiu, zrobisz herbatę?

– Z przyjemnością. – Świeżo upieczony zięć pani Bożeny odezwał się po raz pierwszy. Nie wyglądał na nieszczęśliwego z powodu zmiany planów. – Czy mogę zmienić pani filiżankę na świeżą?

– Boże, jaki Wersal – mruknęła pani Bożena, ale jakby przyjaźniej. – Panie Grzegorzu, z mamusią chyba nie będzie się pan wygłupiał, ale może przejdziemy na ty? Zdaje się, że dzisiaj zostaliśmy rodziną.

Woźny Marcin Słojewski, zwany od niedawna Klatą z powodu swojej reprezentacyjnej budowy, czekał cierpliwie w sekretariacie na panią dyrektor Borowską. Powinna niebawem wrócić z lekcji, a on miał jej coś do powiedzenia. Nie był pewien, czy pani dyrektor go przypadkiem nie opieprzy, ale uznał, że sprawa jest ważna i nie można jej zataić.

Jak na woźnego, ochroniarza i konserwatora szkolnego Marcin Słojewski był człowiekiem stosunkowo młodym i wyjątkowo dobrze wykształconym. Miał dwadzieścia sześć lat i skończone studia na wydziale budowy maszyn Politechniki Szczecińskiej. Miał też żonę i dwuletnie dziecko płci męskiej, a drugie, płci żeńskiej, pchało się już na świat. Marcin musiał więc wykazywać zaradność i przytomność umysłu. Dyrektor Borowska nie tylko płaciła mu dwa i pół tysiąca, ale też dała dwupokojowe mieszkanie w kamienicy na Storrady, gdzie mieściła się szkoła. Miał więc bardzo poważną motywację, aby uczciwie zajmować się pracą, a poza tym starczało mu czasu na żonę, dzieci i jeszcze dorywcze zlecenia dla jednego ze stoczniowych biur projektów. Agnieszkę wielbił, odkąd wyłuskała go z kolejki do lekarza rodzinnego (oboje padli pod naporem sezonowej grypki) i odpytała o życiorys – wydał jej się bowiem interesującym osobnikiem. Był właśnie świeżo po dyplomie i po chrzcinach pierworodnego. I nie miał pracy. Agnieszka zaproponowała mu wtedy pracę i mieszkanie w szkole Rozbickich. Na Warszewie mieli jeden pokój, na Storrady dwa z kuchnią... gdyby dyrektorka po raz kolejny zmieniła szkołę, może byłyby trzy pokoje? Nie, to oczywiście żart. Dyrektorka jest na swoim i chyba czuje się tu doskonale. I dobrze. Na zdrowie. To świetna kobieta i umie pracować z ludźmi. Ma do nich szacunek. Chyba to właśnie najbardziej się Marcinowi w niej podobało.

– O, pan Marcin. Coś się stało?

– Nie jestem pewien, pani dyrektor. – Marcin wstał z krzesła. – To znaczy, stało się. Możemy porozmawiać?

– Proszę. – Dyrektorka weszła do gabinetu. – Napije się pan ze mną kawy? Szybko zrobię.

Podstawiła dwie filiżanki pod ekspres, który na chwilę dostał szału.

– Ma pan jakieś kłopoty?

– Ja nie. O, dziękuję bardzo. Ja nie słodzę. Natomiast chyba ma kłopoty jedna dziewczyna z pierwszej A.

– Pan ją wpędził? O, przepraszam.

Marcin zaśmiał się lekko. Ładny uśmiech. Tak się śmieją mili ludzie.

– Niechcący podsłuchałem. Teraz, na przerwie. Dziewczyny rozmawiały w toalecie, a ja za ścianą naprawiałem gniazdko. Tam jest dziura w ścianie, jeszcze po remoncie została. No i jedna panienka drugiej mówiła, że jej test ciążowy wyszedł. I teraz nie wie, co ma zrobić, może się zabije. Mam nadzieję, że tylko tak gadała. Mówiła, że rodzicom nie powie za nic w świecie.

Agnieszka skrzywiła się, jakby połknęła żabę. W podświadomości od lat już czekała, kiedy któraś z uczennic zrobi taki numer.

– Niedobrze nam się tydzień zaczyna – powiedziała krótko. – Panie Marcinie, wie pan, która to?

– Jedna z dwóch. One mają dość podobne głosy. To takie panieneczki z pierwszej klasy, które chodzą w samej bieliźnie. Mogę je pokazać palcem, ale nie zdążyłem się jeszcze wszystkich nauczyć na pamięć i nie wiem, jak się nazywają.

Agnieszka wymagała od całego personelu znajomości wszystkich uczniów szkoły. Nie od razu, oczywiście, ale stopniowo. Nie chciała anonimowości. Dwie panieneczki w bieliźnie skojarzyła natychmiast.

– Chyba wiem. Rzeczywiście, nie udało mi się ich jeszcze przekonać, żeby się ubrały. Pracuję nad tym, jak dotąd bez powodzenia.

– Jeśli wolno mi coś powiedzieć w tej materii, to one wyglądają jak chodzące zaproszenie do łóżka.

– No właśnie. Pewnie ktoś z tego zaproszenia skorzystał. Wie pan, panie Marcinie, kiedy ja byłam w ich wieku, takie ubranka jak te ich sukienki to była nasza bielizna podspodnia. A mnie się robiło głupio, kiedy mi wyjrzało na światło dzienne ramiączko od stanika. Dzisiaj dziewczyny chodzą prawie nagie i ja nie mam nic przeciwko temu, skoro chcą. Ale to zaproszenie, ma pan rację. Nie podsłuchał pan przypadkiem, czy to nie był rodzaj gwałtu?

– Nie wydaje mi się. One nie mówiły o tym jak o gwałcie, tylko jak o nieostrożności. Wpadka. Tak bym to określił.

– No dobrze, będziemy działać. Bardzo dobrze, że pan je usłyszał, może uda nam się wkroczyć w porę. Zanim same wymyślą coś głupiego.

Marcin wstał z krzesła.

Hermes, pomyślała Agnieszka, patrząc na niego z przyjemnością. Facet ma figurę jak jej ulubiony Hermes Praksytelesa. Ten z małym Dionizosem. Te nowe kombinezony robocze są całkiem zgrabne…

– Pani dyrektor, czy pani zamierza ujawnić moją rolę w aferze?

– Chyba tak, panie Marcinie. Nie chcę tworzyć tu atmosfery KGB. Jeśli coś wiemy, to z normalnego źródła. Jakby się do pana rzucały z pazurkami, to pamięta pan naszą naczelną zasadę: one mogą być głupie, bo to jeszcze dzieci…

– A my jesteśmy od tego, żeby im pomóc i wytłumaczyć, na czym polega życie. Pamiętam. To fajna zasada i przydaje mi się w wychowaniu syna. Generuje cierpliwość ojcowską, jeśli mogę tak powiedzieć.

– Do dwulatka jest już potrzebna? Ale jeśli tak, to bardzo się cieszę. Co oni teraz mają? – Agnieszka zerknęła na grafik. – Francuski. Ostatnia lekcja. Bardzo dobrze. Proszę do nich iść z łaski swojej, wywołać na moment Madame Franusię i poprosić ją, żeby do mnie potem przyszła z obiema panienkami. W miarę możności dyskretnie i absolutnie bez sensacji.

Madame Franusia, elegancka czterdziestolatka i rodowita Francuzka, która piętnaście lat temu wyszła za polskiego inżyniera okrętowca i nazywała się Françoise Wieczorek, była miłą i bystrą osobą. Natychmiast zrozumiała, w czym rzecz, i domyśliła się, o kogo chodzi. Żeby nie wzbudzać niepożądanej sensacji, poprosiła obie dziewczyny o pozostanie pod pretekstem drobnej pomocy przy segregowaniu płyt, które jakoby wyleciały z szafki na podłogę, zostały wepchnięte z powrotem byle jak i teraz wymagały starannego ułożenia. Przy pedanterii Madame Franusi wypadnięcie czegokolwiek z szafki było absolutnie niemożliwe, ale dziewczęta o tym nie wiedziały.

Nauczycielka poczekała, aż drzwi zamknęły się za ostatnim wychodzącym uczniem.

– Bien. Tehaz wam powiem phawdę. Phosi nas pani dyhektor. Ja nie wiem, po co, może wy wiecie?

Dziewczyny spojrzały po sobie, a w ich zaskoczonych oczach Madame dostrzegła lekki popłoch.

– Nie wiecie? No więc chodźmy.

Dyrektorka czekała u siebie. Sekretarka Ewa była uprzedzona, że rozmowa będzie najwyższej wagi (Agnieszka, oczywiście, powiedziała jej, o co chodzi) i nikt nie ma prawa zakłócić jej przebiegu.

W drodze z drugiego piętra na pierwsze obydwie dziewczyny zdążyły już ochłonąć i trochę się opancerzyć. Kiedy wchodziły do gabinetu dyrektorki, było już widać, że postanowiły walczyć do ostatniej kropli krwi.

– O, dzień dobry – powiedziała Agnieszka ze swobodą. – Cieszę się, że panie już przyszły. Zanim zaproszę na fotele, pozwólcie, że zapytam: która z was ma ten kłopot?

Zero odpowiedzi. Twarz jednej z dziewczyn pokryła się purpurowym rumieńcem. Widać go było nawet spod grubego makijażu.

– Chyba już wiem – kontynuowała Agnieszka. – Niemniej jeśli chcecie, możemy rozmawiać w czwórkę.

– Ale o czym? – spytała dość aroganckim tonem ta bez rumieńca.

– O ciąży twojej koleżanki, Kasiu.

Madame Franusia podniosła wysoko pięknie zarysowane brwi.

– Ola jest w ciąży? No to rzeczywiście mamy kłopot.

– Nie jestem w żadnej ciąży – warknęła Ola. – Czy możemy już wyjść?

– Chwileczkę. Mówiłyście o tym na przerwie w toalecie. Głośno. Tam jest dziura w ścianie. Ktoś was usłyszał.

– I przyleciał zakablować – prychnęła Kasia. – Co to za menda?

– Pan woźny. Nie nazywałabym go mendą.

– A ja bym nazwała – brnęła Kasia, improwizując. – Woźny Klata jest menda i erotoman. Nie przepuści okazji, żeby nam zajrzeć do staników! Wszystko wymyślił!

– Dlaczego Klata? – zainteresowała się Madame Franusia. – Mahcin, tak? Słojewski. Zapamiętałam. Dlaczego Klata?

– Nie widziała pani, jaką ma klatę? Jak kulturysta. – W głosie Kasi pojawiła się nieuświadomiona nutka podziwu.

– Ach, rozumiem. – Agnieszka uśmiechnęła się. – I zagląda wam do czego? Do staników? A nosicie jakieś?

– Możemy się ubierać, jak chcemy – warknęła Kasia.

– Oczywiście. Niestety, nie udało nam się jeszcze was przekonać, żebyście się ubierały stosownie do okoliczności. Szkoła nie jest przedsionkiem sypialni. Pan Klata, tfu, pan Słojewski, który jest prawdziwym mężczyzną, mówi, że wyglądacie jak zaproszenie do łóżka. I tu od razu coś wam powiem, dziewczynki. Nie sądzę, żeby woźny Klata wasze zaproszenie przyjął. Ma bardzo atrakcyjną żonę, której nie dorastacie do pięt, jeśli chodzi o urodę. I nie jest pedofilem, wiem, bo znam go już kilka lat i lubię.

– A nas pani nie zna i nie lubi.

Agnieszka nie przestawała się uśmiechać.

– Na razie nie dałyście mi szansy na to, żebym was polubiła. Nie słuchacie, co do was mówimy, traktujecie szkołę jak filię dyskoteki, marnujecie czas swój i nasz. Nam przynajmniej wasi rodzice płacą za ten zmarnowany czas, a wam ucieka bezpowrotnie.

– Nauczyciele powinni lubić uczniów. Za to też im się płaci!

– Na szczęście ta sfera jest nie do zapłacenia. Olu, czy chcesz, żebyśmy rozmawiały przy Kasi, czy bez Kasi? Bo dzisiaj chciałabym się jednak skoncentrować na twoich problemach.

– Kaśka, nie wychodź! – W oczach Oli pojawiło się coś jakby przerażenie.

– Czy myślisz, że będziemy cię przypiekać na hożnie? – spytała ciekawie Madame Franusia. – Pani dyhektoh, mamy coś takiego w planie?

– Jest to pomysł – przyznała pani dyrektor. – Tylko kto by to robił?

– Woźny Klata – odrzekła natychmiast Madame. – Trzeba mu to wpisać w zakhes obowiązków.

Nieszczęsne szesnastolatki już i tak czuły się trochę jak przypiekane na rożnie. Nie wiedziały, że takie pogaduszki w tonie uprzejmym i swobodnym to element metody wychowawczej Agnieszki. Powodowały, jak to określała, „zmiękczenie delikwenta".

– Siądźmy – zaproponowała dyrektorka. – Niezależnie od tego, jak bardzo nie chcesz o tym mówić, Olu, ja chcę o tym porozmawiać. Mogę wykonać solówkę. Napijecie się czegoś, dziewczyny?

Uczennice pokręciły głowami, a Madame zaofiarowała się zrobić herbatę sobie i Agnieszce. Ta ostatnia wyjęła z lodówki dwie butelki coli i postawiła przed dziewczynami. Na użytek wewnętrzny nazywała to jednoosobową wersją patentu na

„złego glinę i dobrego glinę". Dobry stawiał colę, zły nie popuszczał w przesłuchaniu. Delikwent miał się czuć ogólnie zmącony.

– Teraz już poważnie – zaczęła Agnieszka. – Zakładam, że jednak nasz drogi woźny Klata nie kłamie, bo po co miałby to robić. Usłyszał waszą rozmowę i przejął się nią...

– Akurat! – prychnęła pogardliwie Kasia. – Przejął się!

– Kasiu, proszę, ty siedź cicho, skoro już uparłaś się tu zostać. Sprawa nie dotyczy ciebie. Poza tym nie wiem, dlaczego zakładasz a priori, że pan Marcin jest dla was nieżyczliwy.

– Już my wiemy, czego on by od nas chciał!

– Prawdopodobnie niczego. Natomiast u ciebie widzę zdecydowane zainteresowanie jego klatą. Ale zapomnij. On ma swoją rodzinę. Ma też dzieci. Córka w drodze. Ma też wyobraźnię i prawdopodobnie chciałby uchronić swoje dzieci przed zasadzkami, jakie niesie życie. To mu się rozciąga na was. Mam na myśli instynkt ojcowski. On rozumie, że Ola ma w tej chwili problem, z którym sama sobie nie poradzi. Pospieszył z pierwszą pomocą. Do nas należy druga. Olu, czy ty już to zrozumiałaś, czy jeszcze wydaje ci się, że koleżanka Kasia ma jakiś cudowny sposób na rozwiązanie problemu?

– Olka, nie daj się przekręcić! Ona specjalnie tyle gada, żeby cię skołować!

Nie da się ukryć, pomyślała Agnieszka i przez chwilę zastanawiała się, czy by jednak nie wyprosić ekspansywnej Kasi do sekretariatu. Doszła jednak do wniosku, że na tle zacietrzewionej dziewczyny ona sama może wypaść korzystniej, co z kolei skłoni Olę do okazania jej większego zaufania.

Agnieszka byłaby świetną szachistką, gdyby jej się chciało grać w szachy.

– Kasiu droga, umówmy się, że teraz pozwolisz mi powiedzieć, co mam do powiedzenia. A potem zastanowimy się, co dalej, dobrze?

Kasia zamamrotała coś pod nosem w tonacji wściekłej.

Madame Franusia milczała, ale było widać, że nieźle się bawi.

– Olu, posłuchaj mnie uważnie, proszę. Są dwie możliwości. Pierwsza jest taka, że nie jesteś w ciąży, a ja się niepotrzebnie wygłupiam, zawracam głowę Madame... to znaczy pani Françoise. Czy jesteś pewna, że to ciąża? Może tylko okres ci się zatrzymał?

– Robiłam testy trzy razy – wypaplała załamana Ola, wywołując kolejne wściekłe prychnięcie koleżanki. Zarówno Agnieszka, jak i Madame zachowały kamienną twarz.

– Rozumiem. Kasiu, chyba jednak poproszę cię, żebyś nas opuściła. Proszę cię też o dyskrecję. Jeśli Ola będzie chciała, wtajemniczy cię we wszystko. My nie mamy prawa, bo to jest prywatna sprawa Oli.

– Ja i tak wszystko będę wiedziała – warknęła Kasia, ale wyszła i zajęła w sekretariacie krzesło najbliżej drzwi gabinetu dyrektorki. Sekretarce powiedziała, że pani dyrektor kazała jej poczekać na koleżankę.

– Olu, kto jest twoim opiekunem? – Agnieszka wprowadziła w szkole podobny do angielskiego system tutorów, indywidualnych opiekunów każdego ucznia. W mniej newralgicznym przypadku przekazałaby Olę jej tutorowi i przestała się nią przejmować. Tym razem uznała, że powinna sama trzymać rękę na pulsie.

– Ja – odezwała się zamiast Oli Madame Franusia.

– To się dobrze składa. Będziemy razem myśleć.

– Co to znaczy, że razem? – rzuciła się nagle Ola. – To jest moja prywatna sprawa! Nie życzę sobie, żeby każdy właził mi z butami do życiorysu!

– Każdy nie. Tylko my. I bez butów. Ola, zacznijmy rozmawiać konstruktywnie, bo już mi się nudzi to bicie piany. Przede wszystkim: rodzice wiedzą?

– Rodzice są w Szkocji. Pracują na moje czesne. Babcia i dziadek nie wiedzą.

– Kiedy chcesz im powiedzieć?

– Wcale im nie chcę powiedzieć!

Agnieszka nie zmieniła ani o ton łagodnego głosu.

– Ola, obudź się! Masz swojego lekarza ginekologa?

Tu wreszcie tamy pękły i Ola wybuchnęła rozpaczliwym płaczem. Madame Franusia miała taki odruch, jakby ją chciała objąć i przytulić, ale czujna Agnieszka powstrzymała ją stanowczym gestem. Podsunęła tylko dziewczynce paczkę chusteczek higienicznych. Ola jakiś czas spazmowała i płakała czarnymi łzami, ale w końcu zabrakło jej energii i poprzestała na siąpaniu nosem.

– I co ja teraz zrobię? – wyszeptała dramatycznie jak każda normalna panienka w jej sytuacji.

– Wytrzesz nos i zrobimy naradę – odrzekła Agnieszka flegmatycznie.

Ola posłusznie wytarła nos.

– Powiem wam, jaka jest moja propozycja. Znam bardzo sensowną panią profesor, która na pewno nam pomoże. Pojedziemy do niej jutro, nie wiem jeszcze o której. Najpierw trzeba sprawdzić, czy to na pewno ciąża. Testy nie są całkiem miarodajne, Ola jest jeszcze bardzo młoda, nie wiem, czy to może mieć znaczenie, zresztą nieważne. Musimy mieć pewność. Wtedy Ola będzie myślała, co dalej. Olu, powinnaś porozmawiać z babcią.

Dziewczyna skuliła się na fotelu.

– Czy wolisz, żebym ja z nią porozmawiała?

Ledwo dostrzegalne skinienie głową.

– Dziś czy po wizycie u lekarza?

– Po...

– Dobrze. Jutro wpadnij do mnie, zaraz jak przyjdziesz do szkoły, powiem ci, na którą się umówiłam. I nie martw się na zapas. Jutro będziemy podejmować decyzje. Dziś daj sobie luz. Trzymaj się. Będzie dobrze.

Ola kiwnęła smętnie głową i wyszła, powłócząc nogami.

Madame siedziała w podziwieniu.

– Nie wiem, jak ty to hobisz. Ja się zdenehwowałam, a ty nic.

– Ja też trochę. Popatrz na to pod tym kątem: to ona ma problem, ta mała niemądra...

– Ta mała, niemądha kokotka – zaśmiała się Madame. – Dobrze, że Klata... one miały na myśli klatkę piehsiową?

– Jak najbardziej.

– Dobrze, że Klata ma taką ładną żonę i świata poza nią nie widzi.

– Wypluj te słowa. Jakby poleciał na uczennicę... tfu, tfu, odpukać! Wtedy my mielibyśmy kłopot i to potężny.

Alina czuła się zawieszona. Na ślubie Michaliny i Grzegorza cieszyła się uczciwie szczęściem przyjaciółki, choć swojego czasu podkochiwała się w nieocenionym doktorku. Zdawała sobie, oczywiście, sprawę, że była to klasyczna miłość pacjentki do lekarza. Teraz dopadła go Michalina i niech jej będzie na zdrowie. Agnieszka z kolei dostała notariusza, niejako odziedziczonego po Marceli, chociaż kto ich tam wie, znaczy Marcelę i Jerzego, chyba jednak nic między nimi nie było. Marcela, jak się zdaje, po dwóch rozczarowaniach miała wreszcie w domu faceta miłego, zakochanego i odpowiedzialnego... w każdym razie za bąki na moczarach.

Własna konstatacja na temat przystojnego ornitologa rozśmieszyła ją trochę. Sięgnęła do lodówki i nalała sobie kieliszek wytrawnego białego martini.

Ona sama niby trafiła na mężczyznę życia, namiętność wybuchła jak wulkan i natychmiast zdechła, bo jak tu żywić namiętność do mężczyzny, którego nie ma? Nawet nie zdążyła go porządnie poznać.

Marcin Mokrzycki bujał się teraz gdzieś po morzach i oceanach... nie, zdaje się, że jednak chwilowo tylko po morzach i co jakiś czas, kiedy „Dar" zawijał do portu, wysyłał jej maile. Znajdowała tam trochę wyrazów i zdań, które wprawiały ją w przyjemną trzęsionkę, jednak było ich o wiele za mało. Tłumaczyła sobie, że on tam jest permanentnie w pracy i nie może się zajmować epistolografią, ale takie tłumaczenia warte są, jak wiadomo, funta kłaków. Wspominała po tysiąc razy każdą chwilę, którą spędzili razem – zwłaszcza tę noc przed jego odjazdem, ostatnią noc Tall Ships' Races, kiedy dzieci (traktowała już Dawida Niepierę trochę jak własne drugie dziecko) spały na „Asgardzie", zostawiając im, starszym, wolną chatę. I zastanawiała się, czy to wszystko będzie miało dalszy ciąg, czy rozmyje się w codzienności.

Klasyczne dylematy żony marynarza.

Tylko że ona nie jest żoną Marcina.

Nika coś tam wprawdzie knuła w tym temacie, ale też nie wiadomo, czy Marcin wziął to do serca... Nika na pewno chodzi teraz do szkoły i pilnie nadrabia to, co straciła przez chorobę.

Z tego całego zawieszenia Alina zwołała posiedzenie Klubu.

Marcelina była, rzecz jasna, nieobecna, ale trzem przyjaciółkom nie chciało się tym razem jeździć do Stolca. Spotkały się po staremu, u jazzmanów. Saksofonista znowu był łysy, ale nie grał, tylko siedział przy barze i zawzięcie konferował z jakimś drugim łysym. Alina udała się do tegoż baru i poprosiła – w braku żywej muzyki – o Sinatrę. Po chwili stary mafioso wyznawał komuś ciemnym i ciągutkowym głosem: „You are my way of life". Bardzo stosowny podkład muzyczny.

– Nerwicę mam – wyznała Alina na wstępie. – Nie wiem, czy nie powinnam iść do psychiatry.

– Mam jednego w domu – zaśmiała się Michalina. – Mogę ci wypożyczyć na godzinkę. Ty naprawdę?

– Naprawdę to chyba nie. Słuchajcie, jakoś się dziwnie porobiło w naszym Klubie. Założyłyśmy go celem czynienia rzeczy pożytecznych, a skończyło się i tak na łapaniu chłopów. A ja mam stres, bo nie wiem, czy złapałam tego chłopa, czy mi się wymknął.

– Przecież czynimy rzeczy pożyteczne. – Agnieszka wzruszyła ramionami. – A chłopa dobrze jest mieć. I nikt go przecież nie łapał, sam przyszedł. Nie, Alka, poczekaj. Teraz ja. Można nie mieć chłopa i świat się od tego nie zawali. Ale jak już on się napatacza… Dziewczynki, czy można powiedzieć „napatacza"?

– Gdzieś czytałam o takich ciastkach, co się nazywają papatacze – wymądrzyła się Michalina. – To chyba nie to samo.

– Papatacze? Nie gadaj! – Agnieszce spodobała się pociesznie brzmiąca nazwa. – To ja będę mówiła, że coś się napatacza. No więc jeśli jest ten chłop, w dodatku dorzeczny i nastawiony nie tylko na bzykanie, ale pełen uczuć wyższych i tchnący ciepłem…

– Notariusz tchnie ciepłem? – nie wytrzymała Michalina.

– No, tchnie. Grzegorz też tchnie. I ten twój, Alka, Marcin, „podporucznik slicznosci, znany ze swej dzjarskosci"…

– On jest porucznik. Znaczy kapitan – sprostowała Alina.

– Znaczy Kapitan to był Mamert Stankiewicz, a podporucznika cytuję, tylko nie wiem z czego. Taka piosenka była, przedwojenna. Sempoliński śpiewał. Chodzi mi o to, że posiadanie chłopa nie jest niczym zdrożnym. Łapanie, owszem, w moim pojęciu jest. A przynajmniej nieestetycznym. Alina, o co ci właściwie chodzi z podporucznikiem?

– Porucznikiem. Kapitanem. Głupio mi jakoś, nie wiem, czy ta cała historia romansowa to nie był tylko wynik atmosfery… Przecież wiecie, co się wtedy działo, wszyscy powariowali, te żaglowce, zabawa, kocioł ogólny…

– A wiesz, Alka, że ja mam podobne obawy? – Agnieszka pomachała na kelnera, żeby doniósł jej drugą kawę. – Zastanawiam się, czy to, co się dzieje między Jerzym a mną, to naprawdę, czy nie naprawdę? Z jego strony tak jakby naprawdę, a z mojej… no właśnie nie wiem.

– To ty po prostu nie wiesz, czego chcesz. A już kiedyś byłaś pewna.

– Byłam, ale nie wiem, czy ta pewność nie była efektem chwili. Teraz się zastanawiam nad bardzo prozaicznymi sprawami, macie pojęcie? Na przykład kto do kogo się przeniesie, w sensie mieszkania. On ma piękny dom, więc niby wybór oczywisty, ale jest moja Róża. Ona będzie coraz słabsza i musi mnie mieć w zasięgu ręki.

– Komórki są – bąknęła Michalina. – Ale rozumiem. Ala, ty masz tak samo?

– Ja mam trochę inaczej. Ja nie jestem pewna Marcina. Ani siebie zresztą.

– W sensie „czy kocha"?

– Mniej więcej.

Zapadło ponure milczenie. Michalina poczuła się trochę głupio, że ona taka ustabilizowana żona w ciąży, mąż na rękach ją nosi w przenośni i dosłownie, a generalnie oboje od rana do nocy śpiewają pieśń miłosną i z dzióbków sobie jedzą.

Jakieś to, cholera, trywialne…

Zwierzyła się przyjaciółkom z wątpliwości, które na nią właśnie spadły, i natychmiast została bezlitośnie obśmiana i ustawiona do pionu.

– Jezu, jaka ty głupia jesteś! – To była jedna z lżejszych inwektyw użytych przez Agnieszkę. – Bycie szczęśliwym nie jest karalne, sieroto!

– Niby nie, ale dokoła tyle nieszczęścia…

– Chyba nie masz na myśli nas? – spytała zgryźliwie Alina. – My mamy chwilowe kłopoty egzystencjalne, a poza tym uważamy, że życie jest piękne.

– Ale tak do końca szczęśliwe nie jesteśmy. Alka, nie masz wrażenia, że my nie potrafimy być szczęśliwe?

– Może masz i rację. Tak na rozum wiem, że jestem szczęśliwa, mam pracę, mam Jagę, która jest zdrowa i inteligentna, i nawet ostatnio kocha mamusię, przyjaciółki mam, kolegów w pracy świetnych, szefa do zeżarcia... Wiem to wszystko, ale tego nie czuję. Jeśli rozumiecie, co mam na myśli.

– Nie jestem pewna, czy Miśka rozumie. Ja rozumiem. Mam dokładnie to samo. Misia, ty jak?

– Ja nie. Generalnie wiem, o czym mówicie, ale jak mi było źle, to było źle, byłam samotna... w sensie damsko-męskim i na dodatek matka mi stale dokopywała. Oraz żyłam wśród grobów. Teraz mam fajną pracę, Grzesia, was i ojca. A matki się nie boję. I będę miała dziecko Grzesiowe, to jest sama przyjemność. Świat jest cudny. Wszystko mi się podoba. Wiem... rozumiecie, wiem, że wszystko będzie dobrze.

– No właśnie. Chyba w tym różnica – westchnęła Agnieszka. – My z Alką tego nie wiemy. To może jest choroba umysłowa.

– Spytać Grzesia?

– Nie. Jeszcze nie. Może jakoś się tego szczęścia nauczymy we własnym zakresie. Zresztą ja na razie mam większe zmartwienie. Jedna panienka z pierwszej klasy jest w ciąży. Mam nadzieję, że zaszła przed wakacjami i rodzice nie będą mieli do nas pretensji. I że nie zwali wszystkiego na naszego woźnego z zemsty, że to on nam powiedział o jej ciąży...

– A skąd wiedział, skoro nie spowodował?

– Podsłuchał przez dziurę w ścianie, w toalecie. Niechcący.

– Nikt nie uwierzy, że niechcący. O, kochana, to ciebie może jeszcze wiele atrakcji czekać, zwłaszcza jak się prasa dowie i telewizja, i organizacje obrońców życia poczętego, i wszyscy razem zaczną ci rżnąć opony...

Pani Lilianna wstała jak zwykle o dziewiątej i stwierdziła, że znowu udało jej się zdobyć pierwsze miejsce. Reszta towarzystwa spała snem sprawiedliwego, każde w swoim pokoju. Marcelina, zdaniem mamy B., mogłaby przesypiać całe dnie. Trochę ją (mamę) to denerwowało, jako osobę na wskroś energiczną i chętną do czynu. Chciała nawet odrobinkę pohałasować garnkami, ale zaniechała zamiaru przez wzgląd na Edusia, który też spał. No ale Eduś prawie do rana pracował nad habilką. Jak on to śmiesznie nazywa. I bez sensu. Habilitacja brzmi o wiele bardziej dostojnie. Eduś, niestety, nie ma w sobie za grosz powagi stosownej dla przyszłego profesora.

Mama Bronikowska była bardzo dumna ze swojego syna Edusia. Tylko to pozwalało jej znosić abnegację jego smętnej donny.

A jak wytresowała małą Krzysię! Dziecko ani piśnie, dopóki mamunia się nie obudzi. Inna rzecz, że nie piska, bo też śpi jak kłoda.

Mama B. spojrzała na swoje odbicie w szybie kuchennej witrynki. Szykowna i pełna uroku starsza pani.

Tfu!

No... jednak starsza. Dwa lata do siedemdziesiątki.

Zrobiła sobie kawę i usiadła przy stole z widokiem na ogród. Taki stół to skarb. Kuchenny stół na Zygmunta Starego miał widok na byle jaki podwyrek. Właśnie podwyrek, a nie podwórko. Nie każde wyrko zasługuje na miano łóżka, a ten podwyrek... zasługiwał tylko na małą bombkę, która by go zrównała z ziemią. W oczach pani Lilianny w każdym razie.

Wpatrzyła się teraz w stare drzewa owocowe, jak zwykle z mieszaniną przyjemności oraz irytacji. Właśnie wyliczała sobie w myślach listę pretensji do smętnej donny, kiedy nagle coś jej się przypomniało i aż podskoczyła.

Czy nie wczoraj losowali tego totka? Państwo młodzi powinni ją zawiadomić, jeśli nic nie było. Ot, dla przyzwoitości. No ale ona przecież musi wiedzieć... Dzwonić nie wypada.

Internet!

Zostawiła niedopitą kawę i pognała do pokoju Edusia. Spał rozkosznie i pochrapywał. Nie rozczuliła się jednak tym razem, tylko zaczęła nim potrząsać.

Usiadł na łóżku natychmiast.

– Wylęgły się?

– Kto? Bo jeśli Marcela i Krzysia, to jeszcze nie. Śpią obie. O twoich ptakach nic mi nie wiadomo. Wstań, proszę.

Eduś jakby oprzytomniał.

– Mamusia! – jęknął rzewnie. – Czemu mi to robisz? Pożar mamy?

– Nic się nie stało, spokojnie, synku, odpal mi tylko komputer, bo nie wiem, jak to się tu robi...

– Tak samo jak na Zygmunta – westchnął synek, ale wstał.

Poczłapał do biurka i włączył komputer.

– Czego ci trzeba, mamuś?

– Totka. Wczoraj było losowanie. Chyba.

Eduś potwornie ziewnął i wykonał kilka operacji.

– Ja zanotuję! – Mama już czekała z karteczką i długopisem. Jego długopisem. Trudno. Byle oddała.

– Nie notuj. Wydrukuję ci. Oddaj mi długopis, proszę.

Wielbiciel natury był bardzo przywiązany do swoich piór i długopisów.

– Dziękuję ci, kochany. Wracaj do łóżka, ja wiem, że strasznie późno poszedłeś spać. Dośpij, należy ci się.

Wykazawszy troskę o syneczka, kochająca mamunia capnęła kartkę papieru i pomknęła jak strzała do swojego pokoju. Chwilę potem, kiedy Eduś przyłożył już głowę do poduszki i nawet miał pierwsze senne wizje – śniły mu się wielkie, człapiące pelikany, które osiedliły się na Świdwiu – został znowu, i to jeszcze brutalniej, wyrwany z błogostanu.

– Eduś! Proszę! Przepraszam, że cię budzę, ale nie wierzę własnym oczom. Ani własnej głowie. Proszę, pomóż... No, siadaj! – wrzasnęła wreszcie i odniosła sukces.

– Tak, mamo.

– Sprawdzaj, czy się zgadza. – Mama podsunęła mu jego świeży wydruk i zaczęła czytać z jakiegoś świstka. – Cztery...

– Jest.
– Dziewięć…
– Tak.
– Dwadzieścia trzy…
– Jest.
– Dwadzieścia sześć…
– Mama, to ten prezentowy totek?
– Dwadzieścia sześć!
– Jest.

Pozostałe cyfry też się zgadzały.

Eduś był już trzeźwiutki jak harcerz, a jego mama miała rumieńce pod różnokolorową grzywką.

– Eduś, sześć trafnych… wszystkie trafne… to będzie milion?

– Nie mam pojęcia, mamusiu. Nigdy nie grałem. Ciekawe, czy Misia i Grzegorz już wiedzą.

– Gdyby wiedzieli, to by chyba zadzwonili, z przyzwoitości samej! Eduś, masz do nich numer?

– Chyba mam. – Eduś poklikał komórką. – Proszę, łączy cię.

Michalina zajmowała się właśnie odbiorem sporej partii róż i iglaków – oczywiście w sensie wyłącznie kierowniczym, samochód rozładowywali dwaj krzepcy młodzieńcy, podczas gdy ona sprawdzała, czy wszystko się zgadza. Telefon dzwonił i dzwonił w kieszeni jej niebieskich ogrodniczek, a ona miała nadzieję, że wreszcie mu się znudzi i przestanie. Była to nadzieja płonna. Mama Bronikowska cztery razy wysłuchała nagrania w poczcie głosowej i w końcu się doczekała. To znaczy Michalina nie wytrzymała.

– Słucham – powiedziała uprzejmie. Jak ktoś ma tyle samozaparcia, to mu się należy odrobina względów.

– Pani Misia?! Lila mówi, Bronikowska!

– Tak, pani Lilu. Coś się stało?

– Pani nie wie?

– Czego nie wiem?

– Że wygraliście milion?

– Żartuje pani! A ja zapomniałam na śmierć o tym kuponie, własny ślub to jednak przeżycie…

– Matko święta, czy pani zgubiła kupon?

– Nie, nie, skądże. Wiem, gdzie jest. Ja tylko o nim zapomniałam.

– To niech pani sobie przypomni jak najszybciej i pędzi po wypłatę! I zadzwoni do mnie, bo strasznie jestem ciekawa, ile tego będzie.

– Mówiła pani, że milion…

– Tak tylko powiedziałam, bo milion w totka to już taki przysłowiowy. Wszystkie cyfry macie trafione. Wszystkie! Sześć! A za szóstkę płacili po milionie! Kiedyś, znaczy…

– Jeszcze nic nie wiadomo, zależy ilu ludzi ma takie same trafienia…

– Chyba panią Bóg opuścił! Sześć takich samych? Pani Michalino, niech pani nie bluźni!

– Pani Lilu, ja tu mam pilną pracę, ale koło południa się urwę i pojadę do kolektury…

– A pan Grzegorz nie może?

– Nie, bo jest na jakimś seminarium psychiatrycznym w Krakowie. To na razie, pani Lilu. Aha, dziękuję raz jeszcze! Przyniosła nam pani szczęście. Całuję!

– Pa! – powiedziała wzruszona mama B. i wyłączyła komórkę.

Michalina gapiła się na piękny okaz jodły *Abies glauca* i zastanawiała, czy na pewno już się dobrze obudziła.

~

Ola Tamborska nie wyrywała się w domu z rewelacją. Prawdę mówiąc, była po prostu ciężko przerażona. Jej serdeczna przyjaciółka jeszcze z gimnazjum, Kasia Szulc, usiłowała ją pocieszyć, ale te pociechy były tak idiotyczne, że nie dało się ich traktować poważnie. Dużo energii zresztą Kasia zużyła na obrzucanie obelgami woźnego Klaty i tej jebanej dyrektorki.

Jak widać, język Kasi mocno odbiegał od tego, co z ust uczniów i uczennic chciałaby słyszeć Agnieszka. Rodzice nie mieli czasu na taki drobiazg jak wpajanie córeczce zasad pięknej polszczyzny i zachęcanie Kasi do jej stosowania. Oboje tyrali jak szaleni od świtu do nocy – matka lekarka, chirurg, brała tyle dyżurów, ile tylko mogła bez obawy, że padnie w trakcie operacji; ojciec, przedstawiciel zachodniej firmy ubezpieczeniowej, robił wszystko, aby znaleźć się na szczycie firmowego rankingu najskuteczniejszych. Jeśli ktoś dotrzymywał dziewczynie w domu towarzystwa, to przeważnie pani Żabińska, odwieczna niania, sprzątaczka i pomoc domowa. Pani Żabińska wobec zachowania Kasi była absolutnie tolerancyjna. Uwielbiała ją, bo przecież wychowywała ją tak naprawdę od dziecka, od pieluszek. Kiedy przypominała sobie te pieluszki, rozpływała się totalnie. Kasia zresztą utrzymywała ją w przekonaniu, że jest wzorową uczennicą i grzeczną dziewczynką. Zakochana w niej starsza pani wierzyła nawet w to, że w dzisiejszych czasach przyjęte jest chodzenie do szkoły w sukience wielkości chusteczki do nosa i w pełnym wieczorowym makijażu.

Ola mieszkała chwilowo (to znaczy trzeci rok) u dziadków, ponieważ jej z kolei rodzice pracowali na chlebek i masełko do chlebka w Szkocji. Matka księgowa i ojciec inżynier stanęli ramię w ramię przy zmywaku, potem udało im się zmienić pracę na ambitniejszą: matka została kelnerką, a ojciec barmanem. Podczas jednej z nielicznych tygodniowych wizyt w Polsce zdecydowali o oddaniu córki do nowego liceum. Za takie pieniądze, uważali, powinni ją w tej szkole nauczyć wszystkiego. Oraz uzupełnić niejakie braki w wychowaniu, które dały się u niej zauważyć. Oraz dopilnować jej przez kolejne trzy lata, kiedy rodzice będą kelnerzyć i barmanić… A może znowu uda się zmienić zajęcie na korzystniejsze? Rodzice Oli nie tracili na to nadziei. A od córki trochę się, prawdę mówiąc, odzwyczaili.

Ola się nie odzwyczaiła od rodziców. Tęskniła za nimi tak samo teraz, jak i trzy lata temu, kiedy wyjeżdżali, zapewniając, że to góra na rok. Nawet im to powiedziała, gdy ostatnio byli w Szczecinie, ale usłyszała, że takie prawie dorosłe osoby jak ona nie powinny się mazgaić.

Babcia i dziadek w zasadzie pozwalali się Oli mazgaić, jednak nie uczestniczyli w tym procesie, nie próbowali jej pocieszać – tak naprawdę nie bardzo wiedzieli, co w podobnych przypadkach zrobić. Było im żal dziewczynki, chętnie wzięliby córkę i zięcia za kark (dziadek mawiał: za wsiarz, cokolwiek to miało znaczyć) i potrząsnęli zdrowo. Mieli jednak świadomość, że to niczego nie zmieni. Rodzice Oli ulegli szałowi dorabiania się za wszelką cenę. W dużej części cenę tę miała zapłacić ich córka.

W liceum na Storrady lekcje zaczynały się o wpół do dziewiątej. Dwadzieścia po ósmej Ola stała pod sekretariatem dyrektorki. Agnieszka pojawiła się pięć minut później.

– Cześć, mała – powiedziała Agnieszka bez odrobiny protekcjonalności. – Zapraszam do siebie. Jak samopoczucie? Widzę, że byle jak.

Ola skinęła tylko głową i oczy jej się zaszkliły.

Agnieszka zauważyła, że tym razem Ola nie miała na sobie wczorajszej sukienki przypominającej satynową haleczkę na cienkich ramiączkach. Ubrała się w absolutnie minimalistyczną spódniczkę i mocno wycięty czarny podkoszulek z napisem NIENAWIDZĘ CIĘ. Przez moment Agnieszka zastanawiała się, czy ta informacja skierowana jest do niej i czy powinna zareagować, ale uznała, że są ważniejsze rzeczy do załatwienia. O dziewiątej była umówiona w szpitalu z profesor Joanną Fiszer, która opiekowała się Marcelą w chorobie. Jerzy Brański miał jej telefon, okazała się bowiem szkolną koleżanką jego ojca. Wszystkie Mało Używane Dziewice plus notariusz i doktor Wroński, który znał ją od lat z racji wspólnej profesji, uważali, że pani profesor jest świetną kobietą.

Świetna kobieta czekała, świeża i elegancka w swoim białym mundurku. Agnieszka miała nadzieję, że nie zacznie moralizować, ale pani profesor ani w głowie to było.

– Witam panie. Panią Agnieszkę pamiętam, odwiedzała pani przyjaciółkę po tym wypadku. Klub Dziewic. I młody Jurek Brański ją odwiedzał. Co u nich słychać?

– Długo by mówić – zaśmiała się Agnieszka. – W każdym razie mała Krzysia rośnie jak na drożdżach, a Marcela czuje się chyba dobrze.

– A Jurek? – W oczach pani profesor zapłonęły na moment zwykłe damskie iskierki zdrowej ciekawości. – Oni są razem?

– A nie. U Marceli zamieszkał pewien przystojny ornitolog. A Jerzy... jest ze mną.

– Coś takiego! Zawsze mi się wydawało, że on bardziej do pani pasuje niż do pani Marceliny. No dobrze. Koniec plotek. Masz na imię Ola, prawda?

Ola, sztywna ze strachu, skinęła głową.

– Przede wszystkim, Olu, nie bój się nas. My naprawdę nie chcemy zrobić ci krzywdy – wprost przeciwnie. Jesteśmy tu, żeby ci pomóc. Cokolwiek się okaże i cokolwiek zdecydujesz. Pani Agnieszko, a dlaczego właściwie Ola przyszła z panią, a nie z matką?

– Matka w Szkocji – wyjaśniła lakonicznie Agnieszka. – Ojciec też. Poza tym chcemy się upewnić, czy Ola rzeczywiście jest w ciąży, zanim zawiadomimy jej dziadków. Bo może nie jest i niepotrzebnie zdenerwowalibyśmy starszych ludzi. Ja się dowiedziałam przez przypadek i uważam, że należy przypadek wykorzystać.

– Ma pani całkowitą rację. Olu, badałaś się kiedykolwiek ginekologicznie?

Tym razem Ola pokręciła głową, jeszcze trochę sztywniejsza niż przed chwilą. Pani profesor, podobnie zresztą jak Agnieszka, widziała to doskonale. Mówiła do dziewczyny łagodnie, spokojnie i rzeczowo, jak do osoby dorosłej.

– Boisz się badania?

Zero reakcji.

– Chyba się boisz. Nie bój się, Olu, to nie boli. Jest krępujące, ale nie mamy wyjścia. Zresztą kobiety muszą się badać, czy lubią, czy nie. A ty już jesteś kobietą.

– Nie chcę być kobietą – wyszeptała Ola raczej głupio. Pani profesor uśmiechnęła się lekko.

– Nic na to nie poradzisz. Poza tym chyba sama wybrałaś. Skoro masz już życie seksualne, to nie możesz teraz chować głowy w piasek. Chodźmy do gabinetu.

– Ale ja nie pozwolę zbadać się mężczyźnie. – Schrypnięty szept Oli był ledwie dosłyszalny.

– Sama cię zbadam. Pani Agnieszko, pójdzie pani z nami i poczeka za parawanem. Chciałabym, żeby pani była ze mną, kiedy nasza pacjentka zemdleje ze strachu.

– Nie zemdleję…

– To spróbuj przestać się mazać. – Ton pani profesor był wciąż nienagannie uprzejmy, pojawiła się w nim jednak mała nutka niecierpliwości. – Chodźmy.

Poszły.

Ola nie zemdlała przy badaniu, chociaż niewiele do tego brakowało. Agnieszka miała świadomość, że dziewczyna nie boi się badania, tylko jego wyniku.

Wreszcie pani profesor wyszła zza parawanu i umyła ręce. Po chwili wychynęła zza niego również przerażona Ola i stanęła, trzymając się za serce.

– Masz coś z sercem? – zainteresowała się pani profesor. – Czy to tylko emocje? Siadaj, proszę. Ile, mówiłaś, tych kresek ci wyszło na teście? Nieważne zresztą. Na moje oko szósty tydzień.

Agnieszce spadł kamień z serca. Kiedy Ola pojawiła się w liceum, już była w ciąży. Hura, hura. Rodzice nie będą mogli mieć do niej żadnych pretensji. No, to teraz można się już bez reszty zająć dziewczyną.

Dziewczyna właśnie wylewała wszystkie łzy, jakie posiadała w zapasie. Pani profesor nie miała jednak już ani czasu, ani cierpliwości.

– Opanuj się – powiedziała stanowczo i wciąż uprzejmie. – Już to przecież podejrzewałaś, więc teraz się opanuj. Musimy porozmawiać.

Ola spojrzała na nią zapłakanymi oczami.

– Ja chcę usunąć...

– Nie mów tak na razie. Takie decyzje trzeba głęboko przemyśleć. Masz jeszcze czas.

Agnieszka i pani profesor spojrzały na siebie. Obie wiedziały, że według prawa Ola musi urodzić. Chyba że ciąża jest wynikiem gwałtu. Albo jeśli w grę wchodzą sprawy zdrowotne. Na oko jednak dziewczyna wyglądała jak okaz zdrowia.

– Olu, powiedz mi jeszcze jedną rzecz – zaczęła Agnieszka. – Pytam nie ze wścibstwa, ale to jest akurat ważne. Jak doszło do tego, że zaszłaś w ciążę? Byłaś świadoma, co robisz? Czy to był przypadek? Chodzi o to, kto jest ojcem. Wiemy?

– Pani myśli, że ja tak się pozwalam każdemu posuwać? Kto tylko ma ochotę? – Ola wytarła z hałasem nos i z mniejszym hałasem oczy. Agnieszka pomyślała, że na jej miejscu nie malowałaby się dzisiaj, bo ten płacz był raczej do przewidzenia. Zastanawiała się właśnie, jak dyplomatycznie odpowiedzieć, kiedy odezwała się pani profesor:

– Twój wygląd, Olu, pozwala nam tak właśnie przypuszczać – powiedziała uprzejmie, bez żadnej drwiny w głosie. – Mam na myśli posuwanie. Rozumiem jednak, że pozory mylą. Odpowiesz na nasze pytanie? Nie pytamy na razie, kto to, tylko czy go znasz.

– Oczywiście!

– Myślisz, że jak zareaguje?

– A skąd ja mam wiedzieć? Widziałam go dwa razy w życiu!

W torebce Agnieszki zagrała komórka.

– Przepraszam – powiedziała Agnieszka i spojrzała na wyświetlacz. Obcy numer jakiś. Wyłączyła komórkę. – A gdzie go widziałaś? To uczeń? Kolega?

– Student.

– Dyskoteka? – Agnieszka pamiętała różne opowieści swoich uczennic. Dyskoteka przewijała się w nich dość często. Na dyskotece działy się różne rzeczy, w obrocie były dowolne środki „dopingujące" (takie określenie Agnieszka słyszała kilka razy), zawierano znajomości, które kontynuowano już w domach. Rodzice przeważnie nie mieli pojęcia o tym nurcie życia własnych dzieci.

– Nie, domówka – chlipnęła Ola. – To nie ma sensu…

– Masz z nim jakiś kontakt?

– Nie.

– Ale jak poszukasz?…

– Jak poszukam, to może go znajdę.

Agnieszka i pani profesor spojrzały sobie w oczy i obydwie ledwie dostrzegalnie pokręciły głowami. Sprawa wyglądała raczej kiepsko.

– No, dobrze – powiedziała pani profesor. – Na dzisiaj wiemy dosyć. Pani Agnieszko, czy pani będzie wzywała rodziców Oli do szkoły? Ach, nie, przecież mama wyjechała! To jakie pani ma plany? Chciałabym wiedzieć, bo rozumiem, że tak czy inaczej spotkamy się jeszcze.

– To mnie się powinno pytać, jakie mam plany – bąknęła Ola, najwidoczniej dla zasady, bo generalnie powietrze już z niej zeszło.

– Trzeba powiedzieć dziadkom. I zrobimy to teraz. Pani profesor, jesteśmy bardzo zobowiązane. Obie. Będziemy w kontakcie. Mam numer pani komórki od Jerzego.

Jakby na to hasło, telefon w torebce Agnieszki znowu zadzwonił. Ten sam obcy numer. Wyłączyła.

Dziadkowie Oli mieszkali w małym, jeszcze poniemieckim domku na starych Gumieńcach. Domek trochę się już rozlatywał, ale przy drobnych bieżących remontach miał szanse przetrwać jeszcze z pięćdziesiąt lat.

Dziadek Oli, magazynier w wielkim sklepie meblowym, był w pracy. Drzwi otworzyła babcia, emerytowana księgowa. Wyglądała dość poczciwie, chociaż, jak wiadomo, pozory często mylą.

Tym razem chyba jednak nie myliły. Babcia trochę się przestraszyła, widząc Olę z dyrektorką, którą znała, bo to ona zapisywała Olę do szkoły.

– Matko Boska, stało się coś?

– Nic takiego – powiedziała uspokajająco i kłamliwie Agnieszka. – To znaczy stało, ale nic takiego, żeby się pani miała martwić albo denerwować. Musimy porozmawiać.

– Proszę do środka, proszę... – Babcia częściowo się odprężyła i wprowadziła gościa do salonu. – Może ja kawę zrobię? Ciasteczka podam? Swoje, wczoraj piekłam...

– Z przyjemnością. A mogłabym dostać kawy w tej ślicznej filiżance?

Agnieszka pokazała palcem na witrynkę, gdzie stał lekutko zdekompletowany, ale pełen uroku bawarski serwis kawowy.

– Podoba się pani! – ucieszyła się gospodyni. – To po moich rodzicach. Już robię, już! Ola, wyłóż ciasteczka na paterę!

Agnieszka potrafiła owinąć sobie ludzi wokół palca podczas pierwszych pięciu minut znajomości. Chętnie używała tej umiejętności do celów służbowych. Owinięta wokół palca babcia stanie się mniej nerwowa i zapewne lepiej zareaguje na cios obuchem w potylicę, który za chwilę zainkasuje.

Telefon. Ten sam, trzeci raz. Może jakiś rodzic.

– Agnieszka Borowska, słucham.

– Czy to prawda, że ma pani w szkole uczennicę w ciąży?

– Nie – odrzekła Agnieszka spokojnie i wyłączyła się.

Głos był męski. Na litość boską, jakim cudem to już poszło w świat?! Dobrze, że ten numer się wyświetlił, jakiś nierozgarnięty ten facet, powinien dzwonić z budki. A tak da się go namierzyć.

Wyłączyła telefon na dobre.

Babcia Oli, też zresztą Aleksandra, przyniosła kawę i usiadła naprzeciwko Agnieszki. Ola chciała się dyskretnie ulotnić do swojego pokoju, ale została stanowczo i uprzejmie zatrzymana.

– Olu, proszę, zostań z nami. Bez ciebie ta rozmowa nie ma sensu. Pani Aleksandro. Tak naprawdę to mamy problem. Chciałabym panią prosić o rzeczowe podejście. Ola jest w szóstym tygodniu ciąży, właśnie wracamy od lekarza, który to stwierdził.

– Jezus Maria!

Babcia dostała w potylicę.

Siedziała teraz, wpatrując się okrągłymi oczami to w Agnieszkę, to w Olę, i nie była w stanie wydobyć z siebie słowa.

Żeby tylko nie dostała zawału.

– Czy pani się źle poczuła?

– Nie, ze mną jest wszystko w porządku. Tylko mnie pani strasznie zaskoczyła. Oleńko, dlaczego ja się o tym dowiaduję nie od ciebie?

Ola zamiast odpowiedzieć, rzuciła się na kanapę i znowu zaczęła ryczeć. Agnieszka przejęła ciężar tłumaczenia, co i jak.

– Ja się dowiedziałam przez przypadek, wczoraj, a wczoraj Ola jeszcze nie miała pewności, dopiero dzisiaj lekarz potwierdził. Byłam z Olą w szpitalu, żeby nie musiała iść sama i żeby od razu pomóc.

– Ale jak pomóc? Usunąć? To grzech! A mieć? Ola jest taka młoda! Życie przekreślone! Chryste, co my teraz zrobimy?!

– Pani Aleksandro, przede wszystkim obie panie muszą się uspokoić. Decyzję musicie podjąć w domu. Według prawa Ola musi urodzić.

Ola zerwała się z kanapy, przedstawiając obraz nędzy i rozpaczy.

– Nie będę miała tego dziecka! – wrzasnęła i wróciła tam, gdzie leżała, kontynuując szloch i lanie łez.

Agnieszka miała anielską cierpliwość, ale tylko do czasu. Rycząca szesnastolatka zaczęła ją lekko irytować. Babcia starała się opanować szok i pomału wracała do świata żywych. Westchnęła tylko głęboko i zwróciła oczy w stronę Agnieszki. W tych oczach była kompletna bezradność i wiara, że energiczna dyrektorka znajdzie jakieś wyjście.

– Najważniejsze teraz jest, żeby panie odzyskały zdolność logicznego myślenia. Pani jest chyba na najlepszej drodze, a na Olę chwilę poczekamy. Mogę to ciasteczko?

Babcia tylko kiwnęła głową. Ola usłyszała, co mówi dyrektorka, jednak nie ruszyła się z miejsca.

– Znakomite, a jakie kruche – zachwyciła się najzupełniej szczerze Agnieszka. – Zjem jeszcze jedno. Pani Aleksandro, skoro Ola nie chce z nami rozmawiać, to niech nie rozmawia, chyba nas słyszy... A jeśli nie, to jej pani powtórzy. Byłabym jednak rozczarowana, gdyby okazało się, że dojrzałość Oli obejmuje tylko jej ciało, a nie dotyczy umysłu...

– O co pani właściwie chodzi? – Ola nie wytrzymała i usiadła na kanapie.

– O to, że zadysponowałaś swoim ciałem jak osoba kompletnie dojrzała i ukształtowana. Użyłaś go do seksu. Seks, jak wiadomo, daje nam nie tylko przyjemność, ale i możliwość prokreacji.

– Nie chciałam żadnej prokreacji!

– Nie zabezpieczyłaś się przed tym, więc już nie bijmy piany niepotrzebnie. Teraz jest kwestia, czy twój umysł potrafi w miarę przytomnie przeanalizować sytuację, w jakiej się znalazłaś. Myślisz, że dasz radę?

– A pani uważa, że jestem idiotką?

– Na to pytanie sama musisz sobie odpowiedzieć. Słuchaj, moja droga. Mamy kilka wyjść. Usunięcie ciąży jest wyjściem, niewątpliwie, ale nielegalnym. Ciąża nie jest wynikiem gwałtu, a ty nie jesteś nieletnia. Niełatwo będzie ci znaleźć lekarza, który podejmie się usunięcia. Kolejna możliwość: jeśli nie chcesz mieć tego dziecka, możesz je oddać do adopcji...

– O Boże – westchnęła babcia.

– Możesz je też spróbować wychowywać. I to może stać się twoją największą życiową przygodą, chociaż na pewno nie będzie ci łatwo.

– Ale nie jest powiedziane, że to się uda – wtrąciła babcia. – Ola jest dzieckiem.

– Ola sama zdecydowała, że jest już kobietą. Udało jej się zajść w ciążę.

– Pani nie ma dla niej żadnych względów, pani dyrektorko!

– Proszę pani, ja mogę Oli powiedzieć, że nie ma problemu i że jak dla mnie to może zapomnieć o kłopotach, tylko że od tego problem nie zniknie. Macie go i musicie rozwiązać. Ja was mogę poklepać po główkach, jednak może pożyteczniej będzie, jeśli pomogę wam myśleć? Wskażę możliwości wyboru?

– Przepraszam. – Teraz babcia była bliska płaczu. – Ale te wszystkie możliwości są złe... wszystkie...

– No to zawsze jeszcze można udusić dzieciaka poduszką – powiedziała Agnieszka, która znosiła jojczenie tylko do pewnych granic. Wywołało to gwałtowne wzywanie imienia Pana nadaremno. – Kobiety! Mleko się rozlało! Coś z nim musicie zrobić! Jeśli uznacie, że przyda się moja pomoc, jestem do dyspozycji. Tak czy inaczej, decyzja należy do was. No i chyba trzeba zawiadomić rodziców Oli. Ja już się pożegnam.

Rzeczywiście, Agnieszka pożegnała się i wyszła, ale tuż za progiem dopadła ją lekko jeszcze spazmująca Ola.

– Pani dyrektor...

– Co?

– Pani dyrektor... a teraz to jest co? Płód, embrion, dziecko?

Agnieszka bała się tego pytania.

– Nie wiem, Olu. Katolicy uznają, że to człowiek. Od samego początku. Inni mówią różnie. A ja nie wiem, kto ma rację.

– A co by pani zrobiła na moim miejscu?

– Nie można tak pytać, dziewczynko. Każdy musi decydować za siebie. Już się trochę przyzwyczaiłaś do sytuacji, łatwiej ci będzie przemyśleć wszystko rozsądnie. Pamiętaj, najważniejsze jest teraz trzymać emocje na wodzy. Dałaś im za dużo wolnego, więc teraz powiedz: stop. Uspokój się, pomyśl. I powiedz mi, jeśli zdecydujesz się urodzić. Pomożemy ci skończyć liceum. Może nie od razu, ale na pewno. Trzymaj się, mała.

– Chwila! Ale jeśli urodzę, to przecież dla mnie życie się skończy! Będę musiała przerwać szkołę i w ogóle...

– Ola, zastanów się. Nic się nie skończy. Nic. Odwróci się, owszem. Zmieni. Prawdopodobnie będziesz miała przerwę w nauce. Ale będziesz mogła do niej wrócić. Natomiast bogate życie rozrywkowe będziesz miała z głowy, to pewne. Dostaniesz w kość. Ale może warto? Może pojawi się jakiś inny sens? To twoja decyzja i tylko twoja. Sama przed kilkoma tygodniami zdecydowałaś o tym, że nie chcesz już być dzieckiem, a teraz musisz podjąć kolejną decyzję już jak dorosła kobieta. Wiesz, co jest jedną z nieodłącznych cech dorosłości? Samotność. W najważniejszych chwilach życia jesteśmy sami. Teraz to zrozumiesz. Nikt za ciebie nie zdecyduje, co zrobić. Musisz to wziąć na siebie.

~

Około pierwszej po południu Agnieszka wracila do szkoły. Była raczej zamyślona i dopiero w ostatniej chwili zobaczyła wóz telewizyjny pod budynkiem. Zajmował jej własne miejsce parkingowe. Dookoła zaczynali zbierać się gapie. Zaklęła w myślach najpaskudniej, jak potrafiła, podjechała bliżej i wysiadła. Natychmiast podbiegła do niej młoda osoba z mikrofonem, za którą podążał operator z kamerą. Osoba miała zadyszkę i wołała do operatora gorączkowo „łącz, łącz!". Robiła wrażenie kompletnej idiotki.

– Pani dyrektor Borowska?

– Dzień dobry – powiedziała chłodno Agnieszka. – Agnieszka Borowska. Mam prośbę do państwa...

– Czy to prawda, że jedna z uczennic liceum jest w ciąży? Co pani zamierza z tym zrobić?

Dziennikarce, która sama mogła mieć góra dwadzieścia trzy lata, oczy płonęły niezdrowym podnieceniem. Złapała niusa stulecia, kretynka.

– Chwila. – Ton Agnieszki nadal był chłodny. – Państwo zajęli miejsce mojego samochodu. Proszę mnie tam wpuścić, bo przekraczam przepisy. Stoję w niedozwolonym miejscu, blokuję ulicę.

– Czy to prawda, że jedna z uczennic liceum jest w ciąży? Co pani zamierza z tym zrobić?

– Na razie chciałabym skłonić państwa do wyjechania z mojego miejsca parkingowego. Jest opisane. Musieli państwo to widzieć, wjeżdżając.

– Czy woźny w pani szkole uwodzi pani uczennice?

Agnieszka miała ochotę dać głupiej babie jakąś ciętą odpowiedź, ale wstrzymała się z największym zresztą trudem. Już sobie wyobrażała, jak oni to wklejają do programu wyrwane z kontekstu.

– Chciałabym wjechać na swoje miejsce. Potem możemy rozmawiać.

– My jesteśmy w pracy!

– Ja też.

Operator opuścił kamerę. Agnieszka zauważyła, że facet lekko się uśmiecha.

– Odjadę. Nie ucieknie nam pani?

– Nie.

Dziennikarka coś tam jeszcze mówiła, bardzo prędko i w tonie wyższości, ale operator spokojnie odłożył kamerę na chodnik, wsiadł do auta i wycofał się tak, aby Agnieszka mogła wjechać na swoje miejsce.

Zatrzasnęła drzwi i znowu stanęła oko w oko z podnieconą dziennikarką.

– Czy to prawda, że jedna z uczennic pani szkoły jest w ciąży? Co pani zamierza z tym zrobić?

– Nie sądzę, abym musiała odpowiadać pani na to pytanie. Tego typu sprawy należą do życia prywatnego, a żadna z naszych uczennic nie udzielała nam upoważnienia do opowiadania o nim w mediach.

– To znaczy, że więcej uczennic jest w ciąży?

– Nie, proszę pani. To znaczy, że nie udzielam tego typu informacji.

– Ale nie zaprzecza pani?

– Również nie potwierdzam.

– Mówiono nam, że woźny w pani szkole uwodzi uczennice.

– Tak?

– Tak. Czy to prawda?

– Nie, proszę pani. Nieprawda.

– Skąd pani to wie?

– Z lepszego źródła, niż pani uzyskuje swoje informacje.

– Nasze źródła są wiarygodne!

– Nie wydaje mi się.

Podniecenie w oczach dziennikarki ustąpiło miejsca złości. Chyba zaczynało do niej docierać, że Agnieszka jest lepsza od niej w te klocki.

– Jestem pewna, że tu jeszcze wrócimy – powiedziała i opuściła mikrofon.

– Jestem do dyspozycji – odrzekła, nadal chłodno, Agnieszka. – Proszę, tu jest moja wizytówka, żeby państwo nie musieli na mnie czekać na ulicy. Państwo zadzwonią i umówimy się precyzyjnie.

Odwróciła się i odeszła, nie tak szybko jednak, żeby nie usłyszeć operatora mówiącego półgłosem:

– Niczego nie masz na antenę, niczego, a mówiłem ci…

Rozczarowani gapie rozchodzili się pomału.

W sekretariacie czekali na nią spokojna Ewa i zdenerwowany Klata.

– Telewizja tu była, to już wiesz, bo cię złapali.

– Złapali, ale nic im z tego nie przyszło. Macie jakąś koncepcję, kto puścił parę?

– Ja bym stawiał na tę nieubraną przyjaciółkę – powiedział woźny. – Panie nie powiedziały, ja też nie, pani Françoise też nie, ta mała na pewno nie. Chyba że jeszcze ktoś wiedział i teraz gada.

– Panie Marcinie, jest jeszcze jedna sprawa. Ta dziennikarka pytała mnie, czy pan uwodzi uczennice.

– Jezus Maria! – Woźny Słojewski zwany Klatą zbladł, poczerwieniał i znowu zbladł. – Pani myśli?...

– Nie, ja nie myślę. Ale jest możliwość, że dopadną i pana. I mam do pana gorącą prośbę: niech pan nie da się sprowokować. Zero komentarzy. Oni pytają, czy pan uwodzi, a pan mówi spokojnie... powtarzam usilnie, spokojnie pan mówi: nie, nie uwodzę. I nie opowiada im pan o rodzinie, bo dojdą i do rodziny, i zdenerwują panu żonę. Rodzina jest pana prywatną sprawą. Jak najmniej słów. Jak najmniej emocji. A jak zaczynają o dziewczynce w ciąży, to pan ich odsyła do mnie. Absolutnie uprzejmie i elegancko. Ewunia, ty też. Słuchaj, poproś ciało, czyli grono, żeby się zebrało do kupy na jakiejś przerwie. Trzeba ich uprzedzić. No, kochani, przewiduję ciężkie przejścia. Mamy niesmaczny pasztet. À propos, muszę coś zjeść, od rana jestem o suchym pysku. Ewcia, zamówiłabyś jakiegoś kurczaczka? Ostatecznie chińszczyznę.

~

Michalina zrobiła, co miała najpilniejszego do zrobienia, i złapała swojego szefa Henryka Radwańskiego przy piciu południowej kawy i symultanicznej rozmowie przez dwa telefony na raz.

– Coś się stało? – spytał szef, odkładając obie słuchawki. – Wyglądasz dziwnie. Źle się czujesz, nie daj Boże?

– Źle? Nie. Źle nie. Dziwnie. Chciałam się zwolnić na trochę. Godzinka, dwie.

– Może zawiozę cię na pogotowie? – Pryncypał nadal był podejrzliwy.

– Kochany jesteś. Na pogotowie nie trzeba. Ja chyba wygrałam w totka i chcę to sprawdzić.

– Żartujesz?

– Nie, chyba nie.

– Bo jakoś dziwnie wyglądasz.

– A miałeś kiedyś sześć trafnych w totku?

– Nie miałem. No tak, masz rację. Nie potrzebujesz obstawy?

– Nie, dziękuję. Każę sobie przelać. Na razie, szefie.

– Cześć, milionerko. O, niech mnie!

~

Wracający z dwudniowej konferencji, w której brali udział sami wybitni psychiatrzy, Grzegorz Wroński pomału wracał również do siebie – w sensie niedosłownym. Jeszcze kilka godzin temu świat wokół niego zaludniali wyłącznie ludzie o psychice nadającej się do permanentnego leczenia. Sytuacja zaczęła się poprawiać w okolicach Zabrza, w okolicach Wrocławia było już dużo lepiej, a koło Sulechowa co najmniej połowa ludzkości wyglądała najzupełniej normalnie. Istniała szansa, że kiedy pan doktor wjedzie do własnego miasta, świat będzie najzupełniej do przyjęcia.

Docisnął pedał gazu. Życie jest piękne. Michalina czeka z późną kolacją. Teściowa czeka z nową porcją docinków. Koty czekają z pazurkami gotowymi do użycia – nie wiadomo dlaczego Muszka i Motylek uwielbiały wspinać się po Grzegorzu. Michalina musiała potem wciągać nitki w swetrach i garniturach. Sprawiało jej to przyjemność, ponieważ ubrania pachniały delikatnie Grzegorzem, a ona wciąż była bardzo zakochana. Powiedziała mu kiedyś o tych nitkach i przyjemności. Uznał siebie za najszczęśliwszego człowieka na świecie. „Niewiele ci trzeba" – śmiała się z niego Michalina.

Mijał właśnie pierwszy most i jak zwykle poczuł radość z powrotu do domu. Znowu witały go sylwetki dźwigów i jasno oświetlone, masywne kształty statków. Niezliczone portowe światła mieniły się kolorowo, odbite w ciemnej wodzie. Kolejny most. Panorama Szczecina wyłaniająca się znad bariery zabezpieczającej estakadę. Te wieże! Grzegorz słyszał kiedyś pieśń o mieście, którego wieże wznosiły się na tle zachodzącego słońca, i teraz zawsze mu się przypominała, kiedy wjeżdżał Trasą Zamkową do Szczecina.

Ach.

Przypomniało mu się coś jeszcze.

Przecież on już nie mieszka na lewobrzeżu!

Śmiejąc się z siebie, dojechał do placu Żołnierza i zawrócił na Trasę. Dziesięć minut później wpadła mu w ramiona jego małżonka – stosunkowo świeża, jak to określali na własny użytek. Teściowa, jak się okazało, zmożona uporczywym bólem głowy (pani Bożena nie przyznała się, że to nie głowa ją rąbie, tylko żołądek, i nie z nieznanych przyczyn, tylko z przejedzenia plackami kartoflanymi), udała się na wczesny spoczynek. Grzegorz, który co najmniej od Zielonej Góry nie myślał o niczym innym, porwał ukochaną kobietę na ręce i zaniósł na piętro. Nawiasem mówiąc, stanowiło to nie lada wyczyn, Michalina nie była łątką, a schody na górkę szerokością nie grzeszyły. Temperatura uczuć tak im wzrosła na tych schodach, że Michalina kompletnie zapomniała powiedzieć mężowi o wygranej w totka.

~

Pani Róża stukała suchymi palcami w blat stolika, co znamionowało wielkie wzburzenie. Agnieszka opowiedziała jej właśnie z grubsza dramatyczne wydarzenia ostatnich dni, starając się przedstawić je z anegdotyczną lekkością. Nie bardzo jej wyszło i słuchaczka zdenerwowała się i zmartwiła.

– Żarło, żarło i zdechło – powiedziała ponuro. – Szkoda, że tak szybko.

– Jeszcze nic nie zdechło – zaoponowała Agnieszka. – Po pierwsze, to nie jest moja sprawa. To znaczy, szkoły. Po drugie… nie wiem, co po drugie. Napijemy się herbatki? Przyniosłam świeżego drożdżaczka. Pięknie pachniał, więc się nie oparłam. Kruszonkę ma.

– No, ja nie wiem, czy naprawdę tak wszyscy dookoła dadzą pani spokój, bo to nie pani sprawa. Już pani miała przedsmak. A ja pani powiem, pani Agnieszko, że moim zdaniem to Rozbiccy robią pani koło pióra. To oni nasłali na panią telewizję. I jeszcze naślą. I nie tylko.

Pani Róża siedziała w wygodnym fotelu i bała się ruszyć, bowiem straszliwie rąbały ją stawy, co potęgowało jej skłonność do marudzenia, na co dzień zresztą niewielką. Agnieszka krzątała się przy placku, krojąc go na spore kwadraty.

– Pani Różo, jakim cudem Rozbiccy mieliby się dowiedzieć o ciąży mojej uczennicy? To wyszło ze szkoły, tylko nie wiem, od kogo.

– Komórka pani dzwoni. A ja i tak wiem swoje.

Agnieszka zaśmiała się krótko.

– Kocham panią, pani Różo. Halo… No, cześć, Misia. Zebranie? U was? … W Stolcu. Rozumiem, w trybie nadzwyczajnym. Kurczę, jak w parlamencie… Nie, oczywiście, przyjdę. Panią Różę zabiorę. Dobrze…. Całuskowo.

– Nigdzie mnie pani nie zabierze – warknęła bojowo ofiara lumbago. – Kości mnie bolą.

– To będą panią bolały na wizycie – odrzekła bezlitośnie Agnieszka. – Może tam się pani trochę rozerwie. Jerzego mi kazała zawołać. Muszę do niego zadzwonić…

– Spotykamy się w kupie, hehehe – chichotała pod nosem starsza pani, podczas gdy Agnieszka zawiadamiała notariusza o nadzwyczajnym i poszerzonym zebraniu Klubu Mało Używanych

Dziewic. – Zjeżdżamy się do kupy – ulepszyła i bardzo zadowolona z siebie sięgnęła po kawałek placka.

~

Alina była w kłopocie. Pół godziny temu zadzwoniła do niej Misia z wiadomością o nadzwyczajnym zebraniu Klubu. Przed kwadransem zaś odezwał się w charakterze radosnej niespodzianki Marcin Mokrzycki, kapitan-porucznik, i oznajmił, iż jest u bram. To znaczy, dojeżdża do Goleniowa. Niespodzianie udało mu się dostać wolne, dosłownie dzisiaj rano, sprężył się więc, spakował i... nie dzwonił wcześniej, żeby nie usłyszeć, że Alina ma inne plany albo sama wyjeżdża.

– Ale mogłam być wyjechana – zauważyła. – Pocałowałbyś klamkę.

– Ciągnęło mnie do ciebie – powiedział, trochę bez sensu. – A nawet do twojej klamki. Czekaj, policję widzę w krzakach. Na razie.

Alina najpierw poczuła rozkoszne mrowienie wszędzie, albowiem ją też ciągnęło do Marcina Mokrzyckiego, natychmiast jednak zaczęła się martwić. Czy powinna go przyjąć w domu? On najwyraźniej tego właśnie się spodziewał. Ale w domu jest przecież Jaga. Jak to będzie wyglądało? Jaga jest wprawdzie prawie dorosła, jednakowoż „prawie" robi wielką różnicę, jak mówią ci faceci od piwa. Ona, Alina, będzie się czuła straszliwie głupio!

Nie miała pojęcia, że to właśnie Jaga, delikatnie zmotywowana przez gibona Niepierę, umożliwiła jej swojego czasu konsumpcję namiętności świeżo rozkwitłej pomiędzy nią a Marcinem – pozostawiając im w czasie regat wielkich żaglowców tak zwaną wolną chatę i idąc spać na jachty. Jak wiele innych matek krępowała się własnej córki. A już na pewno nie potrafiłaby jej się zwierzyć z własnych spraw sercowych.

Chociaż przecież Jaga chyba się domyślała, w jakiej sprawie matka nocowała na „Darze". Nie rozmawiały jednak o tym nigdy.

– Pędzia!

Kotka zwana Pędzią wzięła właśnie rozpęd i wskoczyła na swą panią od – powiedzmy – zaplecza. Alina usłyszała tylko szelest dartej koronki i Pędzia razem ze sporym kawałkiem spódnicy wylądowała na podłodze.

– Pędzia, nie dożyjesz jutra!

Kotka obrzuciła panią zwycięsko-bezczelnym spojrzeniem i odmaszerowała na sztywnych łapach, aby po sekundzie zapolować na poduszkę.

Alina, wbrew sobie rozśmieszona, pozbierała z podłogi szczątki falbany i wróciła do poprzednich rozmyślań. Być może, potrząśnięta niejako przez Pędzię, doznała nagłej iluminacji. Ona oczekuje zaufania od swojej córki – czyż więc nie jest naturalne, że sama powinna okazać jej zaufanie? Nawet w sprawie tak delikatnej. A może zwłaszcza w tej sprawie.

– Jaga, jesteś?

Drzwi pokoju córki otworzyły się szeroko i stanęła w nich ziewająca strasznie Jaga w majtkach i podkoszulce. Próbowała odespać poprzednią noc, którą spędziła na czytaniu „Kobiety trzydziestoletniej". Powieść okazała się niezwykle wciągająca – ku jej niezmiernemu zdumieniu. Do tej pory uważała, że Balzac i ta cała reszta pierników literatury światowej służą wyłącznie katowaniu czytelników.

– Nie ma mnie. Mamy coś do jedzenia?

– Mamy. Mogę ci odgrzać rosół.

– Bardzo stary?

– Przestań! Wczoraj gotowałam. I nocował w lodówce, więc nie jest skiśnięty. Ale nie najadaj się przesadnie. Pani Lilianna prawdopodobnie coś przyszykowała. Misia dzwoniła i woła cały Klub z przyległościami do Stolca. W trybie natychmiastowym.

– Jestem przyległością?
– Byłaś na weselu. Wołają weselników.
– Oooo, to ja się znowu nie wyśpię. A po co?
– Nie wiem po co. Nie będziemy długo siedzieć.
– Robią after-party z resztek jedzenia, które do tej pory trzymali w lodówce, a teraz boją się, że im zaśmierdnie?
– Co ty bredzisz, przecież było przyjątko w barze!
– Prawda. Pani Borowska po ciebie przyjedzie?
– Nie tym razem. Marcin Mokrzycki. Pewnie zaraz tu będzie. Kojarzysz go?
Córka spojrzała na matkę z jawnym politowaniem.
– Mama. Teraz ty przestań! Już parę razy chciałam cię zapytać, czy coś robicie z tak pięknie rozpoczętym romansem...
– Jaga...
– Co Jaga, co Jaga. Czy ty myślisz, że ja oczu nie mam albo inteligencji? Wszystko mam. Niepiera mówi, że najwyższej jakości. On cię lubi, wiesz?
– Kto?!
– No, Dawid. Ja też cię lubię. Mama, ty się cieszysz, że on jedzie?
– Owszem, cieszę się.
Jaga nalała sobie hojnie rosołu do półlitrowego kubka i przysiadła na oparciu kanapy. Reszta mebla zajęta była przez Pędzię, która atakowała frędzle przy poduszkach.
– To ja teraz będę jadła, a ty opowiadaj.
– Co ja ci mam opowiedzieć? – Alina już nawet chciała okazać córce to zaufanie, ale coś ją strasznie krępowało.
– A zresztą nic nie opowiadaj. Mam te oczy najwyższej jakości, to sobie na was popatrzę i sama wyciągnę wnioski.
– Jaguś, ja bym ci nawet powiedziała, tylko nie wiem co...
– Nie męcz się – powiedziała łaskawie córka, nie zwracając uwagi na zdrobnienie. – Ja rozumiem, że to może być dla ciebie krępujące.

– To nie o to chodzi…

– Nie męcz się, mówię. On chyba już jest.

Alina wyjrzała przez okno i zobaczyła Marcina zamykającego samochód. Pomachała mu ręką, a on się rozpromienił i odmachał. Jaga pospiesznie wypiła resztę rosołu z kubka bez użycia łyżki i zniknęła w swoim pokoju, żeby się jakoś przystojniej odziać. Wskoczyła w spódnicę, a potem na paluszkach podeszła do drzwi, które zostawiła lekko uchylone, i chwilę poobserwowała sobie matkę i Marcina, całujących się szaleńczo. No to chyba nie ma już wątpliwości co do uczuć matki. I ona sama też się przekonała, miejmy nadzieję. Nie wita się w ten sposób obojętnych facetów.

~

Pani Lilianna rzeczywiście zrobiła na poczekaniu niewielkie przyjątko, Marcela bowiem znowu sięgała po duńskie rolady i ciasteczka z puszki. Mama B. omal się nie zadławiła z oburzenia. Ta kobieta jest nieznośna! Była piękna okazja wybrania się gdzieś, Michalina zapraszała do Zdrojów, ale smętnej nygusce nie chciało się tyłka ruszyć z miejsca. A Eduś chybaby nawet chętnie się przejechał. Co on zobaczył w tej całej Marcelinie? Chciał mieszkać z widokiem na bąka, to pomieszkał. Nazbierał materiałów brakujących mu do habilitacji i starczy tego dobrego! Teraz powinien wrócić na Zygmunta Starego, do wygodnego mieszkania w centrum miasta, blisko uczelni. A ten nic.

Pani Lila podniosła oczy znad przygotowywanej właśnie gigantycznej tarty z jabłkami i spojrzała na sad.

Nie wiedzieć czemu przypomniała jej się bajka o Śpiącej Królewnie. A może to była Śnieżka? Nieważne. Zła królowa dała królewnie jabłko. Może to było jabłko z tego cholernego sadu? Może one wszystkie są takie bardziej podejrzane? Zatrute jabłka, które zamieniają energicznych ludzi w śpiące królewny? Ciekawe, czy Marcela przed przyjazdem tutaj też była taka śnięta?

Nie, przecież za chwilę jej, Liliannie Bronikowskiej, też rzuci się na mózg!

Otrząsnęła się i wstawiła tartę do pieca.

Czas był najwyższy, bo goście nadciągali.

Ogólne rzucanie się sobie na szyję trwało jakiś czas. Wyłamała się tylko pani Bożena Konik-Hart, która ograniczyła się do wyniosłego podania ręki wszystkim, niczym łaskawa monarchini. Noelowi podała rękę ze szczególnym obrzydzeniem. Marcin Mokrzycki został przedstawiony wszystkim, którzy go nie znali, i można było przystąpić do meritum sprawy – oczywiście przy kilku salaterkach naprędce przyrządzonych sałatek i gigantycznej tarcie, która właśnie się dopiekła.

– Grzesiu, ty powiesz czy ja?

– Ty, Misiu. Nie miałbym serca odebrać ci takiej przyjemności.

Pani Konik-Hart podniosła brwi wysoko. Jest coś, o czym jej nie powiadomiono? Czyżby w sprawie dziecka?

– Rozumiem, że wszyscy oprócz Marcina pamiętają nasz ślub? Niedawno był…

Rozległo się chóralne potwierdzenie.

– Pani Lila dała nam w prezencie kupon totka. Otóż powiem wam od razu, że mieliśmy sześć trafnych.

Zapanowała dzika wrzawa o charakterze radosno-gratulacyjnym.

– I też od razu wam powiem, że pół Polski miało sześć trafnych.

Jęk zawodu. Najgłośniej jęczała mama Konik-Hart, dodatkowo wściekła na Michalinę, która nic jej do tej pory nie powiedziała. Kiedyś – jeszcze nie tak dawno – taka bezczelność ze strony córki byłaby nie do pomyślenia.

A głupi Noel jęknął wprawdzie jak wszyscy ale zaczął się śmiać. Idiota.

– Nie wiem, co w tym jest śmiesznego – zaczęła wściekle pani Bożena, lecz już było za późno. Całe towarzystwo zwijało się ze śmiechu. Boże! Wart Pac pałaca!

– Ale na jakieś piwo dostaniecie? – wykrztusiła pierwsza Agnieszka.
– Mniej więcej stówę – powiedziała rzeczowo Michalina.
– To jak raz na piwo – wyrzęziła uradowana Alina.
– Sto tysięcy – dodała Michalina.
Towarzystwo zamarło.
– No, to jednak trochę jest! – Agnieszka ocierała łzy, podczas gdy matce Misi oczy rozbłysły nieziemskim światłem.
– Nawet trochę więcej niż sto tysięcy – włączył się do konwersacji Grzegorz. – I teraz słuchajcie, bo po coś was tu zaprosiliśmy.
– Słuchamy jak nie wiem co – zadeklarowała Alina.
– Te sześć trafnych nie my sami trafiliśmy. Pamiętacie na pewno doskonale, że skreślaliśmy wszyscy. Otóż my z Misią mamy dla was pewną propozycję. Jak zaczniemy się tą forsą dzielić, to przepuścimy ją na życie i nie będzie efektu...
– Ale nie będziemy się dzielić – zaprotestowała pani Lilianna. – To wasz totek i wasza forsa!
– Z całym szacunkiem, pani Lilu...
– A co mi tam po twoim szacunku, chłopcze!
– No więc z całym uwielbieniem, pani Lilianno, my uważamy, że kto przyłożył długopis do kuponu, ten jest uczestnikiem wygranej...
– Ale tylko sześć cyfr wygrało – zaprotestowała mama Konik-Hart, której strasznie nie podobało się dzielenie wygranej na dziesięć części i chciała chociaż odrobinę zhandlować. – Trzeba sobie przypomnieć, co kto skreślał, i podzielić na sześć!
Grzegorz i Noel uśmiechnęli się jednakowymi uśmiechami i obaj jednakowo zdenerwowali panią Bożenę. Bezczelni!
– Tylko wiesz, mamo, gdyby tak miało być, to żadne z nas nic by nie dostało – uśmiechnęła się chytrze jej wyrodna córka. – Nasze trzy były nietrafne.
Matka omal się nie udusiła ze złości.

– No więc co chcecie zrobić z tymi pieniędzmi?! Nie mów, że rozdacie ubogim! – Był to nieomal krzyk rozpaczy.

– Mamy pewien patent. Ale nie jest to patent dobroczynnościowy. Jest to patent egoistyczny, ponieważ każdemu się coś od życia należy i nam też. A co byście powiedzieli na zbiorową wypasioną wycieczkę?

Zebrani popatrzyli po sobie.

– Jak wypasioną? – spytała ostrożnie Alina.

– Do oporu. Myśmy wymyślili rejs po Karaibach.

– Czyście kompletnie rozum postradali?

– Mamo. Nikt niczego nie postradał. Pomyśl tylko sama, całe życie siedzisz na jednej ulicy, może fajnie byłoby zobaczyć jakiś inny kawałek świata?

– Mnie tam wystarczy mój kawałek ulicy.

– A mnie niekoniecznie – odezwała się Agnieszka. – Zwłaszcza jeśli mi ktoś funduje Karaiby. Bo ja to, pani Bożeno, traktuję jako fundę. Kupon ewidentnie był Miśki i Grzesia, dostali go jako prezent ślubny i mogą tę całą forsę za okno wyrzucić. Albo zabrać nas na koniec świata. Ja uważam, że są stuknięci, ale to też ich sprawa.

– Na szajbę mam Grzegorza. Słuchajcie, ta forsa spadła nam z nieba. Jesteśmy Klubem. Jako Klub zrobiłyśmy już sporo dobrego. Należy nam się nagroda.

– A czemu akurat Karaiby? – spytał, uśmiechając się, Noel. – Z powodu kapitana Sparrowa? Kapitana Blooda? Kapitana Smolleta?

– A niedawno śniły mi się pelikany! – Bronikowi zabłysły oczy. – Przepraszam was, lecę do kompa, sprawdzę szybciutko listę z Ramsar!

Zerwał się z miejsca i zniknął za drzwiami, zostawiając towarzystwo w niemym zaskoczeniu.

– Co to jest lista z Ramsar? – spytał Jerzy. – Ktoś z was wie?

– Pewnie światowy spis moczarów – powiedziała niedbale Marcela, a w jej głosie dała się wyczuć ledwie dostrzegalna nutka pogardy. Zauważył to tylko Grzegorz, znawca natury ludzkiej, i spojrzał na nią ciekawie.

– Ja wiem, ja wiem! – Mama Bronikowska była pełna entuzjazmu. – To naprawdę jest lista obszarów wodno-błotnych najcenniejszych na świecie... siedliska ptaków i te rzeczy... Eduś to uwielbia!

– Który kawałek Karaibów macie konkretnie na względzie? – Bronik wsunął na moment głowę w drzwi.

– Myśleliśmy o Wyspach Dziewiczych – powiedział niewinnie Grzegorz, wzbudzając ogólny wybuch śmiechu. To było tak oczywiste, że nikt o tym nie pomyślał. Głowa Bronika znów zniknęła.

– Jest jeszcze jeden powód, oprócz Klubu Dziewic – kontynuował Grzegorz. – Moja przyjaciółka Lalka Manowska zna niejakiego Adama Grzybowskiego; on kiedyś pracował w telewizji, a teraz ma rodzinny dom dziecka i jest zawodowym tatusiem. Otóż ten Adam sam kiedyś żeglował sporo po Karaibach i ma tam znajomych. W tym jednego amerykańskiego Polaka, który trzyma tam katamaran. Duży, luksusowy, do wożenia nierobów, za przeproszeniem...

– O, kochany, nie jesteśmy nierobami! – oburzyła się pani Lilianna. – Nie można tak o nas mówić!

– Tu nie, pani Lilu – wtrącił Noel. – Tam jak najbardziej. Bardzo mi się podoba inicjatywa mojej córki i zięcia. Osobiście zamierzam na Karaibach być kwintesencją nieroba. Żeby mi wystarczyło na resztę życia. Będę się bałwanił jak ostatni bałwan. Będę się pluskał w morzu i zbierał muszelki. Będę jadł morskie żyjątka i pił rumowe drinki z palemką. A jak nie będzie palemki, zrobię piekło.

Pani Lilianna zastanowiła się. Pozostali też wpadli w coś w rodzaju zastanowienia. Alina popatrywała to na Marcina, to na Jagę, Jerzy na Agnieszkę, pani Róża też na Agnieszkę, Marcela na ścianę, a pani Bożena Konik-Hart na czubki własnych pantofli.

– To jest jakieś dziwne – odezwała się pani Róża. – Gdyby pani Michalina z panem Grzegorzem chcieli nas zaprosić na obiad, tobyśmy nie mieli wątpliwości, tylko się rzucili na zupę i drugie. A tu wątpliwości mamy. Dlaczego? Panie Grzegorzu, pan podobno zna się na ludziach. Niech mi pan odpowie.

– Nie umiemy brać, pani Różo. Wychowuje się nas do zarabiania, a nie do przyjmowania prezentów. Nawiasem mówiąc, w tym przypadku to nie prezent, tylko propozycja kolektywnego wykorzystania wspólnie zdobytych pieniędzy. Oczywiście, myśmy tylko tak wstępnie z Misią pomyśleli, a państwo nie muszą się z nami zgadzać co do tych Karaibów. My i tak chcemy podzielić tę forsę między wszystkich, którzy wypełnili kupon, z panią Lilianną włącznie...

– Ale ja nie skreślałam – zmartwiła się pani Lilianna. Nagle zrobiło jej się szkoda kolorowych wysp i palm na białych plażach. Sama przecież nie pojedzie... nawet jeśli jakiś bank da jej pożyczkę pod zastaw mieszkania własnościowego...

– Od pani się wszystko zaczęło, pani nam podarowała kupon, a ta stówa jest, że tak powiem, z grubsza liczona. Jakby tak precyzyjnie, to po zapłaceniu wszystkich podatków zostaje nam po dziesięć tysięcy na jedenaście twarzy plus trochę drobiazgu dla Misi na waciki.

– Kiler – dopowiedziała pani Róża i dodała z niejakim żalem. – Ja też nie skreślałam.

– Ale kiedyś pożyczyła mi pani swoją dychę pogrzebową i ja ją teraz pani oddam – oświadczyła Agnieszka. – Już mam z czego. Naprawdę chce pani płynąć na Karaiby?

– Jasne, że chcę! – Pani Róża rozjaśniła się w uśmiechu. – Zawsze chciałam żeglować. A mój Tadeusz mawiał, że dosyć ma statków w robocie i patrzeć na wodę nie może. Tylko w góry jeździł. No więc ja bym popłynęła, tylko moim pogrzebem jakoś się pani będzie musiała zająć. ZUS trochę daje, na skromny pochówek wystarczy...

Do pokoju wpadł rozpromieniony Bronik.

– Anegada! To jest tam właśnie, gdzie chcecie płynąć?

– Niewykluczone – odrzekła ostrożnie Michalina. – Jeszcze nie nauczyliśmy się mapy na pamięć…

– Sprawdziłem. Brytyjskie Wyspy Dziewicze, tak? British Virgin Islands?

– No, tak…

– Anegada. Piękny obszar, słone rozlewiska. Ramsar, jak najbardziej. Flamingi. Oraz inne ptaki, rzadsze i mniej znane. Panie na pewno chciałyby zobaczyć flamingi. Jeśli chodzi o mnie, to płynę!

– Alina, ty też płyń – powiedział stanowczo Marcin Mokrzycki, wielbiciel wielkich żagli. – Płyń. Będziesz miała rejs życia. Oczywiście do chwili, kiedy popłyniesz „Darem". Taki katamaran to bardzo przyjemne wakacje. Może ja bym się do was dołączył, jeśli mnie weźmiecie… może nawet z Niką… Panna Jaga skreślała?

– Skreślała! Kurczę, mama, czemu ty masz jakieś wąty! Płyniemy! Kiedy?

– Nie wiem kiedy… Nie wiem, czy będę miała urlop…

– To może wprowadźmy pewien ład w naszych obradach – zarządziła Agnieszka, demon organizacji, jak wiadomo. – Kto płynie, a kto nie. Jaga, pod telefonem leży jakiś notesik, widzę. Zapisuj, proszę. Misia i Grzegorz płyną. Alina, Jaga, Marcin, Nika. Bronik i pani Lilianna. Marcela, a ty?

– Z dzieckiem? – Ton głosu Marceli zdradzał rozgoryczenie. Nikt nie pomyślał o małej Krzysi, a więc i o niej, Marcelinie. Jak zwykle.

– Z dzieckiem – potwierdził Grzegorz, kiwając energicznie głową. – Oczywiście, trzeba będzie na Krzysię uważać, żeby nie wypadła za burtę, ale podobno te katamarany są duże i wygodne. Marcela, wpisujemy was na listę?

– Niech będzie…

Pani Lilianna znowu się rozzłościła. Co za baba, łaskę robi, że pozwoli się komuś zabrać na Karaiby!

– Dobrze. Jaga, wpisałaś Marcelinę? Jedź dalej. Pani Róża płynie, jak wiemy. Ja też. Jerzy?

– Z radością. Pod warunkiem że nie jutro i nie pojutrze.

– Zima tam jest dobra do żeglowania – pospieszyła z informacją Michalina. – Listopad, grudzień, styczeń, luty, jeszcze marzec. A potem zaczynają się huragany. Wiem, bo sprawdziłam w Internecie.

– Więc Jerzy tak. Noel też, jak rozumiem?

– W żadnym razie nie puszczę was bez siebie. Będę tam bił rekord świata w nieróbstwie. Muszę mieć wiarygodnych świadków, to może się dostanę na listę Guinnessa.

– I pani Bożena?

Oczy wszystkich zwróciły się na panią Bożenę, wciąż nadętą.

– Wpisz mnie – powiedziała łaskawie.

~

Kolejne dwa dni w szkole Agnieszki minęły w zasadzie bezproblemowo. Sprawy z nauczaniem oraz wychowywaniem kwiatu młodzieży nie były w liceum traktowane jak problemy, tylko normalka wpisana na stałe w zakres obowiązków wszystkich, bez wyjątku, pracowników. Ola Tamborska siedziała cicho i nie zdradzała się z tym, czy podjęła jakąś decyzję, czy nie. Kasia Szulc rzucała nienawistne spojrzenia Agnieszce i Madame Franusi, chociaż to nie miało najmniejszego sensu. Na widok woźnego Klaty prawie spluwała na podłogę. Agnieszka zastanawiała się, czy to pod Kasi światłym wpływem Ola zapadła znienacka w sen zimowy, na razie jednak dawała dziewczynom czas do namysłu.

– Za dużo tego czasu nie mamy – zauważyła na którejś przerwie Madame Franusia, wpadłszy do Agnieszki na malutkie espresso. Uważała, słusznie zresztą, że z Agnieszkowego ciśnieniowego ekspresu wychodzi lepsza kawa niż z przelewowego w pokoju nauczycielskim, a już na pewno niż z wielkiego, ogólnodostępnego automatu do napojów.

– Wiem, wiem. Ja jej go tak dużo nie daję, ale te trzy czy cztery dni nas nie zbawią, a ona oswoi się z sytuacją. Ciekawe, czy już zawiadomiła matkę?

– Spytam ją. Wiesz, dyhektohko, że czuję jakieś nieprzyjemne mhowienie na myśl o tej sphawie. Mój dodatkowy zmysł mówi mi, że phawdziwe kłopoty mamy jeszcze przed sobą.

– Franusia… to jest, Françoise… o czym ty myślisz? O tej babie z telewizji?

– Możesz mi mówić „Fhanusia", ja i tak wiem, że mam taką ksywę. A to jest ładnie, Boy tak tłumaczył. Chyba. O babie z telewizji mówię, ale przede wszystkim mówię o tej mendzie, któha babę na nas napuściła.

– Franusia, ty się wyrażasz?

– Pothafię gorzej. To chyba jednak nie jest Kasia. Hozmawiałam z nią o tym. Ona zieje ogniem z pyska, ale to haczej jest takie ogólne zianie. Ona jest dosyć zaniedbana domowo. Niewykluczone, że czuje się odrzucona przez swoich hodziców. Tam ją niania wychowuje phaktycznie. Jak sądzę, niania jest khetynką i pozwala sobie chodzić po głowie. A mała szaleje. Sthasznie się na mnie oburzyła, że jak ja ją mogłam podejrzewać, Ola jest jej przyjaciółką, bla, bla, bla. Phacuję nad nią, Kasię mam na myśli. Może kiedyś uwierzy, że nie jesteśmy przeciwko naszym uczennicom. Ale, moja dhoga, jeśli nie Kasia, to kto?

– Nie mam pojęcia – westchnęła Agnieszka. – Boję się, że masz rację razem z tym twoim dodatkowym zmysłem. Ktoś nas nie lubi i chce nam szkodzić. Tylko kto to, do diabła, jest?

~

– Myślisz, że uda ci się wziąć Nikę na rejs? Jej mama się zgodzi?

Marcin Mokrzycki, długonosy przystojniak, siedział nie do końca ubrany na kanapie w mieszkaniu Aliny i wyglądał na zadowolonego z życia. Córka domu była aktualnie nieobecna: oddaliła się, nie zapominając matki z dużym naciskiem powiadomić, iż wróci ciemną nocą, albowiem ma mnóstwo do wykucia z matematyki, co nie obejdzie się bez pomocy Dawida Niepiery, więc będą oddawać się nauce razem. Była to nawet zasadniczo prawda, z tym, że Niepiera został dokładnie poinformowany, dlaczego to akurat dzisiaj muszą zajmować się królową nauk. Ponieważ zaś naprawdę lubił mamę Jagulki, więc podszedł do zagadnienia z pełnym zrozumieniem i całą życzliwością. Alina poprosiła Maję Orzechowską o nagłe zastępstwo i prysnęła z kliniki, aby zajmować się gościem.

Siedziała teraz w powiewnym szlafroczku na tej samej kanapie co długonosy przystojniak i nie wyglądała na swoje czterdzieści lat. Udane życie erotyczne oraz uczuciowe (tego ostatniego wciąż nie była do końca pewna) zawsze dodaje kobiecie urody. Marcin, który nie miewał przesadnie wielkich wymagań wobec dam, potrafił jednakowoż docenić to, co już miał w garści. O ile możemy tu użyć tego właśnie określenia. Alina była dla niego w tym momencie piękniejsza niż Miss Universum. Tym bardziej chciał znaleźć się z nią na katamaranie na kolorowych wodach Morza Karaibskiego. Miał nadzieję, że bank przyzna mu stosowną pożyczkę, jeśli tylko jakoś wiarygodnie ją uzasadni – remont mieszkania czy coś w tym rodzaju. Razem z tym, co mu zostało z implantów Niki, da radę. Był już raz na Karaibach, kiedy właśnie w sprawie implantów miał chwilowy romans z marynarką handlową i pływał na angielskim rorowcu. Znienawidził wtedy handel i kontenery na całe życie, niemniej błękitnozielone morze mu się podobało. Oczywiście wolałby znaleźć się tam z Aliną na tym wypasionym jachcie we dwoje... ale chyba jakieś chwile tylko dla siebie uda im się wyrwać! A Nika lepiej pozna Jagę, co może się przydać, jeśli rzeczywiście, tak jak chciała, jej tatuś ożeni się z Aliną.

No, jak ożeni się z Aliną i zostanie głową czteroosobowej rodziny, to chyba będzie musiał z powrotem – przynajmniej na jakiś czas – wrócić do rorowców i pływania za pieniądze.

Na razie objął ją tylko czule.

– O ile wiem, to Nika robi wszystko, żeby jej mama zapragnęła wysłać ją na koniec świata. Gadamy czasem przez Internet i jeśli prawdą jest to, co Nika mi opowiada, to ja bym z nią długo nie wytrzymał.

– A co robi? – Alina śmiała się, a jej śmiech był zachwycający. Marcina w każdym razie. – Pali papierosy i pije piwo?

– Nie, na szczęście nie. Działa psychologicznie. I przyznam się, że nie mam serca jej potępiać. A chyba powinienem. Jako ojciec powinienem ją ustawić do pionu, żeby nie dokuczała matce, która na dodatek jest w ciąży. Ale jakoś nie potrafię mieć za złe dziecku, że chciałoby mieć dom, gdzie będzie się czuło dobrze. I nie obco, jeśli mogę to tak określić. Wiesz, ona tam, jak na nasze standardy, ma autentyczne luksusy, tylko nikomu nie jest potrzebna.

– Jak, niepotrzebna? Opowiadałeś, że matka nie pozwalała jej na kontakty z tobą, więc chyba sama chciała…

– Chyba nie chciała. Mieć wpływ na jej życie, tak. Zrobić mi na złość, tak. Sama wiesz, jak to jest, przy tobie pojechała na to Kilimandżaro, akurat kiedy dziecko miało operację. Ale zajmowanie się Niką to już zupełnie co innego. To jej nie interesuje.

– Nie wyobrażam sobie, jak mogłaby mnie nie interesować własna córka. A też dawała mi popalić swojego czasu potwornie.

– Jaga? – Marcin był rozśmieszony. – Jaga, harcerka, *liaison officer*, pierwsza uczennica w klasie?

– Ona ci powiedziała, że jest pierwsza w klasie?

– Nie, sam wywnioskowałem…

– Dwója z wnioskowania. Jaga nie tak dawno miała okres burzy i naporu, zawaliła pierwszą klasę, nienawidziła mnie jak zarazy i chyba sama nie wiedziała, na jakim świecie żyje.

– I jak sobie z tym poradziłaś? – Marcin wyglądał na autentycznie zainteresowanego. Alinie spodobało się to. Troskliwy tatuś.

– Nie sama. Zbiegło się kilka okoliczności. Jagi bunt wszedł chyba w fazę zejściową, a poza tym bardzo pomogła Agnieszka. Wzięła Jagę do swojej szkoły, podstawiła jej Dawida, którego poznałeś.

– Ten duży koleżka twojej córki? Bardzo sympatyczny, pamiętam go.

– No właśnie. On też powtarzał rok. Szybko się dogadali, potem były wspólne żaglowce i Jaga jakoś znalazła sens życia. Teraz dojrzewa o wiele łagodniej.

– Nika chyba dojrzała szybciej niż inne dzieci z powodu tej cholernej choroby. Tylko nie do końca dojrzała i teraz jest takie ni to, ni sio. Nie jest mi dobrze ze świadomością, jakim kiepskim jestem ojcem.

– A masz jakiś sposób, żeby być lepszym?

Marcin niespodziewanie wstał z kanapy i sięgnął po koszulę.

– Uważasz, że dobry tatuś nie może być goły? – zakpiła Alina.

Marcin włożył również spodnie i ponownie usiadł obok niej.

– A tak... chciałem być na wszelki wypadek przyzwoiciej ubrany...

– Ja też powinnam? I na jaki wypadek?

– Na wypadek, gdybyś się zgodziła zostać moją żoną.

– To ja się też ubiorę...

Marcin przytrzymał ją za ramię.

– Ty nie musisz.

– Marcin, nie wiem, czy dobrze zrozumiałam... Ty mi się oświadczyłeś czy mi się tylko zdawało?

– Nie zdawało ci się.

– I robisz to, żeby być lepszym tatusiem dla Niki? Żeby można ją było zabrać od matki, przy której źle się czuje?

Marcin przez chwilę wyglądał, jakby bolały go wszystkie zęby.

– Alina, ja ci chyba powinienem wszystko opowiedzieć, tylko nie wiem jak…

Alina przez chwilę milczała i też się zastanawiała. Ostatecznie zdecydowała się.

– Nie musisz. To znaczy ja chyba wiem, co mi chcesz opowiedzieć. Bo ja przypadkiem słyszałam, jak rozmawialiście o mnie, ty i Nika. Na „Darze".

– Mój Boże…

Powinien się złapać za głowę, a złapał się za żołądek, zarejestrowała mechanicznie Alina, trochę rozśmieszona i trochę zła. Zła głównie na siebie, bo co będzie, jeśli on się teraz wycofa?!

Nie zamierzał się wycofywać.

– Słuchaj, ja wiem, jak to może w twoich oczach wyglądać. Stuknięty tatuś chce wyrwać córeczkę matce… Owszem, chcę wyrwać Nikę matce, to jedno, ale drugie to to, że cię kocham. Przecież chyba to czujesz?

Alinie wydawało się, że istotnie, czuje coś takiego, ale przecież mogła ulec złudzeniu? Ponieważ sama się zakochała. Co za idiotyczne komplikacje!

– Marcin, a możesz mi tu przysiąc, że gdyby nie ta historia z Niką, to chciałbyś tak od razu zakładać ze mną rodzinę?

Jeśli powie bez namysłu, że tak, to ona da mu w dziób.

– Nie wiem, kochana. Nie wiem. Być może nie. Ale gdyby nie ta historia z Niką, tobyśmy się prawdopodobnie w ogóle nie spotkali…

Alina pomyślała, że to by prawdopodobnie było największą stratą w jej życiu.

– Czasami mam wrażenie, że życie składa się w większej części z gdybania – powiedziała łagodnie. – Marcin, ja cię w zasadzie rozumiem. Człowiek z dzieckiem jest kimś zupełnie innym niż człowiek bez dziecka. To akurat wiem doskonale. A poza tym ja też cię kocham. Czekaj. Proponuję, żebyśmy dali sobie jeszcze trochę czasu. Żebyśmy nie zrobili niczego…

– Głupiego?

– Czego byśmy kiedyś mieli żałować. Słuchaj, Marcin, na tych Karaibach będziemy dwa tygodnie razem. W nietypowych warunkach, ale może to i lepiej? Stale razem.

– Przekonamy się, czy wytrzymamy z sobą?

– Coś w tym rodzaju…

– To po co ja się ubierałem?… Twoja Jaga o której wróci?

– Późną nocą.

– Nie wiem czemu, ale mam wrażenie, że własne dzieci nami manipulują – mruknął, wyciągając do niej ramiona, w które wpadła bez wahania.

Marcelina wcale nie miała ochoty jechać na żadne Karaiby. Nie miała też ochoty jechać gdziekolwiek indziej. Gdyby można było cofnąć czas o jakieś kilkanaście lat i zanurkować w te dawne czasy, z możliwością przeżycia ich raz jeszcze, tylko mądrzej – mogłaby ewentualnie spróbować. Ale po kiego diabła pchać się na jakieś wyspy, spędzać dwa tygodnie na ciasnym jachcie, zamiast we własnym obszernym domu zażywać wszelkich wygód?

Do szału doprowadzała ją podniecona i rozradowana pani Lila, która powyciągała z zakamarków domowej biblioteki wszystkie mapy i uczyła się na pamięć Brytyjskich Wysp Dziewiczych z takim entuzjazmem, jakby sama właśnie odkrywała Amerykę. No, dla niej to będzie odkrycie Ameryki, niewątpliwie. Co chwila przylatywała do Marceliny z jakąś wiadomością – a to, że na Karaibach rosną banany i kokosy, a to, że na Tortoli nie ma tortów, tylko żółwie, cha, cha, cha, kto by to pomyślał! Przy każdej nowej rewelacji Marcelina miała ochotę rzucić w nią czymś ciężkim. Rzucać we własnego gościa jakoś nie wypadało, wymykała się więc z Krzysią do sadu i chodziła między drzewami, depcząc po opadłych i niewyzbieranych owocach.

Na katamaranie nie będzie miała gdzie uciec. Chryste, jak ona wytrzyma te dwa tygodnie?!

~

Agnieszka i Jerzy też zastanawiali się, czy dwa tygodnie w tak ścisłym gronie i bez możliwości ucieczki są do wytrzymania, dopóki nie doszli do wniosku, że przecież istnieje możliwość ucieczki! Zawsze mogą zwiać na jakiejś wyspie i ukryć się na kilka dni w hotelu... takim ze schodami na plażę... widzieli kilka w Internecie, a zdaje się, jest tam tego zatrzęsienie. Skoro Misia z Grzegorzem fundują, grzechem byłoby nie skorzystać. Poza tym przecież może być bardzo sympatycznie, sami swoi jadą. To znaczy płyną. To znaczy lecą. Ahoj, przygodo, jednym słowem.

Przyjemność oczekiwania na karaibskie wakacje psuło Agnieszce podświadome oczekiwanie na ciąg dalszy afery.

Najpierw jednak przyszedł do niej przed lekcjami młody Niepiera. W pierwszej chwili na jego widok Agnieszka pomyślała, że aferę wywołała znowu pani Niepierzyna, ale Dawid był na to zbyt pogodny. To nie mogła być jego matka. I nie należy go o to pytać. Gdyby była, sam by to powiedział.

– Ja w nietypowej sprawie – zaczął Niepiera z nieśmiałym uśmiechem. Po raz kolejny Agnieszka zdumiała się i zachwyciła, jak taki gibon może się tak ładnie i nieśmiało uśmiechać. – Jagulka mi opowiadała, że jej mama i pani, i jeszcze ktoś... no, że jedziecie państwo na Karaiby. Na rejs.

– No, no – powiedziała Agnieszka zachęcająco. – I co?

Tu gibona zatkało. Chciał coś powiedzieć, ale nie mógł. Zrobił się tylko czerwony jak burak i byłby odszedł, kłaniając się niezgrabnie, ale Agnieszka domyśliła się powodu stresu swojego ulubionego ucznia i przytrzymała go za ramię.

– Hej, nie uciekaj. Chcesz płynąć z nami?

Burak pociemniał jeszcze trochę i młody Niepiera wyjąkał z nieszczęśliwą miną:

– Ja przepraszam, to był głupi pomysł...

– To doskonały pomysł – Agnieszka zauważyła, że purpura na twarzy Niepiery ustępuje miejsca poprzedniemu uśmiechowi, pełnemu uroku i radości.

– Na... naprawdę? Bo ja tego nie przemyślałem, tylko tak przyszedłem, impulsywnie, że się tak wyrażę, a przecież nie wiem, czy to wypada...

– Dobrze, że przyszedłeś. Chcesz pobyć z Jagą, co?

– Gdybym powiedział, że wcale nie, to by mi pani uwierzyła?

Roześmieli się oboje.

– Masz fundusze?

– Siara mi da. O, przepraszam. Dostanę od ojca, bez problemu. Już rozmawiałem wstępnie. Kiedy państwo płyną? W ferie?

– Zobaczymy. Albo tak, albo popłyniemy na Boże Narodzenie.

– Kurczę, ależ się cieszę! Lecę zawiadomić Jagulkę. Może byśmy jeszcze zaliczyli jakiś teoretyczny kurs żeglarski, nie wiem, czy coś takiego w ogóle jest możliwe, ale będę się dowiadywał. Trochę żeglowałem, ale niewiele umiem. To na pewno nie problem? Żebym pojechał?

– Na pewno. Będzie was trójka małolatów, to już pewnie wiesz, a my, starsi, będziemy na was zwalać czarną robotę.

– Mogę codziennie pucować podłogę. To znaczy pokład. Nie podziękowałem. Dziękuję. Pani jest niesamowita. Pędzę.

Odfrunął na skrzydłach młodzieńczego entuzjazmu, pozostawiając Agnieszkę patrzącą za nim z rozbawieniem, a nawet z odrobiną rozczulenia. Jak oni się pięknie umieją cieszyć, te dzieciaki!

Ze stanu kontemplacji wyrwała ją sekretarka.

– Agnieszka, proszę, wyjrzyj na ulicę.

Głos miała tak poważny, że jej szefowa nie pytając o nic, otworzyła okno i wyjrzała.

– O jasna Anielka!

Przed szkołą kłębił się niewielki, niemal wyłącznie damski tłumek, nad którego głowami powiewały domowej roboty transparenty z napisami „Brońmy życia" i „Nie zabijajcie tego dziecka".

– Ewa, udawaj, że nic nie wiesz, pędź do pierwszej A, oni teraz mają angielski, wyrwij Noelowi z lekcji z sześć dziewczynek, w tym Olę i Kasię, tylko, błagam, zrób to tak, żeby się nikt nie zorientował, że to o nie chodzi. Przyprowadź wszystkie tutaj, ja coś w międzyczasie wymyślę... Leć, pędem, tylko się nie spiesz!

Ewa Borzęcka doskonale zrozumiała, o co chodziło szefowej wydającej sprzeczne polecenia, i natychmiast udała się do pierwszej A, symulując kompletny luz i brak pośpiechu.

Noel Hart, który w pierwszym miesiącu swojej pracy zdążył już nieomal zdetronizować Waldka Frajmana, jeśli chodzi o sympatię uczniów, siedział w pozie swobodnej na biurku i piękną angielszczyzną opowiadał jakąś anegdotę, którą uczniowie starali się zrozumieć. Na widok Ewy nie zszedł z mebla, pomachał tylko nogami.

– Witam, Ewuniu. Proszę wybaczyć, że tak sobie siedzę na tym biurku, ale, jak pani wiadomo, jestem kulawy, a tu mi najwygodniej.

– Ależ nic nie szkodzi, profesorze. – Dla Ewy, zwłaszcza w tej chwili, Noel mógł prowadzić zajęcia, dyndając na lampie. – Przepraszam najmocniej, pani dyrektor mnie przysyła w sprawie nagłej. Potrzebujemy pomocy pięciu albo sześciu dziewczyn, czy zechce pan zwolnić je na kwadrans?

Obrzuciła bystrym spojrzeniem klasę i z ulgą stwierdziła, że Ola i Kasia siedzą przy drugim stoliku.

– Ależ proszę. Jakieś konkretne osoby nas opuszczą?

– Nie, nie, wszystko jedno które. Może po prostu wy, dziewczyny – tu Ewa zwróciła się w stronę najbliższych. – Ania, Asia, Kasia, Ola, Patrycja i Kamila. Chodźcie ze mną, proszę.

– Bo co? – warknęła nieprzyjaźnie Kasia. – Czemu właśnie my?

– Bo siedzicie blisko drzwi – wyjaśnił z uśmiechem Noel. – Idźcie i wracajcie jak najszybciej, zanim zatęsknimy się za wami na śmierć.

Idąc na czele sześcioosobowego zastępu dziewcząt, Ewa udawała, że odbiera komórkę, tak na wszelki wypadek, żeby nie musiała odpowiadać na żadne pytania. Nie wiedziała przecież, co wymyśli Agnieszka jako pretekst. Zastanawiała się też gorączkowo, dlaczego tłumek przed szkołą zachowuje się tak spokojnie. Jakby na kogoś czekali... Ach, oczywiście. Czekają na telewizję. Jak dziennikarze dojadą, to się zacznie bal. Wcześniej im się nie opłaca...

Weszły do sekretariatu i tu Ewa doceniła pomysłowość oraz bezkompromisowość własnej szefowej. Przez otwarte drzwi dyrektorskiego gabinetu widać było obraz małej katastrofy. Cała zawartość jednego z regałów leżała na podłodze, łącznie z cienką nóżką tegoż regału. Musiała ją Agnieszka zdrowo kopnąć. Chyba jednak najpierw wywaliła te wszystkie papierzyska na podłogę?

– Cieszę się, że jesteście – powiedziała, zwracając się do dziewczynek. – Widzicie, co się stało. Uporządkowałybyśmy to same, po godzinach, ale ma wpaść dzisiaj pani z kuratorium. Nie chciałabym, żeby zastała takie pociejewo. Zaraz przyjdzie pan Marcin, to zreperuje mebelek... O, jest pan. Dramat, jak pan widzi. Trzeba coś zrobić z tą nóżką. Ja tu na razie podparłam Dziennikiem Ustaw, ale na tym on długo nie postoi...

Marcin zwany Klatą spojrzał podejrzliwie na wykopaną nóżkę od regału, ale powstrzymał się od komentarza. Może coś mu szepnęło, że sytuacja jest nietypowa, a może widział tłumek na ulicy.

Agnieszka z Ewą, której nie trzeba było już niczego podpowiadać, tak zorganizowały dziewczynom pracę przy porządkowaniu dokumentów, że – najzupełniejszym przypadkiem – cztery niezaangażowane zostały w gabinecie, a Ola i Kasia z kupką dokumentów luzem otrzymały miejsce pracy przy dużym stole w sekretariacie. Agnieszka, udając, że im pomaga, przysiadła się do nich. Marcin, który prawdopodobnie zorientował się we wszystkim, przymknął drzwi między jednym i drugim pomieszczeniem pod pretekstem, że musi mieć więcej miejsca do ratowania nogi.

– Słuchajcie mnie teraz uważnie, dziewczyny – zaczęła półgłosem Agnieszka. – Zachowajcie spokój i odpowiadajcie na pytania.

– Czy coś się stało? – nie wytrzymała Kasia, ale powiedziała to szeptem.

– Tak, ale o tym za chwilę. Najważniejsze: czy ktoś oprócz was wie o ciąży Oli? Ola, nie pora teraz na płacz. Opanuj się i powiedz, czy się komuś zwierzałaś?

– Tylko Kasi – wyszemrała Ola.

– Kasiu?

– Co pani sobie myśli?

– Nieważne, co ja myślę. Czy jest możliwe, że rozmawiałaś z kimś na temat Oli? Niekoniecznie tu, w szkole. Proszę cię, to ważne.

– Pani te papiery wywaliła specjalnie?

– Tak, bo to był pierwszy sposób, jaki mi przyszedł go głowy, żeby tu ściągnąć kilka osób. Gdybym wezwała tylko was, to tak, jakbym was pokazała palcem. A teraz odpowiedz na moje pytanie. I nie wściekaj się, bo nie pora na to. Musimy chronić Olę.

W oczach Oli pojawiło się wielkie pytanie: przed czym?

– Z nikim nie rozmawiałam, jak słowo daję. – Kasia wreszcie zaczęła mówić normalnym głosem. – Jestem absolutnie pewna.

– To znaczy, że wiedzą o tym oprócz nas twoi, Olu, dziadkowie, pani Françoise, pan Marcin.

– Może on rozgadał?

– Ani on, ani Madame Franusia. Na pewno nikt więcej?

– Na pewno – powiedziały jednym głosem Ola i Kasia.

– Dobrze. Słuchajcie mnie uważnie. Nikt, powtarzam, nikt nie ma prawa się o tym dowiedzieć. Była tu już raz telewizja, ale ich pogoniłam, a teraz mamy na ulicy obrońców życia. Pojawienie się dziennikarzy to kwestia czasu. Oni prawdopodobnie wiedzą, że ktoś jest w ciąży, ale nie wiedzą kto. Jeśli się dowiedzą, nie dadzą Oli żyć. Olu, a ty już wiesz, co zrobisz? Dzwoniłaś do rodziców?

– Bałam się…

– Musisz, kochanie.

– A czy ja mogę jeszcze z panią porozmawiać?

– Jasne. Wpadnę do ciebie do domu koło dziewiętnastej. Teraz układajcie dalej te papiery, a ja już dłużej nie mogę udawać, że nie wiem, co się dzieje pod szkołą. Panie Marcinie – Agnieszka podniosła głos. – Panie Marcinie, co z tą nogą? Na jakim pan jest etapie?

– Prawie zrobiłem – odrzekł woźny Klata z podłogi jej gabinetu. – Zaraz będzie można wypychać te półki z powrotem. Te mebelki dzisiaj takie słabe, że nic nie warte.

Do sekretariatu wpadł jak bomba Bodzio Domaniuk.

– Agnieszka, co się dzieje? Telewizja tu idzie!

Istotnie, zza pleców Bodzia wychynęła sylwetka faceta z kamerą i druga, mniejsza, znanej już Agnieszce dziennikarki. Operator był jakiś inny, miał niechlujne, długie włosy spięte w kitkę, żuł gumę, śmierdział z daleka papierosami i nie pytając nikogo o zgodę, nagrywał od wejścia.

– Jakieś „dzień dobry" czy coś w tym rodzaju? – Agnieszka była spokojna, jak zwykle. Reszta towarzystwa zamarła w oczekiwaniu na rozwój wydarzeń. – Jak się państwo dowiedzieli o naszej małej katastrofie?

Ewa i Bodzio zachichotali nerwowo. Dziennikarka wyciągnęła w stronę Agnieszki mikrofon.

– Nie chciała pani przyznać, że jedna z uczennic jest w ciąży, a jednak proszę! Okazuje się, że pani kłamała! Sama pani mówi, że macie katastrofę!

– Ach, to państwu nie chodzi o katastrofę mojego regału? Szkoda, bo to piękna katastrofa, prawie jak w „Greku Zorbie". A wtedy mówiłam tylko, że nie udzielamy informacji o prywatnym życiu naszych uczennic. Ani uczniów. Nas zresztą ich prywatne życie nie interesuje. Panie operatorze, mnie pan może kręcić, personel również, młodzieży nie.

– Bo co? – warknął zza kamery niechlujny facet.

– Bo jesteśmy na terenie szkoły, gdzie chronimy prywatność naszych uczniów.

– A co mi pani zrobi?

– Ja nic, ale pan woźny zabierze panu kamerę.

– Jest wolność słowa – rzuciła się dziennikarka. – Jest prawo ludzi do informacji!

– Jeśli zajdzie pani w ciążę z tu obecnym panem operatorem, to poinformuje pani opinię publiczną o tym fakcie? – Agnieszka obrzuciła wymownym spojrzeniem operatora i dodała: – Pożałowania godnym.

– Ja już jestem dorosła i nikt mi nie będzie mówił, co mam robić. Ale uczennica, dziecko w ciąży, to skandal! To nieszczęście! I mamy podstawy przypuszczać, że państwo ją namawiacie do aborcji!

– Na jakiej podstawie pani tak twierdzi?

– Widziała pani demonstrację pod szkołą?

– O ile wiem, jest wolność zgromadzeń.

– Bez przyczyny by tutaj nie przyszli! Nie ma dymu bez ognia, proszę pani! Oni wiedzą, ci zwyczajni, uczciwi ludzie, że tutaj szykuje się coś karygodnego! Oni chcą temu zapobiec!

– Pani Ewo! – W okolicznościach oficjalnych Agnieszka przechodziła ze swoją sekretarką na „pani". – Proszę wyprowadzić stąd uczennice. Nie muszą być świadkami naszych dyskusji z panią... redaktor.

– Tak, pani dyrektor.

Cztery dziewczyny, które robiły porządek w gabinecie, stały od jakiegoś czasu w drzwiach i słuchały, niebotycznie zaciekawione.

Agnieszka zdołała zauważyć, że z tym wytrzeszczem niewiele różniły się od przerażonej Oli i przejętej Kasi. Ewa otworzyła przed nimi drzwi na korytarz, ale zanim zdążyły wyjść, operator błyskawicznie skierował na nie kamerę i sfilmował wszystkie sześć.

– Panie Marcinie…

Marcin Klata Słojewski skinął ze zrozumieniem głową.

– Panie profesorze – zwrócił się do Bodzia Domaniuka, z którym od lat był na „ty". – Ja przytrzymam pana telewizora, dobrze?

Uradowany Bodzio, który był młodym, wesołym i chętnym do wszelakich rozrywek człowiekiem, też ochoczo kiwnął głową. W tym momencie Marcin przytrzymał operatora od tyłu za ramiona i Bodzio mógł bez kłopotu wyjąć mu z ręki kamerę.

– To jest napad! – wrzasnęli unisono operator i dziennikarka. – Oddaj kamerę, gnoju! – dodał rozwścieczony filmowiec.

– Tylko nie gnoju, proszę – mruknął Marcin, podczas kiedy Bodzio szukał przycisku uwalniającego kasetę. Znalazł go, wyjął kasetę i schował do kieszeni. Marcin puścił swoją ofiarę, a niechlujny długowłosy wyrwał z rąk Bodzia kamerę. Wszystko trwało może dziesięć sekund. Obrzucająca ich przez ten czas obelgami dziennikarka wyciągnęła z torby kolejną kasetę, jednak czujny Marcin uniemożliwił załadowanie jej do kamery.

– Nie, nie – powiedział. – Pani dyrektor mówiła wyraźnie. Na terenie szkoły nie filmujemy. Ja sprowadzę państwa na dół. Pan profesor pomoże?

Razem z rozśmieszonym Bodziem wzięli się do wyprowadzania intruzów. Dziennikarka zdążyła jeszcze wrzasnąć coś na temat publicznej instytucji, jaką jest szkoła.

– Ta jest akurat prywatna – wyjaśniła Agnieszka. – Kasety państwu nie oddamy. Wasza stacja może nam wystawić fakturę na tę okoliczność.

Marcin z Bodziem wrócili po niespełna minucie.

– Agnieszka, co tu się dzieje? – Bodzio bawił się dobrze, jednak chciał wiedzieć, w jakiej to sztuce wystąpił. – Tam się robi jakaś rozróba…

– Czekaj, Bodziu – przerwała mu Agnieszka. – Zaraz wszystko wyjaśnię. Zbierzcie wszystkich nauczycieli, proszę. Ja tylko wykonam telefon…

– Ty dzwoń na policję – poradził życzliwie Bodzio.

Agnieszka kiwnęła głową, ale nie zadzwoniła na policję. Była zdania, że po to się mieszka latami w tym samym mieście, żeby mieć jakieś znajomości. Ona akurat na policji nie miała, ale Jerzy musiał mieć!

Jerzy, owszem, miał. Kilku jego kolegów ze studiów pracowało w tej instytucji i wszyscy byli już dawno na eksponowanych stanowiskach. Nie minęło więc piętnaście minut, Agnieszka zdołała tylko szybko poinformować nauczycieli o sytuacji i poprosić o normalne prowadzenie zajęć, a pod szkołę na Storrady podjechał radiowóz. Jego załoga nie wysiadła, ograniczając się na razie do obserwacji zgromadzenia.

Teraz Agnieszka uznała, że może już wyjść na zewnątrz. A nawet musi, bo zgromadzenie zaczyna lekko falować – być może dlatego, że pojawiło się kilkoro dziennikarzy z prasy i radia. Ekipa filmowa już pracowała, dziennikarka robiła wywiady z przejętymi matronami. Niepojętym cudem uczniowie siedzieli w szkole. Być może zresztą dlatego, że przytomny Marcin zamknął drzwi na klucz.

– Jakby co, to się rodzicom powie, że dla ochrony przed tymi nachałami z telewizji. A dzieci i tak mają teraz lekcje i nie muszą wychodzić.

– Bardzo dobrze, panie Marcinie. Idę tam. Niech mi pan otworzy.

– Czy mam znacząco stać u pani boku?

Agnieszka roześmiała się. Marcinek zwany Klatą był cudny.

– Nie trzeba. Niech pan zerka zza drzwi.

Woźny też uśmiechnął się szeroko, wypuścił Agnieszkę i stanął dyskretnie za drzwiami.

Natychmiast otoczyła ją mała, ale zażarta grupka dziennikarzy przekrzykujących się i na wyścigi podstawiających mikrofony. Marcin dałby dużo, aby słyszeć, co ona mówi, ale był za daleko. Kociołek trwał kilka minut i uspokoił się nagle. Dziennikarze zaczęli słuchać, co Agnieszka ma do powiedzenia.

– Jak państwo to sobie wyobrażają? Że podchodzę do każdej uczennicy i pytam: „Słuchaj, mała, czy przypadkiem nie jesteś w ciąży?". A może uważacie, że one przychodzą mi opowiadać o swoim życiu prywatnym?

– Ale była pani niedawno z uczennicą u ginekologa! – wyrwała się pani z jakiegoś radia.

– Ja do ginekologa chodzę regularnie, co i paniom polecam, byłam niedawno, rzeczywiście, na badaniu kontrolnym, ale nie brałam z sobą żadnej uczennicy. Może informator państwa widział tam jakąś dziewczynkę, nie wiem. Ja nie zwróciłam uwagi.

Jak wiemy, naginanie prawdy do aktualnych potrzeb nigdy nie stanowiło dla Agnieszki problemu.

Dziennikarze jakby zwątpili. Do boju wystąpili natomiast obrońcy życia. Podnieśli w górę swoje transparenty i zaczęli się głośno domagać poszanowania dla życia poczętego. Na oświadczenie Agnieszki, iż ona osobiście szanuje życie poczęte, nie zareagowali. Ktoś im powiedział, że tu się wywiera naciski na dziewczynkę, żeby zabiła swoje nienarodzone dziecko, i oni przyszli, aby zapobiec zbrodni. Na spokojne pytanie, co zamierzają zrobić, padła odpowiedź:

– Będziemy tu stali i będzie nas coraz więcej. Nie pozwolimy na zbrodnię. Wy chcecie zmusić dziecko, żeby zabiło dziecko.

Agnieszka, z natury odważna, poczuła nieprzyjemne mrowienie na plecach. Z dziennikarzami sobie poradziła, natomiast tu miała do czynienia ze zjawiskiem całkowicie nieracjonalnym. Rzuciła rozpaczliwe spojrzenie w stronę policyjnego radiowozu.

Ktoś tam uznał to widocznie za sygnał i z auta wysiadł facet w mundurze.

– Czy pani ma jakieś kłopoty?

Obrońcy życia wznieśli swoje okrzyki.

– Zaczynam się ich bać – powiedziała Agnieszka półgłosem.

– Nie wiem, co chcą zrobić. Nie wiem, co będzie, kiedy dzieci skończą lekcje i wyjdą. Tu się robi jakaś paranoja.

– Spróbujemy ich przekonać, żeby sobie poszli.

Kamery, mikrofony, aparaty fotograficzne pracowały jak szalone, kiedy mundurowy podszedł do obrońców życia. Przedstawił się elegancko, trzasnął kopytami i uprzejmie zaapelował o rozejście się, po czym został wyśmiany. To go chyba troszkę zjadowiło, bo zmienił ton na odrobinę ostrzejszy, a po chwili poprosił swoich kolegów z radiowozu o wsparcie. Obrońcy życia zwarli szeregi. Sytuacja zrobiła się patowa. Najważniejszy funkcjonariusz podszedł do Agnieszki.

– Nie jest dobrze. Sama pani widzi. Nie wyciągniemy pałek przeciwko tym babciom.

– Paru dziadków też jest – zauważyła Agnieszka. – Ale, oczywiście, rozumiem. Oni się stąd nie ruszą. Czy możecie tu jeszcze pobyć?

– Jak długo?

– Nie wiem, cholera. Przepraszam. Możemy na razie uczniów przetrzymać na przerwach w szkole, ale o drugiej zaczną wychodzić.

– Może jakiś ksiądz by im przemówił do rozumu? Macie katechetę?

– Owszem, nawet rozsądnego, dominikanina, tylko ma zwolnienie lekarskie, zwichnął nogę.

– Wrócimy za kwadrans druga, dobrze? Poradzi pani sobie? Jakby co, proszę dzwonić.

Agnieszka wróciła do budynku żegnana nieprzyjaznymi okrzykami obrońców życia. Była właśnie przerwa i na korytarzach kłębili się uczniowie. Teraz oni z kolei otoczyli dyrektorkę. Na szczęście okrzyki, które wydawali, były podyktowane zwyczajną ciekawością.

– Przecież wiecie, co się dzieje – oświadczyła Agnieszka spokojnie. – Nauczyciele wam powiedzieli. Proszę, zachowajcie rozsądek, kiedy będziecie wychodzić ze szkoły. Na razie są normalne lekcje.

– Ale oni nas terroryzują! – wrzasnął bojowo nastawiony Karol z trzeciej klasy.

– Nie przesadzaj. Nic nam nie zrobią. Kiedyś im się znudzi stanie tutaj.

– Chyba że poczekają parę miesięcy, aż komuś tu brzuch urośnie – prychnęła białowłosa Ulka z pierwszej B. Uczniowie ryknęli zdrowym śmiechem i atmosfera jakoś się rozluźniła.

Agnieszka śmiała się razem z uczniami, choć niespecjalnie jej było do śmiechu. Myślała o tym, co powie za tych kilka miesięcy, kiedy ciąża Oli naprawdę będzie widoczna. Zastanawiała się nad pewnym nieprostym, ale chyba niezłym rozwiązaniem.

~

Jerzy Brański był zmartwiony i zaniepokojony. Wierzył w Agnieszkę i wiedział, że w sprawie ciąży uczennicy zachowa się dokładnie tak, jak należy. Nie wiedział jednak, jak na te wszystkie awantury zareagują rodzice uczniów. Może trzeba by wydać jakiś komunikat? Postanowił porozmawiać z Agnieszką na ten temat wieczorem, spokojnie.

Najbardziej dręczyła go niewiedza, kto rozpętał całą aferę. Znał z relacji Agnieszki osoby dramatu i nie sądził, aby to któraś z dziewczynek. Nie miałoby to sensu kompletnie. Pani Róża stawiała na Rozbickich. To by się nawet trzymało kupy, tylko skąd oni mogliby wiedzieć o kłopocie panny Oli?

Kłopot panny Oli. Nie tylko. Ich kłopot, jak się okazuje, też.

Jerzy wpadł na pomysł.

Zatelefonował pod pewien numer i ze zdwojoną energią zabrał się do pracy. Wyszedł z kancelarii nieco wcześniej, pozostawiając na straży wierną Martę. Na szczęście nie miał już żadnych umówionych klientów. Za pięć piąta po południu z bukietem róż w ręce wchodził do kawiarni w Radissonie. Pani profesor Joanna Fiszer już tam była.

– Jak miło, panie Jurku! Czyżbym miała dzisiaj urodziny, które przeoczyłam z powodu sklerozy starczej?

– Nigdy w życiu, pani profesor. Kwiatki są wyłącznie wyrazem mojego szacunku i sympatii dla pani.

– Ale rozumiem, że ma pan do mnie jakąś sprawę? Kobiety w moim wieku nie dostają kwiatków za darmo.

Notariusz się roześmiał.

– Kwiatki są absolutnie za darmo, a sprawę i tak mam. Jest dla mnie bardzo ważna i liczę, że mi pani pomoże niezależnie od wszystkich bukietów świata.

– O ile tylko będę mogła.

– Tego właśnie nie jestem pewien. Bo nie wiem, czy pani może udzielać mi takich informacji, jakie chciałbym otrzymać.

Pani profesor spoważniała.

– Tajemnicy lekarskiej panu nie zdradzę. O to chodzi?

– Nie do końca. O, jest kelnerka. Pani profesor?

Złożyli zamówienie i Jerzy mógł wrócić do tego, co go dręczyło.

– Pani profesor, ja pani powiem, o co chodzi, a pani sama oceni, czy może mi udzielić informacji. Może zresztą ja tu trafiam kulą w płot i w ogóle nie będzie problemu.

– Niech pan już nie kombinuje, tylko wali.

– Już walę. Pamięta pani, oczywiście, tę dziewczynkę w ciąży, z którą była u pani Agnieszka Borowska?

Joanna Fiszer skrzywiła się lekko.

– Ona panu opowiada takie rzeczy o uczennicach?

– Przepraszam, pani profesor może nie wie... chyba na pewno pani nie wie, że ta szkoła jest nasza wspólna. Do pewnego stopnia ja też, jako współwłaściciel, odpowiadam za uczniów. To normalne, że Agnieszka wprowadza mnie w ważniejsze sprawy szkolne.

Pani profesor rozpogodziła się widocznie.

– A, to już mi lepiej. No i co?

– No i piekło się rozpętało. – Notariusz opowiedział o ostatnich wydarzeniach. Jego słuchaczka ze zdumieniem kręciła głową.

– Nie do wiary – rzekła, gdy skończył. – Ale skąd oni wszyscy wiedzieli?

– W tym problem. Zastanawiałem się nad różnymi możliwościami i tu jest właśnie pytanie do pani profesor. Proszę łaskawie wziąć pod uwagę, że nie zahacza ono chyba o tajemnicę lekarską, bo przecież korytarze kliniki nie są miejscem utajnionym i każdy mógł tam spotkać daną osobę...

– Jezu, panie Jurku, niech pan przestanie. Jaką osobę?

– Panią Danutę Rozbicką. Chodzi mi tylko o informację, czy pani Rozbicka była tego dnia w klinice. Nie chcę wiedzieć, czy ona się tam leczy, czy kogoś odwiedzała, czy przyszła na plotki. Chcę tylko wiedzieć, czy tam była i czy mogła widzieć Agnieszkę z uczennicą. Ewentualnie, skoro mówimy o odwiedzaniu, pan Seweryn Rozbicki.

– No tak – pani profesor zastanawiała się moment. – Każdy mógł ich widzieć na korytarzach. Ale u mnie pani Rozbicka nie była. Nie znam jej. Niech no pan poczeka chwileczkę. – Wyjęła komórkę i wybrała numer. – Paweł? Słuchaj, czy masz pacjentkę Rozbicką? Danutę?... Tak? A powiedz mi, przyjacielu, czy ona była u ciebie ostatnio? Na przykład we wtorek koło dziesiątej, jedenastej?... Sprawdź, kochany, bardzo cię proszę. Wszystko ci wytłumaczę jutro w pracy, teraz mi szkoda forsy na komórkę... Była? Pawełku, wiesz, że cię kocham od urodzenia?... Twojego, oczywiście. Bardzo ci dziękuję. Pa, do jutra.

Notariusz milczał.

– To mamy jasność w temacie, panie Jurku. Jakby co, pani Agnieszka widziała panią Rozbicką w klinice na korytarzu. A ja pana nie znam ani pańskiego ojca też. Niech go pan pozdrowi. Czemu ta Rozbicka tak nie lubi pani Agnieszki?

~

– I woźnego Klaty – powiedziała Agnieszka, kiedy pół godziny później jedli we dwoje obiad w tymże Radissonie. – Wszystko mi smakuje jak siano.

– Bo jesteś w stresie. Wszystko jest dobre, żadne siano. Z tym Klatą to ja sobie tak kombinuję... on też pracował u Rozbickich, prawda?

– Też. Myślisz, że tak sobie strzeliła, bo go nie lubi?

– A nie lubi?

– Nie znosili go oboje. Chyba im przeszkadzało, że wykształcony. Ich zdaniem woźny powinien być tłuczkiem. A nasz Klata tłuczkiem nie jest, wręcz przeciwnie.

– Rozumiem. Nie jest tłuczkiem i jest bardzo przystojny. Może ona czyniła mu awanse, a on jej nie chciał?

– Danka? Ty poważnie mówisz?

– Sam nie wiem. Mogło tak być, choć nie musiało. Jakie masz plany na dzisiaj? Czy możemy spokojnie zająć się sobą? Postarałbym się zlikwidować twoje stresy.

– Przynajmniej do jutrzejszego poranka, kiedy przeczytamy gazety. Bo rozumiem, że radia i telewizji nie włączamy.

– Zazdroszczę Grzegorzowi – zaczął notariusz, ale nie skończył, bo Agnieszka nagle przestała jeść, a oczy jej rozbłysły. – Ej, powiedziałem coś głupiego?

– Przeciwnie. Powiedziałeś coś mądrego. Bo ja mam kłopot nie tylko z dziennikarzami i obrońcami, ale przede wszystkim z Olą. W dodatku za godzinę jestem z nią umówiona. Czekaj, zadzwonię do Grzegorza, może będzie mógł ze mną do niej iść...

On jest kojący. Oraz obcy, ja jestem dyrektorką szkoły, do której ona chodzi…

Jerzy zdusił w sobie nieprzystojne przekleństwo, bo wyglądało na to, że jego plany cudownego wieczoru sam na sam z ukochaną kobietą właśnie biorą w łeb. Okazało się, że Grzegorz może i chętnie pójdzie z Agnieszką do tej dziewczyny.

– Jurek, nie miej mi za złe…

– Przecież nie mam ci za złe, tylko mi smutno. Tęsknię za tobą.

– Najdalej o dziewiątej będę w domu. Przysięgam. Najlepiej idź do mnie, weź gazety, poczytaj, zrób sobie kawę i czekaj stęskniony. Przyjdę i cię ukoję.

– „Pódź tu do mnie, dziecko, pódź, ukój moją starczą chuć" – zachichotał notariusz.

– Witkacy. Wiem. Teatr z Zakopanego tu był kiedyś z jakimś przedstawieniem i cytacik masz od nich. Patrz, Jurek, chodziliśmy do tego samego teatru. Oni w Muzach grali wtedy, pamiętam. Na festiwalu małych form.

Notariusz zignorował wspomnienia o małych formach teatralnych.

– Agnieszko, cudo moje, a może byś się przeniosła do mnie? Mam więcej terytorium i ogród mam… niestety, w dość kiepskim stanie, chyba będę musiał zaangażować naszą przyjaciółkę Michalinkę…

– Jurek, wiesz, że na razie nie mogę. Poza tym jak mam się przenieść do domu, przy którym ogród nie jest odpowiednio wycackany… Nie patrz tak na mnie, żartuję. Ale mam panią Różę. I Rambutana. On by szoku dostał, gdyby się musiał wyprowadzić z Krasińskiego. Słuchaj, jedzmy, co mamy, bo nam wystygnie. Od serca pogadamy wieczorem.

– Wiem, że jestem dorosły i powinienem znieść takie traktowanie z godnością. Ale mam ochotę wrzeszczeć i kopać nogami – pożalił się notariusz.

Oczywiście nic mu to nie pomogło i za kwadrans dziewiętnasta Agnieszka porzuciła go, zostawiając mu do zapłacenia rachunek. Zapłacił, westchnął i pojechał do mieszkania na Krasińskiego. Z niejakim trudem znalazł miejsce parkingowe, wysiadł z samochodu i zdrętwiał. Pod blokiem stały trzy osoby z tablicą, na której krzywymi kulfonami ktoś napisał: MORDERCZYNI DZIECI.

Agnieszka tymczasem spotkała się z Grzegorzem i razem udali się do mieszkania państwa Tamborskich. Obecność nieznajomego mężczyzny z początku spłoszyła Olę, ale doktor Wroński nie na darmo był uwielbiany przez wszystkie swoje pacjentki. Potrafił nie tylko uspokoić roztrzęsioną dziewczynę, ale również przekonać jej dziadków do pozostawienia ich we trójkę. Babcia Aleksandra pod jego wpływem poczuła natychmiast, że wszystko dobrze się skończy i przyniosła im świeżo upieczoną babkę cytrynową, która miała być na niedzielę. Dziadek nie posunął się do dawania doktorowi prezentów, ale też miał przeczucie, że ten rudy facet załatwi wszystko jak należy. Agnieszka widziała to wszystko doskonale i śmiała się do środka.

Kiedy jednak zostali w salonie tylko z Olą, odechciało jej się śmiać. Dziewczyna była w nie najlepszym stanie. Prawdopodobnie przeraziły ją poranne występy dziennikarzy i obrońców życia. Mało kogo by nie przestraszyły.

Podczas gdy Agnieszka oddawała sprawiedliwość babce cytrynowej, Grzegorz zaczął pozornie niezobowiązującą rozmowę z Olą – o życiu, o jej dzieciństwie, o rodzicach... tu dziewczyna spłakała się rzewnie. Grzegorz pozwolił jej się wypłakać i gawędził z nią dalej. Sama nie wiedziała kiedy wyznała mu, skąd cały problem: na domówce u Kasi Szulc pod koniec wakacji było kilka osób z gimnazjum i dwóch studentów pierwszego roku uniwersytetu, były też słodkie i mocne drinki z tego, co mama lekarka miała w szafie, a miała całą tę szafę zapchaną dowodami wdzięczności pacjentów, więc było z czego kombinować. No i nie wiadomo kiedy studenci, Ola i taka jedna Zuzia naleźli się w sypialni rodziców... ojciec Kasi był na wyjeździe służbowym, a matka na dyżurze, jak zwykle zresztą. Nie, Ola nie wie, czy Zuzia ma kłopoty, nie spotykają się, ledwie co się poznały na tej domówce. Kaśka mówi, że ona nie ma kłopotów.

Rodzicom jeszcze nic nie mówiła.

– Czego się bałaś?

Ola skuliła się w sobie i ponownie zaszlochała.

– Jeśli chcesz, zadzwonimy do nich teraz. Ja będę przy tobie i w razie czego przejmę słuchawkę, dobrze? Razem przecież sobie jakoś poradzimy. Dzwonisz do nich na komórkę czy na stacjonarny?

Ola wyciągnęła do niego komórkę, nie przestając płakać.

– Spróbuj sama.

Pokręciła głową. Grzegorz kiwnął głową i znalazł w spisie pozycję „mama". Po chwili w telefonie odezwał się kobiecy głos, jak na jego wymagania, średnio przyjemny.

– No, cześć, córeczko. Prosiłam, żebyś dzwoniła później. Mów szybko, o co chodzi.

– To nie córeczka. Ale proszę się nie martwić, nic złego się nie stało.

– Kim pan jest? Gdzie moja córka?

– Obok mnie, cała i zdrowa, tylko zdenerwowana. Ja się nazywam Grzegorz Wroński i jestem psychologiem.

W podobnych przypadkach Grzegorz wolał nie wyjeżdżać od razu z psychiatrą.

– Dlaczego nie dzwonią teściowie, tylko pan?

– Ola potrzebowała wsparcia fachowego. Ale powtarzam, jest dobrze. Nawet się tu do nas uśmiecha.

– Proszę mi ją dać natychmiast do telefonu!

– Moment. Jeszcze nie. Ola naprawdę jest bardzo zdenerwowana. A miała ostatnio dość emocji. Ola jest w ciąży, proszę pani.

Wrzask, jaki się rozległ w Szkocji, w pokoju starszych państwa Tamborskich był doskonale słyszalny. Ola aż się skuliła.

– Na pewno nie oddam Oli słuchawki, dopóki pani nie powściągnie emocji. Pani córka jest teraz w nie najłatwiejszej sytuacji i nie będziemy jej stresu pogłębiać.

Pani Tamborska powiedziała coś na temat młodocianych kurew łajdaczących się gdzie popadnie, jak tylko się je z oczu spuści.

– Mówimy o pani córce – przypomniał jej Grzegorz, niezadowolony, że Ola słucha tego wszystkiego. Jej matka darła się bez opamiętania i jeśli nawet nie każde słowo do Oli docierało, to ogólny ton wypowiedzi na pewno. – Spuściła ją pani z oczu na trzy lata, o ile się orientuję.

– Nie pana sprawa. Ja tu dla niej żyły wypruwam i jej ojciec też, a ona co? Ani krztyny wdzięczności!

– Wszyscy popełniamy błędy. Zwłaszcza w tak młodym wieku.

Pani Tamborska nie podzielała jego poglądów również w tej sprawie.

– Czy będzie pani mogła przyjechać w najbliższym czasie do Polski?

Pani Tamborska nie przewidywała takiej możliwości. Ona i pan Tamborski mieli wolne w sierpniu i byli na Balearach, więc teraz muszą siedzieć w pracy, jak Bóg przykazał. Olka ma iść do lekarza i ciążę usunąć. Koniec, kropka.

– Prawo tego nie przewiduje, proszę pani.

Pani Tamborska nie rozumiała takiego prawa. Jest wolny kraj i ona może robić, co jej się podoba. Jej córka też, mała lampucera.

Grzegorz zrozumiał, że Ola Tamborska nie ma co liczyć na wsparcie własnej matki. I może lepiej będzie, jeśli ta matka pozostanie w Edynburgu, czy gdzie tam ją zaniosło. Pożegnał się, udając, że nie słyszy krzykliwych wezwań Oli do telefonu, i wyłączył komórkę.

Dziewczyna wyglądała jak kupka nieszczęścia.

– Mama nie była zachwycona – powiedział Grzegorz trochę niepewnie. Nieoczekiwanie Ola wybuchnęła śmiechem, mieszającym się jeszcze w sporym procencie ze łzami.

– Ja wiedziałam, że tak będzie. Mama chce, żebym przerwała ciążę?

– Tak. Ale to nie jest proste w naszym kraju. A poza tym chętnie bym z tobą porozmawiał na ten temat. Pani Agnieszka też, z tego, co wiem. Czy jesteś w stanie rozmawiać z nami na chłodno, bez płaczu? Ja rozumiem, że jest ci ciężko, ale musisz podjąć najważniejszą decyzję w twoim dotychczasowym życiu.

Ola kiwnęła głową i wytarła nos z hałasem. Wyglądało na to, jakby dotarła do niej świadomość, że Grzegorz ma rację i że właściwie jest pozostawiona samej sobie. Dziadkowie tu wiele nie pomogą. Musi sama zdecydować o swoim życiu.

Agnieszka i Grzegorz przyglądali jej się uważnie. Żadne z nich nie znało jej dostatecznie dobrze, by móc cokolwiek przewidzieć. Czy jest silna, czy słaba, jak wpłynął na nią wyjazd rodziców? Chyba zdawała sobie sprawę od jakiegoś czasu, że oni spisali ją na straty.

Agnieszka uznała, że teraz kolej na nią.

– No to słuchaj uważnie, Olu. Pamiętasz, jak ci mówiłam, że są trzy wyjścia. Aborcja według prawa ci nie przysługuje, ale w moim przekonaniu to i tak nie jest dobre wyjście. Prawda, Grzegorzu?

– Prawda. Niezależnie od tego, jak nazwiemy to, co nosisz w sobie, jest to zalążek twojego dziecka. Po pierwsze, usunięcie pierwszej ciąży nie jest do końca bezpieczne dla młodej kobiety, ale na ten temat nie będę się wymądrzał, bo to nie moja specjalność. Z mojego punktu widzenia po prostu byłoby mi szkoda tego dziecka. Sama wiesz lepiej ode mnie, czy kiedyś dopadłyby cię wyrzuty sumienia, czy nie.

– Nie wiem…

– No to lećmy dalej – podjęła Agnieszka. – Drugie wyjście, jeśli nie chcesz go wychowywać, to możesz urodzić i oddać do adopcji. To z kolei jest do niczego z mojego punktu widzenia. Całe życie będziesz się zastanawiała, gdzie ono jest, czy jest szczęśliwe, jakby to było, gdybyś je zatrzymała i tak dalej. Grzesiu, mam rację?

– Masz rację.

– Czy chcecie mnie namówić, żebym je urodziła?

– Nie – odrzekła Agnieszka. – Chcemy tylko, żebyś dokładnie przemyślała, co możesz zrobić i jakie to będzie miało skutki. Wiesz, my zawsze kładliśmy nacisk na myślenie w naszej poprzedniej szkole i tak nam to zostało do teraz. Nie ma nic pożyteczniejszego niż myślenie. A decyzje życiowe trzeba przemyśleć bardzo starannie. Brałaś pod uwagę, że urodzisz?

Ola westchnęła.

– Brałam. Ja próbowałam myśleć, naprawdę. Tylko to mnie trochę przerasta. Ale próbowałam.

– I na czym się przewróciłaś?

– Nie potrafię sobie tego wyobrazić. Musiałabym rzucić szkołę...

– Z powodów finansowych?

– Finansowych? Raczej nie, rodzice przysyłają pieniądze dziadkom, dosyć sporo chyba, to znaczy, na moją szkołę starcza i na życie.

– Uważam, że nie musiałabyś rzucać szkoły. Kiedy ci wypada termin porodu? Czekaj, policzę... Początek maja? To niewiele stracisz zajęć. Da się nadrobić. We wrześniu wrócisz do szkoły, ewentualnie zaplanujemy dla ciebie indywidualny tok studiów, że się tak wyrażę.

– Miałabym chodzić do szkoły w ciąży? Z brzuchem?

– Kobiety pracują i studiują z brzuchami i nic się złego nie dzieje. Dasz radę. O ile zechcesz, oczywiście. No i ze świadomością, że łatwo nie będzie. Wszystko zależy od ciebie i twojej woli walki.

– Nie wiem, czy mam wolę walki.

– To musisz najpierw poznać siebie, kochana.

– Nie wiem, czy warto walczyć...

– Zawsze warto – powiedział Grzegorz stanowczo. – Czekaj, mała, dostaniesz ode mnie prezent.

Pogrzebał w kieszeni i wyjął pęk kluczy. Odpiął od nich breloczek, mały krążek metalu, i wręczył Oli.

– Kupiłem to w czasie „tolszipów" na jakimś straganie. Pomyślałem, że może kiedyś komuś dam. Lubisz żaglowce, Olu?

– Kto nie lubi? – mruknęła Ola, biorąc breloczek. Na jednej jego stronie widniała fregata pod żaglami, na drugiej wygrawerowany był napis: „Dopóki walczysz, jesteś zwycięzcą". Nie wiedziała, bo skąd, że doktor Wroński ma spory zapas takich breloczków nabytych z myślą o załamanych pacjentach i co któryś podaruje, to następny sobie przypina. – Dziękuję. Ładny stateczek. Ale co ja będę miała z tej całej walki?

– Zwycięstwo – uśmiechnął się Grzegorz. – Przemyśl wszystko. Wyobraź sobie siebie samą z dzieckiem. Najpierw będzie okropnie kłopotliwym zwierzakiem, a potem będzie rosło i mądrzało. Podkreślam, Olu, łatwo nie będzie. Jesteś trochę za młoda na trudy macierzyństwa, ale powinnaś z pomocą dziadków i naszą dać sobie radę.

– Myślicie, że będzie mnie kochało?

– Jeżeli ty je będziesz kochała, to na pewno. Słuchaj, a ten student, ojciec... On nie wie nic, jak przypuszczam?

Ola pokręciła głową przecząco.

– Też trzeba by go zawiadomić. To też trudne, wiem, ale może dla niego to będzie ważne. W każdym razie on ma prawo wiedzieć. A nikt poza tobą mu tego nie powie.

– Rozumiem. A... pani dyrektor... jak będzie z tymi dziennikarzami i z tymi obrońcami? Czy ja będę musiała z nimi rozmawiać?

– W życiu. Po pierwsze, ujawnimy, że będziesz miała dziecko, dopiero kiedy to już będzie konieczne. Ci hunwejbini dawno już będą mieli inne sensacje do pokazywania. Po drugie, zobaczysz, cała szkoła ci będzie kibicować. Twoje dziecko będzie miało sto ciotek i wujków. To teraz myśl, ale pamiętaj, że nie mamy już wiele czasu na decyzję.

– Jeszcze jedno, Olu – wtrącił Grzegorz. – Nie możesz tego wszystkiego traktować w kategoriach zabawy. Teraz decydujesz o czyimś życiu – albo śmierci.

~

– Agnieszko, naprawdę chcesz mieć szkolne dziecko? – Grzegorz popatrzył na Agnieszkę z mieszaniną podziwu i uznania.

– Zaryzykowałabym. Teraz młodzież dojrzewa szybciej, sam wiesz, strata cnoty dopiero w gimnazjum to obciach, w liceum prawie wszyscy już z kimś spali. W dodatku traktuje się seks jak sport albo zabawę. No więc niech zobaczą, jakie mogą być skutki uboczne świetnej zabawy. I ani przez sekundę nie potępimy naszej Oli, bo wpadła, biedaczka, z głupoty, chociaż tego też nie będziemy specjalnie podkreślać. Stało się i już. Teraz z wdziękiem ponosimy konsekwencje. To znaczy Ola ponosi, ale reszta uczestniczy, chociaż biernie. Dotkną tego, rozumiesz? Będą patrzeć na dziewczynę z brzuchem, coraz bardziej niezgrabną. Koleżankom udzieli się jej strach przed porodem. A potem wszyscy będą jej pomagać. Bo ona będzie miała więcej obowiązków niż pozostali. I oni też to będą widzieli, i będą się uczyli na żywym przykładzie! A my, nauczyciele, zrobimy wszystko, rozumiesz, wszystko, żeby jej się udało!

– Czy ty wszystko przekuwasz w działania wychowawcze?

– Tak, bo ja cholernie lubię wychowywać wartościowych ludzi. Wiesz, Jurek kiedyś mi się poskarżył, że oświadczył się wydziałowi oświaty…

– À propos, przyjęłaś oświadczyny? Chętnie bym mu pogratulował, gdyby było czego.

– Niby przyjęłam, ale jakoś nie mogę się zdecydować. Grzesiu, tobie powiem, bo byłeś moją podporą przez wiele lat. On pierwszy powiedział, że mnie kocha, rozumiesz? Nikt przed nim mi tego nie powiedział. Nikomu na mnie nie zależało. I teraz jakoś nie mogę sobie z tym poradzić. Z tym, że zależy, rozumiesz.

– Przyzwyczaiłaś się do tego, że nikt cię nie kocha, i teraz, kiedy on cię kocha, nie jesteś pewna, czy, to prawda. Czy to możliwe, że i ciebie można kochać. No więc nie tylko jako lekarz, ale jako mężczyzna powiem ci, że owszem, można. A co do Jerzego, to dam sobie odciąć głowę i co tylko chcesz za to, że on cię uwielbia. Przekonasz się. Tylko nie czekaj za długo.

– Bo co, bo mu się znudzi i rzuci mnie dla młodszej i chętniejszej?

– Nie, nie dlatego – roześmiał się Grzegorz. – Dlatego, że szkoda każdej zmarnowanej godziny!

Agnieszka wracała do domu zdecydowana nie zmarnować ani jednej minuty. Myśl, że Jerzy na nią czeka, była niezwykle przyjemna. Koniec dnia. Koniec. Był to dzień strasznie długi i nienormalnie emocjonujący, a teraz należy jej się odpoczynek, relaks, odrobina mężczyzny na co dzień, lalala!

Mało brakowało, a nie zauważyłaby Jerzego stojącego przy rondzie. Machał rękami jak szalony. Zatrzymała się w ostatniej chwili i otworzyła mu drzwi samochodu.

– Nie mogłeś beze mnie wytrzymać czy spacerujesz dla zdrowia?

– Agnieszko, czekałem na ciebie, żebyś nie była zaskoczona, żebyś się nie przestraszyła. Nasi przyjaciele obrońcy życia nie wiem jakim cudem dowiedzieli się, gdzie mieszkasz, i wysłali delegację. Masz pod domem komitet powitalny. Myślałem, że sobie pójdą, ale stoją. Dzwoniłem na policję, ale mi powiedziano, że skoro spokojnie stoją, to nic im zrobić nie można.

– Myślisz, że chcą mnie pobić czy coś?

– Nie sądzę. Chcą ci dokopać moralnie, jeśli mogę to tak określić. Mają transparent.

– Powiedz jaki.

– „Morderczyni dzieci". Agnieszko, moja najdroższa, proszę, nie przejmuj się tym. To ludzie niezrównoważeni albo podli, albo jedno i drugie.

– O mój Boże. Spróbuję jakoś to przeżyć. Jurek, skąd w nich tyle nienawiści?

– Nie mam pojęcia. Ja rozumiem działania racjonalne, a te nie są racjonalne. Może byśmy, Agnieszko, pojechali do mnie, nie do ciebie? Zmylimy w ten sposób obrońców. Może pomyślą, że pokręcili coś z adresem.

– Chrzanić obrońców. Nie są warci stresu mojego kota. Wiesz, jakby biedny Rambuś palpitował, gdyby pańci nie było całą noc? Och, widzę ich. Mają samozaparcie, żeby tyle czasu na mnie czekać. Trudno. Parkuję i udajemy, że oni są zgęszczonym powietrzem.

Agnieszka zgrabnie zaparkowała i razem z Jerzym swobodnie weszli do bramy. Obrońcy życia, o dziwo, nie wykazali żadnej aktywności. Stali jak poprzednio z nieco mętnym wyrazem twarzy. Mężczyzna wspierał się na drzewcu swojego transparenciku, dwie kobiety paliły papierosy i były raczej znudzone.

Agnieszka i Jerzy weszli bez słowa na trzecie piętro (osiemdziesiąt cztery stopnie, znienawidzone przez lokatorkę od lat) i dopiero kiedy zamknęły się za nimi drzwi mieszkania, popatrzyli na siebie w zdumieniu.

– Powinni się na mnie rzucić, nie uważasz? Co im się stało? Zepsuli się?

Notariusz roześmiał się szczerze i serdecznie.

– Wiesz, co ja myślę? Oni czekali na pojedynczą kobietę, a kiedy zobaczyli nas dwoje, nie zaskoczyli w porę. Ach, czy to ważne, skoro już jesteśmy bezpieczni? Słuchaj, moja kochana. Kiedy tu szedłem, miałem taki impuls, wiesz, który mnie popchnął do sklepu i w tym sklepie kupiłem bardzo dobre białe wino. Wstawiłem je nawet do lodówki, już powinno mieć stosowną temperaturę, bo podkręciłem trochę chłodzenie. Na wszelki wypadek wziąłem dwie butelki, ale nie musimy wszystkiego wypić od razu. Chyba że masz ochotę...

– Wypijemy zdrowie tych biedaków na dole – powiedziała Agnieszka z błyskiem w oku. – Żeby się nie przeziębili.

Następnego dnia rano Agnieszka przeczytała o sobie we wszystkich gazetach, które Jerzy dostarczył razem ze świeżymi bułeczkami (wreszcie jakiś niewymyślony facet przynosił jej bułeczki o poranku!). O sobie i swojej szkole. Nazwiska Jerzego nie wymieniano, widocznie informatora interesowała tylko jedna osoba ze spółki Borowska – Brańscy. Jeden dziennik zamieścił artykuł na pierwszej stronie, reszta nie poświęciła sprawie aż takiej uwagi. Wszędzie jednak podkreślano, że niby szkoła taka ekskluzywna, a tu proszę, jakiż skandal. Agnieszka zgrzytnęła zębami i szybciutko napisała wyjaśnienie, w którym podkreśliła konieczność ochrony uczniów i uczennic przed agresywnością tabloidów, również w mutacji radiowej i telewizyjnej. Oświadczyła też, że gdyby któraś z uczennic rzeczywiście miała podobny kłopot jak ten, wyssany z nie wiadomo czyjego palca, szkoła uczyniłaby wszystko, aby dziewczynce i jej rodzinie dopomóc w zgodnym z prawem rozwiązaniu problemu.

Wysłała list drogą mailową do wszystkich redakcji, które zamieściły informację, a także do kuratorium.

– I wiecie, nawet mnie nie wezwali na żaden dywanik – opowiadała wieczorem w ogródku pań Hart, na nadzwyczajnym spotkaniu Klubu, które zarządziła Michalina celem udzielenia duchowego wsparcia przyjaciółce. Było ciepło jak w lecie, Misia urządziła naprędce przyjątko pizzowe-na-telefon, podała niezłe czerwone wino i whisky dla chętnych. Chętni byli panowie, czyli Grzegorz, Jerzy i Noel, który przyjechał z ciekawości – tym większej, że był częściowo świadkiem wydarzeń. Pani Bożena potraktowała go jak zepsute powietrze, a on nic sobie z tego nie robił. Marcina Mokrzyckiego, oczywiście, nie było, i Alina trochę zazdrościła przyjaciółkom. Przyjechała nawet Marcelina, która wprawdzie początkowo odmówiła, ale ugięła się pod presją pani Lilianny, niemal nieprzytomnej z przejęcia. Bronik został w domu razem ze swoją habilką oraz upojną wizją stad pelikanów i flamingów, czekających na niego na Wyspach Dziewiczych. Wraz z Agnieszką przyjechała natomiast pani Róża, lekko kulejąca i niezmiernie zadowolona, polubiła bowiem przyjaciół swojej przyjaciółki.

– Jeszcze cię wezwą – przepowiedziała Alina. – Ja bym cię wezwała, żeby usłyszeć prawdę od źródła.

– Jak mnie wezwą, to będę łgać – oświadczyła stanowczo Agnieszka. – Umówiłam się z zainteresowanymi, że na razie nie mam o niczym pojęcia. Ta biedna mała wciąż nie wie, co zrobić, ale chyba zasialiśmy w niej z Grzegorzem pomysł na posiadanie dziecka. Jeśli ona się na to zdecyduje, zmienię to w akcję wychowawczą. Cała szkoła będzie miała dziecko. Ale na razie nie mogę niczego ujawnić, bo mała może wybrać adopcję albo zgoła aborcję. I ja nie będę miała nic do gadania.

– Aborcji chyba jej nie wolno zrobić – zauważyła Misia. – Jedzcie tę pizzę, jak wystygnie, zrobi się ohydna.

– Nie wolno, ale wiecie, że są sposoby. A ja naprawdę nie mogę ingerować w sprawy prywatne uczniów. Jeśli potrzebują pomocy, to pomogę, ale to oni sami decydują o sobie.

– A czy wiemy już, pani Agnieszko, kto panią tak urządził? – spytała pani Lilianna.

Agnieszka mimo woli spojrzała na panią Różę, która zrozumiała spojrzenie właściwie i zachichotała szatańsko.

– Miałam rację, co? Konkurencja zadziałała!

– Na to wygląda, pani Różo. Oczywiście, nie mamy żadnych dowodów.

– Tylko przypuszczenie graniczące z pewnością – wtrącił nieco ironicznie Jerzy i streścił zebranym, czego się dowiedział od pani profesor. Pani Róża, niesłychanie zadowolona ze swojej przenikliwości, wydawała co chwila okrzyki pełne oburzenia, a wtórowała jej nie mniej przejęta pani Lilianna.

– I nic nie możemy z tym zrobić?! – zawołała ta druga, kiedy notariusz skończył relację. – Ja uważam, że tu trzeba działać!

– Jeżeli ktoś jest, za przeproszeniem, kanalią, powinien być potraktowany jak kanalia – dołożyła pani Róża nieco enigmatycznie.

– Obawiam się, że nie mamy żadnych możliwości działania w tym przypadku – wzruszył ramionami notariusz. – Przede wszystkim tylko domyślamy się, że to pani Rozbicka zrobiła nam koło pióra. Nie udowodnimy jej tego.

– Jak to?!

– Tak to, pani Różo. Pozostaje nam szlachetne wybaczenie czy coś w tym rodzaju. Zresztą nie wiem, czy Agnieszka chciałaby się mścić?

– Nie chciałabym. Zemsta zamula. Niszczy. Osobiście mam to w nosie. Pies z nią tańcował, prawda, Jurek?

– Prawda, Agnieszko – odrzekł i wpatrzył się w nią oczami ciężko zakochanego spaniela. Nie zauważył więc, podobnie jak pozostali, którzy z kolei wpatrzyli się w nich oboje, jak dwie starsze damy zacisnęły usteczka i wymieniły znaczące spojrzenia.

Istna orgia spojrzeń.

– Pani Agnieszko – zaczęła niewinnie pani Lilianna, chowając oczka pod kolorową grzywką. – Ta Rozbicka gdzieś pracuje czy tylko kupony odcina?

– Z tego, co wiem, pracuje. Odeszło im kilkoro nauczycieli dość znienacka, do nas, nawiasem mówiąc, i musieli sami zacząć uczyć. Do dyrektorowania mają Jolę Rzepkową, która im odwala czarną robotę i jest dyżurnym chłopcem do bicia, a oni mają po kilka godzin dziennie.

– Aha – powiedziała pani Lilianna i zatrzepotała rzęsami.

– A bo co? – chciała wiedzieć Agnieszka.

– A bo nic – brzmiała lakoniczna odpowiedź. Agnieszka chciała podrążyć sprawę, ale w tym momencie przed furtką zatrzymała się leciwa vectra, z której wysiadł postawny facet.

– Proszę, poznajcie się państwo. – Grzegorz wprowadził do ogródka nowego gościa. – Adam Grzybowski, kapitan jachtowej żeglugi wielkiej, obecnie tatuś piętnaściorga dzieci. Albo coś koło tego.

– Raczej coś koło tego – sprostował pogodnie Adam Grzybowski. Kobiety z uznaniem zauważyły jego piękny uśmiech. Gościa o takim uśmiechu lubi się, jeszcze zanim się go dobrze pozna. Czasami można się na tym nielicho naciąć. Chyba jednak nie w tym przypadku, taką miały zbiorową nadzieję.

Pizzy już nie było, Adam dostał więc kawę i ciasteczka z dżemem śliwkowym smażenia pani Lili. Jadł jak człowiek głodny, więc pani Bronikowska, która nawet w cudzym domu była rasową matką karmicielką, poleciała do kuchni, żeby mu, oczywiście za zgodą Michaliny, przyrządzić omlet z sześciu jajek z zielonym groszkiem.

– No, to ja chyba wiem, kto będzie szefem kambuza na katamaranie – zaśmiał się gość na widok okazałego półmiska udekorowanego misternie natką pietruszki. – Bardzo pani dziękuję. Biegałem cały dzień po mieście i nie miałem czasu na żaden obiad. Pani płynie, jak rozumiem?

– Jasne! – oświadczyła energicznie pani Lilianna. – Skoro mnie zabierają, byłabym ostatnią idiotką, gdybym nie skorzystała z takiej okazji. Wie pan, że nigdy w życiu nie leciałam samolotem?

– No to teraz pani trochę nadrobi, bo musicie jakoś się dostać do Paryża albo do Londynu i dopiero stamtąd możecie lecieć na Karaiby. I to nie na samą Tortolę, bo tam transatlantyckie samoloty nie docierają, tylko na Porto Rico albo St. Martin. A stamtąd z jakimś lokalnym przewoźnikiem, Liatem albo Winairem, albo nie wiem, co tam jeszcze fruwa.

– O matko – westchnęła pani Róża. – Czy pan myśli, że takie stare grzybnie jak ja mogą jechać w taką daleką podróż?

– Myślę, że tak. Pomijając, że w najmniejszym stopniu nie wygląda pani grzybowato. Może jednak na wszelki wypadek dobrze będzie porozmawiać z jakimś mądrym lekarzem, niech on panią zabezpieczy. Tam pływa sporo starszych ludzi.

Pani Liliannie przyszło nagle coś do głowy.

– Czy my będziemy ciągnąć liny, stawiać żagle i w ogóle?

Adam Grzybowski roześmiał się swoim pięknym śmiechem. Wyobraził sobie drobną, starawą kobietkę z kolorowymi włosami, jak ciągnie liny małymi rączkami. I klnie jak stary marynarz. No, to akurat jest całkiem prawdopodobne.

– Nie, proszę pani. Oczywiście, jeśli ktoś będzie chciał popracować, to kapitan mu coś znajdzie, ale generalnie to tam wiele robić nie potrzeba. Kapitan powinien sobie sam radzić z żeglugą, ewentualnie przy niewielkiej pomocy panów. Ja tu jednak widzę inny problem. Ile osób się wybiera?

Michalina szybko policzyła na palcach: ona sama i Grzegorz, mama, Noel, Agnieszka, Jerzy, Alina, Marcin, Jaga, Nika, pani Roża i pani Lila, Marcela, Bronik i Krzysia.

– Dolicz jeszcze młodego Niepierę – powiedziała Agnieszka. – Pytał, czy może płynąć z nami. Może, prawda? To dobry chłopak i kolega Jagi.

– Szesnaście osób – podsumował Adam. – Nie będzie wam wygodnie na jednej łódce. Trzeba wynająć dwie. Chyba z tym nie będzie kłopotu. Mój przyjaciel Jacek kogoś tam na pewno znajdzie. Muszą się państwo podzielić na dwie załogi.

Podczas gdy towarzystwo, śmiejąc się i dowcipkując, ustalało skład załóg, pani Lilianna zagarnęła panią Różę pod pretekstem zrobienia dla wszystkich ślicznych, maciupeńkich kanapeczek z powidłami śliwkowymi i dżemem jabłkowo-gruszkowym. Oraz herbatki miętowej i zwykłej. Obie słodkie staruszki, malutka i raczej spora, oddreptały z gracją do kuchni i tam natychmiast doszły do porozumienia.

– Czy mnie się dobrze wydaje, czy pani jest tego samego zdania co ja? – zaczęła pani Róża na lekkim przydechu. – W sprawie tej klempy, że się tak wyrażę, obrażając klempę, Rozbickiej?

– Ma się rozumieć, że jestem – odparła na takim samym przydechu pani Lilianna. – Agnieszka... pani Agnieszka może sobie nie być mściwa, ale ja jestem. To znaczy nie jestem, dopóki mi ktoś na odcisk nie nadepnie. A jak ktoś robi świństwo porządnym ludziom, to ja to traktuję bardzo osobiście. Bardzo. Niech pani smaruje te kromki masłem, a ja będę nakładała dżemik.

Kiedy kwadrans potem obie matrony wśród okrzyków zachwytu stawiały na stół tace z misternymi kanapeczkami, plan kampanii miały już z grubsza opracowany. Obie były zdania, że precyzyjne przygotowanie prowadzi w prostej linii do sukcesu przedsięwzięcia.

Następnego dnia Agnieszka i większość jej nauczycieli przyszli do szkoły tuż po ósmej. Nie umawiali się, ale wszystkim się zdawało, że lepiej być w pogotowiu na wypadek kolejnych działań obrońców życia względnie dziennikarzy. Tych ostatnich nie było, za to obrońcy stali ze swoimi transparentami i minami, które zapewne miały świadczyć o tym, że obrońcy gotowi są na wszystko.

– Po co oni właściwie tu stoją? – rzuciła w powietrze wuefistka Ania Kolanko.– Wie ktoś?

Towarzystwo zebrane w pokoju nauczycielskim nie wiedziało.

– Może to jest taka starcza potrzeba zrzeszania się? – zasugerował Bodzio Domaniuk, młody wiekiem i jeszcze młodszy duszą, a poza tym indywidualista z urodzenia. – Pod jednym sztandarem, jednym transparentem, jednym hasłem.

– Bóg, honor, Ojczyzna – podpowiedział polonista Funio Kostrzeń.

– Ojczyzna, nauka, cnota!

– Myśmy tu nie przyszli, myśmy tu wrócili!

– Naród z królem, król z narodem!

– God bless America!

– Liberté, égalité, fraternité!

– Szczecin moim miastem, Pogoń moim życiem!

– Bosman moim piwem!

W tym momencie do pokoju wszedł Walduś Frajman z szerokim uśmiechem na swym brzydkim, pogodnym obliczu.

– Cześć, młodzieży pedagogiczna. – W istocie, mógłby być ojcem większości swoich kolegów. – Widzę, że się ładnie bawicie. Wyjrzyjcie przez okno, będziecie się bawili jeszcze lepiej.

Nauczyciele zgodnie runęli do okien i ich śmiech przerodził się w dziki ryk radości. Była ósma dwadzieścia i młodzież damsko-męska zaczęła się schodzić na pierwszą lekcję. Wszyscy musieli przejść przed nosem obrońców życia. Paradowali przed nimi dumnie i niespiesznie, a każda dziewczyna była wyraźnie w ciąży. Koledzy szli za nimi, demonstrując szacunek i uważanie. Wśród obrońców narastał groźny pomruk oburzenia. Wydali nawet kilka okrzyków, które jednak zostały przez młodzież zignorowane.

– Szkoda, że dzisiaj nie ma dziennikarzy – powiedziała Ania Kolanko. – Mieliby fajne zdjęcia.

– Jeden jest – stwierdził Jarek Dąbrowa. – No i faktycznie ma te zdjęcia.

Jakiś fotoreporter kładł się właśnie na ulicy, pstrykając fotkę za fotką.

– Czemu on leży? – zainteresowała się Madame Franusia.

– Bo mu z tej pozycji wyraźniej wyjdą te wszystkie brzuszki – wyjaśnił Jarek. – Brzuszki pod słońce, cuś pięknego i niedrogo. Ciekaw jestem, kto wpadł na ten cudny pomysł?

– Nie powiedzą ci, małpeczki. – Funio wykazał się znajomością młodzieży. – Ciekawe, czy Agnieszka wie.

Agnieszka wiedziała i po wstępnym ataku śmiechu postanowiła wejrzeć w sprawę z bliska. Zeszła na parter i stanęła przy wejściu. Pierwszą panienką w ciąży, która się na nią natknęła, była Irenka Michałek. Natychmiast brzuch jej sklęsł, ale już było za późno.

– Cześć, Irenko – powiedziała swobodnie Agnieszka. – A co to za epidemia?

– A… to… tego… no, żołądek mnie boli. Wszystkich boli. No, to się nazywa wzdęcie. Coś musieliśmy zjeść… no… nieświeżego. Albo nie wiem co.

Agnieszka spojrzała jej prosto w oczy. Irenka zrobiła zeza i poddała się.

– No, pani dyrektor, przecież sama pani wie…

Dokoła nich zebrał się w międzyczasie mały tłumek uczennic w stanie błogosławionym i uczniów w nastroju bojowym.

– Nie możemy być terroryzowani, pani dyrektor, nie uważa pani? – spytał flegmatycznie Rysio Malec z drugiej B. – Mamy swoje prawa. Myślę o prawie do spokoju. Spokojnego uczenia się.

– Bez tego, że jak wyjdziemy, napadnie na nas gromada fanatyków – dodała znacznie mniej flegmatycznie Irenka.

Agnieszka pokiwała głową.

– Macie rację, oczywiście, i ja to wiem. Tylko że nic nie poradzę, oni teoretycznie nic złego nie robią, nie zakłócają porządku publicznego, nie mogę zażądać na przykład od policji usunięcia ich, bo nie ma podstaw.

– To co, już zawsze tak będzie?

– Musimy ich przetrzymać. Chyba szybciej sobie pójdą, jeśli będziemy ich ignorować. Nie wiem, czy dacie radę.

– My też nie wiemy – zmaterializował się przed jej nosem młody Niepiera. – Oni nas prowokują. Wyzywają, obrażają.

– Trzeba się wznieść ponad to.

– Pani dyrektor – zagadnęła znienacka poważna i piekielnie zdolna Renia Sulicka z trzeciej A, do której przeszła od Rozbickich. – Czy któraś z nas naprawdę jest w ciąży?

– Nie mogę wam tego powiedzieć, Reniu. Jest czy nie jest, to są prywatne sprawy każdej z was. Gdyby to na ciebie padło, chciałabyś, żebym trąbiła wszem i wobec?

– Nie chciałabym. Ale to chyba znaczy, że coś jest na rzeczy. Myśmy o tym wczoraj rozmawiali z ludźmi z naszej klasy i z innych. Chcemy pani powiedzieć, że gdyby tak, gdyby ona chciała urodzić i gdyby pani się na to zgodziła, to my jej pomożemy. W nauce i w ogóle. To jakoś pompatycznie brzmi, to co ja teraz mówię, okropnie. Ale nie da się tego inaczej powiedzieć.

Agnieszka spojrzała na swoich uczniów z rozrzewnieniem.

– Bardzo was kocham, dzieciaki. Naprawdę. Niewykluczone, że kiedyś będzie potrzebna wasza dobra wola w tym względzie. Albo w jakimś innym. Na razie spróbujcie nie zwracać uwagi na obrońców życia, to prędzej sobie pójdą. A teraz robi się wpół do dziewiątej, więc chyba powinniśmy skoncentrować się na działalności naukowej. Zapraszam!

~

Edward Bronikowski, zwany przez przyjaciół Bronikiem, został zaskoczony nagłym żądaniem swojej matki. Postanowiła ona zupełnie niespodzianie opuścić na jakiś czas dom w Stolcu i przenieść się do mieszkania na Zygmunta Starego.

– Niewygodnie ci tutaj? – zmartwił się syn.

Dla niego mieszkanie w bezpośredniej bliskości moczarów pełnych fascynujących gatunków ptactwa wodno-błotnego było samym szczęściem. Rozumiał jednak, że matka może odczuwać pewien dyskomfort, przebywając zbyt długo z dala od cywilizacji. Poza tym ogólnie był dobrym synem i bardzo mamusię kochał, więc nie zadawał już więcej retorycznych pytań, tylko zapakował ją wraz z walizeczką do samochodu i zawiózł, gdzie chciała.

Mamusia podziękowała synkowi czule, zrobiła mu kawkę i szybki omlet na pożegnanie (żeby dziecko nie osłabło z głodu – choć trzeba przyznać, że dla niego smętna donna wspinała się na różne kulinarne wyżyny) i pomachała z okna mała rączką.

– Pa, pa, synusiu – mruknęła do siebie i podeszła do telefonu. – Pani Różo! Tu Lila. Ja już jestem, więc w zasadzie możemy w każdej chwili zaczynać.

Posłuchała chwilę, kiwnęła energicznie pstrokatą głową i odłożyła słuchawkę. Nucąc jakąś miłą operetkową melodyjkę, udała się do łazienki, pogmerać w szafce z kosmetykami i akcesoriami do włosów. Jak przystało na byłą fryzjerkę teatralną, miała tam wszystko.

Oprócz siwej peruki.

Cóż, nigdy w życiu nie przyszło jej do głowy, żeby się postarzać, wprost przeciwnie, robiła, co mogła, by nie wyglądać na swoje lata.

Kolejny telefon, do Teatru Współczesnego, gdzie, oczywiście, pani Lilianna miała dawne koleżanki, załatwił sprawę.

Teraz ubranie. Każda szanująca się starsza dama trzyma w garderobie ubranie stosowne na pogrzeb któregoś aktualnie odchodzącego znajomego. Pani Lila miała dwa zestawy, letni i zimowy. Odpowiedniejszy do pogody byłby letni, ale w zimowym wyglądała o wiele bardziej żałośnie. Poszła na kompromis i wzięła z zimowego czarny żakiecik.

Generalnie uważała, że każdy żakiecik, a szczególnie czarny, to obrzydlistwo.

Wróciła do łazienki i mleczkiem kosmetycznym staranie zmyła z twarzy podkład i puder. Spojrzała w lustro i wzdrygnęła się.

– Zgiń, przepadnij, siło nieczysta! Czego to człowiek nie robi z musu!

Jeszcze kilka drobnych zabiegów i elegancka zazwyczaj pani Lila wyglądała jak trzeba. Dodajmy, że nie bawiła się w prasowanie wyciągniętego z głębi szafy ubrania. Kontrast całej postaci z pięknie wymodelowaną, kolorową fryzurą był uderzający. Pani Lila westchnęła i udała się do teatru, skąd wyszła po półgodzince poświęconej miłym plotusiom już w charakterze jędzowatej, ubogiej staruszki z kołtunem na głowie. W teatralnej charakteryzatorni pociągnęła sobie nierówno usta krwawoczerwoną szminką, co potęgowało groteskowe wrażenie. Zatrzymała przejeżdżającą właśnie Wałami Chrobrego taksówkę i kazała się wieźć na Krasińskiego.

Pani Róża była gotowa. Wyglądała jak starsza i większa wersja swojej nowej przyjaciółki. Ze smakiem zestawiła szarą tenisową spódnicę i takiż spencerek z czarnym kapeluszem (starannie pofałdowała rondo), czarnym szyfonowym szalem i czarną parasolką. Zmierzwiła sobie też włosy na głowie, a wąskie usta zacisnęła tak, że znikły prawie całkowicie.

Obie panie spojrzały na siebie nawzajem, a w ich oczach zapłonęło jednakowe uznanie.

– Dobre jesteśmy – sapnęła pani Róża. – Jedziemy!

Do szkoły państwa Rozbickich dotarły około pierwszej w południe. Trochę czasu im zabrały te przygotowania, ale miały nadzieję, że jeszcze zdążą zrobić, co zaplanowały.

Weszły do szkoły i bez trudu znalazły pokój nauczycielski. Odczekały dziesięć minut, zadzwonił dzwonek na przerwę i nauczyciele zaczęli się schodzić. Miały trochę szczęścia, bo na co dzień Rozbiccy nie pospolitowali się z zespołem i przebywali w gabinecie dyrektorskim, przeszkadzając w pracy Joli Rzepkowej i każąc się obsługiwać. Tego dnia jednak i na tej właśnie przerwie grono miało uczcić urodziny Seweryna. Czczenie urodzin pryncypałów było nowym zwyczajem wprowadzonym przez panią dyrektor Jolę Rzepkową.

– Nie wiemy, jak ona wygląda – powiedziała zmartwionym szeptem pani Róża.

– Trudno. Już ich tam dosyć weszło – odszepnęła energicznie pani Lila. – Chodźmy, No już! Idziemy, mówię!

Wsunęły się do pokoju i stanęły przy drzwiach, ściskając w dłoniach staroświeckie torebki. Wyglądały tak nieszczęśliwie i tak przeraźliwie staro, że nikt nie miał serca powiedzieć im, żeby poczekały na korytarzu na tego, do kogo przyszły.

– W czym możemy pomóc? – spytała nowa polonistka, która przyszła na miejsce Funia Kostrzenia. Nie miała ani połowy jego wdzięku i nie była tak lubiana jak on. Nie zależało jej na tym zresztą.

– My do pani Rozbickiej. – Róża usiłowała pisnąć, ale wyszło jej to raczej basowo.

– Danuty Rozbickiej – szybciutko dopowiedziała Lila.

Danuta Rozbicka podniosła się od stołu, na którym pysznił się gigantyczny tort.

– To ja. Czy panie mają coś pilnego?

Obie przygięte staruszki nagle się wyprostowały na całą swoją długość, co w przypadku jednej z nich okazało się doprawdy imponujące. W pokoju nauczycielskim wszystkie oczy były już w nie wpatrzone.

– Przyszłyśmy tylko powiedzieć, że bardzo źle pani zrobiła! – zagrzmiała mniejsza.

– I spotka panią za to sprawiedliwa kara! – dodała większa, jeszcze bardziej grzmiąco.

Po czym obie wyszły dumnie, pozostawiając zdumionych nauczycieli i purpurową panią Rozbicką.

– Danusia, czego one od ciebie chciały? – spytał Seweryn Rozbicki, zdumiony i lekko wstrząśnięty.

– Nie mam pojęcia – warknęła jego żona. – To jakieś wariatki. Daj mi talerzyk, to ci nałożę tego tortu.

Dwie czarne damy wyszły tymczasem przed szkołę, starając się zachować kamienne oblicza, aczkolwiek w sercach obydwu rozbrzmiewał szatański chichocik.

– Co dalej, pani Lilu?

– Eee, po co pani. Jak już jesteśmy towarzyszkami boju, to powinniśmy chyba mówić sobie „ty”…

– A już niedługo będziemy w jednej załodze. Masz rację, Lilu.

– No więc teraz będziemy tu stać i czekać, aż ona wyjdzie. To może być troszkę męczące na dłuższą metę…

– Ale konieczne.

– No tak, konieczne. Wiesz, moja droga, musimy sobie wymyślić coś na czekanie, żeby się nie zanudzić.

– Krzyżówki?

– Albo kółko i krzyżyk.

– Wiesz, Lilu, coś mi do głowy przyszło… Musimy postarać się o rozkład lekcji pani Rozbickiej i nie tracić niepotrzebnie czasu.

– Moim zdaniem powinnyśmy stać cały czas i być jej niemym wyrzutem sumienia, droga Różo.

– Cały czas, ale wtedy, kiedy ona jest w szkole. Trzeba się dowiedzieć, czy ona codziennie zaczyna o ósmej, czy nie.

– Po tygodniu się dowiemy…

– Nie musimy czekać tygodnia. Ja powinnam tu mieć wtyki, tylko ich nie rozpoznam. Jedyna nadzieja, że oni mnie poznają…

– O czym ty mówisz, droga Różo?

– Byłam tu w jednej klasie za babcię, taką zbiorową. Tylko nie wiem, czy mnie poznają w tym stroju…

Właśnie w tej chwili naprzeciwko starszych pań stanęło dwóch młodzieńców. Potężniejszy z nich miał kędzierzawe włosy do pasa. Drugi też był długowłosy i raczej subtelny z urody. Pani Róża przyjrzała im się wnikliwie.

– To wy, chłopcy? – zaczęła ostrożnie.

– Babcia Róża? Coś się stało? – spytał większy.

– Nic specjalnego oprócz tego, że zapomniałam, jak masz na imię. Ale pamiętam, jak nosiłeś moje meble. Czekaj, ty jesteś Romek. A ty Robert i kiedyś wzięłam cię za dziewczynę…

– I dotąd się babcia z tym męczy – zaśmiał się Robert. – Jak się ma Żuczek?

– Żuczek kwitnie. Pozwólcie, chłopcy, to moja przyjaciółka, pani Lilianna Bronikowska.

Młodzieńcy ukłonili się dwornie, a pani Lila omal nie dygnęła z wrażenia.

– I kto mówi, że młodzież jest źle wychowana? – mruknęła pod nosem. – Czy nas widać z okien?

– Chyba nie, stoimy pod daszkiem…

– Babcie jakąś konspirację urządzają? – zaciekawił się Robert. – O, przepraszam, pani nie jest naszą babcią…

– Mogę być – powiedziała spiesznie pani Lila. – Proszę bardzo, mówcie mi „babciu”. Owszem, trochę konspirujemy. Różo, ty wiesz lepiej, czy można im to zdradzić?

– Jak zwykle z konspiracją, lepiej nie wiedzieć za wiele. Chłopcy, czy możecie coś dla nas zrobić?

– Jasne. Niech babcie żądają.

– A… zaraz. Powiedzcie mi, chłopcy, wy nie chcieliście się przenieść do nowej szkoły pani Borowskiej?

Długowłosi energicznie pokiwali głowami.

– My tak – odrzekł Romek. – Nasi rodzice nie. W naszym wieku jesteśmy na straconej pozycji. A przy okazji, babciu Różo, jak się wiedzie pani Borowskiej? Czy może ją pani od nas serdecznie pozdrowić?

– Jasne, że mogę. Wciąż się mną opiekuje, ale ja się lepiej czuję ostatnio. Ten parter mi dobrze robi. Wpadnijcie kiedy do mnie i do Żuczka. Pogadamy, zrobię coś dobrego do jedzenia…

– Pewnie, że wpadniemy, co, Roberto?

– Pewnie. A co możemy dla babci zrobić?

– Drobiazg. Potrzebujemy rozkład zajęć pani Rozbickiej.

– Nie musi być dokładny – wtrąciła pani Lila, nieco zazdrosna o sympatię, jaką okazywali Róży obaj chłopcy. – Tylko początek i koniec zajęć.

– Chcecie się zemścić za to, co Rozbiccy zrobili pani Borowskiej? – Oczy Romka zabłysły.

– A skąd wiecie, że oni coś jej zrobili?

– Babciu, bez żartów. Wszyscy wiedzą. Dlatego odeszła.

– A nie, to nie o to chodzi. Chłopcy, ja nie będę wam opowiadała. Sami się zorientujecie.

– Czekaj, Romek! Nie oglądałeś telewizji, gazet nie czytałeś? Babciu Różo, to Rozbicka napuściła na panią Borowską tych oszołomów?

– Dziecko, ty jesteś za inteligentny. Nic ci nie powiem. Skołujecie mi ten plan?

Pani Lilianna zastrzygła uszami.

– Skołujecie? Fajne, też tak będę mówiła!

– Postaramy się, drogie babcie. Na razie musimy lecieć, bo mamy lekcję. Gdzie was szukać?

– O to się nie martw, Romeczku – zaśmiała się Róża. – Łatwo nas będzie znaleźć.

Istotnie, kiedy dwie godziny później klasa Romka i Roberta opuszczała mury szkoły, dwie czarno ubrane staruszki stały przed bramą. Romek, stosując prawidłowo zasady konspiracji, przechodząc obok, wsunął pani Róży do kieszeni spencerka złożoną na czworo kartkę papieru. Godzinę później wyszła ze szkoły pani Danuta Rozbicka w towarzystwie swego męża. Już od drzwi prowadziły ją groźne spojrzenia dwóch par oczu. Straszne, stare wiedźmy sterczały pod bramą jak dwie damskie wersje posągu Komandora, z rękami splecionymi na podołkach. Nie powiedziały ani słowa, tylko wolno poszły za Rozbickimi. Daleko nie miały, ich samochód parkował pod wiatą. Wbijały w Rozbicką te swoje spojrzenia jak sztylety, od czego niemal zrobiło jej się niedobrze.

– Danka, czego one chcą od ciebie? – powtórzył Seweryn Rozbicki. – To wariatki, czy znowu miałaś jakiś genialny pomysł?

Odkąd w wyniku stanowczości Danuty Agnieszka założyła własną szkołę i zabrała Rozbickim część uczniów oraz nauczycieli, Seweryn nie miał już do swojej żony takiego zaufania jak kiedyś.

~

Kiedy trzeci dzień z rzędu obrońcy życia stali pod liceum na Storrady, a dziennikarze znowu zaczęli wykazywać pewne zainteresowanie, Agnieszkę wezwano jednak na dywanik.

– Rozumie pani, że nie jest to sytuacja dla nas komfortowa – powiedział kurator, który lubił się wyrażać w sposób wytworny. – Dziennikarze zaczęli przychodzić również do nas i muszę im się tłumaczyć, że nic nie wiem na temat uczennic w stanie błogosławionym. À propos, czy ma pani u siebie dziewczynę w ciąży?

– Nie mam – odrzekła ze spokojem Agnieszka, zdecydowana nie puścić pary z gęby, dopóki Ola czegoś nie postanowi. Zawsze będzie mogła zełgać, że dopiero co się dowiedziała. – Przynajmniej nic o tym nie wiem. Panie kuratorze, one nie przychodzą do mnie ze zwierzeniami tego typu. Teoretycznie któraś może być w ciąży. Ale przecież nie zlecę przymusowych badań ginekologicznych dla całej szkoły. Jeśli tylko okaże się, że jest, jak pan mówi, natychmiast pana zawiadomię.

– Ja nie mówię, że tak jest – zaprotestował kurator. – Ja tylko mówię, że jesteśmy w nieprzyjemnej sytuacji. Ci obrońcy życia wciąż koło pani stoją?

– Mówiąc „koło pani", miał pan na myśli szkołę czy mieszkanie?

– Nękają panią w mieszkaniu?

– Zmienia się koło mojego bloku taka trójka z napisem „Morderczyni dzieci".

Kurator był pod wrażeniem spokoju Agnieszki. Gdyby coś podobnego spotkało jego żonę, trafiłby go szlag. Pomyślał, że dobrze jej poradził, kiedy obejmował to stanowisko – zrezygnowała wtedy z dyrektorowania w publicznym gimnazjum i zaczęła uczyć geografii u Rozbickich. Za lepsze pieniądze, mówiąc nawiasem. Agnieszka doskonale o tym wiedziała, bo to było jeszcze za jej dyrekcji.

– Pani dyrektor, skąd ta cała afera?

– Nie mam pojęcia. Z tego, co mówili dziennikarze, wygląda, że ktoś mnie widział w klinice na oddziale ginekologicznym, gdzie chadzam, doprawdy, w bardzo prywatnych sprawach...

– Bardzo przepraszam, absolutnie nie miałem zamiaru wnikać w pani sprawy prywatne!

– Ale ktoś wniknął. Być może ten ktoś widział tam również jakąś dziewczynkę w wieku licealnym i wyciągnął mylne wnioski. Sądził, czy może sądziła, nie wiem... że jesteśmy razem, że to ja ją tam przyprowadziłam w jakichś niecnych celach.

– A pani widziała tę dziewczynkę?

– Nie. Ale ja byłam dość zaabsorbowana sobą i swoim problemem.

Kuratorowi nagle oko błysnęło.

– Czy powinienem pani pogratulować?

Agnieszka roześmiała się szczerze.

– Tak, panie kuratorze, ale nie tego, o czym pan myśli. Nie spodziewam się dziecka. Natomiast jestem zdrowa, choć myślałam, że coś mi tam szwankuje.

– No to cudownie. – Kurator rad byłby przewekslować już rozmowę na mniej krępujące tory. Jeszcze tego brakowało, żeby mu powiedziała, gdzie miała nadżerkę. – Wracając do naszych baranów... pani oczywiście wie, o co mi chodzi... czy ma pani jakiś pomysł na rozwiązanie naszej kłopotliwej sytuacji?

– Jedyne, co wymyśliłam, to metoda na przeczekanie. Mam wrażenie, że to już niedługo potrwa.

– Cóż, miejmy nadzieję, że to dobry pomysł. Dziękuję pani i nie zatrzymuję, przykro mi, że oderwałem panią od zajęć.

Kurator giął się w ukłonach, zastanawiając jednocześnie, czy dobrze robi, dając tej Borowskiej spokój. Ale czy miał, na dobrą sprawę, inne wyjście?

Rozwiązanie kłopotliwej sytuacji wymyśliła zupełnie niespodziewanie żona woźnego Klaty, Anusia, kobietka niewielka i foremna, o urodzie delikatnej i dziewczęcej, a przy tym inteligentna tak samo jak jej mąż. Ona też była inżynierem, tylko chwilowo odwiesiła dyplom na kołek i zajmowała się małym Witusiem oraz oczekiwała przyjścia na świat jeszcze mniejszej Karolci.

W związku z tym oczekiwaniem miała już całkiem spory brzuszek.

Kiedy Agnieszka rozmawiała o niczym z panem kuratorem, Anusia wydzwoniła męża, który zajmował się właśnie poprawianiem po samym sobie umocowania nóżki od regału w gabinecie pani dyrektor. Zostawił więc nogę odłogiem i poszedł do ukochanej żony.

– Coś się stało? – spytał lekko zaniepokojony. – Dobrze się czujesz?

– Ja? Tak, wszystko jest w porządku. Tylko pomyślałam o czymś i chciałam to szybko z tobą skonsultować.

– Konsultuj, stokrotko.

Stokrotka zabębniła paluszkami w parapet okna.

– Widzisz tych oszołomów, prawda?

– Nie żartuj sobie ze mnie. Czuję ich oddechy na plecach. Oni twierdzą, że uwodzę uczennice. Gdyby Borowska nie była taka przytomna…

– Słuchaj, Marcin. Coś z tym trzeba zrobić.

– Ja bym im chętnie przylał, ale to głównie baby. Na dodatek stare.

– Mam lepszy patent.

– Dawaj.

– Wyjdziemy do nich, ty i ja…

– Anka, zwariowałaś?

– Wcale nie. Przecież mi nic nie zrobią. Pogadamy z nimi jak z ludźmi. Że ktoś im powiedział o uczennicy w ciąży, bo prawdopodobnie widział w szkole mnie. Twoim zdaniem na którą klasę ja wyglądam, jak sobie zrobię kitki?

– Jak sobie zrobisz kitki, to wyglądasz na Pippi Langstrumpf. Nie przeginajmy. Bez makijażu wyglądasz na siedemnaście lat.

– No widzisz. I trzeba to wykorzystać. Możemy nawet pokazać im akt ślubu, żeby nie myśleli, że jestem podstawiona.

Marcin spoglądał na swoją niewielką żonę z uwielbieniem.

– I po co ja miałbym uwodzić uczennice?

– Żeby ci tylko nie przyszło do głowy uwodzenie nauczycielek! Tych starszych! Idziemy?

– Może lepiej pogadać najpierw z dyrektorką?

– Ona się może sprzeciwić. W ramach ochrony kobiet w ciąży czy coś takiego. Lepiej chodźmy teraz.

Pięć minut później woźny Klata w towarzystwie swojej Anusi, eksponującej specjalnie brzuszek, wyszli przed bramę szkoły. Obrońcy życia zafalowali, a z murka podniosło się dwoje czy troje dziennikarzy, jeden operator i jeden fotoreporter.

– I po co było udawać? – zawołał w stronę dziennikarzy jeden z obrońców życia. – Jest dziewczyna w ciąży! Gdzie dyrektorka?!

– Czy możemy wszystko wyjaśnić? – spytał Klata.

– A co tu jest do wyjaśniania? – wrzasnęła baba z tablicą „Nie zabijajcie tego dziecka".

– Może jednak państwo posłuchają? – włączyła się Anusia. – Czy was interesuje tylko rozróba?

Rozległy się pojedyncze okrzyki „Niech mówią!"

– Ja się nazywam Marcin Słojewski – podjął wątek Klata. – To jest Anna Słojewska, moja żona. Mieszkamy tu na parterze, w budynku szkoły. Ja jestem woźnym, a żona zajmuje się domem.

Obrońcy życia ryknęli śmiechem, podając w wątpliwość, czy szesnastolatka może być żoną woźnego, który, jak wiadomo, uwodzi uczennice. Dziennikarze nagle zbystrzeli i zaczęli uważniej słuchać.

Anusia Słojewska ze spokojem sięgnęła do torby i wyjęła kilka dokumentów.

– Proszę bardzo – powiedziała, zwracając się raczej w stronę dziennikarzy. – Tu jest mój dowód. Jak państwo widzą, mam dwadzieścia siedem lat. Tu jest mój dyplom Politechniki Szczecińskiej, jestem magistrem inżynierem chemii. Tu jest nasz akt ślubu, który braliśmy cztery lata temu w katedrze Świętego Jakuba. Tu jest akt urodzenia mojego pierwszego dziecka, które w tej chwili śpi w swoim kojcu. Nawiasem mówiąc, powinnam być przy nim, nie uważają państwo?

– To czemu pani nie jest? – warknęła ta sama agresywna z tablicą.

– Bo ktoś państwa wpuścił w jakieś maliny, nagadał niestworzonych rzeczy, że jest w szkole dziewczyna w ciąży, a czy to moja wina, że wyglądam młodo? W rezultacie państwo tracicie własny czas, a na dodatek przeszkadzacie szkole normalnie pracować. Najwyższa pora zrobić z tym porządek. Państwo powinni udać się do swoich domów i do swoich rodzin, a my powinniśmy się zająć swoimi sprawami.

– A co dyrektorka? – spytał trochę niepewnie siwy jegomość w czapce z daszkiem. – Dlaczego nam prawdy nie powiedziała?

– Powiedziała – odparła Anusia. – Co miała powiedzieć? Że jest jakaś uczennica w ciąży? Skoro nie ma?

Nastała kłopotliwa cisza.

– Ale nie powiedziała o pani! – Wściekła z tablicą nie dawała za wygraną.

– Może chciała oszczędzić mi stresu. Jak państwo wiedzą, kobiety w ciąży potrzebują spokoju. Mój mąż też nie chciał mnie tu puścić, ale go przekonałam, że to nie może już dłużej trwać. Cała szkoła na tym cierpi. Niemniej wyjście do państwa było dla mnie bardzo stresujące.

Wygłaszając tę kłamliwą przemowę, Anusia starała się usilnie wyglądać na małą, wystraszoną, a jednak dzielną istotkę. Miała nadzieję, że obrońcom życia zrobi się zwyczajnie głupio.

– Proszę państwa – przejął głos Marcin. – Jeśli państwo chcą jeszcze jakichś wyjaśnień, to proszę bardzo, a jeśli nie, to ja mam pracę, a żona naprawdę musi iść do dziecka. Poczętego, urodzonego i kochanego.

– Jeszcze jedno – dodała Anusia. – Na wypadek gdyby państwo myśleli, że ta ciąża jest lipna, to przyniosłam też moje wyniki z ostatniego badania. Sprzed tygodnia.

Obrońcy milczeli, ale agresywna z tablicą wyciągnęła rękę. Anusia dała jej kwitki z laboratorium, agresywna przejrzała je pobieżnie i coś tam bąknęła, lecz nikt jej już nie słuchał.

Państwo Słojewscy skrupulatnie odebrali obrońcom i dziennikarzom swoje dokumenty, ukłonili się grzecznie i weszli do budynku szkoły.

Kiedy Agnieszka wróciła z kuratorium, przed szkołą nie było nikogo.

~

– No i co, Olu? Podjęłaś decyzję? Mama przyjeżdża?

Agnieszka znowu siedziała w salonie starszych państwa Tamborskich. Tym razem byli też obecni lekko zdenerwowana babcia i niezbyt zadowolony, ale spokojny dziadek. Dziadek, magazynier, jak natychmiast zauważyła Agnieszka, stylizował się na Piłsudskiego i chętnie podkręcał sumiastego wąsa. Babcia przygotowała ciasteczka własnego pieczenia, jak to niektóre babcie mają w zwyczaju. Agnieszka bardzo lubiła wizyty u takich ciasteczkowych babć, bo samej rzadko chciało jej się piec cokolwiek.

Ola siedziała za rodzinnym stołem i wydawała się dość niewielka. Starała się jednak być dzielna.

– Mama na razie nie może przyjechać. Ale ja podjęłam decyzję. Spróbuję je urodzić i wychować. Myśli pani, że to się może udać?

Agnieszka uśmiechnęła się, żeby dodać dziewczynie odwagi.

– Powinno się udać. Bo dlaczego nie? Rodzenie i wychowywanie dzieci jest sprawą kobiet. Trochę wcześnie ci to wyszło, ale i takie przypadki zdarzają się w przyrodzie. Słuchaj, kochana, proponuję następujące działania: najpierw musisz się zgłosić do pani profesor, zrobić wszystkie badania, wyniki, co tam trzeba. Potem będziemy siedzieć cicho aż do momentu, kiedy zacznie być coś widać. Wtedy powiemy o tym w szkole, to znaczy w twojej klasie. Po szkole samo się rozejdzie. Choć musisz wiedzieć, że dziewczyny z trzeciej zadeklarowały pomoc, gdyby była potrzebna.

– Jakie dziewczyny?

– Renia Sulicka z trzeciej A.

– One wiedzą?!

– Nie wiedzą, ale podejrzewają, że nie ma dymu bez ognia i nieprzypadkowo obrońcy życia przychodzili do nas w odwiedziny. Ale ja się ucieszyłam, kiedy Renia mi powiedziała o dobrych chęciach dziewczyn z trzeciej. Na pewno obsuniesz się z nauką w okresie, kiedy będziesz rodzić. Nauczyciele wezmą to pod uwagę i ustalimy ci indywidualny tok nauki. Żebyś w miarę bezboleśnie przeszła najtrudniejszy okres. Pani Aleksandro – Agnieszka zwróciła się do babci – nie mam najmniejszych wątpliwości, że pani też pomoże Oli. Chodzi o to, że czasem trzeba będzie zostać z małym… chociaż generalnie Ola będzie mogła brać dziecko do szkoły… No, nie wiem, ten problem będziemy rozwiązywać na bieżąco. Zobaczymy, jak to wyjdzie. Chodzi o to, żeby dziecko nie było sensacją, która zaburzy pracę szkoły.

– Myśli pani, że to się uda? – Powątpiewanie w głosie dziadka było aż nadto słyszalne.

– Czas pokaże. W każdym razie nie poddamy się na starcie, tylko zmierzymy się z problemem. Moim zdaniem jeśli poradziliśmy sobie z obrońcami życia, to poradzimy sobie ze wszystkim.

– A jakim cudem właściwie oni dali wam spokój? – zaciekawił się dziadek.

Agnieszka opowiedziała o bezcennej inicjatywie żony woźnego Klaty, co wywołało aprobatywne pomruki dziadka i zachwycone popiskiwania babci. Oraz – taką nadzieję miała Agnieszka – wyrzuty sumienia Oli, która brała wszak udział w szkalowaniu woźnego.

– Mam do ciebie jeszcze jedną prośbę, Olu. Bądź dyskretna. I przekonaj Kasię, że trzymanie buzi na kłódkę jest dla nas szalenie ważne. No i możecie w wolnym czasie wybierać imię dla malucha. W dwóch wariantach, zanim ci USG wykaże, kogo urodzisz.

Ola tylko kiwała głową. Nie było to już kiwanie głową popsutej lalki, tylko potakiwanie z nieśmiałą nutą optymizmu. Chyba przestała się tak strasznie bać. Agnieszka widziała to po jej oczach.

Zapisała dziewczynie telefon do pani profesor Fiszer, pożegnała się i wyszła, zostawiając po sobie pozytywną atmosferę i troje ludzi przekonanych, że sprawa, której patronuje Agnieszka Borowska, po prostu musi skończyć się dobrze. Lub bardzo dobrze.

Agnieszka na ogół działała tak na ludzi.

~

Pani Bożena Konik-Hart znowu miała powód do niezadowolenia. Michalina i Grzegorz po powrocie do domu całe wieczory spędzali nad komputerem, korespondując z Jackiem Orłowskim, właścicielem i kapitanem katamaranu „Shanty", oraz grzebiąc w Internecie w poszukiwaniu wiadomości o British Virgin Islands, a także szukając najlepszych i najtańszych połączeń lotniczych. Dostarczało im to wielu radości.

– Jak zwykle, myślą tylko o sobie – powarkiwała matka na dole, starając się, żeby jej powarkiwania docierały na górkę, gdzie siedzieli małżonkowie, rozchichotani jak małe dzieci. – Nie ma żadnego znaczenia, czy mieszkają tu, czy na tej swojej Rozmarynowej.

Nie przyjdzie im w ogóle do głowy, że ja też czasami chciałabym z kimś porozmawiać...

– Grzesiu, a może ona ma trochę racji? – zagadnęła któregoś dnia Michalina. – W sumie jest dosyć samotna. Ja wiem, że sama sobie zgotowała ten los, ale mi jej szkoda. To w końcu moja mama...

– Rozumiem cię, kochanie – odrzekł jej mąż, uśmiechając się podejrzanie dobrotliwie i zabawiając jej rudym lokiem. – Będzie, jak chcesz.

Było całą godzinę, której druga połowa stanowiła już prawdziwe poświęcenie dla Michaliny. Matka weszła na swój ulubiony temat – tego podleca Noela – i snuła ponure przepowiednie, jak to on zepsuje im cały pobyt na rajskich wyspach mórz południowych. Grzegorz cały czas łagodnie się uśmiechał.

– Kiedyś cię zamorduję – obiecała mu kochająca żona, kiedy już zwiali na górkę, wymawiając się koniecznością wcześniejszego pójścia spać, a to z powodu nawału zajęć w dniu jutrzejszym. – Od początku wiedziałeś, że tak to się skończy!

– Ty też wiedziałaś, tylko się oszukiwałaś. O ile dobrze liczę, trwało to u ciebie prawie czterdzieści lat.

– Zwierzę. Odlicz przynajmniej dzieciństwo. Grzesiu, matko jedyna!

Michalina złapała się za serce i zrobiła wielkie oczy. Grzegorz natychmiast zbystrzał.

– Coś się stało? Źle się czujesz?

– Nie, nie, przepraszam cię. Tylko coś pomyślałam...

Grzegorz wypuścił powietrze.

– Misia, chcesz, żebym dostał zawału? Nie rób mi tego, kiedy jestem z tobą w ciąży!

– Nie chcę, żebyś miał zawał. Przepraszam, jestem kretynka. Ale zaczęłam się zastanawiać, jak my wytrzymamy z nią na Karaibach?

– Na Karaibach poradzimy sobie z łatwością – powiedział najspokojniej Grzegorz. – W razie czego wysadzimy mamunię na jakiejś wyspie, zapłacimy za hotel i niech tam siedzi, dopóki po nią nie przypłyniemy.

– Grzesiu, ty żartujesz?

Grzegorz roześmiał się.

– Nie do końca. Możemy nie mieć innego wyjścia.

~

Noel siedział przy oknie w mieszkaniu Grzegorza na Rozmarynowej i rozmyślał, co by tu zrobić, aby ściągnąć córkę z zięciem do tego domu – miłego, ciepłego, o przyjaznej atmosferze, do której wytwarzania sam by się chętnie dokładał. Przecież niemożliwe, żeby się dobrze czuli w nieustannym towarzystwie Bożenki. Jaką była jędzą, taką została, stwierdził to bez najmniejszych wątpliwości i już nawet bez goryczy.

Jaka była, taka została.

Coś mu się przypomniało. Sięgnął po gitarę i wziął kilka akordów.

– „Kakim ty był, takim ty i ostałsja… Orioł stiepnoj…"

Na orle stepowym mu się zaparło. Nie pamiętał ani jednego słowa więcej. Czterdzieści kilka lat temu Bożenka, wówczas studentka rusycystyki, nauczyła go całej piosenki, którą śpiewał, dość okropnie kalecząc rosyjską wymowę. Potem się tej wymowy nauczył, ale z Bożenką było coraz gorzej.

Z westchnieniem odłożył gitarę. Nogi mu dokuczały tego wieczoru. Chwilę myślał o tabletce przeciwbólowej, ale zmienił zamiar i pokuśtykał do saloniku, gdzie w kącie stała stylowa szafa pełna dowodów wdzięczności pacjentów doktora Wrońskiego. Otworzył ją i zaśmiał się z uznaniem. Niezły sklepik. Sięgnął po irlandzką whiskey i odstawił ją z powrotem. O nie! Irlandzka whiskey jest świetna na chandrę, o ile chcemy ją sobie pogłębić. Chandrę, znaczy. Noel wybrał z szafy flaszkę ciemnego rumu i likier z passiflory. Nalał jednego i drugiego do szklaneczki, sypnął lodem i dopełnił wodą mineralną. Przypomniał sobie o limonce. Owszem, były w lodówce. Dołożył ćwiarteczkę, wycisnął sok. Karaibski drink. Kolorowy i wesoły. Cha, cha. Palemki nie ma. I nie ma komu o to zrobić piekła.

Gdyby była tu Stephanie, poleciałaby mu do sklepu po tę palemkę. Noo, całe szczęście, że jej tu nie ma.

Czy naprawdę dobrze zrobił, przyjeżdżając do Polski?

Praca w zasadzie sympatycznie się układa, towarzystwo przyjemne, dyrektorka rewelacyjna, chętnie by ją poderwał, gdyby nie te kretyńskie lata na garbie... I gdyby nie ten jurysta, który za nią biega.

Można biegać za taką kobietą. Bez obciachu, jak powiada młode pokolenie.

„Gdybym był młodszy, dziewczyno, gdybym był młodszy..."

To akurat znał na pamięć, ale denerwował go ten wiersz, zwłaszcza że Asnyk, kiedy go pisał, był, jak się zdaje, dwa razy młodszy od niego.

Chryste, alеż się rozkleił.

Z okresu własnych studiów zapamiętał jeszcze jedno powiedzenie, którego chętnie używał jeden z jego kolegów, ze Śląska rodem: twardym trzeba być, a nie miętkim siurkiem.

Noelu Hart! Bądź twardy!

Rozsiadł się ze swoim karaibskim drinkiem w ulubionym fotelu Grzegorza i zaczął zastanawiać nad jutrzejszymi zajęciami w klasach drugich.

~

Dwie czarne staruszki z zabójczą konsekwencją pojawiały się co ranka przed szkołą państwa Rozbickich na Warszewie. Kiedy padał deszcz, otwierały ogromny czarny parasol. Młodzież początkowo mijała je obojętnie, ale gdzieś tak trzeciego dnia zaczęła zdradzać zainteresowanie. Podeszło do nich nawet kilka osób, aby spytać, czy im czegoś nie potrzeba. Odmówiły godnie i dalej stały. Kiedy tylko w zasięgu ich sokolego wzroku (wspomaganego okularami) pojawiała się pani Rozbicka, koncentrowały na niej uwagę, szły za nią kawałek, a przynajmniej odwracały się w jej stronę i odprowadzały spojrzeniem tam, dokąd szła.

Byłyby niewątpliwie bardzo zadowolone, gdyby wiedziały, że ich uporczywe stanie wywołało określone skutki w zgodnym do tej pory małżeństwie. Seweryn Rozbicki zaczął nękać żonę pytaniami o te straszne wiedźmy, ona zaś stała się kłębkiem nerwów.

Czwartego dnia pani Rozbicka, zaparkowawszy jak zwykle samochód pod szkołą, nie wytrzymała. Podeszła do staruszek i obrzuciła je wzrokiem pełnym nienawiści.

– Czy mogą mi panie powiedzieć, o co chodzi?

Wiedźmy spojrzały na nią ciężko i nie raczyły otworzyć ust.

– Przecież z jakiegoś powodu panie tu stoją, prawda?

– Prawda – wycedziła większa i znowu się zamknęła.

– No więc proszę mi powiedzieć!

Milczenie.

– Panie zakłócają porządek przed moją szkołą. Ja zawołam policję!

– Niczego nie zakłócamy, stoimy sobie – powiedziała większa w powietrze.

– Policję może pani sobie wołać – dodała mniejsza.

– Ciekawe, co im pani powie – zakończyła kwestię większa.

No, faktycznie. Co ona powie policji? Że dwie starsze panie stoją całymi dniami pod szkołą? Tak naprawdę nie robią nic złego i nie można mieć do nich żadnych określonych pretensji. Poza tym, że są!

– Jak długo jeszcze chcecie tu sterczeć?

Milczenie.

– To jest nie do zniesienia!

W starych oczkach mignęło coś jakby satysfakcja. Stare usteczka w otoczce zmarszczek zacisnęły się mocniej. Danuta Rozbicka poczuła się kompletnie bezradna.

– Nie radzimy nasyłać na nas żadnych woźnych ani innych siepaczy – powiedziała groźnie mniejsza. – Bo to my zawołamy policję.

Rozbicka poczuła, że boli ją żołądek.

– Czy nie możemy się dogadać? Zapraszam panie do szkoły, każę zrobić jakąś kawę, herbatę, porozmawiamy jak ludzie. Panie mi powiedzą, w czym rzecz, a ja postaram się znaleźć jakieś rozwiązanie.

– Już za późno na rozwiązania – stwierdziła ponuro mniejsza.

– Mleko się wylało – dołożyła większa.

Rozbicka zrozumiała, że mogą tu tak stać do uśmiechniętej śmierci.

– No więc co panie proponują? – spytała dość beznadziejnie.

– Nic – zabrzmiał zgodny dwugłos.

– Będziecie tak stać? To jest złośliwe nękanie!

Milczenie.

Danuta Rozbicka ostatecznie zrozumiała, że nie uda jej się spacyfikować potwornych staruszek. Zmełła w ustach grube przekleństwo, którego absolutnie nie powinna nawet znać właścicielka ekskluzywnego liceum, zamiotła spódnicą i wróciła do szkoły.

Potworne staruszki spojrzały po sobie z zadowoleniem.

Piątego dnia przyszedł do nich na negocjacje Rozbicki.

– Dzień dobry paniom – powiedział grzecznie. – Nazywam się Seweryn Rozbicki. Nie chciały panie rozmawiać z moją żoną, chociaż, o ile się zorientowałem, o coś ją panie oskarżają. Ona twierdzi, że nie wie o co. Gdybyśmy wiedzieli, może łatwiej byłoby nam rozwiązać, a przynajmniej próbować rozwiązać problem. Przecież nie będą panie tu stały całą zimę.

– Pan nas nie zna – rzuciła niedbale mniejsza. Jej siwe włosy sterczały dzisiaj bardziej niż zwykle. – Ale proszę, możemy rozmawiać.

– Z tym, że nigdzie nie idziemy – zaznaczyła większa. – Niech pan pyta.

– Ja właściwie nawet nie wiem, o co pytać. Z wyjątkiem tej zasadniczej sprawy, a mianowicie dlaczego panie tu stoją? Co panie demonstrują?

– Demonstrujemy sprzeciw wobec zła, które spowodowała pani Danuta Rozbicka swoim postępowaniem – wyjaśniła większa. Rozbicki musiał podnieść głowę, żeby zobaczyć jej surowe spojrzenie.

– Ale co ona zrobiła, na litość boską? Zabiła kogoś?

Mniejsza zacięła usteczka.

– Słyszał pan kiedyś o skazywaniu kogoś na śmierć cywilną?

– Słyszałem, ale nadal nie wiem, o kogo chodzi…

Trochę kłamał, bo przeczuwał, że w jakiś sposób ta sprawa dotyczy i Agnieszki Borowskiej.

– Gazet pan nie czyta? – zdziwiła się spektakularnie mniejsza. – Telewizji nie ogląda? Nie widział pan, co się działo pod szkołą pani Borowskiej nie tak dawno? Tam nie stały dwie spokojne kobiety. Tam była prawdziwa demonstracja. A pod dom pani Borowskiej przychodzili ludzie z transparentem „Morderczyni dzieci". Czy pana zdaniem pani Borowska jest morderczynią dzieci?

Większa nie pozostała w tyle.

– Czy chciałby pan, żeby w pańskiej szkole pojawili się dziennikarze i przez kilka dni nie dawali wam spokoju? Nauczycielom i uczniom. I chciałby pan czytać o sobie, swojej żonie i swojej szkole we wszystkich cholernych brukowcach? Wiadomości wyssane z palca zresztą?

Rozbicki był lekko wstrząśnięty i mocno skołowany.

– I twierdzą panie, że moja żona miała z tym coś wspólnego?

– Tak właśnie twierdzimy – przytaknęła mniejsza. – Niech pan ją spyta. Niech pan z nią porozmawia, nie z nami. Niech ona panu powie, co zrobiła, żeby zniszczyć panią Borowską. Jeśli dotąd panu nie powiedziała, oczywiście.

– Ale co ona mogła zrobić?

– To pytanie jest nie do nas – oznajmiła większa. – Niech pan idzie do żony. Ona panu wyjaśni.

Teraz Rozbicki poczuł, że boli go żołądek.

– Panie zostały tu... delegowane przez panią Borowską?

Staruchy spojrzały na niego z bezbrzeżną pogardą, a większa dodatkowo z góry.

– Pani Borowska nie ma pojęcia, że tu jesteśmy. I niech pan wie, że w przeciwieństwie do pańskiej żony, MY mówimy prawdę. Stoimy tutaj, bo jesteśmy przeciw złu. Relatywizmy moralne, czy jak tam się to nazywa, są dla młodych. W naszym wieku powraca się do prostych pojęć. Rozumie pan?

– Rozumiem. Czego panie od nas teraz oczekują?

– Niczego – odparły chórem.

Rozbicki zaklął w duchu dużo gorzej niż jego żona, ukłonił się wiedźmom i wrócił do szkoły. Był najwyższy czas, bo zaczynała się przerwa i uczniowie wylegali na powietrze świeże, a on wcale nie chciał, żeby go widziano konferującego z babami. Zwłaszcza, że, jak podejrzewał, niczego nie osiągnął i baby będą dalej sterczeć pod szkołą.

Danuta Rozbicka i Jola Rzepka, dyrektorka, siedziały w gabinecie, pijąc kawkę i omawiając jakieś sprawy służbowe. Jola była wyraźnie przejęta, natomiast Danka rozkojarzona i zdenerwowana.

– Cześć, dziewczyny – powiedział od progu Rozbicki. – Jolu, przepraszam cię, mam pilną sprawę do Danusi. Zostawisz nas?

– Oczywiście! – Dyrektorka bez szemrania opuściła własny gabinet i poszła do pokoju nauczycielskiego.

Rozbicki tym razem nie miał zamiaru bawić się w dyplomację.

– Danka, co miałaś wspólnego z ostatnią aferą u Agnieszki? – warknął wściekle. – Te baby mówią, że coś jej zrobiłaś. To ty napuściłaś na nią tę kupę oszołomów?

Rozbicka zaczerwieniła się po uszy.

– Co to za pomysły? Dlaczego ja miałam na nią kogoś napuszczać?

– Danka! Jeszcze chwila i my będziemy mieć dziennikarzy pod szkołą! I Bóg jeden wie, co te baby im powiedzą! Natychmiast chcę wiedzieć wszystko! O co tam chodziło? Jakaś dziewczyna była w ciąży, tak? Bo to czytałem w gazetach. Ty im o tym powiedziałaś? Skąd wiedziałaś?

Jego żona uderzyła ze złością pięścią w dyrektorskie biurko.

– Widziałam Agnieszkę z jakąś dziewczynką w klinice położniczej! To twoim zdaniem po co one tam były? Z wizytą towarzyską?

Teraz Seweryn trzasnął pięścią w biurko.

– A co ciebie to obchodzi? Może z wizytą towarzyską, może u chorej cioci, a może u babci z koszyczkiem żarcia! Jest tysiąc możliwości! Ale ty chciałaś Agnieszce dokuczyć, bo jej dobrze poszło ostatnio, prawda? Zadzwoniłaś do pismaków! Tylko jakim cudem skłoniłaś ich, żeby się tym zajęli, przecież każdy ma prawo w tym kraju być w ciąży i gazetom nic do tego!

– Zadzwoniłam do obrońców życia! Może to oni sprowadzili dziennikarzy, tego już nie wiem! Co to jest, żeby uczennice spokojnie zachodziły w ciążę! A może jeszcze w szkole namawiali dziecko do aborcji!

– I chciałaś przeciwdziałać? Kontrolować! Jako obywatelka czy jako obrończyni życia poczętego?! Tobie już całkiem na mózg padła ta nienawiść do Agnieszki! Zawsze byłaś o nią zazdrosna, a ja byłem idiotą, że dałem ci się skołować i pozwoliłem ją wyrzucić z pracy! I teraz za to płacę!

Dwie starsze damy, stojące pod murem szkoły, uważnie słuchały odgłosów kłótni dobiegających z otwartego okna pierwszego piętra. Wszystkiego nie dało się wychwycić, ale już sam ton podniesionych głosów mówił wiele.

– Czy będziemy eskalować? – spytała wytwornie mniejsza. – Jak myślisz, Różo? A może damy im spokój, bo między nami mówiąc, trochę mnie już nudzi to stanie. No i jesień robi się coraz konkretniejsza. Lada moment sypnie na nas śniegiem.

– Ja bym nie eskalowała – odparła większa. – Też mi się nudzi, a poza tym chyba osiągnęłyśmy już pewien sukces. I wiesz, co jeszcze... nie chciałabym, żeby wiadomość o naszej akcji dotarła do Agnieszki. Po co ma się dziewczyna denerwować.

– Co racja, to racja. Chociaż może trochę szkoda, że nam się taki ładny temat do rozmowy zmarnuje...

– Powiemy jej na Karaibach – zdecydowała pani Róża. – Daleko od domu i na luzie. O kurczę, patrz, Lilu... Oni do nas?

Stojący w pobliżu otwartego okna Seweryn Rozbicki zaklął szpetnie. Jego żona kontynuowała rozpoczętą kwestię:

– Jeśli chcesz, to dzwoń do Agnieszki, niech odwoła te swoje bulterierki... pożal się Boże...

– Zamknij buzię – warknął mąż. – Patrz! Patrz, do czego doprowadziłaś swoją chorą zawiścią!

Przy szkolnym płocie stał telewizyjny samochód, a ta sama dziennikarka, która usiłowała zrobić reportaż pod szkołą Agnieszki, wyciągała mikrofon w stronę staruszek, dokoła nich zaś tańcował niechlujny operator z kitką.

– Danka, ja cię naprawdę zabiję. Naprawdę.

Rozbiccy nie wiedzieli, że dziennikarka też nie miała lekko. Starsze panie, które podobno sterczały tu w jakiejś sprawie prawie tydzień, od pięciu minut konsekwentnie udawały dwie głupie.

– Ale podobno panie tu stoją w ramach jakiegoś protestu – mówiła dziennikarka już lekko zdenerwowanym głosem.

– Nic podobnego – zaprotestowała energicznie Lilianna. – Stoimy wyłącznie dla przyjemności.

– Bo widzi pani – Róża pochyliła się konfidencjonalnie do obiektywu. – My bardzo lubimy młodzież. Bardzo. A jesteśmy już stare i samotne. Więc jak tu stoimy i na nich patrzymy, to nam się robi miło.

– Oni są tacy piękni – podjęła Lilianna z rozmarzeniem. – A my nie mamy nikogo, nikogo na świecie – ulepszyła. – Tu jest nasza namiastka rodziny.

Chlipnęły obie jak na komendę.

– To my już pójdziemy…

Dziennikarka zrezygnowana opuściła mikrofon, a operator poprowadził oddalające się staruszki i po chwili też wyłączył kamerę.

– Nie wiem – powiedział zniechęcony. – Nie wiem, czy coś z tego ukleisz. Jako smętny michałek na Zaduszki. Jak będą Zaduszki.

– Dołożę jakiś dom starców i coś zrobię – odpowiedziała jego koleżanka. – Ty mnie jeszcze nie znasz, przyjacielu.

Kiedy Seweryn Rozbicki zdecydował się interweniować w sprawie zakłócania spokoju uczniów przez telewizję, która coś kręci bez zgłoszenia u dyrektora – samochód telewizyjny właśnie ruszał spod płotu. Po upiornych staruszkach nie było śladu.

~

– Mówiłem, że mamusia nie będzie się dobrze czuła sama – gderał dobrotliwie Eduś, pakując podstawową walizeczkę pani Lilianny do swojego samochodu. – Mamusia może wymagać pomocy, opieki… To nie był dobry pomysł, wracać samej na Zygmunta, i bardzo się cieszę, że mi się mamusia zreformowała.

Pani Lilianna rozpływała się dosłownie w cieple synowskiej troskliwości. Eduś jest bardzo, ale to bardzo dobrym dzieckiem. I lepiej, żeby nie wiedział, czym zajmowała się jego stara matka podczas tygodniowego rozstania. Można mu natomiast opowiedzieć o świeżej przyjaźni z Różą. To naprawdę wspaniała kobieta i można się z nią dogadać, chociaż księgowa, a nie artystka (pani Lilianna słusznie uważała się za artystkę).

Pogodnie gawędząc, dotarli do Stolca. Marcelina czekała na nich z obiadem, jak zwykle sama trochę nieobecna.

– Może mamusia jej przemówi do rozsądku – powiedział Eduś gdzieś tak między drugim daniem a deserem. – Marcelina nie chce jechać z nami na Karaiby.

– Oooo – ucieszyła się odruchowo pani Lila i natychmiast zmieniła okrzyk radości w dźwięk mający oznaczać zdziwienie i dezaprobatę. – Jak to? To jedyna taka okazja w życiu, bo przecież nie tylko chodzi o rejs, ale i o towarzystwo! A może pani Marcelina nie chce jechać z nami? No to nie powinniśmy się narzucać!

– Ale co też mama mówi, jakie narzucać! Marcelina nie ma po prostu humoru od jakiegoś czasu i trzeba ją przekonać, że to bez sensu.

– Przekonaj, synu. Ja jestem po waszej stronie, cokolwiek zadecydujecie. – Pani Lilianna nie wiedziała, co powiedzieć, żeby wyszło życzliwie i niezobowiązująco. Jeszcze tego brakowało, żeby namawiała smętną donnę na wspólną podróż! Cały rejs im zepsuje takimi humorami. – Nie zagralibyście ze mną w remika? Albo w kanastę? Strasznie dawno nie grałam w karty i jakoś tak po mnie chodzą...

Zupełnie niespodziewanie Marcelina wykazała ochotę na karty, graniczącą zgoła z entuzjazmem. Krzysia-Marysia, jak zwykle, bawiła się ładnie w swoim kojcu i nie sprawiała żadnych kłopotów. Zasiedli więc do kart po obiedzie wszyscy troje niczym przykładna rodzina i rżnęli w kanastę do wieczora, to jest do momentu, kiedy pani Lila (zerkająca jednym okiem na telewizor z wyciszonym dźwiękiem) była pewna, że lokalny program w telewizji już się skończył i nie było w nim materiału o dwóch stukniętych staruszkach.

~

– Czy mogłabym porozmawiać z panią dyrektor?

Ewa Borzęcka oderwała wzrok od komputera i spojrzała w stronę drzwi. Stała w nich Ola Tamborska z mocno niepewną miną.

– Poczekaj sekundę, Olu, sprawdzę, czy nie jest zajęta, dobrze?

Sekretarka weszła do gabinetu pani dyrektor, aktualnie całującej się z notariuszem Brańskim, który wpadł na chwilę z pytaniem, czy jego obaj synowie nie zmieściliby się na którymś z katamaranów. Wyrazili bowiem ostatnio taką chęć, a zapytani wprost przez ojca, skąd zamierzają wziąć na to pieniądze, odpowiedzieli bezczelnie, że od dziadka, który już im obiecał, jak również od babci, która im obiecała, prawdopodobnie dlatego, że są kochanymi wnukami płci męskiej, w przeciwieństwie do wnuczek płci żeńskiej, też kochanych, ale pozbawionych fantazji w stopniu beznadziejnym.

Ewa odchrząknęła bardzo znacząco.

Agnieszka wydobyła się z ramion Jerzego i w kilka sekund doprowadziła ubranie do porządku.

– No, no?

– Ola chce pogadać. Z tobą. Wygląda mikro.

– Dobrze, mogę teraz. Jurek, poczekasz na mnie? Pogadam z małą i będę mogła się urwać z tobą na obiad. Ewa, mogę?

– Jeśli nie masz już żadnych zajęć, to możesz – odpowiedziała łaskawym tonem sekretarka. – Panie mecenasie, zrobię panu doskonałej kawy w sekretariacie, dobrze?

Notariusz też doprowadził się do porządku.

– Będę zachwycony.

Szarmancko otworzył drzwi, żeby Ewa mogła wyjść, a Ola wejść. Dziewczyna od jakiegoś czasu przestała się ubierać wyzywająco; teraz miała na sobie kusawą spódnicę, jakieś dwa razy dłuższą od poprzednich modeli, i powyciągany sweterek z za długimi rękawami, prawdopodobnie ostatni krzyk mody.

– Dzień dobry, pani dyrektor.

– Cześć, mała. Chodź i siadaj. Co u ciebie, jak się czujesz?

– Dobrze, dziękuję. Bałam się, że może będę... no, haftować, znaczy pawiować, ale jakoś mi się udało.

– Świetnie. Przyzwyczaiłaś się już do myśli, że zostaniesz młodą mamą?

– Sama nie wiem. Trochę chyba tak. Oczywiście nie kupuję jeszcze pieluszek, rozumie pani...

– Jasne, że rozumiem. Na pieluszki jest o wiele za wcześnie. Ale u pani profesor byłaś?

– Tak, tak, byłam. Pani profesor mówi, że wszystko rozwija się prawidłowo. Mam wyniki zrobione i są w normie.

– Miałaś stracha, co?

– Skąd pani wie?

– Każdy by miał na twoim miejscu. Na szczęście wygląda na to, że nam się wszystko ładnie normuje. Spokojnie, Ola, masz jeszcze kilka miesięcy, zanim się ujawnimy, do tego czasu całkiem dojdziesz do siebie. A jak lekcje?

– No, nie najlepiej. Ale też poprawiam...

– A dziadkowie? Pogodzili się z losem?

– Chyba tak. Babcia się cieszy, dziadek właściwie też. Pani dyrektor, ja przyszłam, żeby pani podziękować. Nie wiem, co by było, gdyby nie pani. Ja dostawałam kompletnego... no, fioła, na głowę, wariowałam ze strachu. Pani to wszystko jakoś pozbierała do kupy. Ja bym sobie z tym nie dała rady, nie wiem, może zrobiłabym coś głupiego. A pani mnie przez to przeprowadziła...

Agnieszka uśmiechnęła się.

– Nie zapominaj o woźnym Klacie. Tfu, o panu Marcinie. Miałaś szczęście po prostu, że była dziura w ścianie i że pan Marcin znalazł się we właściwym miejscu i właściwym czasie. I jego żonie zawdzięczamy to i owo.

– Czy pani uważa, że powinnam im specjalnie podziękować? Bo ja bym nawet chciała, ale zupełnie nie wiem jak...

– Ja im podziękuję w twoim imieniu. Tak będzie najlepiej. A powiedz mi jeszcze, jak Kasia Szulc? Wciąż taka bojowa czy jej przeszło?

– Chyba przeszło... Chyba też jej głupio jest... Chyba my obie byłyśmy głupie...

– Tylko się teraz nie katuj – powiedziała stanowczo Agnieszka. – Młodzi ludzie robią błędy i źle oceniają sytuację, właśnie dlatego, że są młodzi. Naszym zadaniem jest wam pomóc w kłopotach.

– Nie wszyscy dorośli są tacy jak pani – rzekła Ola z goryczą. – I nie wszyscy nauczyciele.

– Ludzie są różni. A czemu nie poszłaś z tym wszystkim do Madame Franusi? Nie masz do niej zaufania?

– Nie, to nie o to chodzi. Pani Françoise jest bardzo miła, tylko to wszystko zaczęło się u pani dyrektor... Chciałam, żeby pani wiedziała...

– Rozumiem. Jest w porządku, naprawdę. Ola, a odnalazłaś tatusia twojego dziecka? Rozmówiłaś się z nim?

– Jeszcze nie. Mama powiedziała, żebym zaczekała. Przyjeżdża za kilka dni.

Agnieszka spojrzała na dziewczynę uważniej. Jakoś mało entuzjazmu było w jej głosie, a i minę miała nietęgą, niestety. Coś z tą mamusią jest nie do końca w porządku. Ciekawe co. Poza tym, że się lubi wydzierać.

Agnieszka przeklęła w duchu wszystkie mamusie wyjeżdżające za szmalem w obce kraje i zostawiające w domu córki w najtrudniejszym okresie dojrzewania, właśnie teraz szalenie potrzebujące wsparcia, wyjaśnienia, pocieszenia i tego wszystkiego, co da ci tylko matka, a nie żadna sąsiadka! Ani kochająca babcia! Ani dziadek!

Tatuś też niezły, swoją drogą. Nie, no, cała rodzinka po jednych pieniądzach.

– Dobrze, Olu. Porozmawiasz z mamą, wszystko wyjaśnisz, tak jak mnie wyjaśniłaś, opowiesz mamie, jakie masz plany, i pamiętaj, że obiecaliśmy ci pomóc. Jesteś pod dobrą opieką lekarską, a to też jest ważne i dla ciebie, i dla dziecka. Jeszcze tylko ten tatuś został. Jak on ma na imię?

Ola zarumieniła się.

– Piotrek.

– Piotr. Petrus, skała. Może i na nim da się oprzeć. On ci się podoba czy to był tylko taki jednorazowy wyskok?

– Dosyć mi się podoba…

– A nie starał się z tobą skontaktować?

– Nie…

– No to będzie miał niespodziankę. Sama się wtedy zorientujesz, czy on taka skała, czy niekoniecznie. Bo rozumiem, że nie znasz go specjalnie dobrze?

Ola zarumieniła się znacznie bardziej.

– Niezupełnie…

– No właśnie. Wiesz, mała, na czym polega bycie dorosłym?

Ola pokręciła głową.

– Na odpowiedzialności. Trzeba przewidywać skutki swojego postępowania. Dostałaś niezłą lekcję. Będziesz teraz mądrzejsza od swoich koleżanek, a jest nadzieja, że i one zmądrzeją, idąc za twoim przykładem.

– Myśli pani? – Niespodziewanie Ola uśmiechnęła się szeroko.

– Prawdę mówiąc, nie mam pojęcia. Ale chciałabym. I chciałabym, żebyście wszyscy nauczyli się bycia szczęśliwymi. To też nie jest proste. Nie da się zaplanować zajęć ze szczęścia. A szkoda. Bo byśmy mieli najlepiej zorganizowane zajęcia ze szczęścia w całym Szczecinie.

– Pan profesor Rudzki mówił nam ostatnio o szczęściu.

– Fajny jest pan profesor, nie? Bardzo mądry. Bardzo go lubię.

– Boski jest – rozmaśliła się Ola. Znaczy, Marek Rudzki, jak zwykle, podbił serca swoich uczniów.

– No to bene. Ola, już chyba po przerwie. Masz jeszcze lekcje?

– Nie, skończyliśmy.

– Ja też skończyłam. Idę na obiad, a ty leć do domu.

– Z panem Brańskim? – Ola znowu wyszczerzyła zęby w szerokim uśmiechu.

– Z panem Brańskim. Czeka na mnie. Boże, Olka, czemu ryczysz?

Z jednego oka dziewczyny spłynęła łza i kapnęła na ten powyciągany sweterek, z drugiego zatrzymała się na policzku. Ola starła ją palcem, uważając na makijaż.

– Pani to ma szczęście… jak ja bym tak chciała mieć kogoś, kto by mnie naprawdę kochał…

– Ola, to jest loteria! Czasem ma się ich na pęczki, a czasem nikogo. Takie jest życie. Ja na swojego czekałam czterdzieści lat. Nie bądź taka wyrywna. I nie paćkaj sobie tyle podkładu na policzki, w twoim wieku i z twoją cerą nie musisz tego robić! I tak masz buziak jak pupka niemowlaka! No, spadaj, ale już!

~

– Słuchajcie mnie, kochani – Michalina miała błyski w oczach, a przed sobą stertę papierów. – Wszystko już wiemy. Mamy na Karaibach dwa katamarany, jeden to Jackowe „Shanty", a drugi się nazywa, tylko uważajcie: „Apostle of Happiness", czyli „Apostoł szczęścia". Jacek nam go polecił, dość ostrożnie, bo nie zna osobiście właściciela, ale jest to Polak, który na dodatek ma własny hotel i spa na jakiejś wyspie…

– Na Virgin Gorda – podpowiedział uprzejmie Grzegorz. – Czy wiecie, co to znaczy Virgin Gorda? Tłusta Dziewica…

Towarzystwo zebrane w małym domku w Zdrojach ryknęło zdrowym śmiechem.

– W sam raz dla naszego klubu – orzekła, chichocząc, Alina. – Która z nas jest najtłustsza? Może urządzimy jej tam koronację pod jakąś palmą?

– Ja jestem najgrubsza, ja! – Michalina zamachała rękami, chcąc zwrócić na siebie uwagę. – A będę jeszcze grubsza!

– W takim razie ja zostanę królem – mruknął Grzegorz. – Słuchajcie dalej. Pływamy, jak chcemy, byle w obrębie British Virgin Islands, między innymi dlatego, że nie mamy wiz i nie możemy na przykład zahaczyć o Amerykańskie Wyspy Dziewicze. Z tego samego powodu nie możemy tam lecieć przez Stany. Znaleźliśmy z pomocą jednej mojej uroczej znajomej z biura podróży połączenie przez Paryż i St. Martin...

– A co to jest to drugie? – chciała wiedzieć pani Lilianna.

– Większa wyspa niedaleko – wyjaśnił Grzegorz. – W połowie francuska, w połowie holenderska. Po holenderskiej stronie nazywa się Sint Maarten. Dopiero stamtąd polecimy na Tortolę, na której Jacek ma coś w rodzaju bazy.

– Ja tortolę... – westchnęła pani Lila nieco frywolnie.

– Grzesiu, ale ty się walnąłeś... – Michalina studiowała jakąś mapę. – To spa i hotel... tego faceta... one nie są na Virgin Gorda, tylko na Cooper Island.

– Aa, możliwe. Dziewica mi się nawinęła jakoś tak chyba na waszą cześć, kochane kobiety. One mi się trochę plączą, te wyspy. Może jak przestaną być dla nas tylko nazwami, będę je odróżniał. Jurek, czy ja dobrze słyszałem, że twoi synowie się z nami wybierają?

– Tak. To znaczy oni uprzejmie proszą o przyjęcie ich do kompanii. Są wypłacalni, ponieważ zmącili swoich dziadków, a moich rodziców. Na razie pojechali na uczelnie, ale twierdzą, że na hasło urwą się natychmiast. Czy myśmy w ich wieku też traktowali naukę z tak haniebną beztroską?

Odpowiedział mu zbiorowy wybuch śmiechu. Śmiała się nawet mama Konik-Hart. Przypomniało to Noelowi piękną, wesołą i romantyczną dziewczynę, z którą czterdzieści lat temu się ożenił. Zgiń, przepadnij, siło nieczysta – tak się mawiało w dawnej Polsce?

– Teraz trzeba ustalić jedną bardzo ważną rzecz. Jacek ma dla nas wolne terminy albo w pierwszej połowie marca, albo w okresie gwiazdkowym. W czasie naszych wakacji tam są huragany i nie da się pływać. Poza tym ja nie wytrzymam tak długo, znaczy do następnych wakacji. Poza tym urodzę, a z niemowlakiem przy piersi nie popłynę na pewno.

– W marcu już nie mam ferii – mruknęła Agnieszka. – A ty już chyba też albo urodzisz, albo będziesz na ostatnich nogach.

– No to weźmy Boże Narodzenie – zaproponowała Alina. – To święto rodzinne, a my jesteśmy jakby rodziną... tyle że o północy nie pogadamy z kotami. O matko! Nikt nie pomyślał o kotach!

– Ależ pomyślał – uspokoiła ją Michalina. – Dzwoniłam w tej sprawie do Mireczka i Mareczka i oni, oczywiście, z chęcią, pomogą starym koleżankom i swoim starym kociakom. Przechowają całe zoo, łącznie z twoim Rambiszonem, Agnieszka.

– Co mówisz! Świetnie. Bardzo się cieszę. Trzeba będzie ich nawiedzić, ostatni raz widziałam Mareczka w przelocie na ulicy. Słuchajcie, ale skoro jedziemy na święta, to co z Marcelą? Bronik, ona się nie da przekonać? Przecież to nie ma sensu, żeby one tu siedziały same z Krzysią, kiedy my wszyscy wyjedziemy...

– A takie małe dzieci mogą tam na pewno bezpiecznie jechać? – zmartwiła się z kolei pani Róża.

– Rozmawiałem o tym z Jackiem i widziałem zdjęcia tej łajby – uspokoił ją z kolei Grzegorz. – Szeroka i stabilna. Zresztą jeśli Marcela będzie się na niej źle czuła, możemy umieścić ją w hotelu albo w tym spa. Czekajcie... Misiu, pamiętasz, jak się nazywał ten drugi katamaraniarz? Zapodziałem gdzieś kartkę...

– On się nazywa Zibi Janocha. Kapitan Zibi Janocha. A hotel i spa prowadzi jego żona Brygida Kic-Janocha. Niech skonam, naprawdę się tak nazywa. Jest w Internecie. Bronik, dzwoń do Marcelki, już.

Bronik posłusznie wydzwonił Marcelinę i dłuższy czas tłumaczył jej, dlaczego absolutnie i bezsprzecznie powinna płynąć razem z całą rodziną Mało Używanych Dziewic. Rzeczona rodzina cały czas coś pokrzykiwała, przeszkadzając mu uzyskać pożądany rezultat. W końcu jednak Marcelina pękła.

– Jedzie – sapnął Bronik, wyłączając telefon.

Rozległy się okrzyki ogólnej aprobaty (pani Lilianna wstrzymała się od komentarza) i towarzystwo przystąpiło do rozdzielania się na dwie załogi – uwzględniając układ łóżek w kabinach, które miały być dwu- lub trzyosobowe. Wprawdzie pani Róża upierała się, aby te łóżka nazywać klasycznie kojami, ale jakoś nikomu szerokie posłania nie kojarzyły się z wąskimi wyrkami spotykanymi na jachtach jednokadłubowych. Wyglądało na to, że spanie na katamaranie też będzie raczej wypasione.

Po długich dyskusjach i przymiarkach skład załóg był ustalony. W kabinach „Shanty" kapitana Jacka Orłowskiego zostali zaokrętowani, na razie wirtualnie: Michalina z Grzesiem, Agnieszka z Jerzym, trzy starsze damy: Lila, Róża i Bożena oraz Noel Hart. Na „Apostole Szczęścia" z kapitanem Zibi Janochą: Alina z Marcinem Mokrzyckim, Marcela z Krzysią i Bronikiem, Jaga z Niką oraz Gibon Niepiera z dwoma synami Jerzego.

– Nasza jednostka będzie do pewnego stopnia geriatryczna – zauważył niewinnie Noel, za co natychmiast oberwał od wszystkich, a głównie od zainteresowanych. – No dobrze – skapitulował. – Istny dom spokojnej starości. Oby nie okazał się porodówką...

– Tato, przestań natychmiast! To będzie dopiero szósty miesiąc! A poza tym nie da się inaczej. Młodzież musi być razem!

– Ach, tam będzie w ogóle żłobek...

– Przestańcie się kłócić – zażądała pani Róża. – I tak będziemy w tukę pływać!

– W co, za przeproszeniem? – zdumiała się pani Lilianna.

– W tukę, no, razem. Jak kiedyś rybacy na kutrach łowili tuką, to jest taka sieć, to oni płynęli obok siebie, a ta sieć była między nimi. W tukę chodzili. Rozumiecie?

Towarzystwo poświadczyło, że rozumie.

– Będzie bosko – oświadczyła stanowczo pani Lilianna. – Najgorzej to jak wszyscy się z sobą zgadzają, bo od razu wiadomo, że to fałszywe i w którymś momencie musi trzasnąć. A jak odrobinę się na początku pokłócimy, to potem już musi być bosko. Po prostu musi!

Spośród osiemnastu osób, które miały tuż przed Bożym Narodzeniem rozpocząć wakacje życia, tylko Marcin Mokrzycki i mała Krzysia-Marysia zachowali jaką taką przytomność umysłu. Marcin żeglował od lat zawodowo, kilka razy był na Karaibach i o planowanym rejsie myślał z przyjemnością, niemniej ta podróż nie robiła na nim specjalnego wrażenia. Krzysia-Marysia zajęta była właśnie zębami przednimi, które akurat przychodziły z wrzaskiem na świat. Wrzeszczała Krzysia, nie zęby osobiście.

Co było do przewidzenia, najsilniejsza szajba odbiła kobietom. Udawały same przed sobą, że co to dla nich, rejs po Karaibach, ale wszystkie szafy we wszystkich domach zostały wywrócone na nice w poszukiwaniu najlżejszych bluzeczek, najkrótszych spodenek, najbardziej kolorowych sukienek i kostiumów kąpielowych. Wszystkie drogerie w mieście zostały przepatrzone pod kątem kremów do opalania oraz kremów ochronnych o najwyższym faktorze i kremów łagodzących poparzenia słoneczne. Trzeba było poza tym pamiętać o lekarstwach na przypadłości żołądkowe, sercowe, żylne (starsze panie!), ciśnieniowe, a też o aparatach fotograficznych, dodatkowych obiektywach, wygodnych butach do chodzenia po wyspach, tenisówkach, koniecznie z białą podeszwą, do chodzenia po pokładzie, tych chytrych urządzeniach z rurką służących do nurkowania na rafach, okularach przeciwsłonecznych z kompletem filtrów, czapeczkach i kapeluszach chroniących głowę przed tropikalnym słońcem…

I to wszystko ma prawo ważyć dwadzieścia kilogramów na osobę!

Panowie podśmiewali się z pań, a tak naprawdę też kompletowali sobie wyposażenie na podróż – z wyjątkiem sukienek, ma się rozumieć.

– Najprzyjemniejsze w jedzeniu miodu są chwile przed zjedzeniem miodu – powiedziała któregoś wieczoru przez telefon pani

Lilianna do pani Róży. Obie starsze panie bardzo zbliżyły się do siebie od czasu wspólnej udanej akcji. Zbliżenie było głównie telefoniczne. – A jak już się tam znajdziemy, to będziemy tylko bezskutecznie uciekać przed dzikim upałem i wściekłym słońcem, zepsujemy sobie żołądki i nawali nam serce z powodu gorąca. Tam są tropiki, nie? Sprawdziłam. To jest już poniżej zwrotnika. Osiemnasty równoleżnik. Możemy dostać w kość. Uważasz, że jesteśmy normalne, pchając się w naszym wieku na jakiś rejs niedaleko równika?

– E tam, do równika stamtąd jeszcze trochę – odparła niedbale pani Róża, która też z dużym zapałem studiowała atlas. – Czego ty się boisz, Lila? Uważam, że to właśnie my jesteśmy w porządku. Tylko cud boski, że mamy tyle pieniędzy, normalni ludzie w naszym wieku nie mają. W Polsce, bo gdzie indziej, to szkoda gadać. A w ogóle to będziemy tam pod dobrą opieką. Nawet lekarz płynie, w razie gdyby nam się coś porobiło w głowach. Patrz, bardziej by się przydał kardiolog. Nie znasz jakiegoś, co by się dał namówić?

– Nie znam. No i trudno. Lekarz to lekarz. Z jakąś pierwszą pomocą Grzegorz chyba by sobie poradził.

– A jak nie, to myślisz, że zrobiliby nam morski pogrzeb? Ja bym chyba nawet chciała. Kapitan czytający Biblię, wszyscy poważni, łzy w oczach, a ja – po desce do morza... tam jest śliczne morze.

– Rekiny by cię obgryzły i co, chciałabyś pływać taka obgryziona?

– Podobno tam nie ma rekinów.

– Ale kawałek dalej są. Na pewno jakieś prądy by cię zniosły. Jeżeli chodzi o mnie, to żadne takie. À propos pływania, masz kostium kąpielowy?

– Lila, czy cię Bóg opuścił?

– Nic mnie nie opuściło. Zamierzam się kąpać. Umiem pływać, a ty?

– Ja też, ale rozbieranie się publiczne w naszym wieku jest nieprzyzwoite...

– Mam to w nosie – oświadczyła stanowczo bezkompromisowa pani Lilianna. – Zamierzam odbić sobie wszystkie te lata, kiedy tylko pracowałam i pracowałam. Raz się pobawię i tobie radzę! Bo możemy nie mieć więcej okazji.

~

– Dzień dobhy, Anieszko – powiedziała ze swoim prześlicznym akcentem Madame Franusia. – Wiesz coś może o Oli Tambohskiej? Trzeci dzień jej nie ma w szkole. Mahtwię się thoszkę, a nie chciałam hobić afehy bez pohozumienia z tobą.

– Nic nie wiem – odrzekła Agnieszka, natychmiast zaniepokojona. – Nie miałam jeszcze u nich lekcji w tym tygodniu, dzisiaj mam, za dwie godziny. Nie dzwoniłaś do niej przypadkiem?

– Dzwoniłam na jej komóhkę, ale nie odpowiada, chyba wyłączyła.

– Mam wrażenie, że ona była ostatnio całkiem normalna i pogodna, nawet jakby się zaczęła uczyć, poprawiła kilka stopni, w tym u mnie, z historii…

– Zgadza się, u mnie też pophawiła. A tehaz zniknęła. Czy twoim zdaniem powinnam alahmować hodzinę?

– Tych dziadków? Nie, ja do nich podjadę po pracy, już ich znam, będzie mi łatwiej, jakby co.

– Jakby co?

– No, właśnie nie wiem, co. Kurczę, Franusia, mam złe przeczucia. Ta jej matka przyjechała czy nie? Ola nic ci nie mówiła?

– O matce nic.

– No, dobra. A powiedz mi jeszcze, moja droga, jak tobie się układa? Jesteś zadowolona, że do nas przyszłaś?

Madame Franusia uśmiechnęła się.

– Jak najbahdziej. Wiesz, Anieszka, mnie się podoba, że thaktujemy uczniów jak pahtnehów, a nie jak idiotów. Ja myślę, że nikt na świecie nie lubi, żeby go thaktować jak idiotę. W każdym hazie ja ze swoimi uczniami żadnych kłopotów nie mam, uczą się w miahę chętnie i są bahdzo sympatyczni. Lubię ich.

– Oni ciebie też lubią. Mówili mi, że jesteś fajna i wygrywasz ich plebiscyt na najbardziej elegancką nauczycielkę. Oni uwielbiają robić plebiscyty i rankingi. Stale jakieś wymyślają.

– Słyszałam, że Waldek wyghał plebiscyt na psa?

– Niezupełnie. To raczej pies wygrał plebiscyt na Waldka. Chodziło o to, do którego nasz Walduś jest najbardziej podobny. Wygrał basset.

– Słusznie. A dzieciaki go uwielbiają, Waldka, nie basseta. I dziadka Noela. Wiesz, że tak go nazwali?

– Coś słyszałam. To dlatego, że on kuleje, bo poza tym dziadkowaty nie jest w najmniejszym stopniu.

– Jeżeli przyjmiemy, że dziadek to stahy piehdoła... On im śpiewa na lekcjach ihlandzkie ballady. Słyszałam kiedyś. Stałam pod drzwiami i podsłuchiwałam. Pięknie śpiewa. A potem hobią razem tłumaczenie. Szkoda, że ja jestem głucha jak pień. Muszę szukać innych niekonwencjonalnych metod. Oni nie lubią konwencji. Uczniowie.

– Ja też nie lubię. Konwencje są na ogół nudne, poza tym trudno je dopasować do każdego po kolei ucznia. A każdy z nich jest inny.

– Hacja, pani dyhektoh. Ja też tak uważam i pewnie dlatego dobrze mi u ciebie. Phawie wszyscy tak uważamy. Dlatego przyjemnie się phacuje. No to idę pophacować z trzecią klasą.

~

Kilka godzin później Agnieszka, zwana czasami Anieszką z akcentem na ostatnie a, stała pod drzwiami i nie tyle podsłuchiwała, ile nie mogła się zdecydować na wykonanie jakiegoś ruchu. Drzwi razem z mieszkaniem należały do starszych państwa Tamborskich.

Agnieszka właściwie wiedziała, co usłyszy, i nie było jej dobrze z tą wiedzą. Podjęła wreszcie męską decyzję i zadzwoniła.

– Kto tam?

– Agnieszka Borowska, ze szkoły Oli.

Babcia Aleksandra uchyliła drzwi. Nie zaprosiła jej do środka.

– Dzień dobry, pani dyrektor. Ale Oli nie ma w domu. Wyjechała.

– Martwiliśmy się o nią, bo trzeci dzień nie ma jej w szkole. Coś się stało?

– Przyjechała Oli mama, moja synowa, ze Szkocji, wie pani…

– Wiem. Zabrała Olę do Szkocji?

– Nie jestem pewna, może do Szkocji, ale coś tam była mowa o Holandii, ja nie wiem, synowa była bardzo zdenerwowana. Ja naprawdę nie wiem.

– Rozumiem – powiedziała Agnieszka. – Kiedy Ola wróci?

– Nie wiem, nie mówiła… Synowa, znaczy.

– Będę wdzięczna za powiadomienie mnie, czy Ola będzie dalej chodzić do naszej szkoły. Możliwie najszybciej.

– Jak tylko się dowiem. Ale chyba będzie, bo czemu nie?

– Dziękuję, do widzenia.

Babcia Aleksandra bez słowa zamknęła drzwi, starając się zrobić to bezszelestnie.

Agnieszka wsiadła do samochodu i uderzyła pięścią o kierownicę. Wszystko jasne. Przyjechała matka-furiatka, wystraszyła Olę i zabrała ją gdzieś, gdzie można usunąć ciążę bez zbędnych formalności. Cholera, a tak już wszystko było ładnie obmyślone!

Czy to, że ona tak się przejęła, nie oznacza przypadkiem, że sama chce mieć dziecko?

Z Jerzym! Który ma już dwóch dorosłych synów. Nie, to chyba nie wchodzi w grę. Nie miała w odpowiednim czasie, a teraz trzeba już na to położyć krzyżyk i dalej zajmować się cudzymi. Też są fajne i o wiele mniej kłopotliwe.

– Mamaaa…

Jaga leżała na tapczanie i przeglądała jakieś mapy.

– Mamaaaa…

– Jestem, słyszę. Robię kolację. Dużo na ciebie zaplanować? Głodna jesteś?

– Głodna, ale się odchudzam. Ja tylko pomidorek. Mamaaaa…

– Nie wygłupiaj się, jaki pomidorek. Robię zapiekankę. Pomidorek włożę do środka. A czego ode mnie chciałaś?

– Mamaaaa, a kto kupuje choinkę?

Alina zamarła z kartoflem w ręce.

– Jaką choinkę?

– No, mama, przestań. Możemy być w Wigilię poza domem, ale przecież musimy mieć choinkę. Nie umawialiście się? Nikt nie pamiętał?

– Chyba nie było o tym mowy.

– Mamaaa, to wiesz co? Zróbmy im niespodziankę. Kupimy taką małą sztuczną choineczkę, parę bombek, tego, śmego, sama wiesz. A co z wigilijnym żarciem?

– Umówiliśmy się, że ja całe żarcie zaplanuję, dla wszystkich, żebyśmy się nie dublowali. Agnieszka mi pomoże, kupimy wszystko od razu tuż przed wyjazdem i podzielimy, żeby każdy coś miał.

Jaga usiadła prosto i jakby nabrała przyspieszenia.

– Matka, a tam nie ma sklepów? Czemu właściwie zabieramy jedzenie?

– Trochę naszego zawsze się przyda. Jakieś żurki, barszczyki, kiełbaska dla facetów…

– Dla nas też. Mamy jeszcze te kabanosy z wczoraj?

– Pomidorka nie chcesz?

– Na drzewo z pomidorkiem. Rosnę i muszę się odżywiać. I kawałek chleba ze smalcem poproszę. Zanim ta zapiekanka się zapiecze, skonam z głodu. Mama, podaj mi komórkę, leży koło ciebie!

Alina podała córce wyjącą komórkę (co to za straszny pomysł, dzwonek jak syrena karetki pogotowia!).

– Widzę, że to Dawid. Zorientuj się szybko, czy mam dokładać do zapiekanki.

– Cześć, Dawid. Wpadasz do nas?... Mama, dołóż. No to wpadaj, daleko jesteś?... Aha. Czekam. Cześć.

Jaga wyłączyła komórkę.

– Idzie do nas. Jest blisko. Ja zrobię tego chleba trochę, coś mi mówi, że on też by zjadł...

– Nie będę ci przypominała, jak strasznie wrzeszczałaś na mnie, kiedy smażyłam ten smalec...

– Może mi powiesz, że nie miałam racji? On jest po prostu zarębisty, nie można go nie jeść, a wiesz, jak tuczy? Masakra! Dawid nie będzie chciał na mnie patrzeć, jak będę tłustą świnką!

– Nie będziesz tłustą świnką, nie ma obawy. Ty spalasz, zanim zjesz. Jest Dawid. Otworzysz?

Jaga popędziła do drzwi, ponieważ powitanie dawało zwykle okazję do jakiegoś małego przytulanka... no, można się było potem przytulać do woli, bo matka nigdy nie zaglądała do jej pokoju bez pukania, ale właściwie przytulania nigdy dość.

Po jakimś czasie Dawid wszedł wreszcie na pokoje. Alina zdążyła przez ten czas przygotować porzucone przez Jagę kanapki ze smalcem i wstawić zapiekankę do piekarnika. Młody Niepiera furaż przyjął wdzięcznym sercem, zupełnie jakby nie jadł obiadu.

– Nie jadłeś obiadu? – spytała Jaga z wrodzoną bezpośredniością. – Mama robi fajną kolację, to dojesz, bo tego chleba to raczej mało.

– Nie jadłem – westchnął Dawid. – Właściwie to przyszedłem do was się poradzić. Jestem, cholera, w kropie.

Alina przyjrzała mu się uważnie. Wyglądał nieszczególnie. Widać było po nim to zmartwienie. Musiało być poważne, skoro przyszedł je konsultować z nimi obiema, a nie tylko ze swoją kochaną Jagulką.

– Wolisz najpierw się posilić czy powiedzieć?

– Już trochę zjadłem.

– Rozumiem. No to mów.

Dawid westchnął straszliwie, jakby to, co miał powiedzieć, nie chciało mu przejść przez usta. Alina i Jaga poczekały. Jak wiadomo, nie ma lepszej metody, żeby niezdecydowany przemówił.

No i przemówił.

– Jest taka sprawa z moją mamą. Ja nie wiem, czy w ogóle mogę coś zrobić, czy tylko patrzeć. I czy, na ten przykład, nie powinienem zrezygnować z tego rejsu na Karaiby...

– Dawid, zwariowałeś? Jak to zrezygnować!

Dawid zobaczył w ciemnych oczach Jagulki taki bezmiar rozczarowania, że po prostu musiał natychmiast przytulić ją na trochę.

– Moja mama za dużo pije. Ja to już widziałem od jakiegoś czasu i próbowałem jej przemówić do rozsądku, ale mama nie ma rozsądku. Coś się z nią stało od tamtej historii z panią Borowską. Nie mam z nią płaszczyzny porozumienia. No, zero kontaktu po prostu. Zero kontaktu. A teraz gdzieś od tygodnia to już po prostu stale jest nawalona. Przepraszam. Na bani. Nie wiem, czy nie powinienem z nią zostać. Bo ojca to raczej średnio obchodzi. On ma swoje sprawy, swoje biznesy i swoje rozrywki. I prawdopodobnie swoje panienki. Mama o tym wszystkim wie, no i pewnie pije, żeby nie myśleć, zresztą nie wiem. Nie znam się na kobiecej psychice. Ja już nic nie wiem. Pani Alino, może mi pani pomóc?

Alina sama nie mogła, natomiast przypomniała sobie od razu, do kogo sama goniła w potrzebie niejeden raz.

– Mam zaprzyjaźnionego psychiatrę. Nie wiem, czy go poznałeś. Chyba nie było okazji. A będziecie nawet w jednej załodze, o ile dobrze pamiętam. Nie, nie będziecie. Ty będziesz w mojej. Zadzwoniłabym do niego, on nigdy nie odmawia pomocy. Nazywa się doktor Grzegorz Wroński.

– Ale… – Gibon był jakby trochę przerażony. – Tak od razu do psychiatry? Uważa pani, że to się w ogóle nadaje do psychiatry? Ja myślałem, że są jakieś poradnie…

– Są. O ile wiem, prowadzą je właśnie psychiatrzy. Oraz psychoterapeuci. Nasz przyjaciel jest jednym i drugim. Nie bój się, Dawid, to przecież nie oznacza zamknięcia twojej mamy w szpitalu psychiatrycznym. Ja sama biegałam kiedyś do Grzegorza całe lata, jak miałam nawroty depresji. To co? Mogę do niego zatelefonować?

Młody Niepiera miał oczy jak młyńskie koła, a w tych oczach obłęd. Alina wydzwoniła doktora Wrońskiego.

– Cześć, Grzesiu. Słuchaj, kochany, bez zbędnych wstępów, mam tu koło siebie młodego człowieka, który potrzebuje twojej rady. A może i pomocy. Ale na razie trzeba go ukierunkować. To Dawid Niepiera, kolega mojej córki. Czy mogę mu oddać słuchawkę?

Wyciągnęła telefon w stronę Dawida. Było jej go żal. Zawsze spokojny, niemal flegmatyczny, a teraz widać było, że ma nerwy na wierzchu. Wygląda na to, że kocha tę swoją matkę i boi się o nią.

– Porozmawiaj z doktorem. Mam wrażenie, że mogliście się spotkać na Tall Ships' Races. No już. Nie bój się. On przez telefon nie gryzie. Idź do pokoju Jagi albo do mojego, będziesz się czuł swobodniej.

Dawid spojrzał na nią z wdzięcznością i zniknął za drzwiami. Jaga patrzyła na matkę z zastanowieniem.

– Mama…

– Tak?

– Mama, ty się leczyłaś u psychiatry? Miałaś depresję? Kiedy? I dlaczego ja o tym nie wiedziałam?

– Nie zawsze jest wskazane, żeby dzieci wiedziały wszystko o rodzicach – odparła Alina wymijająco. – Nie chciałabyś nakryć stołu?

– Zostałam spławiona – poskarżyła się jej córka, ale wstała z miejsca i sięgnęła do kredensu po świąteczne talerzyki.

Zanim Dawid wrócił z drugiego pokoju, zapiekanka w piecyku doszła, a Jaga zdążyła pięknie nakryć stół do kolacji.

– Dziękuję pani. Chciałbym zwrócić za to połączenie, gadałem godzinę…

– Głupstwa pleciesz, chłopcze. Grzegorz poradził ci coś mądrego? Przepraszam, nie bierz tego za wścibstwo. Chcę tylko wiedzieć, czy już wiesz, co masz robić.

Dawid skinął łysą głową.

– Umówiłem się z panem doktorem, że przywiozę mamę do niego, do gabinetu. Jutro. On zawsze tak szybko działa?

Alina roześmiała się. Kamień spadł jej z serca. Jednak bardzo polubiła tego śmiesznego łysola i przykro jej było patrzeć, jak on się męczy.

– Zawsze. Jestem pewna, że znajdzie jakieś wyjście. Zawsze znajduje. Patrz lepiej, jak się Jaga sprężyła na twoją cześć. Nawet świece zapaliła. Do zwykłej zapiekanki.

– Ja przecież codziennie tak nakrywam – oświadczyła kłamliwie Jaga, poprawiając serwetkę przy nakryciu Dawida. – Siadajcie. Ja wyciągnę to żarcie, a wy uciekajcie, bo gorące.

– Oj, Jagulka, to lepiej ja. Nie ruszaj, bo się poparzysz. Pani Alino, ja po prostu nie wiem, jak się pani odwdzięczę. No, nie wiem.

To ja ci się odwdzięczam, chłopaku, pomyślała ciepło Alina, pomna roli Dawida w resocjalizacji Jagusi, kiedy dziewczyna miała okres burzy i naporu. A głośno powiedziała:

– Ja wiem. Spróbuj zapuścić trochę włosów, co? Możesz po Karaibach, żeby ci nie było za gorąco, ale zapuść. Strasznie jestem ciekawa, jak wyglądasz, kiedy nie jesteś łysy…

– Słuchaj, Dawid – mówiła jakiś czas później Jaga. Wyszli na małą przechadzkę, żeby jakoś zneutralizować straszliwe ilości zapiekanki z kiełbasą, boczkiem, papryką i serem. – Ja nie miałam w ogóle pojęcia, że moja mama miała jakieś kłopoty. Że regularnie chodziła do psychiatry! Nic mi nigdy nie powiedziała, nigdy!

– Moja mi też nic nie mówi – odrzekł Gibon Niepiera, nażarty jak młody pyton i znacznie spokojniejszy niż godzinę temu. – Ale po mojej, niestety, widać.

– Po mojej nic nie było widać. Nic kompletnie. Zawsze była taka sama, opanowana, nigdy nie wrzeszczała. A wiesz, jak czasami matki potrafią...

– Wiem. Moja potrafi. Ale twoja jest inna niż moja. Twoja nie jest bluszczem-jemiołką, tylko bardzo mądrą kobietą. Już ci mówiłem kilka razy, Jagulka, masz szczęście. Bardzo lubię twoją mamę, naprawdę.

– Ona ciebie też – odparła krótko. – A ja się teraz zastanawiam, czy ta jej cała depresja nie była przypadkiem przeze mnie.

– No co też mówisz, Jagulka! – Dawid miał niejasne wrażenie, że ona wie, co mówi, ale nie chciał, żeby się zagryzała jakimiś wyrzutami sumienia. – Twoja mama na pewno miała całe mnóstwo kłopotów, wiesz, forsa, praca, takie tam różne...

– A największym jej kłopotem byłam ja. Dawid, ja byłam kiedyś okropna. Wtedy, jak zwaliłam pierwszą klasę, to chyba rok trwało, dostałam kompletnie małpiego rozumu, robiłam matce regularne piekło. Nie miałam pojęcia, że ją to tak trafia. Mówię ci, nic nie dawała po sobie poznać. Jejusiu, Dawid, ona była cały czas na jakichś prochach! Żeby ze mną nie zwariować!

– Tylko się teraz tym nie katuj. Nawet jeżeli to prawda. Było, minęło. Kiedyś sobie z mamą wszystko wyjaśnicie, jak będą sprzyjające okoliczności. Bo nie zawsze są. Nie zawsze jest klimat na zwierzenia. Wyczuj chwilę, Jagulka. A teraz może bym cię pocałował? Jak myślisz? Czy to jest dobra chwila?

– Dzień dobry, Lilu, tutaj Róża mówi… Halo, jesteś tam?

– Jestem, jestem! Co u ciebie, Różyczko?

– Wszystko dobrze. Chciałam się skonsultować. Czy ty kupujesz te jakieś kremy przeciwsłoneczne? Czy my w naszym wieku w ogóle będziemy się wystawiać?

– Ja tak, Różyczko. Ja będę. Znalazłam taki boski kostium kąpielowy, zupełnie jak w latach dwudziestych. Ze spódniczką. Nie pareo, tylko taką doszytą, żeby mniej było widać. W jednym katalogu. Poproszę Edusia, to ci podrzuci ten katalog, zamówisz sobie sama. Słuchaj, kto nam kupuje bilety?

– Misia z Grzegorzem już zamówili. Lilu, mam klasyczny rajzefiber.

– I chcesz go jeszcze mieć dwa miesiące?

– Niecałe dwa. Listopad i dwie trzecie grudnia. Ten kawałek października już się nie liczy. Kupić dla ciebie te kremy? Bo ja mam jednak bliżej do perfumerii niż ty w tym, hehe, Stolcu.

– Kup, kochana, zwrócę ci pieniądze przy okazji. Na wszelki wypadek dwa opakowania.

– Lilu, a ty się nie boisz, że się potopimy? Ten huragan… Katarzyna… chyba był właśnie tam?

– No co też ty mówisz! Katrina jej chyba było, to jakaś huraganica. Tam była, ale teraz jej nie będzie. Swoją drogą, czemu one wszystkie mają damskie imiona? Ciekawe. Nie potopimy się, bo w zimie tam nie ma huraganów. A powiedz mi, moja kochana, która z nas weźmie choineczkę? Założę się, że nikt o tym nie pomyśli. Ja mam taką małą, a ty weź trochę ozdóbek. Niedużo.

Ola wróciła do szkoły po tygodniu. Wyglądała mizernie, miała podkrążone oczy i zaciśnięte usta. Nie przyszła do

Agnieszki, na co ta liczyła. Przyszła do niej natomiast Madame Franusia.

– Anieszka, nie jest dobrze. Mam na myśli Olę Tambohską.

– Usunęła, co?

Madame Franusia kiwnęła głową.

Agnieszka siedziała właśnie nad jakąś urzędową statystyką, co wprawiało ją w kiepski humor. Wiadomość o Oli pogłębiła ten stan.

– Wiedziałam, że tak będzie. Rozmawiałam z jej matką i od razu mi się nie podobała. Ola mówiła ci, gdzie była?

– W Amstehdamie. Zdaje się, że jej matka też tam usuwała kiedyś ciążę, jak jechali z mężem do Szkocji. No i miała przedeptane ścieżki.

– Do Szkocji przez Holandię? No, można, właściwie. Wszystkie drogi prowadzą do Rzymu. Franusia, a jak ona to przyjęła? Ola, znaczy?

– Wpadła w coś w hodzaju dephesji. Mam whażenie, że ona chciałaby z tobą pohozmawiać, tylko się boi, że uznasz ją za kompletnie niemohalną.

– Biedna mała. Wiesz, Franusiu, ja tak do końca nie wiem, co byłoby dla niej lepsze. Myśmy sobie tak wymyślili to wychowywanie dziecka w szkole i pewnie by się jakoś udało, ale dla Oli to by było jednak straszne obciążenie.

– Abohcja to też obciążenie.

– No właśnie. Tak źle i tak niedobrze.

Dwie kobiety zamilkły na chwilę.

– Bieda w tym – podjęła wątek Madame Franusia – że oni tak sthasznie wcześnie zaczynają. Nic nie wiedzą o życiu. Nic.

– A kto ma ich nauczyć, jak mamusie wyjechały do Szkocji?

– My?

– A widziałaś kiedyś podręczniki do życia w rodzinie?

– Widziałam. Masakha, panowie.

– No właśnie.

– Anieszka, a nie moglibyśmy zhobić jakiegoś phoghamu autohskiego? Przecież mamy hóżne phoghamy autohskie. Wychowanie seksualne jako fakultet. Wszyscy by ci na ten fakultet poszli.

Agnieszka odsunęła statystyki i zabębniła palcami w blat biurka.

– Myślałam już kiedyś o tym. Nie wiem, co na to kuratorium. No i muszę pogadać z rodzicami.

– Bo wykładowców byśmy znaleźli, phawda? Pani phofesor Fiszeh… gdyby się zgodziła, byłoby cudownie.

– Grzesio Wroński, mój zaprzyjaźniony psychiatra i psycholog… Taki duet by wystarczył. Tylko czy możemy mieć pewność, że zechcą?

– I że będą mieli czas?

– Kurczę, Franusia, spróbuję do nich dotrzeć przez Klub…

– Jaki klub?

– Klub Mało Używanych Dziewic. Czego się śmiejesz? Mamy taki!

Madame Franusia, z natury śmieszka, omal nie spadła z fotela. Kiedy już się wypłakała, poprosiła „Anieszkę" o niezbędne wyjaśnienia.

– Hewelacja – oświadczyła, kiedy je otrzymała. – Zapiszcie mnie. Mój mąż zapomina w ogóle, że ma jakąś żonę. Phefehuje swoje wielkie, stalowe kadłuby. Mój kadłub mu nie odpowiada.

Teraz Agnieszka parsknęła śmiechem. Franusia przedstawiła jej kiedyś swojego męża, inżyniera Marka Wieczorka, specjalistę wysokiej klasy w stoczni. Wyglądał na trochę bujającego w obłokach, dopóki nie zagadnęła go o jakieś chemikaliowce czy może rorowce – oba były jej najzupełniej zbędne do szczęścia, ale chciała zobaczyć reakcję faceta na temat zawodowy. No i zobaczyła. Gdyby nie stanowczość Madame Franusi, inżynier Wieczorek, nomen omen, do wieczora trzymałby ją na ulicy przed szkołą i opowiadał o fascynujących tajnikach powłok kadłuba skonstruowanych na wzór plastra miodu.

– Nie wierzę – powiedziała teraz Franusi mimo to. – Masz taką figurę, że żaden chłop koło ciebie nie przejdzie obojętnie. Ale do Klubu możemy cię przyjąć. Nominalnie jest nas cztery, ale jakoś tak pączkujemy.

– Mafia. Hodzina. A ty jesteś na pewno donna Cohleone. Matka chrzestna. Mam hację?

– Czy ja wiem? Może czasami. To co, pomożesz mi zorganizować to wychowanie seksualne?

– Jasne. Nie mam zamiahu oglądać kolejnych wcieleń Oli Tambohskiej. Jeszcze się któhaś, nie daj Boże, tahgnie na swoje życie.

– Przypomniałaś mi. Poproszę Grzesia, żeby porozmawiał z Olą i jakoś ją ustawił. Powiedz jej, żeby do mnie wpadła przy okazji.

~

– Widzę, że Klub nie może się beze mnie obyć – powiedział z zadowoleniem Grzegorz, rozkładając się na kanapie i opierając długie nogi na poduszkach mamy Konik-Hart, które ta natychmiast mu spod nóg wyjęła, prychając z oburzeniem. – W ciągu ostatnich dwóch dni doradzałem Alinie i Agnieszce, a właściwie ich podopiecznym. Może powinienem otrzymać od was tytuł lekarza zakładowego? Czy może rodzinnego? A Agnieszka w dodatku chce mnie wrobić w jakieś wychowanie seksualne. Przyznam, że byłoby to z pożytkiem dla ludzkości, tylko czy ja w ogóle mam jeszcze czas?

– Nie masz. – Michalina usiadła obok niego i poklepała się po brzuchu. – Ja bym chciała, żebyś go miał więcej. Ale jak Agnieszka czegoś chce, to pewnie ma to sens.

– Głęboki. Misiu, co to za program?

Misia rzuciła okiem na telewizor.

– Lokalny... Matko Boska, a to co?

Na ekranie sporego telewizora czarno ubrana staruszka, podobna wypisz, wymaluj do pani Lilianny Bronikowskiej, tylko z dziwnie rozkudłanymi, siwymi włosami, zwierzała się właśnie dziennikarce, że jesienią szczególnie popada w stany depresyjne, bo jesień przypomina jej wszystkich dobrych przyjaciół, którzy już odeszli. Tu portrety pani Lili oraz gorliwie potakującej jej pani Róży zastąpiła nastrojowa impresja cmentarna.

– Dzwonię do Agnieszki!

Agnieszka odebrała natychmiast, zamierzała bowiem właśnie zatelefonować do pizzerii, choć generalnie nie znosiła pizzy. Jerzy odwołał spotkanie, a nie chciało jej się przygotowywać kolacji dla siebie samej.

– Agnieszka, masz włączony telewizor?

– Mam. Na lokalny. Czekaj, jakieś zwiędłe liście. I nagrobki. To?

– To! Zrób głośniej i patrz uważnie! O, są!

– Co jest? Och, widzę! Róża! I Lila, w peruce!

Przyjaciółki zamilkły obie ze słuchawkami w dłoniach, aby usłyszeć, jak starsze panie zachwycają się młodością i urodą uczniów. Potem na ekranie pojawiły się wnętrza jakiegoś domu pogodnej starości, a potem Róża i Lila, prowadzone kamerą, odeszły, kuśtykając artystycznie, w głąb ulicy. Było to straszliwie smutne ujęcie. Widać operator z kitką miał jednak talent i wiedział, jak uzyskać pożądany efekt. Poleciały plansze, a z drzew ponownie te same liście co poprzednio. Może operatorowi nie chciało się robić nowego ujęcia. Albo montażyście szukać.

– Matko święta – powiedziała Agnieszka z niebotycznym zdumieniem. – Miśka, co myśmy widziały? A zwróciłaś uwagę na entourage?

– Entourage był pod twoją starą szkołą, o ile dobrze pamiętam tę okolicę.

– Czekaj, nie rozłączaj się, miejski mi dzwoni. Halo! Misia, to Alka, dam na głośnik!

– Cześć, dziewczynki – powiedział głos Aliny. – Czy ja mam coś z głową, czy wyście to też widziały?

– Widziałyśmy. Nasze kochane staruszki robiły przedstawienie pod szkołą Rozbickich. To musiało być jakiś czas temu.

– Agniecha, a to nie było wtedy, kiedy za tobą łazili obrońcy życia?

– Może i było. Myślicie, że one tam miały akcję odwetową? Pani Lila od początku twierdziła, że to Rozbicka napuściła na mnie telewizję...

– Trzeba wziąć babcie na dywanik.

– Spytam Różę. Może jeszcze dzisiaj. Czemu Rozbiccy do mnie nie zadzwonili?

– No, przestań. Zresztą, moim zdaniem, to nieważne. Ważne jest, ile czasu babcie tam sterczały... Grzesiu, ja naprawdę nie wiem, czemu ty się śmiejesz! Alka, Agnieszka, szkoda, że go teraz nie widzicie. On się z nas normalnie naigrawa!

~

Agnieszka zrezygnowała z zamawiania pizzy, zatelefonowała natomiast do pani Róży i jak gdyby nigdy nic zaproponowała wspólną kolację, bezczelnie wyrażając nadzieję, że pani Róża ma jeszcze trochę tych zamrożonych krokietów, których tydzień temu zrobiła z osiemset.

– Tylko osiemdziesiąt – poprawiła starsza pani. Agnieszce wydawało się, że słyszy w jej głosie jakieś oczekiwanie. – Osiemdziesiąt maluteńkich krokiecików. Mam ich jeszcze połowę. Ile wyjąć?

– Ja bym zjadła z osiem, bo one rzeczywiście są malusieńkie. Że też pani się chciało bawić w zegarmistrza...

– Ja się lubię czasami zabawić w zegarmistrza – odparła pani Róża. – To ja się wyłączam, szkoda pani pieniędzy na komórkę.

Dziesięć minut później Agnieszka schodziła ze swoich osiemdziesięciu czterech stopni. Te schody zmuszą ją kiedyś do wyjścia za Jerzego. Chyba że ktoś zainstaluje tu windę.

Pani Róża udawała strasznie zajętą odsmażaniem na masełku zamrożonych krokiecików. Stosowała przy tym różne chytre sztuczki, żeby jej się małe arcydzieła nie poprzypalały, zanim zdążą się rozmrozić. Na kilometr biło od niej poczucie winy. Agnieszka rozsiadła się na krześle w kuchni i ze spokojem czekała na wynik kulinarnej działalności gospodyni.

Miniaturowe krokieciki z serem lub mieloną cielęciną (Agnieszka dostarczała pani Róży cielęciny, którą kupowała w jednym z hipermarketów) były arcydziełem. Obie panie posiliły się godnie, a przy tym posilaniu, w atmosferze przyjemnej konsumpcji, najwyraźniej opadły z pani Róży obawy co do tego, że Agnieszka oglądała dzisiaj program lokalny w telewizji. Agnieszka pozwoliła jej się jakiś czas rozkoszować złudzeniami, po czym spytała niewinnie:

– Pani Różo, a kiedy to panie chadzały do Rozbickich podziwiać dorodną młodzież?

Pani Róża aż podskoczyła.

– Jezus, Maria, a już byłam pewna, że pani tego nie widziała! Ależ pani jest podstępna!

– Jaaa? Ja jestem podstępna? To wy obie z mamą Bronika jesteście podstępne. Tyle czasu trzymać tajemnicę przed wszystkimi!

– A bo nie ma o czym gadać – bąknęła starsza pani, przewracając oczkami. – Poza tym nie robiłyśmy nic złego.

– A czy ja twierdzę, że robiłyście? Kochana pani Różo! Ja tylko chciałabym się dowiedzieć czegoś więcej, no i żeby to była prawda, bo w to przyglądanie się młodzieży nigdy nie uwierzę. Brałyście odwet na Rozbickiej?

Pani Róża znienacka zachichotała.

– Brałyśmy. I chyba nam się nieźle udało.

– Skąd pani wie?

– Bo słyszałyśmy przez okno, jak się z nią mąż kłócił. Powiedział, że dał się jej skołować, kiedy wyrzucali panią z pracy, i że był idiotą. No więc może on już więcej nie będzie chciał być idiotą i może się z nią, na ten przykład, rozwiedzie.

– Matko jedyna! Pani Różo, niech mi pani wreszcie opowie porządnie, coście tam robiły?

– Nic. Powiedziałyśmy tylko pani Rozbickiej przy wszystkich, że źle zrobiła i zostanie ukarana. Pani Agnieszko, przecież myśmy nie miały żadnej możliwości, żeby ją ukarać. Chciałyśmy tylko, żeby wszyscy wiedzieli, że ona ma za uszami.

– Jacy wszyscy?

– Nauczyciele. Powiedziałyśmy jej to w pokoju nauczycielskim. A potem żeśmy grzecznie wyszły i już tylko stałyśmy pod szkołą. I patrzyłyśmy, jak ta cała Rozbicka wchodziła i wychodziła. I nawet pani starzy uczniowie kazali panią pozdrawiać, ale nie chciałyśmy się dekonspirować.

– Trzeba było nie udzielać wywiadu telewizji.

– Ale myśmy tak strasznie bredziły! Specjalnie, żeby telewizja tego nigdy nie wykorzystała!

– No i wykorzystali, na okoliczność Zaduszek. Długo tam stałyście?

– Tydzień.

– O Boże…

– No, tydzień. Przecież nie bez przerwy. Miałyśmy z tajnych źródeł rozkład zajęć Rozbickiej. A jak już się Rozbiccy pokłócili, tośmy sobie poszły. I to wszystko. Może ja pani dosmażę tych krokiecików? Bo jakoś tak mizernie pani dzisiaj wygląda…

~

W pokoju pani Lilianny Bronikowskiej na stole, krzesłach i łóżku, a także na parapetach okiennych leżały równiutko poskładane fragmenty letniej garderoby. Ona sama stała przed lustrem, a na sobie miała tylko pomarańczowy kostium kąpielowy ozdobiony tu i ówdzie lamówką lub frywolną falbaneczką w jakże stosownym kolorze „karibik", czyli szmaragdowozielonym. Kostium miał coś w rodzaju miniaturowej spódniczki mającej w założeniu ukrywać niedostatki bioder. W istocie niczego nie ukrywał, ponieważ nie było nic do ukrywania. Mama Bronikowska figurę miała jak najbardziej do przyjęcia. Obracała się teraz wokół własnej osi i oglądała z zadowoleniem widok w lustrze.

– Zwierciadełko, powiedz przecie – mamrotała do siebie, przybierając wymyślne pozy. – No samo powiedz. Powiedz, ile trzydziestek chciałoby mieć taką figurę. Albo czterdziestek. Że nie wspomnę o pięćdziesiątkach. A wszystko to ciężka praca i dobry charakter.

Pani Lilianna uważała swoją talię, nogi i całą resztę za specjalną nagrodę od Siły Najwyższej za dobre sprawowanie, pracowitość i ogólną szlachetność. Żałowała tylko trochę, że to wszystko się w pewnym sensie zmarnuje, ponieważ damskie hormony dawno już odeszły w siną dal. Kobieca próżność wszakże w najmniejszym nawet stopniu od hormonów nie zależy, mama B. miała więc teraz niemałą satysfakcję. Spotęgowaną świadomością, że niebawem chlupnie sobie wdzięcznie do ciepłej wody Morza Karaibskiego na oczach całkiem sporego audytorium.

Głośny ryk własnego syna przerwał jej kontemplację. Był to ryk przyzywający.

Zarzuciła na ramiona szlafroczek i zdążyła do salonu akurat na wzruszający moment, kiedy zwierzały się dziennikarce ze swojej samotności i odchodziły w dal. Zdusiła w ustach grube przekleństwo, słyszane czasami na korytarzach teatralnych, i udała, że nie wie, o co chodzi.

– Mamo – przemówił syn tonem niebotycznego zdumienia. – Co wyście tam, na miłość boską gadały za bzdury?! I co to za maskarada? Ty wiesz, że ja cię w pierwszej chwili w ogóle nie poznałem?

– Bo to nie ja byłam – odparła spokojnie pani Lilianna. – Co ci wpadło go głowy?

– Mamo, niech mama nie żartuje, błagam! Widzieliśmy was oboje z Marcelą, nie jesteśmy ślepi, a poza tym przecież jakże mógłbym nie poznać własnej matki?!

Pani Lilianna zwróciła się do Marceliny, która siedziała z Krzysią w wielkim fotelu i zabawiała ją pioseneczką „Jedzie, jedzie pan, pan”.

– Czy pani też mnie rozpoznała w tej jakiejś niechlujnej starej babie?

Marcelina zaśmiała się, podrzucając dziecko na kolanie.

– Tak mi się wydawało, że to pani i pani Róża. Jesteście tak charakterystyczne, że trudno was nie rozpoznać nawet w peruce, pani Lilu…

Pani Lila postanowiła umrzeć, ale się nie poddać.

– Peruki, moi kochani, to ja robiłam ludziom służbowo. Osobiście nienawidzę mieć czegoś takiego na głowie. Poza tym po co miałabym się przebierać?

– Po to, żebyśmy nie zgadli, że to wy – odparł Bronik. – To było wtedy, kiedy mama zażyczyła sobie pomieszkać na Zygmunta, prawda?

– Nieprawda. A może zresztą i prawda. Mam sklerozę starczą i nie pamiętam. Czy wyście się umówili, żeby dręczyć biedną starą matkę? Czy nie byłoby pożyteczniej, gdybyście się zajęli, jak ja, kompletowaniem wszystkiego, co nam będzie potrzebne w tym rejsie? Jak przyjdzie co do czego, to się okaże, że nie macie połowy rzeczy. A czy tam można wszystko kupić? Kto to wie? Ja nie wiem. Wy wiecie? Też nie. To weźcie się do przygotowań, wcale nie mamy tak znowu wiele czasu!

Wygłosiwszy tę wspaniałą i cokolwiek bezsensowną tyradę, pani Lilianna zamiotła swoim szlafroczkiem i poszła do siebie.

~

Przed pokojem sto pięć w przychodni portowej kłębił się, jak zwykle, spory tłumek. Pani Róża obrzuciła go wzrokiem pełnym obrzydzenia i pożałowała, że nie wbiła się w rynsztunek staruszki-sierotki. Może by jej się udało wcisnąć na litość, chociaż to się prawie nigdy nie udaje... Niestety, wizja szmaragdowych wód i żółwi, które w nich zażywają kąpieli (podobno Tortola to od żółwi, a nie od tortu), wyprostowała jej sylwetkę i zarumieniła policzki. Spróbowała się jakoś zmniejszyć, ale sama widziała, że rezultaty były kiepskie. Machnęła na to ręką i zajęła miejsce po zażywnej osobie nieokreślonej płci, która właśnie weszła do gabinetu.

Odsiedziała swoją godzinę, obserwując z zainteresowaniem liczne przejawy zajadłej nienawiści ludzi do innych ludzi. Początkowo wydawało jej się, że to starsi nienawidzą młodszych, ale po jakimś czasie stwierdziła, że młodsi nie pozostają im dłużni. Ona sama, jak wiadomo, była nadzwyczaj pyskatą starszą panią i potrafiła nieźle dać do wiwatu, zwłaszcza gdy bolały ją stawy, miała jednak nadzieję, że JEJ awantury nie są takie jadowite.

A ostatnio, to znaczy odkąd Agnieszka zaczęła do niej przychodzić, zrobiła się wręcz łagodną staruszką.

Doktor Maria Rzepczyńska uśmiechnęła się na jej widok. Lubiła tę leciwą pacjentkę, która chorowała chyba na wszystko, na co starsze panie chorują, ale nigdy nie jojczyła jak wiele jej równie samotnych rówieśniczek i nie starała się stwarzać wrażenia, że za chwilę umrze. Przeciwnie: walczyła, klęła czasami jak stary budowlaniec, złościła się, a nawet czasem waliła suchą pięścią w stół. Tym razem weszła, nie kuśtykając, a ponadto łuna od niej biła.

– No, no – powiedziała pani doktor zamiast standardowego „dzień dobry". – Wygrała pani w totka? Czy znalazła pani cudotwórcę, który panią ze wszystkiego wyleczył dotknięciem palca?

– Widać po mnie? – Pani Róża bardzo zadowolona usiadła naprzeciw lekarki. – Lepiej mi ostatnio. Ogólnie. A totek też był w robocie.

– Gratuluję. Trafiła pani szóstkę?

– Nie ja. Ale tak się jakoś porobiło, że zupełnie jakbym ja trafiła. Pani doktor, przyszłam do pani w nietypowej sprawie.

– Coś panią przestało boleć, co daj Boże, czy coś nowego zaczęło?

Pani Róża uśmiechnęła się zwycięsko.

– Pudło, pani doktor. Jak mnie rąbało, tak mnie rąbie. Stawy, serce, ciśnienie, żołądek, wszystko. Ale jakoś mniej dotkliwie to odczuwam. Mam inne tematy, żeby się nimi przejmować. Niech pani uważa. Potrzebuję specjalnego zabezpieczenia, bo lecę samolotem na drugą stronę Atlantyku.

– Rodzina w Stanach? W Kanadzie? Zaprosili?

– Znowu pudło. Płynę w rejs katamaranem po Karaibach. Dziesięć dni na morzu.

Pani doktor zsunęła okulary z nosa i spojrzała na pacjentkę jak entomolog na ćmę Atropos Trupią Główkę, która na jego oczach zamieniła się w dorodną rusałkę pawika.

– Żartuje pani.

– Nie żartuję. Poświęciłam mój fundusz pogrzebowy. Do diabła z pogrzebem, jak umrę, to mnie już nie będzie obchodziło, kto się martwi pochówkiem. A ja jeszcze zażyję przyjemności.

– Właściwie to nawet zdrowe podejście. I płynie pani jako załoga?

– Coś w tym rodzaju. Tylko że tam podobno załoga nic nie musi robić, bo łódka jest na guziki. Rozumie pani, kapitan naciska, a żagle same się stawiają. Nowoczesność w domu i zagrodzie.

– Pani Różo, ja bym się o panią trochę bała... Taki długi lot przy pani ciśnieniu... I nogi pani puchną, żeby nam się jakaś zakrzepica z tego nie zrobiła. I nie wiem, jak pani zareaguje żołądkowo. No i serce. To tropiki, będzie pani duszno. Jest pani pewna, że to dobra decyzja?

Stara dama zajaśniała od środka jak kryształowy żyrandol.

– Pani doktor, to jest najlepsza decyzja w moim życiu. Pomijając to, że nigdy przedtem nie miałam okazji, żeby ją podjąć. Płyniemy z przyjaciółmi, w tym nawet jeden lekarz, ale psychiatra, więc wolałam przyjść profilaktycznie do pani. Pani mi da jakieś lekarstwa na wszelki wypadek, jakieś nitrogliceryny i inne świństwa, co tam pani uważa – jakby coś się wydarzyło, to je zjem, a jakby nie, to wyrzucę do Atlantyku, kiedy będziemy wracali.

– Może i ma pani rację. Spróbuję panią jakoś zabezpieczyć na różne okoliczności, ale i tak musi pani uważać.

– Będę uważać. Nie uważa pani, że wyzionąć ducha na środku Morza Karaibskiego to byłby szczyt kretyństwa?

– Zrobiłem dla ciebie kolację.

– Nie gadaj? Ty naprawdę umiesz gotować?

– Na dwie osoby tak. Na więcej gubię proporcje. Przyjedź dzisiaj do mnie, dobrze? Pani Róża obejdzie się bez ciebie jeden dzień. Zresztą dzwoniłem do niej w tej sprawie. Dała nam swoje błogosławieństwo.

– Pomyślałeś o wszystkim?

– Nie pomyślałem o płatkach róż na stole i świecach wszędzie. Czy chcesz, żebym to uzupełnił, zanim przyjedziesz?

– A czy ja powiedziałam, że przyjadę?

– Naprawdę nie chcesz?

– Przepraszam cię, Jerzy. Chcę. Świece sobie daruj, nie muszę mieć efektów serialowych. I strasznie dużo sprzątania potem.

– Ja bym posprzątał. Nie mówię, że zawsze. Dziś.

– O matko. Będę koło siódmej, bo mam jakieś spotkania z rodzicami, a potem muszę sypnąć Rambusiowi.

– Szkoda, że facet jest tylko kotem. Zadzwoniłbym i do niego, żeby sam sobie tych kulek sypnął. Chociaż chłop u ciebie na stałe trochę by mnie denerwował. Słyszę dzwonek?

– W uszach ci dzwoni. U nas nie ma dzwonków, zapomniałeś?

– Zdawało mi się. Ze szkołą kojarzą się dzwonki. To obrzydliwe, nie uważasz? Funkcjonowanie na dzwonki, fuj. Dobrze, że u nas nie ma. Na razie. Będę czekał. I może ze dwie świece jednak zapalę. Pa, Agnieszko.

– Hej, Jurek, czekaj! Gdzie ty właściwie mieszkasz?

Jerzy rozśmieszony podał jej adres na Gumieńcach. Rzeczywiście, była raz jedyny u jego rodziców, na familijnej kolacji, ale u niego jeszcze nigdy. Zawsze on przyjeżdżał do niej. Trochę go to stawiało w pozycji, do której nie był przyzwyczajony i której w zasadzie nie lubił. Była to pozycja podwładnego. Ona rządziła, a on musiał się podporządkować. Oczywiście nie miał przesadnych zapędów wodzowskich, ale uwierała go własna bezradność. Mógł przychodzić do Agnieszki, kiedy chciał, i wychodzić, kiedy chciał, ale właściwie nic poza tym. Agnieszka była samorządna i niezależna, i doskonale wiedział, że tak naprawdę jego wpływ na jej decyzje jest żaden.

Zero komfortu!

Poza tym zwyczajnie kochał ją i chciałby mieć ją zawsze gdzieś niedaleko. A nie żeby za każdym razem, kiedy zapragnie ją zobaczyć (i nie tylko), musiał wsiadać do samochodu i gnać przez pół miasta.

Miał odrobinę nadziei – ale tylko odrobinę, zważywszy na tę nieszczęsną niezależność ukochanej kobiety – że poczuje się ona dobrze w jego domu, który tak lubił i z którego był taki dumny. Gdyby czytywał Jane Austen, wiedziałby, że patent z posiadłością pomógł niezrównanemu panu Darcy'emu zdobyć Elżbietę Bennet, ale nie czytywał i nie wiedział. Chodziły mu po głowie jeszcze różne inne patenty, ale na razie pozwolił im pozostawać w sferze niedookreślonej i nieco mętnej. Może kiedyś je rozwinie, a może i nie.

Na kolację zaplanował dwa spore befsztyki z polędwicy, wychodząc ze słusznego założenia, że Agnieszka jako osoba mięsożerna będzie z tego zadowolona. Ponadto mieszanka sałat, którą kupił gotową do zalania winegretem (sam umiał robić!) i bagietka w typie wiejskiej, którą pamiętał z Paryża.

Znalazł podobną w jakimś supermarkecie; była równie dobra, choć pieczona bez widoku na wieżę Eiffla.

Do tego szlachetnego w swej prostocie zestawu kupił wino polecone przez zaprzyjaźnionego sommeliera – był to co najmniej równie szlachetny burgund z winnicy Domaine Armand w regionie Côte du Nuit. Notariusz lubił sobie co jakiś czas sprawiać takie małe przyjemności i liczył na to, że Agnieszka też będzie lubiła. Ale nie może przecież, na litość boską, za każdym razem, kiedy zechce zjeść z nią domową kolację, pędzić z takim winem pod pachą na Niebuszewo!

Agnieszka pojawiła się o siódmej piętnaście. Miała dość męczący dzień i była raczej zmęczona. Była też ciekawa, czy Jerzy wystąpi w fartuszku... na szczęście nie miał takiego pomysłu. Fartuszków Agnieszka nie znosiła, wolała prać w odplamiaczach pochlapane tłuszczem bluzki. Jerzy miał na sobie jakieś miękkie domowe szarości... trochę przypominał w nich stworzonego na obraz i podobieństwo kota Rambo Jędrzeja Pawełkę. Był jednak zdecydowanie przystojniejszy – Jędrzej zdradzał już pewne skłonności do tycia.

Dom... No, dom był niewątpliwie w porządku. Agnieszka zachwyciła się przestrzeniami obszernego parteru, skąd Jerzy swojego czasu skrupulatnie powyrzucał ścianki działowe, do których przywiązana była jego żona, a które dzieliły mieszkanie na szereg komórek. Dużo miejsca, dużo powietrza, wygodne meble, jasno i pogodnie. Efekt Elżbiety Bennet został niemal osiągnięty.

– Czy notariusz nie powinien mieszkać w ciemnej bibliotece ze skórzanymi fotelami i biurkiem jak Fort Knox?

Jerzy roześmiał się.

– Mój ojciec takie ma, widziałaś. Ja mam tu gabinecik do pracy, ale też mało stylowy. Generalnie lubię dużo powietrza i przeciągi. Ale jak się pozamyka drzwi i okna, to nie ma przeciągów. Chcesz się odświeżyć? Czy może położyć na kwadrans? Ja sobie spokojnie popichcę, bo tego, co dla ciebie mam, nie dało się zrobić zawczasu.

– A co masz?

– A co byś chciała?

– Kawał mięska. Masz kawał mięska?

– Mam.

– Bosko. Od rana nic nie jadłam. Czuję się jak pociąg pospieszny. Wzięłabym może prysznic, bo jestem uchetana, ale z drugiej strony przyłożyć się na chwilę też bym chciała...

– Przyłóż się. Prysznic może poczekać. Odpocznij kwadransik, a ja cię zawołam, jak będę gotów. Chcesz tu czy na górze?

– Na górze. Zobaczę, jak tam masz. Też ogólna stodoła?

– Nie, na górze są pokoje. Chodź.

Piętro też się spodobało Agnieszce. Spora sypialnia pana domu (z miejscem dla pani domu) i kilka mniejszych pokoików. Wielka, wygodna łazienka. Garderoba – w dwóch trzecich pusta. Najwyraźniej cały dom czekał na Agnieszkę. Czuła to.

A jednak wciąż miała jakieś opory.

Położyła się na wygodnym tapczanie w pokoju gościnnym i zapatrzyła w pukającą niemal do okna gałąź lipy. Musi tu ładnie pachnieć w lecie. I pszczoły pewnie brzęczą jak szalone.

Zaczęła się intensywnie zastanawiać, co ją właściwie wstrzymuje przed natychmiastowym rzuceniem się w ramiona zakochanego (tak twierdzi!) Jerzego... no właśnie, tak twierdzi. A kto go wie, jak jest naprawdę? Dookoła Marceliny też się swojego czasu kręcił; prawda, że nie aż tak intensywnie, ale się kręcił. I przestał.

Znaczy, niestały w uczuciach!

Co będzie, jeśli mu przejdzie to, co teraz czuje?

Koło pierwszej w nocy Jerzy starannie zawinął dwa piękne kawałki polędwicy wołowej w folię spożywczą i umieścił je w lodówce. Sałatą i bagietką pożywił się już wcześniej, a to, co mu zostało, też schował. Wziął do ręki butelkę i pomyślał, że skoro już ją otworzył, to jednak chyba jutro pogoni z nią na to całe Niebuszewo. Na razie tylko okrył Agnieszkę miękkim pledzikiem i poszedł spać do siebie.

~

– Cześć, lekarzu zakładowy.

– A, Agnieszka! Jak to miło cię słyszeć. Znalazłaś sobie może jakiegoś innego psychologa do tego seksu?

– Przeciwnie. Przywiązuję się do myśli, że będziesz u nas wykładał. Dzwonię do ciebie, żeby ci powiedzieć, że ginekologa-seksuologa też mam. Pani profesor Fiszer sama nie mogła, ale dała mi namiar na jednego takiego, nazywa się Gomorek. Doktor Michał Gomorek. Zrobił na mnie dobre wrażenie przez telefon, umówiłam się z nim na wstępne rozmowy w sprawie konkretów. Rozumiesz mnie.

– Rozumiem cię.

– Znasz tego całego Gomorka?

– Znam i lubię. On jest niegłupi. I ma coś bezcennego. Po pięciu minutach kontaktu z nim kobiety zapominają, że mają do czynienia z przystojnym facetem, a zaczynają myśleć o tym, o czym on do nich mówi. To jest nie do pogardzenia, zważywszy na tematy, na jakie będzie rozmawiał z twoimi małolatami. Bierz go, jeśli tylko możesz. A ja z przyjemnością będę z nim współpracował. Boże, do czego ty nas zmuszasz, kobieto!

– Tylko do pożytecznej pracy. Nie chcę mieć więcej ciąż ani aborcji, ani żadnych takich problemów. Ani żeby mi się, broń Boże, jakieś dziecko powiesiło na drzwiach od łazienki! Dobrze, że dragów u nas nie ma, bo chyba nie ma! Tfu, tfu, tfu, odpukać w niemalowane drzewo!

– Agnieszko, my ci nie damy gwarancji, wiesz o tym.

– Grzesiu, ale zmniejszycie prawdopodobieństwo! Słuchaj, a co z moim ulubionym Niepierą? Pomożesz tej jego matce Niepierzynie?

– Skierowałem ją w odpowiednie miejsce. Opierała się, ale rzeczywiście już wymagała szybkiej pomocy. Sympatyczny ten jej synalek łysolek. On ma z nami płynąć, mówił. Pytał mnie, czy nie powinien zrezygnować, żeby opiekować się matką. Zabroniłem mu. Jego matka musi się sama sobą zająć. Jak ją syn będzie prowadzał za rączkę, to nic z tego nie wyjdzie. Doradziłem mu natomiast męską rozmowę z ojcem egoistą. Chociaż nie wiem, czy to coś przyniesie. Tak czy inaczej młody ma się rozwijać i iść do przodu, a matka alkoholiczka może go tylko pociągnąć w przepaść.

– Grzegorzu, trudno uwierzyć, że mówisz takie okrutne rzeczy.

– Tak, moja droga. Sam sobie czasem nie wierzę. Ale niestety, wiem, co mówię. Siedzę w tym jakieś trzydzieści lat.

– No tak. Grzesiu, wracając do naszych baranów, to od przyszłego semestru ruszamy z naszym wychowaniem seksualnym, dobrze?

– Dobrze. A dlaczego się śmiejesz, moja przyszła dyrektorko?

– Kochany, tylko się zastanów. Jeśli będziecie we dwóch wykładać ten sam przedmiot i jeśli twój partner się nazywa Gomorek, to jak uczniowie będą nazywali ciebie?

~

– Eduś, pozwól, kochany, do mnie na chwilę, potrzebuję pomocy, chcę mebel przestawić!

Eduś Bronikowski nie zwykł był pozostawać głuchym na wołanie swojej rodzicielki. Wprawdzie kończył właśnie wprowadzanie poprawek do przedostatniego rozdziału swojej pracy habilitacyjnej i przydałoby mu się trochę spokoju, jednak skoro mama go potrzebuje…

Westchnął i udał się do jej pokoju.

Mama siedziała na staroświeckiej kanapce obłożonej obficie poduszkami w papugi (spadek Marceli z poprzedniego mieszkania, dzieło rąk własnych ciotki Jabłońskiej). Na małym stoliczku przed nią parował imbryczek wydzielający zapach earl greya i stała srebrna paterka pełna drobnych herbatniczków. Nie było widać żadnych przygotowań do przesuwania czegokolwiek.

Eduś westchnął ponownie.

– Eduś, nie wzdychaj! Musiałam coś wymyślić, bo chcę z tobą poważnie porozmawiać. Siadaj. Herbatki się napijesz. Ciasteczka nie moje, ale jakimś cudem całkiem do przyjęcia.

– Trudno się mamusi oprzeć.

Mamusia zachichotała tryumfalnie.

– U nas to rodzinne. Twój dziadek też nie oparł się twojej babci i był straszny mezalians, bo dziadek Nałęcz hrabia i pan doktor, a mamusia moja aktorka i go złapała, jak chciała. Moi teściowie Bronikowscy też nie mogli sobie wyobrazić, jak synalek uczony będzie się żenił z fryzjerką. Z teatru! I co? I kochał mnie do końca życia, i szczęśliwy był, tak samo jak dziadek Nałęcz z moją mamą, a twoją babcią. Wszystko na tym świecie zależy od nas, kobiet.

Eduś chrupnął ciasteczkiem.

– Polemizowałbym...

– Nie bądź taki zasadniczy – zachichotała ponownie mamusia, wielbicielka „Seksmisji". – Dałybyśmy radę, jakby tak przyszło co do czego.

Kopnęła krzesło, które upadło z hukiem i krzyknęła głośno:

– Uważaj, co robisz!

– Chryste! – Syn złapał się za serce. – Mam dostać zawału?

– Przecież meble ciągamy – syknęła pani Lilianna. – Eduś, odpowiedz mi, ale szczerze. Co ty zamierzasz w związku z Marceliną?

Było to pytanie z gatunku, którego Eduś nienawidził. Miał jednak świadomość, że mamunia nie popuści.

– Wie mama co? Czasem mam wrażenie, że mama jest trochę jak bulterier. Jak capnie, to nie puści. Mam rację, prawda?

Mamunia roześmiała się srebrzyście, w ogóle nieobrażona.

– Tak, synku. Dlatego musisz mi udzielić wyczerpującej odpowiedzi.

– To nie jest takie proste, mamusiu. Nie żebym nie chciał, skądże. Ja po prostu sam nie wiem, jaka jest odpowiedź.

– No, jak to możliwe?

– Normalnie. Nie wiem, co zamierzam w związku z Marcelą. Albo inaczej: nic nie zamierzam w związku z Marcelą. Nie wydaje się mamusi, że dobrze jest, jak jest?

Eduś spojrzał na mamunię dość żałośnie. Ale na niej nie zrobiło to wrażenia.

– Eduś! Minąłeś czterdziestkę. Imię twoje jest czterdzieści i cztery…

– Dopiero w grudniu – sprecyzował.

– Już niedługo. I co, do końca życia będziesz tak z kwiatka na kwiatek, z gruszy na gruszę? Zależnie od tego, gdzie znajdziesz jakieś brodzące ptaszysko?

– Ale jakie „z gruszy na gruszę", mamo? Ja już swoją gruszę mam. Już się ustabilizowałem. Nie planuję zmian.

– To czemu się z Marcelą nie żenisz?

To pytanie zadała pani Lilianna wbrew sobie samej. Nie zdołała się przekonać do smętnej donny, uważała jednak, że Eduś ma wobec niej pewne obowiązki.

– Mamo, proszę…

– Eduś! Coś tu było dzisiaj mówione o bulterierze!

– Mamo, a może ona wcale nie chce, żebym się z nią żenił?

– A ty chcesz?

Eduś wziął głęboki oddech.

– A ja, cholera, nie wiem.

– A pytałeś ją?

– A nie.

– A czego się bardziej boisz: że będzie chciała czy że nie będzie chciała?

– Tego też nie wiem.

Pani Lilianna załamała spektakularnie ręce.

– A ty, synu, jesteś mężczyzną czy nie? Też powiesz, że nie wiesz?

Eduś uśmiechnął się rozbrajająco.

– A jeśli ci powiem, że nie wiem?

Mamunia nie dała się rozbroić.

– To ja ci powiem, że tak nie można. Nie wolno tak trzymać kobiety w niepewności. Musisz coś zrobić. W tę lub we wtę.

– Mamo, a jeżeli jej też taka sytuacja odpowiada?

Pani Lilianna zastanowiła się głęboko. No tak. Teoretycznie jest taka możliwość. Nie brała tego pod uwagę, ponieważ ona sama, osoba konkretna i rzeczowa, nie wytrzymałaby takiego zawieszenia. Ale smętna donna?

– Porozmawiamy o tym jeszcze, Eduś. Może na tych Karaibach coś się rozstrzygnie.

– Czy mogę wrócić do mojej habilki, która leży odłogiem, podczas kiedy ja piję herbatkę i jem ciasteczka?

– Możesz. Pamiętaj, że zawsze cię kocham, niezależnie od tego, co postanowisz. Jesteś moim jedynym synem. A teraz idź i pracuj.

Otworzyła drzwi i powiedziała bardzo głośno:

– Trudno, na razie niech zostanie tak, jak było. A myślałam, że będzie lepiej. No, dziękuję ci za dobre chęci, synu.

~

– Funio, prośbę mam do ciebie.

– Tylko do mnie?

– Nie, jeszcze do Jarka i Waldeczka, bo oni mi tu pasują do grafiku. Chciałabym się na kilka dni urwać w okresie przedgwiazdkowym, ale trzeba by mnie pozastępować. Zrobiłbyś sobie dodatkowe polskie?

– Zrobiłbym, czemu nie. A potem dasz mi wolne?

– Jasne. To ja teraz dzieci uprzedzę, że im się lekutko zmieni rozkład jazdy w połowie grudnia.

– Jedziesz na narty w Alpy?

– Przeciwnie, płynę na Karaiby.

– Nie gadaj! To teraz każdy głupi może? Och, przepraszam cię, szefowa! Wyrwało mi się...

– Nie martw się, Funio. Każdy głupi może. Jak sobie nazbierasz, to też możesz. Dam ci namiary, bo już będą ścieżki przetarte.

– I dużo cię to kosztuje?

– Jakąś dychę. Z podróżą i całą resztą.

– To musiałbym wygrać w totka.

– No właśnie, myśmy wygrali. I płyniemy z całą paczką.

– Kurczę, gram od jutra. Ale musiałbym wygrać na siebie i żonę...

– Moi przyjaciele wygrali na siebie i jeszcze osiem osób.

– Matko, co to za przyjaciele?

– Fajni. Uparli się, że skreślaliśmy razem, to jedziemy razem.

– To rzeczywiście fajni. Agnieszko, a ja też mam do ciebie sprawę.

– Zastąpić cię?

– Nie, nie trzeba. To znaczy trzeba, jak wyjadę. Ale nie na Karaiby. Wziąłbym pierwszaków do Warszawy, polatałbym z nimi po teatrach. Trzeba by rodzicom powiedzieć, że mam dyrektorskie błogosławieństwo. No i też im grafik zmienić.

– Obie klasy naraz?

– Nie, po kolei. Franusia by ze mną raz pojechała, a drugi raz Noel. Już się zgodzili.

– Noel też płynie.

– Patrz, ani słowem nie pisnął. Tajemniczy Angol.

– Irlandczyk.

– Wszystko jedno. Udał ci się. Skąd go wytrzasnęłaś?

– Z Irlandii. To ojciec jednej mojej przyjaciółki.

– Czy ty wiesz, że on dzieciaki hymnu uczył?

– Irlandzkiego?

– Nie, polskiego. Kazał sobie zaśpiewać w jednej klasie i za głowę się złapał. Fałszowali jak psy, wyli też jak psy, no i nikt nie znał więcej niż jedną zwrotkę z refrenem. Noel się załamał, następnym razem przyszedł z gitarą i dał im wycisk. Wytłumaczył im, po angielsku zresztą, że to mazurek, który trzeba śpiewać z jajami, jak Boga kocham, tak ich kształcił. Wszystkie klasy po kolei. On im mówi, że jest irlandzkim patriotą, ale polskim też, bo studiował na Ujocie i ma córkę Polkę, to pewnie ta twoja przyjaciółka, i wnuczka będzie miał Polaka.

– Ale lubią go, nie?

– Przepadają za nim. Pozycja Waldusia jest zagrożona. Ostatnio uczył ich angielskiego na tej piosence, co to się śpiewa o ognisku, że dogasa, i że przy innym ogniu w inną noc do zobaczenia znów. Nauczył ich oryginału i też przekonał, żeby śpiewali jak młodzi ludzie, a nie jak stare babcie na odpuście. Co to jest, Aga, że u nas ludzkość zazwyczaj strasznie wyje?

– Nie mam pojęcia. Ale masz rację, wyją i fałszują. Czy ty już wiesz, kiedy chcesz jechać?

– Jeszcze nie, ale powiem ci niebawem. Muszę sobie przypasować takie trzy dni, żeby raz z nimi iść do teatru, raz do opery i raz do Filharmonii Narodowej. Jutro, pojutrze dam ci oba terminy.

– Dobrze, bardzo się cieszę. A potem zabierzemy ich do filharmonii berlińskiej, do Cyrku Karajana, co?

– Czemu nie? Będzie bliżej.

~

Alina była niemal pewna, że ten dzień nigdy nie nastąpi. Oczywiście, szykowała się, jak wszyscy, wyciągała z szafy letnie ciuchy i biegała po perfumeriach w poszukiwaniu kremów do opalania, jednak wszystko było jak zwykle. W domu i w klinice. Jaga biegała do szkoły, biedny Niepiera zaholował tę swoją matkę do poradni i, jak się zdaje, nakłonił do terapii, doktor Orzechowski operował, dzieci zdrowiały i wychodziły do domów, na dworze zrobiło się zimno, czemu nie należało się dziwić w grudniu, a ona nic.

– A co byś chciała, mama? Żeby ci jakieś specjalne coś wyrosło na twarzy?

– Jakie specjalne coś, Jaga, błagam cię!

– No, drugi nos albo coś takiego. Marudzisz, mama. Lepiej namów Agnieszkę, jedźcie do Stolca, niech cię pani Lila obchapie tak jak przed ślubem cioci Misi, ślicznie wyglądałaś. Teraz masz za długie włosy jak na wakacje w tropikach. Jedź, mówię ci.

Wizyta w Stolcu trochę pomogła. Wprawdzie Marcela wykazywała swoją normalną ostatnio apatię (mijała jej w sypialni, o czym nikt poza Bronikiem nie musiał wiedzieć), za to pani Lila po prostu jaśniała z wyjazdowego szczęścia i to jej szczęście promieniowało dookoła. Ostrzygła Alinę, dając absolutny popis już nie tyle kunsztu, ile geniuszu. Tak, pani Lila była artystką, wiedziała o tym i lubiła, żeby inni wiedzieli. Jakimś cudem nie było to w najmniejszym stopniu denerwujące. Mama Edusia miała po prostu mnóstwo uroku, który roztaczała obficie i gdzie popadnie.

Przejętego od niej entuzjazmu starczyło Alinie w drodze powrotnej mniej więcej do Tanowa. Za skrzyżowaniem na Police chandra znowu ją dopadła.

– Znowu cię żre – zauważyła Agnieszka. – Alka, a ty w ogóle wiesz, o co chodzi?

– Nie wiem czy wiem – odmruknęła pięknie ostrzyżona Alina. – Agniecha, a ty mi coś powiedz...

Zamilkła na jakiś czas.

– No, powiem ci, tylko powiedz, co mam ci powiedzieć.

– Dlaczego ty nie wychodzisz za Jerzego?

Agnieszka zwolniła do sześćdziesiątki.

– Ach, to…

– Ach, co? Słuchaj, rozmawiamy jak dwie kretynki.

– Bo zakochane kobiety kretynieją. Więc słuchaj. Zanim ci powiem, dlaczego nie wychodzę za Jerzego, powiem ci, że twoja chandra wynika z tego, że też nie wiesz, co zrobić z pięknym oficerem marynarki.

– On nie jest żaden piękniś.

– Piękniś nie – zgodziła się Agnieszka. – Ale przystojniak. Masz dokładnie to samo co ja. Nie wiesz, czy chcesz, żeby on do ciebie przyjechał, chociaż ciągnie cię do niego i tęsknisz jak cholera. Tak?

– Tak. Popatrz, to ty też to masz?

– Mam. Wiesz, niedawno zaprosił mnie na kolację. Pierwszy raz poszłam do niego, bo zawsze było odwrotnie. No i Jurek, dobra dusza, zauważył, że jestem zmęczona, zaproponował mi, żebym się położyła na pół godzinki…

– O której cię obudził?

– Rano, jak trzeba było iść do roboty. Na szczęście miałam przy sobie czysty sweterek i zmianę bielizny, bo przecież przyszłam tam na bara-bara! Z zamiarem zostania na całą noc. No i zostałam. A jednocześnie uciekłam. Nie żeby świadomie, ale coś za mnie podjęło decyzję i uciekło. A biedny Jurek został z dwoma befsztykami, które zamierzał usmażyć, bo on wie, że ja lubię mięsko… I z jakąś nieprawdopodobną flaszką burgunda, za którą zapłacił kilka stów. Wytrąbiliśmy go na drugi dzień, u mnie, ale już nie było tego nastroju.

– Aga, a może on ci się chciał uroczyście oświadczyć?

– A cholera go wie. Może i chciał.

– I ty mu uciekłaś. Kurczę. Może to to. On przyjedzie na dniach, wiesz? Marcin, nie Jurek. Z Niką.

– Wiem. Boisz się, że po jakimś czasie nie będziesz wiedziała, co z nim zrobić? Że stanie się takim kłopotliwym gościem, co to go nie można wyrzucić?

– Jakbyś we mnie siedziała.

– No bo ja mam to samo, Alka. To samo. Już się nad tym zastanawiałam i zgadnij, do czego doszłam.

– Nie wiem. Ja się też zastanawiałam. I doszłam do tego, że za długo byłam sama. Pies z kulawą nogą się mną nie interesował. Nikogo nie obchodziło, co się ze mną dzieje. Co czuję, czy mnie coś boli, czy mi smutno, czy się czegoś boję. No wiesz.

– Wiem. Ja dokładnie to samo. I teraz, kiedy jest facet, którego interesujesz, który chciałby z tobą być i wiedzieć, co czujesz, to ty nie jesteś pewna, czy on jest szczery. Albo może tylko czy on wie, czego chce. Czy po jakimś czasie, kiedy ty już nie będziesz mogła bez niego żyć, on sobie nie pójdzie, bo mu się właśnie znudzisz. Jedziemy na tym samym wózku, siostro Dziewico.

– Aga, czy ty sugerujesz, że my jesteśmy takie dożywotnie duchowe dziewice?

– Wypluj to słowo. Ale wcale nie wiadomo, czy tak nie jest.

– Może powinnyśmy zwrócić się do Grzegorza, jak za dawnych lat?

– Może na razie nie. Spróbujmy jakoś same sobie z tym poradzić... jeszcze przez jakiś czas. Zobaczymy, jak nam pójdzie na rejsie. Tam przed nimi nie uciekniemy.

~

Ostatnią, choć nie najmniej ważną rzeczą przed wyjazdem było pozbycie się kotów, to znaczy oddanie ich na przechowanie do Mireczka i Mareczka. Panowie, oczywiście, zaordynowali drobne przyjątko dla swoich trzech ulubionych koleżanek (Marceliny nie było, bo nie miała kogo oddawać pod opiekę), tak tylko symbolicznie, bo przecież wiadomo, że skoro jutro jadą, to nie będą ani piły wiele, ani długo siedziały.

– Z kim jedziecie, dziewczynki? Same, we trzy, w nieznane?

Dziewczynki wybuchnęły zdrowym śmiechem.

– Mireczku, jakie trzy? Nas będzie osiemnaście osób. Dwa wypchane katamarany. Misia jest fundatorką, masz pojęcie?

– Naprawdę, Alinko? Misiu, miałaś taki gest? Matko święta, dlaczego o nas nie pomyślałaś?

– Nie słuchajcie ich. One bredzą, jak zwykle. Wypełniliśmy totka wspólnie, na moim weselu, w dziesięć osób. Czy więcej nawet. A potem jakoś tak to pączkowało.

– Jaka szkoda, że nas tam nie było. Chociaż my już byliśmy na Karaibach.

– I jak? – chciała wiedzieć Agnieszka. – Naprawdę tak cudnie?

– W zasadzie tak – odparł Mireczek. – Ale my pływaliśmy takim wielkim cruiserem, bo to było międzynarodowe spotkanie hotelarzy i różnych speców od turystyki. Bez przerwy nas przeganiali z miejsca na miejsce. Nigdy nie dajcie się wrobić w coś takiego. Nigdy.

– Nigdy się nie damy – obiecała Agnieszka w imieniu ogółu. – A teraz chyba już pójdziemy grzecznie do domków. Rambo, dasz sobie radę?

– Rambo podrywa Japonkę – doniosła Alina. – Rambuś, nic z tego nie będzie, ona nie może, nie męcz się.

– Rambo też nie może – rzuciła Agnieszka. – Ale to dżentelmen. A dżentelmen jak widzi damę, to staje na baczność.

Istotnie, Rambo stał na baczność. Stał, kołysał się leciutko na boki i pomrukiwał gardłowo. Wyglądał, jakby za chwilę miał ulecieć w powietrze. Japonka zaś ostentacyjnie dawała mu do zrozumienia, że ma go w nosie.

Wokół nich pałętały się cztery koty o owadzich imionach, które nigdy nie zostały zmienione, choć były takie plany: Muszka, Motylek, Żuczek i Skolopendra.

– Miałem trochę nadziei, że rozpoznają matkę, ale chyba byłem naiwny – westchnął Mareczek. – Teraz mam nadzieję, że sobie poradzą bez was. Będziemy o nie dbali, dziewczynki. Możecie jechać spokojnie.

– Będziecie też mieli wesoły domek przez jakiś czas. Jakby trzeba było coś remontować albo odkupywać bibeloty, to nie ma sprawy, liczcie na nas. Pa, chłopaki. Kochani jesteście.

– Jak wrócicie, zrobimy większe przyjątko na dzień oddania wam kotów – zaproponował uprzejmie Mireczek.

– Tylko wtedy przyprowadźcie swoich panów – dorzucił Mareczek. – I Misia męża.

– A wy skąd wiecie, że mamy panów?

– Mamy do tego nosa – mruknął Mireczek. – My też mamy panów. Życzymy wam cudownej podróży.

Cudowna podróż zaczęła się wreszcie, ale nie na skrzydłach dzikiej gęsi, tylko pięcioma samochodami, którymi towarzystwo miało dojechać do Warszawy (z bliższego Berlina nie udało się dostać aż tylu biletów do Paryża w jednym samolocie, a wszyscy zgodnie uznali, że przyjemniej będzie „kupą, mości panowie"). Najwcześniejszym rankiem wyruszyła sfatygowana, za to wielka toyota land cruiser Andrzeja Juniora Brańskiego, w jej przypadku należało się bowiem liczyć z postojami i doraźnymi naprawami. Andrzej nabył automobil trzy lata temu, za własne pieniądze, zarobione ciężką pracą przy myciu szyb w wieżowcach. Szczególnie w jednym wieżowcu. Auto miało wówczas pięcioletni, za to bogaty życiorys, a nowy właściciel nieźle mu dołożył jako amator ostrej jazdy po bocznych drogach i zgoła po bezdrożach. Teraz jechała nim młodzież – Juniorowie Brańscy, Jaga, Nika i Niepiera. Nikt ze starszych jakoś się nie kwapił do jazdy tym jakże męskim wozem. Zmieściła się tam za to spora część bagażu. Najstarsze uczestniczki rejsu, panie Lilę i Różę, upakowano z honorami do wygodnego passata notariusza, którym to passatem jechała też Agnieszka. Nieco mniej wypasioną, ale przyzwoitą corollą doktora zabrały się Michalina i jej matka, Marcin Mokrzycki wiózł swoją małą hondą Alinę i Noela, a yarisem Marceliny z Bronikiem za kierownicą jechały właścicielka auta i jej mała córeczka. Wszyscy byli zadowoleni i z pojazdów, i z towarzystwa. Podobnie dyplomatycznie ustalono już, jak wiemy, skład załóg obu katamaranów.

Najpierw jednak należało do nich dotrzeć, i to w komplecie. Teoretycznie powinno to być zupełnie proste. W Warszawie czekał nocleg w hotelu blisko lotniska, a także parking na dwa tygodnie dla wszystkich pięciu samochodów, załatwiony nie wiadomo jakim cudem w podziemiach wieżowca, w którym swojego czasu Andrzej Brański czyścił szyby. Jego brat, zwany w rodzinie ohydnie Jurusiem, rozpowszechniał trudną do sprawdzenia plotę, że Andrzej, wisząc swego czasu malowniczo za oknem, wywarł piorunujące wrażenie na szefowej administracji tegoż wieżowca. Szans romansowych dama nie miała żadnych, zresztą była przytomna i nie pchała się do podrywania chłopaka, którego matką mogłaby być bez problemu. Nie mając jednak siły pozbawić się całkowicie i ostatecznie okazji do oglądania przystojnego studenta prawa, co jakiś czas załatwiała mu różne porządkowe fuchy w administrowanym przez siebie gmachu. I tak po dwóch latach prac zleconych – bez podtekstów! – Andrzej nazbierał dostatecznie dużo forsy, żeby kupić sobie tę cudowną maszynkę, która zresztą przedtem stanowiła własność owej pani dyrektor administracyjnej, czyli cośtam-cośtam-manager. Pani Tekla pozbyła się cholernej terenówki z ulgą, kupiła ją bowiem, ulegając modzie i wyłącznie ze snobizmu, i nigdy nie nauczyła się nią porządnie jeździć. Zaliczyła kilka stłuczek, w tym jedną dotkliwą z betonowym słupem przy własnej bramce, parokroć też omal nie przejechała jakichś innych użytkowników dróg (piesi, rowery, samochody, furmanki), na rozkładzie miała nawet jeden tramwaj, na szczęście ruszający dopiero z przystanku. Sprzedała toyotę Andrzejowi Brańskiemu za symboliczne pieniądze, po wszystkich tych przeżyciach żywiła do niej bowiem prawdziwą nienawiść. Dołożyła nieco kasy (uczciwie mówiąc, raczej sporo) i wreszcie mogła, nie udając rajdowca, wozić się w luksusowej limuzynie, w której było jej zresztą bardzo do twarzy. Z przykrością myślała o tym, że Brański Junior niebawem napisze swoją pracę magisterską i oddali się od niej na zawsze. Na razie jednak lubiła czasem mu pomóc w czymkolwiek.

– Fajnych masz tych synów – zauważyła Agnieszka, kiedy wraz z Jerzym dojechali pierwsi do Warszawy, bez kłopotu zostawili samochód na obszernym i wielopiętrowym (licząc w dół) parkingu wieżowca i czekali na taksówkę. Obie starsze panie, podobnie jak bagaże, zostały już wcześniej bezpiecznie dostarczone do hotelu. – Jak ci się udało tak dobrze ich wychować?

– Nie mam pojęcia. Uczciwie mówiąc, do jakiegoś tam momentu wychowywaliśmy ich wspólnie z moją byłą żoną. I obawiam się, że byliśmy kiepskimi rodzicami, ona zajęta, ja zajęty. Moi rodzice bardzo nam pomagali, bo przepadali za chłopcami, tak samo zresztą jak za dziewczynkami mojego brata. Ale oni też byli stale zajęci. Na szczęście dzieciaki, odkąd tylko nauczyły się mówić, też były wiecznie zajęte. Może dlatego wszystko jakoś przeszło bez większych katastrof.

– Czemu rozstałeś się z żoną?

Agnieszka nigdy jeszcze nie pytała o to Jerzego i teraz zrobiło jej się trochę nieswojo. Może nie powinna?

Nie wyglądało na to, żeby Jerzy miał jej za złe.

– Zrobiliśmy błąd, biorąc ślub. Mało mieliśmy ze sobą wspólnego. A ponieważ oboje byliśmy, jak ci mówiłem, bardzo zajęci, więc nie od razu to do nas dotarło. Mówiąc najprościej, Magda była bardzo nowoczesna, podczas kiedy ja jestem, jak ci wiadomo, dosyć staroświecki.

– No, dom masz nowoczesny. To ona miała pomysł na takie wnętrza?

– A nie, jeśli chodzi o dom, to akurat moja koncepcja. Mówiąc o jej nowoczesności, miałem na myśli raczej światopogląd. Rozwiedliśmy się jakoś tak w początkach budowy, więc zdążyłem wprowadzić poprawki, no i jest taki, jakim go chciałem mieć. Podobał ci się?

– A Magda?

– Co, Magda? Ach, Magda wyjechała do Warszawy razem ze swoim nowym panem. I z Andrzejem, bo on właśnie zaczynał tu studia. Jurek został ze mną, a tak naprawdę bardziej z dziadkami, potem sam wyjechał studiować. Nie pytaj mnie, jakim cudem wciąż jesteśmy w przyjaźni i zżyci ze sobą, bo nie wiem. Nie ma w tym mojej zasługi, najmniejszej.

– Podejrzewam, że jednak jest. Dzieci nie trzeba koniecznie prowadzić wciąż za rączkę. Jeśli od małego będą wiedzieć, co jest ważne, a co nie, to jakoś sobie dadzą radę, nawet jeśli rodzice będą zajęci.

– No wiesz, nie chciałbym, żebyś pomyślała, że w ogóle nie mieliśmy kontaktów. Mieliśmy, nawet bardzo fajne, bo oboje kochamy te nasze dzieci. Tylko rzadko.

– No i wystarczyło, jak się okazuje. Nie ma to jak zasady. I tłumaczenie. Tłumaczenia nigdy dość.

– Tłumaczenie czego?

– Świata. Ludzi. Związków przyczynowo-skutkowych. Nie wiem, czy wiesz, ale stosujemy twardo tę regułę w naszej szkole. Twojej między innymi.

– To teraz powiedz, czy ci się podobało u mnie w domu…

Agnieszka roześmiała się.

– Bardzo mi się podobało. Patrz, taksówka. Chyba nasza.

– To wyjdź za mnie. Albo przynajmniej zamieszkaj ze mną. Dwa schodki. Dwa. A nie osiemdziesiąt pięć.

– Osiemdziesiąt cztery. Nasza. Chodź, bo nam ucieknie!

Kiedy podjeżdżali pod hotel, z drugiej strony nadciągali właśnie Grzegorz i Bronik z całą resztą. Marcin z Aliną też już dojechali do Warszawy, ale, stęsknieni za sobą, zostawili Noela w hotelowym pokoju i poszli na jakąś klimatyczną kolacyjkę do klimatycznej włoskiej restauracji.

– Gdzieś na Foksal – doniosła Michalina, która rozmawiała z nimi komórkowo pięć minut temu. – Zrobimy im miłą niespodziankę?

– Żeby nas zabili? – Agnieszka była, jak zwykle, przytomna. – Zostawcie te bety i jedźcie na parking, Andrzej tam wszystko rzeczywiście pozałatwiał, zjeżdżajcie od razu na najdolniejszy poziom. Na samym końcu jest dla nas pięć miejsc.

– A gdzie starsze panie? – spytał Bronik, wyciągając z fotelika małą Krzysię.

– Pewnie w numerze, odświeżają się albo odpoczywają – odparła Agnieszka. – Tyle godzin w samochodzie to dla nich musiało być męczące. Już trochę marudziły po drodze.

– Jak skończyła się autostrada – zaśmiał się Jerzy. – I musiałem zwolnić. Bawiły się tylko, kiedy wyprzedzałem tiry. Bronik, masz uroczą mamę.

– Wiem, wiem – mruknął Bronik. – Zawsze wszystko załatwiała tym urokiem. Nadal robi ze mną, co chce. A gdzie małolaty?

– Zwiedzają kraj ojczysty – odrzekł notariusz. – Jadą zygzakiem. Bardzo zadowoleni. No dobrze, a ja idę zwiedzać nasz apartament. Zamierzam wziąć prysznic, a potem może zejdziemy wszyscy na jakiegoś drinka?

~

Co do starszych pań, Agnieszka jednocześnie miała rację i nie miała. Czasami tak bywa. Lilia i Róża rzeczywiście były nieco zmęczone, ale także rozpierała je młodzieńcza zgoła radość. Oto zaczęły swoją wielką podróż przez Atlantyk. Na razie są jeszcze po tej stronie, ale to już tylko kwestia godzin.

Odświeżyły się pospiesznym prysznicem, zażyły swoje liczne (zwłaszcza pani Róża) lekarstwa i ubrały się w domowe dresiki.

Usiadły na kanapie i włączyły telewizor.

Po mniej więcej dwóch minutach patrzenia w ekran spojrzały na siebie.

– Czy myśmy oszalały? – spytała retorycznie pani Lila. – I co, teraz jako grzeczne przedszkolaczki obejrzymy dobranockę i pójdziemy spać?

– Przestań! – sapnęła pani Róża. – Co proponujesz?

– Idziemy do baru!

– W tych pajacykach?! – Pani Róża krytycznie spojrzała na swój różowy dresik. Wyglądała w nim jak przebrana za Barbie wieża Eiffla.

– Coś ty! Trzeba się ubrać!

– Ja mam same letnie! Tutaj jest grudzień!

– Znajdziesz coś neutralnego. Ja też mam same letnie.

Po pięciu minutach dwie starsze panie ponownie spojrzały na siebie, tym razem z pełną akceptacją. Obie przywdziały powiewne spódnice w kolorach lata i do tego cienkie bluzki: Róża w kolorze czarnym, a Lila w białym. Na szczęście obie wzięły z sobą ogromne kwieciste, jedwabne chusty, które w razie potrzeby miały służyć za pareo, okryły nimi teraz ramiona. Pani Róża, spacyfikowana przed podróżą przez panią Lilę, miała do tego wszystkiego krótko obcięte włosy bez śladu siwizny, lśniące kasztanową rudością, prawie lepszą niż naturalny kolor włosów Michaliny. Jej przyjaciółka zmieniła stubarwne pasemka na wzorek żywo przypominający ogon szopa pracza.

Ledwie dostrzegalne machnięcie puszkiem do pudru i już obie damy zjeżdżały zewnętrzną windą z dwunastego piętra na poziom barowy. Światła wieczornej Warszawy, która roztaczała się u ich stóp, uśmiechały się do nich i obiecywały świetną zabawę.

Do baru trafiły bezbłędnie, głównie dlatego, iż zastosowały niezawodną zasadę: pytaj, a będzie ci odpowiedziane.

– Nigdy nie byłam w takim miejscu – szepnęła Róża do ucha Lili. – Nie wiem, jak się tu trzeba zachowywać...

– Ja kiedyś bywałam, ale wtedy nie było jeszcze tak wytwornie – odszepnęła jej przyjaciółka. – Po prostu siądziemy sobie przy stoliczku i zobaczymy, czy przyjdzie do nas ktoś, czy nie.

Było jeszcze stosunkowo wcześnie, więc w barze zajęte były tylko trzy czy cztery stoliki. Kilku panów okupywało wysokie stołki.

– Tam nie siądę – syknęła Róża. – Nie wiedziałabym, co zrobić z nogami.

– Nie martw się, nie musimy tam siadać. Ja też nie wiem, co robić z nogami na tych stołkach. Patrz, tu jest fajny stolik, przy murku...

Bar w tym hotelu stanowił część wielkiego holu i oddzielony był od reszty terytorium konstrukcją w rodzaju niewysokiego murka. Stolik, który spodobał się Liliannie, dawał możliwość obserwowania ludzi podchodzących do recepcji.

Kelner natychmiast zauważył dwie leciwe i jakże kolorowe damy. Było dla niego oczywiste, że są Amerykankami, polskie staruszki bowiem wyglądały na ogół inaczej, nawet jeśli były to nadziane staruszki. Dlatego też przemówił do nich po angielsku, witając je serdecznie i proponując im bogaty zestaw drinków i może coś do przekąszenia.

– Lila, to jest bar dla obcokrajowców? – spytała większa, najwyraźniej zakłopotana.

– A cholera wie – odparła mniejsza. – Nic nie było napisane... Panie, a po polsku pan potrafi?

– Ależ oczywiście! – Kelner zaśmiał się okropnie sztucznie. – Panie życzą sobie?...

– Kartę, młody człowieku.

– Proszę uprzejmie, zapalę paniom tę świeczkę, dobrze? Będzie przytulniej…

– Niedoczekanie jego, żeby mi świeczkę zapalał – mruknęła Róża, kiedy kelner się oddalił. – Nie on i nie tak zaraz! Pokaż, co tu mamy…

Rozmaitość drinków nieco onieśmieliła mało bywałe damy, ale jednocześnie sprawiła im wiele radości.

– Nic nie rozumiem – chichotała Róża. – Ty wiesz, co to jest, to wszystko?

– Raczej nie, ale tam niżej są składniki. Przeczytasz?

– Coś ty! Ja i tak ledwie widzę te większe litery. Margerita. Manhattan. Mojito…

– To się chyba czyta mohito.

– Skąd wiesz?

– Nie wiem, skąd, ale chyba tak jest. Patrz. Wszystko na M.

– Na co innego też są. Cobbler. Cuba Libra. Bronx. Kir Royal. Blue Lagoon. Bloody Mary. To Krwawa Mańka, nie? Mój Tadzio pijał na kaca. Nie wiem, czego bym chciała.

– Niech on nam doradzi, ten glancuś.

Zawołany glancuś podszedł nie od razu (damy okazały się rodaczkami, więc motywacja mu sklęsła) i doradził coś słodkiego, co jednak nie zyskało aplauzu.

– Tylko nie słodkie – powiedziała większa. – Ostatecznie może być mało słodkie.

– Koniecznie orzeźwiające – dodała mniejsza.

– Proponuję mojito. Zawiera świeżą miętę.

– O! – zawołały obie jednocześnie. – Poprosimy.

– To ulubiony drink Hemingwaya – zawiadomił je na odchodnym kelner erudyta. – Pijał go na Karaibach. Na Kubie.

Lila i Róża nieomal klasnęły w ręce.

– A co nas obchodzi, że na Kubie – mruknęła Lila. – Najważniejsze, że na Karaibach.

Po upływie dłuższej chwili dostały swoje drinki. Wyglądały milutko i pięknie pachniały.

– Nie pytaj, komu bije dzwon! – Lila podniosła oszroniony kieliszek.

– Bije on tobie! – zachichotała Róża i obie umoczyły usta. – Patrz, jakie to świństwo, Lilusiu, że ja tyle lat żyję na tym świecie i w ogóle nie wiedziałam o takim dobrym drinku. U mnie w domu pijało się głównie dobrze zamrożoną czystą pod śledzika. Ale ja już od dawna nie mam zdrowia ani do czystej, ani do śledzika. Od dziś przechodzę na wynalazki.

– Trochę wynalazków to ja znałam – odrzekła jej przyjaciółka. – W teatrach zawsze się piło. Też najczęściej czystą, tylko niekoniecznie pod śledzika i niekoniecznie zmrożoną. Ale zauważ, kochana, że kiedyś nie było takich przyjemnych barów. W Szczecinie środowisko chodziło do Trzynastu Muz, ale gdzie Muzom do tego hotelu. A znowuż w rodzinie mojego nieboszczyka męża, a bardzo kochany był człowiek, królowały wina. Naukowcy, sama rozumiesz. Zamawiamy jeszcze raz to samo czy próbujemy innego wynalazku?

– Ja bym została przy tym. Mieszanie jest niezdrowe, a poza tym możemy trafić na coś gorszego. Mnie się bardzo podoba to mojito. Machaj na chłopczyka.

– Już macham. Patrz, tam w recepcji… to nasi, prawda?

– Nasi. Meldują się. Wołamy do nich?

– A po co? Niech się spokojnie rozpakują, a jak będą chcieli tu przyjść, to przyjdą.

– To samo dla pań? Powtarzamy?

– Powtarzamy!

Kiedy Noel Hart, odświeżony i prawie niekulejący, wchodził do baru, damy zamawiały właśnie trzecie mojito i były już lekko groggy. Zobaczyły go i uruchomiły cały szereg sygnałów typu mruganie oczkami i wywijanie łapkami, nie pozostawało mu zatem nic innego jak się do nich przysiąść. Przysiadł się i nie pożałował.

Lila, artystka i w głębi duszy prawdziwa dama – w najlepszym znaczeniu tego słowa – poczuła się znowu jak w latach młodzieńczych, kiedy to kosiła męskie serca hurtowo. Dwa solidne drinki pozwoliły jej zapomnieć o tym, jak dawno to było. Te same drinki obudziły w Róży coś, czego ta jakże porządna osoba nigdy w życiu nie doznawała – chęć figlowania. Oczywiście wyłącznie słownego, bez żadnych tańców na stole czy obłapiania przechodzących mężczyzn. Obydwu paniom oczy błyszczały i dowcip służył tak wspaniale, że Noel postanowił osobiście dbać o to, żeby Lila i Róża w czasie całego rejsu były na lekkiej bani.

~

Następnego dnia o poranku trzeba było dwóch hotelowych busików, aby całe towarzystwo przetransportować na odległe o niecały kilometr lotnisko. Ewidentnie skacowane nestorki wyprawy Noel oddał pod dyskretną opiekę młodego Niepiery i Jurka Brańskiego Juniora. Okazało się to dobrym pomysłem, bo kiedy obie damy zobaczyły przestrzenie terminalu numer jeden (numer dwa był, na szczęście, jeszcze niedokończony), jęknęły tylko i padły na pierwszych z brzegu fotelach. Wywołało to pewien popłoch w towarzystwie, a wtedy zaradni młodzi opiekunowie wysłali resztę wycieczki do odprawy, sami zaś zniknęli, by niebawem pojawić się z dwoma zgrabnymi wózkami inwalidzkimi. Po chwili niezwykle zadowolone pani Lila z panią Różą jechały wygodnie w kierunku odpowiednich bramek. Równie sprawnie zostały doholowane do wielkiego airbusa i umieszczone na swoich miejscach, gdzie zasnęły natychmiast. Obudziły się, kiedy samolot podchodził już do lądowania na lotnisku Charlesa de Gaulle'a. Róża była zawiedziona, a Lila rozśmieszona.

– Nie martw się, Różyczko – powiedziała beztrosko. – Przynajmniej odpoczęłyśmy, a teraz spokojnie, na luziku, wszystko sobie zobaczymy. Słuchaj, czy tu też będziemy jeździć na wózkach?

– Przestań! – prychnęła Róża. – Zrobiłyśmy z siebie idiotki. Nie wiem, gdzie ja oczy podzieję...

– Nie bądź głupia – ofuknęła ją Lila. – Nie zrobiłyśmy z siebie żadnych idiotek. Chłopcy byli bardzo mili, że nas tak holowali. Wyobrażasz sobie, jak ganiamy tam na piechotę?

– Wszyscy ganiają.

– A ja nie. Zwłaszcza na kacu, hi, hi... W Paryżu prawdopodobnie jest jeszcze większe lotnisko i dalej trzeba ganiać. Ja chcę na wózek! Mogę udawać inwalidkę. Patrz, lądujemy!

W istocie, airbus właśnie dotknął kołami pasa.

– Róża, nie jojcz! Jesteśmy w Paryżu! No, mówię ci, nie bądź głupia, nie martw się już! Źle ci było? No, odpowiedz uczciwie! Źle ci było? Ja się w życiu tak nie naśmiałam, jak wczoraj! I ty przecież chyba też!

Róża uśmiechnęła się na wspomnienie upojnego wieczoru. Po Noelu doszlusowali do nich prawie wszyscy oprócz Marceli, która musiała opiekować się Krzysią, Bronika, który opiekował się Marcelą i Bożeny, która uznała ich wszystkich za stukniętych alkoholików. I wszyscy bawili się równie dobrze.

– No właśnie – kontynuowała jej przyjaciółka. – Całe życie miałaś ponure. No, powiedzmy, poważne. Śmiej się, kobieto! Ja zamierzam do końca życia się śmiać, ile tylko dam radę. Ile nam tego życia zostało? Nie jesteśmy nastolatki! Rety, gdzie on jedzie?

Samolot najwyraźniej przejeżdżał górą nad ulicą, którą w najlepsze śmigały samochody.

– Podoba mi się to – oświadczyła znienacka Róża. – Strasznie duże. Podoba mi się! Czego chcesz, chłopcze?

– Chcielibyśmy z Jurkiem wiedzieć, czy potrzebne będą wózki – powiedział młody Niepiera, który wychylił się ze swego fotela w rzędzie obok i spoglądał teraz w ich stronę z uśmiechem. – Czy może panie były... tego... niezadowolone z obsługi?

– Panie były zachwycone – odparła Róża. – Ale teraz spróbujemy same. Jakbyśmy nie dawały rady, to nam pomożecie, dobrze?

– Oczywiście. Mogą panie na nas liczyć.

– Już mi kiedyś mówiłeś „babciu" – przypomniała mu Róża.

– Na mnie też możecie tak mówić – dodała Lila. – Wszyscy młodzi. Nie będę udawała, że mam tyle lat co wy, a „pani" to jak do obcej. Nie chcę być obca. A w ogóle to podobno na żaglówkach wszyscy są po imieniu, żeglarze, znaczy. To prawda?

– Podobno...

– My będziemy przecież jakby w tej samej załodze, więc wszyscy mówimy sobie po imieniu. Żadne „babciu"! Babcia postarza.

– A ja tam lubię... – zaczęła Róża, ale przerwał jej kolejny pisk.

– Jeju, on stoi!

Airbus zatrzymał się po kilkunastominutowej jeździe i wyglądało na to, że tak już zostanie. Pasażerowie zaczęli wygrzebywać się z siedzeń.

Okazało się, że razem z kacem słabość minęła starszym paniom i niebawem pomykały po hali odlotów lotniska de Gaulle'a jak młode panienki. Zachwyciły je zwłaszcza liczne sklepy wolnocłowe, chociaż nie miały w nich żadnego interesu, ale zawsze to miły widok dla osób, które większość życia przeżyły w raczej ascetycznym zakupowo Peerelu. Próbowały zachęcić panią Bożenę do radosnych wędrówek po lotnisku, ale zbyła je jakimś mało przyjaznym mruknięciem. Prawdopodobnie było jej żal wczorajszego wieczoru, który zmarnowała, siedząc przed telewizorem, podczas kiedy towarzystwo radośnie popijało drinki w barze na dole.

Wycieczka jakoś tak samoistnie podzieliła się na dwie grupy – jedna opanowana i godnie przyjmująca przejawy współczesnej cywilizacji i druga, zbliżona entuzjazmem do przedszkola. Drugą, jak łatwo się domyślić, tworzyły staruszki (wyjąwszy Bożenę) i młodzież plus Michalina, która wciąż miała mnóstwo młodzieńczej świeżości uczuć.

Drugi airbus był jeszcze większy niż pierwszy, miał na skrzydłach cztery potężne odrzutowe silniki i ogólnie zachwycił nie tylko starsze panie. Aczkolwiek pani Róża miała początkowo pewne obawy związane z brakiem śmigieł przy tych silnikach. Zwierzyła się Niepierze i została uspokojona małym wykładem na temat specyfiki silników turboodrzutowych. Elegancka obsługa w drzwiach witała po francusku i angielsku, żadnej polskiej mowy, powiało wielkim światem! W locie transatlantyckim, jak się okazało, pasażer był obiektem nadzwyczajnej troskliwości linii lotniczej – w każdym razie w mniemaniu Lilianny i Róży, nieprzyzwyczajonych do tego, żeby się o nie troszczył jakikolwiek przewoźnik (no, z wyjątkiem Jerzego Brańskiego). Zarówno PKP, jak i PKS, którymi dotąd jeździły, raczej miewały klienta w nosie. Tu natomiast... Lilę najbardziej rozczuliła poduszeczka pod plecki, a Różę pledzik do otulania nóżek. Sporo zabawy miały przy „rozkminianiu" (według określenia Dawida Niepiery) telewizorka w oparciu fotela przed nosem i małych słuchaweczek zakładanych za ucho. Młodzież była tu bardzo pomocna i już po chwili obie damy, omotane elektroniką i spięte pasami, gotowe były do podróży.

Kiedy samolot włączył wszystkie cztery silniki, Lila dostała ataku śmiechu z radości, a Róża prawie się popłakała. Piękna i elegancka Francuzka sprawdziła, czy wszystko w porządku, ale nie miały z nią wspólnego języka, więc na migi pokazały, że jest bosko.

Jeszcze chwila i maszyna ruszyła, na razie ospale, ze swego stanowiska i w tym momencie w słuchawkach dała się słyszeć grzmiąca muzyka. Lila i Róża omal nie zerwały się na baczność, ale zostały przytrzymane pasami. Na szczęście przypomniały sobie, gdzie nieoceniony Dawid pokazywał im potencjometr, i ściszyły grzmot w słuchawkach.

– Skądś to znam! – zawołała pani Lila do pani Róży. – To „Marsylianka”? Patriotyczne linie lotnicze? Powinniśmy wszyscy usiąść na baczność?

– To nie „Marsylianka” – pokręciła głową pani Róża. – Dawidzie – przechyliła się przez przejście – co to za muzyka? Znasz? Bo chyba nie „Marsylianka”?

– Moment. – Dawid włożył za ucho słuchawkę, posłuchał dwie sekundy i zaśmiał się. – A nie, to nie „Marsylianka”. To „Gwiezdne wojny”, proszę babci.

W jazgocie kosmicznych fanfar emerytowana fryzjerka i księgowa w stanie spoczynku (plus trzystu kilkudziesięciu innych pasażerów) rozpoczęły podróż przez Atlantyk.

~

– Myślałam, że ta podróż już nigdy się nie skończy – gderała trzecia starsza pani, obdarzona o wiele mniej rozrywkowym usposobieniem i nie tak zachwycona światem jak jej dwie prawie równolatki. Samolot wylądował na lotnisku St. Martin i trzystu kilkudziesięciu pasażerów, rozprostowując kości, ruszyło do wyjścia, zostawiając po sobie nieprawdopodobny śmietnik.

– Bo się jeszcze nie skończyła – zawiadomiła Bożenę jej własna córka. – Zapomniałaś, mamo, o jeszcze jednym samolocie. Na Tortolę.

– Ja tortolę! – pisnęła pani Lila. – Jestem już cała sztywna.

– Ja też – zachichotała pani Róża. – I nóżki mam od góry do dołu równe… Patrz, Lilu, palmy! Ależ tu gorąco! Czy my już jesteśmy na Karaibach, dzieci?

– Tak, babciu. – Niepiera odebrał jej podręczną torbę. – Niech mnie babcia weźmie pod ramię, będzie łatwiej iść.

– Dobre z ciebie dziecko, ale ja naprawdę nie wypiłam nawet tego rumiku, co go dawali do posiłku…

– To nie o to chodzi, chociaż zawsze jesteśmy do dyspozycji. Te nogi chyba nieźle dają babci popalić, co?

– Dają, co ci tam będę szkliła, chłopcze – westchnęła pani Róża. – Tu znowu jakieś kilometry trzeba biegać. Wszystkie lotniska tak mają?

– Szukać wózka?

– Nie, nie trać czasu, jakoś z twoją pomocą dam radę. Co to za ogonek straszny?

– Immigration – odpowiedział za Dawida Grzegorz. – Ale nas to nie dotyczy, tak mówiła ta panienka. Stewardesa.

W istocie, elegancka dama w mundurku Air France, rozdając przed lądowaniem jakieś formularze, podkreślała wyraźnie, że to wyłącznie dla tych, których celem jest St. Martin. Dla tranzytowych nie.

– Jakby dotyczyło, tobyśmy raczej nie zdążyli złapać samolotu na Tortolę – mruknęła Agnieszka.

– Powinni nas przepuścić bez tej kolejki – zaktywizował się Marcin Mokrzycki, dotąd zapatrzony z wzajemnością w Alinę. – Ja szybciutko załatwię.

Cztery imponujące ogonki stały grzecznie w wielkiej hali. Celem ich były małe oszklone budki. W każdej z nich siedziała umundurowana i uzbrojona osoba. Marcin przedarł się na początek jednego z ogonków i zaczął konferować z ciemnoskórą panienką w dredach. Obserwujący go z daleka zobaczyli, jak promienny uśmiech powoli znika z jego twarzy, ustępując miejsca nieco bardziej wymuszonemu, a w końcu przeistacza się w wyraz zniecierpliwienia i wreszcie rozpaczy.

– O ja tortolę – powiedział Juruś Brański. – Pani Lilianno, bardzo dobry zwrocik pani wymyśliła. On chyba niesie dla nas te formularze, co to były w samolocie.

Marcin Mokrzycki zbliżał się istotnie z pękiem kwitów w ręce.

– Z nią się nie da negocjować – powiedział ponuro. – Mamy to wypełnić. Po angielsku. Czy wszyscy państwo znają angielski w stopniu wystarczającym do wypełnienia kwitów? Nie? W takim razie ci, którzy znają, pomogą tym, którzy nie znają.

Matka Michaliny zamierzała zrobić kosmiczną awanturę wszystkim dookoła, zakończoną żądaniem od Air France zwrotu pieniędzy za bilety, ale Grzegorz uciął jej narzekania w zarodku.

– Pani Bożeno! – Nie mówił do niej „mamo" i nawet się do tego nie przymierzał, chociaż przecież była jego legalną teściową. – Proszę, skoncentrujmy się na tych formularzach, może uda nam się jednak złapać nasz samolot. Pomogę pani?

– Nie trzeba – warknęła. – Na tym poziomie z angielskim sobie poradzę.

Klub z Przyległościami zabrał się ostro do dzieła i już po minucie rozległy się pierwsze jęki. Rubryczek było wiele, a ci, co je wymyślili, prawdopodobnie uważali każdego przyjezdnego za potencjalnego terrorystę, przemytnika narkotyków, względnie sutenera. Tak w każdym razie stwierdzili młodzi prawnicy, bracia Brańscy, którzy pomogli Róży i Liliannie przy wypełnieniu.

– Powinniście mieć wspólną kancelarię, chłopcy – zauważyła Róża. – Patrzcie tylko, jak to brzmi: bracia Brańscy.

– Lepiej niż bracia Marx – mruknął Andrzej. – Gotowe.

Przytomni pasażerowie, którzy odwalili całą robotę jeszcze na pokładzie airbusa, skończyli już swoje kontakty z urzędnikami Immigration i odeszli. W pustej hali osiemnaścioro Polaków płci obojga podeszło do czterech stanowisk.

Kiedy Dawid Niepiera ostatni odchodził od okienka, samolot Liatu na Tortolę właśnie startował z wdziękiem. I osiemnastoma wolnymi miejscami.

– Niech się pani nie denerwuje. – Jerzy Brański senior usiłował ukoić ponownie rozwścieczoną panią Bożenę Konik-Hart. – Przecież nic się tak naprawdę nie stało. Przebukujemy te bilety, tu pewnie jest mnóstwo samolotów.

Pani Bożena rzuciła mu złe spojrzenie.

– Chyba mi rozum odjęło, kiedy pomyślałam sobie, że to będzie coś przyjemnego, ta cała podróż. Trzeba mi było wziąć swoje i płynąć statkiem po Nilu! Taniej by wyszło i ktoś fachowy by to wszystko zorganizował, a nie taka amatorszczyzna...

– Miło wiedzieć, że się nic nie zmieniłaś, Bożenko – zauważył uprzejmie Noel Hart.

– Bo co? – warknęła.

Noel nie wyjaśnił jej, że to potwierdza słuszność wyboru, dokonanego przed wieloma laty. Pani Bożena domyśliła się tego i spojrzała na niego wściekle, ale nic nie powiedziała, ponieważ właśnie zbliżyła się do nich pani Lilianna, cała w skowronkach.

– Słuchajcie, idę się przebrać. Pani Bożenko, idzie pani ze mną? Róża już poszła. Boże, toaleta jest na końcu tej hali! Idziemy?

Bożena ze złością odmówiła tej wypindrzonej alkoholiczce, dokoła której głupi Noel tańcował od wczoraj jak... no, jak głupi. Nie dlatego, żeby propozycja była niesłuszna, ale dlatego, że zapomniała wziąć do podręcznego bagażu jakieś lekkie szmatki. Alkoholiczka jednak domyśliła się, w czym rzecz.

– Chodźmy, chodźmy. Niech się pani nie boczy. Przynajmniej rajstopy pani zdejmie i jedną bluzkę.

Bożena zacisnęła zęby i poszła.

Marcin Mokrzycki wziął na siebie pertraktacje w sprawie biletów. Niełatwo jest jednak znaleźć w samolocie osiemnaście wolnych miejsc. Dwoje młodych, czarno-białych (ona czarna, on biały) ludzi robiło, doprawdy, co mogło. To i tak cud, absolutny cud, że wszyscy mogli polecieć ostatnim tego dnia samolotem na Tortolę trochę po dwudziestej drugiej...

Była szesnasta dwie.

Klub z Dodatkami odwiedził bar i zjadł to i owo. Średnio egzotyczne to było, raczej plastikowe, ale było.

Kawkę wypili wszyscy chętnie.

Młodzież poleciała zwiedzać miasto. Ponieważ samolot lądował prawie na głowach ludzi leżących na jakiejś plaży, pognali szukać plaży. Znaleźli i nawet się wykąpali, zanim wszyscy pozostali zaczęli się o nich martwić.

Lila, Róża i Noel wypatrzyli przez panoramiczne okna jakąś wodę oraz maszty i doszli do wniosku, że powinna tam być marina. Była, owszem, mały barek też był.

Alina z Marcinem udali się na murek pod pobliską palmę, aby tam, przytuliwszy się do siebie, snuć rozmowy albo milczeć romantycznie. Na przemian.

Agnieszka z Jerzym i Misia z Grzegorzem kupili w kiosku dwie talie kart i zasiedli do brydża w kąciku jednego z lotniskowych barów.

Marcela z Bronikiem znaleźli sobie przytulny kącik obok nich i na zmianę zajmowali się dzieckiem albo zaglądali w karty grającym, co było tolerowane, dopóki nie zaczynali komentować.

– Kibicen, sztil zicen! – syczała na nich w dziwnym języku Michalina, a oni się uspokajali na kilka minut.

Pani Bożena też siedziała w tym barze i miała za złe.

Nie było łatwo przeczekać tę straszną obsuwę czasową.

Koło dziewiątej wieczorem wszyscy byli już z powrotem razem i wszyscy już bardzo chcieli lecieć.

– Chodźcie tam, na górkę – zaproponowała Nika. – Odloty są na górze. Może już odprawiają? Niech się coś dzieje, bo nie wytrzymam.

– Ja też nie wytrzymam – poparła ją Jaga. – Idziemy!

Na górce, czyli na rozległym piętrze, ludzi było już stosunkowo niewielu, zwłaszcza w porównaniu z tłumami kłębiącymi się tu kilka godzin wcześniej. Większość z nich wyglądała nie na turystów, tylko na miejscowych, i to nawet nie z powodu koloru – cechowała ich charakterystyczna obojętność tubylców: byli tu nie pierwszy raz i nie mieli się czemu przyglądać.

W ostatniej czynnej bramce stała Miss Karaibów. A może nawet Miss Świata. Panowie zauważyli ją natychmiast i wydali pomruk pełen bezwzględnej aprobaty. Jeden tylko Bronik nie mruknął, lecz otworzył szeroko oczy i tak został na jakiś czas. Panienka była młoda, zgrabna niesłychanie, miała karnację jak gorzka czekolada, wielkie oczy i namiętne usta. Oraz łapki ze starannie zrobionymi purpurowymi paznokciami. Główkę jej zdobił pęk imponujących dredów. Ubrana była w skórzaną kurteczkę i spódniczkę uwydatniającą kształtną pupkę. Elementem mundurowym była firmowa apaszka lotniskowa zamotana na łabędziej szyi.

Panowie jak jeden mąż posunęli do niej celem zapytania, kiedy przewiduje odprawę samolotu Liatu na Tortolę. Panienka spojrzała tylko na nich spod oszałamiających rzęs i machnęła w ich kierunku jedną z wypielęgnowanych łapek. Panowie poczuli się odgonieni. I słusznie. Przecież przyszli tu za wcześnie.

– Jeszcze roberek? – zaproponował notariusz, ale nikomu się już nie chciało myśleć, a cóż to za brydż bez myślenia?

Grzegorz spróbował jeszcze nawiązać jakąś szczątkową choćby konwersację, ale też mu nie wyszło.

Kilka minut siedzieli w milczeniu. W końcu Bronik rzucił w powietrze:

– Spytam ją…

Nikt nie miał wątpliwości, kogo i o co. Miss Caribbean ledwo spojrzała na przystojnego białasa i ponownie odgoniła go niecierpliwym gestem.

– Kazała mi spadać – poskarżył się, siadając na niewygodnej ławce.

Panienka wołała tymczasem pasażerów na Barbados. Wpuściła kilka osób do tunelu, który miała za sobą, i znowu zamarła w bezruchu.

Na tablicy za nią wyświetlił się napis: „Tortola check-in". Klub zerwał się jak jeden mąż i stanął karnie przed wyspiarską pięknotą.

Pieknota pogoniła ich tradycyjnie, machnięciem ręki.

– Ale tu napisano, że odprawa na Tortolę – wyrwał się Bronik, który wyraźnie był pod jej urokiem.

– Antigua! – warknęło dziewczę krótko.

Klub zajął swoje miejsca.

Na tablicy pojawił się napis „Tortola boarding".

Klub stanął przed lalą w dredach.

Lala ponownie machnęła łapką z krótkim warknięciem.

Klub usiadł.

Panienka zawołała resztę pasażerów i odprawiła ich błyskawicznie.

Klub patrzył jak zahipnotyzowany.

Napis za panienką głosił wyraźnie: „Tortola departed".

– To, co ja widzę, znaczy „odleciał"? – upewniła się pani Lila

– Tak, moja droga – uśmiechnął się do niej Noel, jedyny spokojny.

Reszta panów rzuciła się do dredziastej.

Znajomy ruch ręką odrzucił ich na pół sali.

– Zostaniemy tu do jutra i polecimy pierwszym porannym – zachichotała pani Róża, a pani Bożena spojrzała na nią z obrzydzeniem.

W hali odlotów lotniska na St. Martin zostało już tylko sześcioro ciemnoskórych miejscowych, Klub oraz Lala w Dredach i Pani Sprzątaczka, jeżdżąca na mopie w stylu swobodnym. Nagle Lala w Dredach oderwała się od swego stanowiska z tą odlecianą Tortolą świecącą jadowitym światłem i poszła sobie.

– No to koniec – jęknęła Michalina.

Jak łatwo było przewidzieć, w tym momencie Klub ogarnęła totalna głupawka. Śmiechom oraz nadzwyczaj idiotycznym pomysłom nie było końca.

Przez jakieś pięć minut.

W drzwiach dla personelu ukazała się Lala w Dredach i spojrzała na Klub karcąco.

Zamknęli się natychmiast.

Okazało się, że Lala po prostu poszła sobie kupić loda. Jeden Bóg wie, gdzie go znalazła na opustoszałym lotnisku. Był bardzo duży. Zjadała go z wdziękiem, rozmawiając z Panią Sprzątaczką gibiącą się na mopie.

A potem zupełnie niespodziewanie machnęła na nich władczo ręką. W pierwszej chwili nie wierzyli, że to naprawdę, więc kolejny wyrazisty gest poparła kilkoma angielskimi wyrazami, które tylko Noel mógł zrozumieć, jako najlepszy w angielskim, ale nie chciało mu się wysilać.

Dochodziła północ.

W nowym już dniu Klub wysiadał z ostatniego, na szczęście, samolotu w swojej długiej podróży. Była ciemna noc, ciepło i miło, płyta lotniska na Tortoli jaśniała światłami, a wokół rozlegało się hałaśliwe granie cykad.

– One chyba są wielkie jak krowy – sapnęła pani Lilianna, bardzo zadowolona.

Kolejne przejście przez Immigration to już była pestka.

W hali przylotów przy barierce stało dwóch facetów. Jeden był siwiejącym przystojniakiem koło pięćdziesiątki i wyglądał jak kapitan. Drugi miał jakąś czterdziestkę, czarne włosy, wąsik Rudolfa Valentino i wyglądał jak krupier w kasynie. Niemniej też był kapitanem.

– Który jest który twoim zdaniem? – spytała Róża Lilę półgłosem.

– Wąsik jest Zibi Janocha – odszepnęła znawczyni ludzkich fizjonomii. – Wygląda jak palant. My z nim płyniemy?

– Nie, my z tym drugim. Ale nie martw się o dzieci, mają własnego kapitana, jakby co, to chyba poradzi sobie z czymś mniejszym niż „Dar Młodzieży"?

Tu przypuszczenia im się urwały, ponieważ obaj panowie podeszli do nich z miłymi uśmiechami i wyciągniętymi prawicami.

Oczywiście okazało się, że Lila miała rację. Zibi Janocha nie tylko wyglądał jak palant, ale i mówił analogicznie – po polsku, ale z bałdzo, bałdzo amełykańskim akcentem. Jacek Orłowski mówił bez akcentu, natomiast powiedział coś, co starsza część Klubu przyjęła z wielkim niezadowoleniem:

– Słuchajcie, drodzy państwo, tu są, oczywiście, taksówki, ale to by nie miało najmniejszego sensu, bo do portu mamy dwieście metrów. Proponuję, żeby panowie wzięli bagaże pań, my pomożemy i za dwie minuty będziemy na miejscu.

Lila i Róża łypnęły po sobie, ale głupio im było protestować, zwłaszcza że Bożena tylko się wyprostowała, pociągnęła swoją torbę na kółkach i ruszyła naprzód.

Poszli wszyscy.

Port okazał się kawałkiem plaży z pomostem, do którego przywiązane były dwie gumowe łódki.

– Katamarany stoją na bojkach – wyjaśnił Jacek Orłowski. – Najpierw zabierzemy wasze bagaże, a potem przypłyniemy po was.

Łódki wyglądały niespecjalnie solidnie, ale – o dziwo – zmieściły się w nich bez problemu wszystkie liczne torby, plus jeszcze po jednym silnym do pomocy. Z Jackiem popłynął Jerzy Brański, z Zibim Marcin Mokrzycki. Pozostałych członków załóg trzeba było wieźć na dwie raty. Starszych pań nie wypadało upychać.

– Ja mam, przepraszam, usiąść na tym balonie? – zdumiała się Róża. – Przecież polecę do wody natychmiast!

– Nie polecisz – zapewnił Jacek Orłowski. Róży bardzo się spodobało, że od razu mówił jej po imieniu. To te żeglarskie obyczaje, bardzo przyjemne! – Przytrzymaj się tego. – Tu wskazał jej jakiś mikroskopijny uchwycik przyszyty do balona. – A ja będę płynął powolutku, żeby się panie przyzwyczaiły.

– Dżentelmen – szepnęła Lila Róży do ucha. Musiała przy tym podskoczyć, przez co pontonik zwany przez Jacka dingi zakołysał się niebezpiecznie.

– To jest trochę niesamowite – powiedziała Michalina. – Tak płyniemy w ciemno…

Rzeczywiście, płynęli w mrok, którego wcale nie rozjaśniały nikłe światełka kołyszące się na pewnej wysokości przed nimi.

– To światła na topach masztów – objaśnił Jacek. – Przeważnie takich samych katamaranów jak nasz.

– Mamy taki wysoki maszt? – zdziwiła się Agnieszka. – Kurczę, Jacek, ty masz świadomość, że twoja załoga nigdy w życiu nie była na jachcie?

– No i nie musiała – uśmiechnął się Jacek.

Panie zdążyły już uznać, że kapitan jest bardzo sympatyczny. Nawet Bożena, która cały czas była lekko nadęta.

– O, przepraszam – odezwał się Noel. – Ja pływałem, i to sporo. Nie chciało mi się nigdy robić żadnych uprawnień, ale w razie czego umiem toto prowadzić.

– Ja też trochę pływałem – dołożył Grzegorz. – Co nie znaczy, że umiem. Ale jestem pojętny. My zawsze stajemy na bojkach?

– Przeważnie.

– Jestem mistrzem w łapaniu bojki. Do tego zawsze mnie używali przyjaciele żeglarze. Ohoho, to duże to nasze?

Niepotrzebnie pytał. Duże miało na rufie wyraźny napis „Shanty, St. John, USA".

– Mamo, patrz, on ma rufę wielkości naszego tarasu!

Pani Bożena zapomniała chwilowo o tym, że jest obrażona, i poddała się ogólnemu entuzjazmowi.

Z sąsiedniej dingi dobiegło chóralne „o jaaaa". Najwidoczniej młodzieży spodobała się rufa „Apostoła Szczęścia", takiego samego leoparda czterdziestego drugiego jak „Shanty".

Przesiadanie się z dingi na ten pływający taras odbyło się bez przygód, jeśli nie liczyć przypadku pani Róży, która jedną nogę miała już na katamaranie, drugą jeszcze na pontonie, kiedy ponton zdecydował się odrobinę odpłynąć. Kapitan właśnie robił za podpórkę dla damy, wykazał się jednak błyskawicznym refleksem, złapał jakąś wystającą część jachtu i przyciągnął do niej gumowe pływadło. W tym momencie wszyscy obecni na dingi rzucili się ratować panią Różę będącą częściowo w szpagacie, przez co łódka o mało się nie wywróciła. Po chwili sytuacja była opanowana, a pani Róża tylko lekko blada, czego i tak nie było w nocy widać.

Z „Apostoła" dochodziły radosne okrzyki świadczące o zachwycie młodzieżowej części załogi. Najwyraźniej młodzież nie zamierzała pójść spać podczas swojej pierwszej nocy na Karaibach. A przynajmniej nie od razu. Od razu zasnęła tylko mała Krzysia-Marysia, zachwycona kołysaniem, szumem wody i gniazdkiem z kocyków, które mama jej uwinęła w kąciku obszernej kabiny wypełnionej głównie łóżkiem. Pozostali, rzuciwszy niespecjalnie porządnie wory i torby w kabinach, rozleźli się po katamaranie w celach poznawczych.

Załoga s/y „Shanty" była starsza i rozsądniejsza, umieściła więc wory porządniej, wyjęła koszule nocne i piżamki, ułożyła je ozdobnie na posłaniach i dopiero wtedy wyszła na powietrze. Nastroje panowały tu bardziej refleksyjne. Towarzystwo rozsiadło się na rufie i z zadowoleniem kontemplowało ciepłą noc, doskonale tu słyszalne granie cykad i przyjazny dźwięk dochodzący z kuchni czyli kambuza, spoza otwartych drzwi.

– Zrobiłem drinki powitalne – oświadczył kapitan, wyłaniając się z kuchni ze sporą tacą, na której brzęczały wysokie szklaneczki z różową zawartością kolebiącą się delikatnie między bryłkami lodu.

– Ależ to jest pyszne. – Lilianna pierwsza umoczyła usta w szklaneczce. – Czym to tak ładnie pachnie?

– Nie wiem, co lepiej czujesz – uśmiechnął się Jacek Orłowski. – Rum Pussera czy sok z passion fruit. Właściwie taka tutejsza mieszanka soków, nazywa się Tropical Punch. Mieliśmy tu kiedyś małe dzieci, mówiły na to „soczek panczowy"

– A co to jest rum Pussera? – spytał Jerzy Brański. – To dobrze czy źle, że Pussera?

– Moim zdaniem to najlepszy rum na świecie. Przez trzysta lat piła go flota angielska. Można go dostać tylko tu, na Brytyjskich Wyspach Dziewiczych. Krew Nelsona.

– Matko jedyna – wystraszyła się pani Róża i odsunęła od siebie szklaneczkę. – Jaka krew? Dlaczego?

– A, to taka historia... podobno prawdziwa. Kiedyś na wszystkich okrętach był spory zapas rumu, który dostawali marynarze. Jak państwo wiedzą, admirał Nelson poniósł śmierć w bitwie pod Trafalgarem...

– Wiedziałaś? – szepnęła Róża do Lili.

– Nie – odszepnęła Lila.

– Trzeba go było przewieźć do Anglii – kontynuował kapitan. – No i pomysłowi oficerowie zapakowali go do beczki z rumem. Żeby go jakoś zakonserwować.

– O matko – powtórzyła pani Róża.

– I wszystko by się udało, tylko któremuś z marynarzy za mało było przydziałowego rumu, więc zakradł się pod osłoną nocy do rzeczonej beczki, wywiercił w niej dziurkę i za pomocą słomki...

– Puszczę pawia – zagroziła Michalina.

– Przepraszam, ale to prawda historyczna...

– Jako historyk jestem zachwycona – zawiadomiła wszystkich Agnieszka. – Rumik jest w porządku. I on się od tego czasu, co mówiłeś, nazywa Krwią Nelsona? Właśnie ten rum?

– Właśnie ten... Misiu?

– Ja jestem Misia, ona jest Agnieszka. Nie przepraszaj, nie miałeś szans zapamiętać nas tak szybko. Aha, mnie rób lżejsze drinki, ja nie jestem taka gruba, tylko w ciąży.

– Gratuluję najserdeczniej...

– Rozumiem, że mnie też – wtrącił Grzegorz. – Bo to moje. Masz może ten rum w postaci czystej? Spróbowałbym go chętnie solo.

Noel Hart pojął, że impreza idzie w dobrym kierunku, i udał się do kabiny, którą dzielił tylko ze swoją gitarą, wziął instrument, wyszedł z powrotem na rufę, ale zanim zdążył zaintonować jakąś rzewną irlandzką balladę, od strony sąsiedniej bojki dobiegło dziarskie:

– „Kroplę Krwi Nelsona każdy chętnie chlapnąłby…”.

Najwidoczniej kapitan Zibi Janocha też uczęstował swoją załogę historyczną opowieścią.

~

– Nie wiedziałem, że śpiewacie szanty – powiedział następnego poranka ojciec Brański swoim synom, bo to oni właśnie śpiewali pieśń o Krwi Nelsona, a potem jeszcze wiele innych.

– W dzisiejszych czasach rodzice nic nie wiedzą o swoich dzieciach – westchnął fałszywie Juruś B. – Ojciec, ja studiuję w Krakowie. Tam jest największy festiwal szantowy na świecie.

– Nie gadaj – zdziwił się notariusz. – Naprawdę?

– Naprawdę. Ty spytaj tego waszego kapitana, czy nie miał z nimi czegoś wspólnego, bo mi się wydaje, że słyszałem to nazwisko. W kontekście. Rozumiesz.

– Rozumiem. Andrzej, ty też masz jakiś festiwal?

– Ja mam Gniazdo Piratów, tato.

– Knajpa, jak rozumiem?

– Szantowa. Tawerna. Boskie miejsce. Spędziłem tam sporą część moich studiów… studiując historię żeglugi oraz natury ludzkiej, jak się domyślasz.

– Oraz różnice między jednym piwem a drugim. Rozumiem.

– No widzisz. Gdybyśmy byli w jednej załodze, tobyśmy cię nauczyli tego i owego.

– I lepiej poznalibyśmy naszą przyszłą mamusię – wyszczerzył się Juruś i obaj się roześmieli.

Jerzy Senior też się roześmiał. Mimo wszystko wolał się przytulać do Agnieszki (a zamierzał to robić) nie na oczach własnych synów. Chyba by go to krępowało.

Kochająca rodzina spotkała się rano na zakupach w niewielkim sklepie w pobliżu mariny. Zgodnie z umową kapitanowie mieli ich wozić, ale zaopatrzeniowiec powinien być jednym z załogi. Na razie wszyscy chcieli robić wszystko.

– A jak będzie z gotowaniem? – spytała przy śniadaniu Michalina. – Czy my będziemy pełnić jakieś wachty czy coś?

– A chcecie? – odpowiedział Jacek pytaniem na pytanie.

– Nie mamy pojęcia – wyznała Agnieszka. – Nie wiemy w ogóle, z czym to się je.

– No bo to wszystko zależy od tego, jak się dogadacie. Możemy przyjąć taki system, że robicie sobie grafik i wtedy jest coś w rodzaju przymusu, na kogo wypadnie, na tego bęc. A możecie się dogadać i wtedy gotuje ten, kto akurat ma wenę albo lubi. Podobno są takie przypadki w przyrodzie.

– Ja uwielbiam – powiedziała Róża.

– Ja też – dodała Lilianna. – Mogę co drugi dzień. Bo, jak rozumiem, nie robimy tu hotelu Ritz? Proste, pożywne żarcie? Eintopfy? Gęste zupy? Risotta i makarony?

– Oczywiście. A na kolacje czasami sobie wyjdziemy na ląd, do restauracji albo do baru. Musicie tu skosztować kilku przysmaków.

– Przysmaków robaków – mruknęła nieufnie Róża.

– Na robaki to się musimy zaimpregnować – oświadczyła Lila. – Kapitanie, te drinki to tylko wieczorem?

– Ależ skąd. Kiedy tylko chcecie. Zrobić wam?

Na „Apostole Szczęścia” też właśnie jedzono śniadanie i ustalano pryncypia. I też jakoś nie było chętnych do harcerskiego drylu. Wyglądało więc na to, że oba katamarany będą sobie pływać, gdzie zechcą i kiedy zechcą. Postanowiono zasadniczo trzymać się razem, chyba żeby młodzież chciała trochę pokowboić, to wtedy można będzie nawet przenieść Marcelę z Krzysią na chwilę na „Shanty"albo na ląd, Alinę ewentualnie też i wypłynąć na jakiś szerszy kawałek Atlantyku. Obecność na pokładzie aż dwóch doświadczonych kapitanów dawała poczucie bezpieczeństwa. Na razie jednak spokój, aklimatyzacja i poznawanie terenu. Znaczy akwenu.

Akwen, w którym nocowali, okazał się rano bardzo przyjemną mariną, w której stało na bojach sporo katamaranów, po kolei teraz odpływających w siną dal.

Dla porządku – dal nie była tu wcale sina, tylko błękitnoszmaragdowa. Klub poczuł się ogólnie rozśmieszony, kiedy na własne oczy zobaczył, że wszystkie najbardziej wściekłe kolorki z reklam tych obszarów są jak najbardziej prawdziwe. Dodatkowe drżenie serca Bronika wywołała mnogość pelikanów polujących na rafie. Wznosiły się w górę, leciały jakiś czas prosto, po czym pikowały do wody, by po chwili wyłonić się z niej, tryumfalnie potrząsając wolem pełnym zdobyczy. I chociaż pelikany zostały już bardzo dokładnie opisane w wielu mądrych książkach ornitologicznych i niewielka była szansa na odkrycie czegoś nowego, Bronik nie odrywał oka od aparatu fotograficznego z dokręconą do niego potężną rurą, pstrykając setki zdjęć. Po prostu zakochał się i już, a miłość, jak wiadomo, nie poddaje się racjonalizacji.

Na „Shanty" spraw ptasich nie traktowano aż tak nabożnie. Kapitan, zarzucany pytaniami o nazwy kolejnych latających osobników, odpowiedź miał jedną, dyżurną:

– Saganuszka.

Ta saganuszka, jak się zdaje, pojawiła się wraz z kimś, kto pływał w jednej z poprzednich załóg i za grosz nie miał zacięcia ornitologicznego. Wynalazł więc jedną nazwę na wszystko (pierzaste), co lata. Przyciśnięty do muru Jacek odróżniał jednak pelikany i fregaty – wielkie, złowrogie, czarne ptaszyska, z zakrzywionymi dziobami i rozwidlonymi ogonemi.

Prawdziwego szczęścia Bronik doznał, gdy na rufie „Apostoła" przysiadł niewielki ptak przypominający mewę.

– *Calidris minutilla*! – wyszeptał wniebowzięty ornitolog. – Biegus karłowaty! One tu przylatują na zimę…

Przymierzył się do ptaszka ze swoim aparatem, ale zanim zdążył zrobić zdjęcie, biegus odleciał. Pewnie mu się obiektyw nie podobał.

Bronik tylko jęknął, ale od czegóż serce kochającej kobiety? Marcelina wzięła ze stołu resztkę śniadaniowego ciasta i sypnęła na rufie.

Po minucie siedziały już tam cztery saganuszki, szalenie zadowolone, i pałaszowały ciasteczka. Bronik znowu był szczęśliwy.

Po jakimś czasie miał już ze dwieście zdjęć biegusów karłowatych na obiedzie, więc opuścił aparat i dał sobie luz. Ptaszki też dały sobie luz. Kapitan Zibi Janocha spojrzał na to takim wzrokiem, że Alina natychmiast wzięła z kuchni papierowy ręcznik i spróbowała posprzątać. Nie było to łatwe.

– Bronik, kurczę! To żółte nie chce zejść! Zaprosiłeś ptaszki-sraszki, to teraz po nich sprzątaj. Miałam dobre chęci, jak widzisz, ale szorować mi się nie chce. O żesz ty! Patrzcie!

Kolejny biegus, najwidoczniej rozczarowany brakiem wyżerki, kupczył właśnie na śnieżnobiałą rufę.

~

– Co dzisiaj robimy? – Agnieszka z własnej woli posprzątała po śniadaniu i stała teraz w drzwiach kambuza. Wyglądała bardzo ponętnie w krótkich spodenkach i głęboko wyciętej podkoszulce. Jerzy gapił się na nią i nic nie myślał, tylko był kontent.

– Zaraz popłyniemy na Virgin Gorda – odrzekł Jacek. – Chcemy z Zibim wam pokazać takie fajne kamyczki i parę ładnych miejsc. A co, macie jakieś specjalne życzenia?

– Ja mam – zgłosiła się Lilianna. – Ja bym chciała, żeby była wyspa, na tej wyspie dwie palmy, między palmami hamak, a w tym hamaku ja. I duży Murzyn, który mnie będzie wachlował liściem palmowym!

Jacek popatrzył z wyraźną sympatią na starszą panią z włosami jak ogon szopa.

– Wysp tu mamy dostatek, palmy są, hamaki między nimi wiszą, natomiast nie mogę ci, niestety, droga Lilu, zapewnić Murzyna z wachlarzem.

Noel Hart również patrzył na Liliannę z wyraźną sympatią.

– Ja cię mogę wachlować, jeśli tylko będę miał czym.

– Bosko. Róża, mówiłam ci, życie zaczyna się po sześćdziesiątce!

Róża z pewnym niepokojem oglądała swoje nogi.

– No, nie wiem. Ja tam spuchłam po sześćdziesiątce. Nogi mnie bolą.

– Wsadź do wody – poradziła jej przyjaciółka. – Usiądź na tych schodkach, na rufie, i wsadź nogi do morza. Na pewno ci pomoże. Woda i sól. Jacek, ona może tu siedzieć?

– Oczywiście. Tylko się trzymaj, żebyś nie wpadła do wody. A ja będę wolniutko płynął.

Jerzy z Grzegorzem pomogli Róży usadowić się wygodnie. Ostrożnie spuściła długie nogi do wody i zrobiło jej się bardzo przyjemnie.

– Nie wierzę – powiedziała. – Nie wierzę. Zawsze moczyłam nogi w miednicy i przeważnie zapominałam dosypać soli. Do licha, nie mam kapelusika. Czy ktoś może mi podać kapelusik? Leży w naszej kabinie na samym wierzchu.

Po chwili miała już na głowie błękitny kapelusik ze słomki z szydełkowym kwiatkiem i wyglądała wypisz, wymaluj jak amerykańska babcia na wilegiaturze.

„Apostoł Szczęścia" odcumował już od bojki, odpłynął kawałek i właśnie stawiał żagle.

– Gońcie nas! – wydarły się Jaga z Niką.

Wyglądało na to, że młodzież czuje się już jak najbardziej zaaklimatyzowana i gotowa na podbój Karaibów.

– Spokojnie, tu jest oddział geriatryczny! – odkrzyknęła im Lilianna, zmierzająca ostrożnie w kierunku dzioba. – Sami się gońcie! Powiedziałam coś nie tak? – zwróciła się do własnego, chichoczącego towarzystwa. – Idę się opalać, tam jest słońce. Jacuś, nie martw się, posmarowałam się faktorem pięćdziesiąt. I czapeczkę mam, chociaż nienawidzę.

– Tylko, proszę, bądź ostrożna. Pamiętaj, zawsze jedna ręka dla ciebie, a druga dla jachtu.

– Coś ty powiedział? – spytała z połowy drogi.

– Masz się trzymać! – zawołał za nią Noel. – Pójdę ją asekurować, a wy tu pilnujcie Róży, żeby nam do wody nie wpadła.

Jacek z pomocą Grzegorza i Jerzego odcumował od bojki i włączył silnik. Katamaran wolno ruszył z miejsca.

– Och, jak cudnie! – pisnęła Róża. – Jacuzzi! To się tak nazywa?

Z dziobu też dobiegły jakieś entuzjastyczne okrzyki.

– Co mówisz?! – wrzasnęła Michalina.

– Murzyn! – darła się zachwycona Lilianna. – Murzyn tu jest!

– Jaki Murzyn?

– Pod spodem!

Jerzy podniósł się z siedzenia.

– Przejdę się, zobaczę, o co jej chodzi.

Wrócił po chwili rozbawiony.

– Ona mówi, że pod tą siatką, wiecie którą, między pływakami, Jacek trzyma Murzyna. Ona leży na siatce, a Murzyn ją wachluje od spodu.

– Ten Murzyn nazywa się Atlantyk – uśmiechnął się Jacek.

– I mówisz, że to duże za nami to jest Tortola?

Jaga i Dawid, podobnie jak pani Róża, siedzieli na prawym pływaku „Apostoła Szczęścia" na schodkach wiodących do wody i chlapali nogami w kilwaterze. Nie mieli za dużo miejsca, więc, siłą rzeczy, siedzieli przytuleni.

– Tak, Jagulka. Tortola i Beef Island. Bo wiesz, że my przylecieliśmy na Beef Island?

– Nic podobnego, przylecieliśmy na Tortolę.

– A otóż nie. Lotnisko jest na Beef Island. One są połączone mostem, te wyspy.

– Kurczę, tu dokoła same wyspy! Jak mówiłeś? Beef Island? Wyspa Befsztykowa?

– No… prawie. Patrz, startuje. Taki sam jak nasz wczorajszy. Wiesz, jaki to typ?

Dawid miewał czasami w stosunku do swojej kochanej Jagulki zapędy profesorskie, co jej zupełnie nie przeszkadzało. Startujące samoloty obserwowali już od rana, bo lotnisko budziło się o świcie. Jakimś cudem ich warkot nie był wcale denerwujący. Niektóre były spore, odrzutowe, inne małe i wakacyjne w swoim wyrazie.

– Tortolot – powiedziała Jaga. – Samolot-tortolot. Taki typ ogólny. Fajne one są. Patrz!

Wychyliła się tak nagle, że gdyby obdarzony refleksem Dawid jej nie złapał, poleciałaby do wody.

– Jagulka – powiedział z wyrzutem. – Chcesz, żebym umarł ze strachu?

– Co to jest? Mamo, to żółw!

Obecni na rufie rzucili się w ich stronę. Ze szmaragdowej toni wyłaniały się łeb i łapy sporego żółwia.

– To dlatego Tortola nazywa się Tortola – wyjaśnił Zibi Janocha. – Ładny z niego okaz. Byłoby sporo zupy…

Zaśmiał się hałaśliwie z własnego konceptu. Załoga spojrzała na niego z oburzeniem. Żółw, jakby też usłyszał, z godnością zanurkował i zniknął.

~

Virgin Gorda okazała się dużą wyspą, do której oba katamarany podpłynęły od południowej strony, w miejscu zwanym The Baths. Tylko dwie osoby nie objawiły entuzjazmu na jej widok: dwuletnia Krzysia-Marysia, chwilowo całkowicie zajęta gumowym słonikiem, oraz Bronik, którego w tym archipelagu interesowała wyłącznie Anegada z jej flamingami i słonymi rozlewiskami, gdzie brodzą zapewne olśniewające ptaki różnych nieznanych gatunków. Cała reszta wykonywała liczne okrzyki zdumienia i zachwytu oraz pstrykała zdjęcia jak szalona.

Osobliwością The Baths były głazy. Gigantyczne głazy wulkaniczne, gabarytami wielokrotnie przekraczające na przykład mały domek Michaliny w Zdrojach albo i sporą willę notariusza na Gumieńcach. Zaokrąglone, szare, prawie czarne, niektóre pokryte jakby białym nalotem, z nieregularnymi, gładkimi otworami różnej wielkości.

– To wygląda, jakby tu kiedyś przyszedł olbrzym i te wszystkie kamienie po prostu wysypał – zauważyła Nika, przedtem dość cicha i bez humoru, jako jedyna bowiem z obu załóg odchorowywała trochę podróż. Teraz jednak oczy jej błyszczały i wyglądała ślicznie w żółtym kostiumie kąpielowym, co robiło ewidentne wrażenie na obu juniorach Brańskich, a zwłaszcza na Jurku.

– Trochę mu wleciało do wody – powiedział onże Jurek, starając się, żeby wypadło to nonszalancko. – Czy my tam pójdziemy?

– Myślę, że tak – odrzekł Zibi Janocha. – Zawiozę was tam dingi. Wszyscy jadą?

Marcelina postanowiła zostać z Krzysią na pokładzie katamaranu. Trochę miała za złe Bronikowi, że nie zostaje z nimi, ale on żywił nadzieję, że może i tu spotka na brzegu jakiegoś ptaka z gatunku brodzących, którego jeszcze nie widział. Popłynął więc z całym towarzystwem.

Samotność matki z dzieckiem nie trwała długo. Zibi odwiózł Klub na plażę i wrócił, żeby nie była taka sama, jak to określił. Tym razem zamiast egzotycznego drinka zaproponował jej po prostu herbatę. Okazało się, że w tropikalnym upale (acz bez przesady z tym upałem, było koło trzydziestu stopni, co i u nas się zdarza), zwykła czarna gorąca herbata smakuje wyśmienicie i doskonale orzeźwia.

– Tak patrzę na ciebie i na tę malutką – powiedział ze swoim chałaktełystycznym amełykańskim akcentem. – Śliczne jesteście obydwie. Lovely. Dobrze się domyślam, że Kłysia nie ma tatusia? Błonik nim nie jest, pławda?

Marcela skinęła głową, ale nie miała ochoty się rozwodzić nad tym tematem. Zibi jednak najwyraźniej nie słyszał nigdy o delikatności uczuć.

– Płoszę, nie uważaj tego za jakieś zwykłe wścibstwo. Mam dla ciebie wiele życzliwości, Małcelino. Przykło mi, kiedy taka piękna kobieta jest w głuncie rzeczy smutną kobietą.

– Nie jestem smutna, Zibi. Nie martw się o mnie.

– Muszę się małtwić. Mam oczy i widzę. Widzę, że dla Błonika, któły jest ułoczym człowiekiem, najważniejsze na świecie jesteście nie wy, tylko ptaki, te wszystkie pelikany i biegusy i co tam jeszcze, ja się na tym nie znam. Ale nie bierz mnie, Małcelino, za gbuła. Nie mówiłbym tego, gdybym nie miał dla ciebie pewnej płopozycji.

– W drugim dniu znajomości? – Marceli było mimo woli przyjemnie, że jednak ktoś się nią zainteresował, ktoś zauważył, że jest smutna. Kurczę, dlaczego to musiał być obcy facet? Trochę przypomina Mikołaja z fizjonomii i sposobu bycia...

Ciekawe, dlaczego kobiety tak mają, że coś, co powinno wzbudzić ich czujność, budzi ich uśpione sentymenty?

Zibi uśmiechnął się łagodnie.

– Sama ocenisz, czy wałto spłóbować. Nie wiem, czy dotałła do was wiadomość o ośłodku, któły płowadzi moja żona Błygida...

– Hotel i spa na jakiejś wyspie?

– Na Cooper Island. Nie tylko hotel i spa. Małcelino, czy zwłóciłaś uwagę, jak nazywa się nasz katamałan?

– Oczywiście. Wszyscy się zastanawialiśmy, skąd taka nazwa.

– Bo widzisz, moja dłoga. Ośłodek nazywa się tak samo, no, pławie tak samo. „The Island of Happiness". Chciałbym, żebyś odwiedziła ten ośrodek i porozmawiała z Brygidą. Ja tego nie potrafię ci tak dobrze wytłumaczyć. To ona jest naszym guru.

– Ale o co tam chodzi w tym waszym ośrodku? – Marcelina spostrzegła, że Zibi w miarę rozwoju ich rozmowy coraz lepiej mówił po polsku, jakby zapominał o swoim amełykańskim akcencie.

– Brygida... ona jest naprawdę bardzo mądra, uwierz mi, Marcelino, mam dla niej wielki szacunek, poza tym, że ją kocham... Brygida ukierunkowuje ludzi na szczęście. Bo na pewno wiesz, że szczęście jest w nas. Nie w czymś, co nas otacza, ale w nas samych. Ona pomaga odnaleźć je w sobie.

– Studiowała u jakichś buddystów?

– Nie, nie u buddystów. Brygida spotkała kilka lat temu pewnego szamana tu, na Karaibach... ale nie śmiej się.

– Gdzieżbym się miała śmiać z wielkiego szamana. Na Cooper Island?

– Nie, w ogóle nie na Wyspach Dziewiczych.

– Wudu i te rzeczy? To chyba na Haiti?

– Nie chodzi o wudu, nakłuwanie laleczek ani żadne inne takie nieapetyczne historie. To była maleńka wyspa w archipelagu Grenadyn, wiesz, gdzie to jest?

– Gdzieś jeszcze na południe od Barbadosu?

– Mniej więcej. Dokładnie na południowy zachód.

– A jak ta wyspa się nazywa?

– Ona nie ma nazwy, chociaż źle mówię, nawet ma, tubylczą, nie potrafiłem zapamiętać, a w końcu całkiem zapomniałem. Ale jest ona na moich dokładnych mapach, więc możemy sprawdzić. Byliśmy na Grenadynach w takiej spóźnionej podróży poślubnej i popłynęliśmy na tę wysepkę zupełnym przypadkiem, ale jak mówi moja żona, nie ma przypadków. Są znaki. Trafiliśmy na wioskę tubylców, chociaż trudno to nawet nazwać wioską. Ich tam mieszkało może dwudziestu, może trzydziestu. I ten szaman. Ja myślałem początkowo, że oni tam siedzą ze względu na szamana, bo on się nie zamierzał nigdzie przenieść, wiesz, bliżej cywilizacji. Ale nie, oni sami chcieli. Wiesz, oni tam byli szczęśliwi.

– Wystarczały im perkal i paciorki, jak wielki biały człowiek ich nawiedził?

– Nie śmiej się z nich. Oczywiście żaden perkal i paciorki. Mieli jaką taką kanalizację, bardzo dobrą wodę źródlaną. Raz na tydzień przypływał do nich prom z zaopatrzeniem. I wiesz, co ciekawe? Nie kupowali nigdy alkoholu ani tytoniu. W krainie rumu i cygar, masz pojęcie?

– A dlaczego byli szczęśliwi?

– Umieli znaleźć to szczęście w sobie. To były właśnie nauki ich szamana.

– On się jakoś nazywał?

– Nie śmiej się, ale nie. On był bezimienny. A teraz najważniejsze. Przyjeżdżali do niego od lat ludzie z obu Ameryk. I to nie żadne prymitywy, tylko doktorzy nauk. Kiedy myśmy tam byli z Brygidą, siedział u niego Hindus, doktor nauk filozoficznych, już od roku. Mówił nam, że w żadnym aśramie nie uzyskał takiego spokoju ducha jak tam. Na tej malutkiej wysepce pośrodku Atlantyku.

Zibi Janocha wyglądał, jakby mówił całkiem poważnie. Dlaczego zresztą miałby jej szklić? Marcelina poczuła trochę wbrew sobie, że ją to zainteresowało.

– My tam popłyniemy?

– Nie, to dla nas za daleko. Ale chciałbym ciebie, szczególnie ciebie, zaprosić do ośrodka mojej żony. Bo wiesz, jak zaczynaliśmy tu, na Karaibach, nowe życie, to ja pływałem, żeby zarobić, a ona na przeszło pół roku została na tamtej wysepce na Grenadynach. Dużo się nauczyła, naprawdę. Może będziesz chciała z tego skorzystać.

~

– Muszę z tobą poważnie porozmawiać. Możemy gdzieś się tu urwać?

Nika Mokrzycka patrzyła na Jagę Grosikównę oczami wielkimi ponadnormatywnie.

– Tu szkoda. Patrz, jakie te głazy są obłędne. Ale jak już wrócimy na katamaran, to się możemy gdzieś zaszyć i pogadać. O tym, co ty wiesz, a ja rozumiem?

– No.

– Dobra, ja też chciałam, tylko jeszcze okazji nie było.

– Bo Dawid stale cię trzyma za rączkę.

– A ciebie Jurek zaraz zacznie…

Istotnie, Jerzy Junior zbliżał się właśnie i też miał duże oczy, na dodatek mocno rozmaślone. Tak mu się ostatnio robiło na widok Niki. Za nim postępował Dawid, zupełnie jakby się bał, że może jednak Jurek maśli się do jego Jagulki.

– Chodźcie, dziewczyny – powiedział zachęcająco Jurek. – Tam można przejść między głazami, groty fajne są, takie klimaty trochę jak w naszych Błędnych Skałach, tylko w Błędnych Skałach nie ma wody.

– Jak dobrze napada, to też są jeziorka – mruknął Niepiera. – Ale faktycznie, ta woda tutaj jest ładniejsza. I te kamienie są inne.

– Bo wulkaniczne – błysnął Jurek. – Chodź, Niczka, pokażę ci jedno fajne przejście. Mogę do ciebie mówić Niczka, Niczko?

Dwie młode i urodziwe pary rozeszły się wśród gigantycznych głazów, byle dalej od siebie, z tym że jednak młody Brański i Nika nie byli jeszcze na etapie przytulanek. Aczkolwiek młody Brański myślał o tym etapie coraz intensywniej. Nie był tylko pewien, ile ta Nika ma lat. Wyglądała na jakieś siedemnaście, ale pozory mogą mylić.

– Piętnaście mam – odpowiedziała po prostu na pytanie, które zadał, podsadzając dziewczynę, żeby sobie mogła usiąść na wysokiej skale. Zaklął w duchu i postarał się natychmiast zacząć myśleć o niej jak brat. Nie było to łatwe. Nika była śliczna i oryginalna. Wprawdzie teraz dziewczyny bardzo wcześnie zaczynają... Jurek Brański nie miał jednak specjalnego serca dla tych, które szybko zaczynają. Może warto będzie na tę Niczkę poczekać?...

– Wyglądasz na więcej – powiedział swobodnie, co go trochę kosztowało. – Miałaś coś z buzią, że jesteś taka trochę asymetryczna?

– Raka.

– Jasna dupa... przepraszam, Niczka, strasznie cię przepraszam. Wyrwało mi się. Ale ładnie jesteś zreperowana. A w ogóle śliczna z ciebie dziewczyna – nie wytrzymał.

– Fajnie – uśmiechnęła się do niego z wysokości. – Ty też jesteś śliczny.

– Przestań! – żachnął się, ale zaraz się połapał. – Żartujesz. Z tym rakiem mówiłaś poważnie?

– Poważnie. Miał jedną dobrą stronę, dzięki niemu tu jestem. – Opowiedziała mu o swoim leczeniu w klinice doktora Orzechowskiego, gdzie opiekowała się nią ciocia Grosik. Jak dzięki temu zbliżyła się do ojca (ona, ale i ciocia też), no i w efekcie znalazła się na katamaranie na Karaibach.

– Najważniejsze, że już jesteś zdrowa. – Jurek zastanawiał się, ile to lat powinien na nią poczekać. – Zrobię ci zdjęcie na tym kamieniu. Siedź, nie ruszaj się.

Jaga i Dawid tymczasem znaleźli sobie inne malownicze miejsce wśród głazów. Była to jaskinia z dnem tonącym w wodzie. Dało się przejść po kamieniach. Przeszli, zrobili sobie nawzajem po kilka portretów, a potem wyleźli wyżej, na skałę, z której widać było całą zatoczkę. Usiedli na niej i zagapili się na morze.

– Jest bosko – oświadczyła Jaga. Powtarzała to już nie pierwszy raz, ale wciąż odczuwała potrzebę podkreślania tego stanu. – Bosko. I już.

– No. Jest bosko, Jagulka. Tylko wiesz, trochę się martwię o mamę. Ona tam niby została pod opieką, z ojcem też rozmawiałem, obiecał mi, że przez te dwa tygodnie nie będzie jej traktował, jakby jej nie było.

– Zadzwoń.

– Próbowałem. Tu nigdzie nie ma zasięgu. Zibi mówił, że czasem się udaje, ale mnie na razie się nie udało.

– Nie martw się, Dawid. Co ci mówił doktor Wroński? Jak już tu jesteś, to zapomnij o tym, co zostawiłeś w domu, bo i tak nie masz na to wpływu. Ciesz się, że jesteśmy tu razem.

– Cieszę się, Jagulka. Naprawdę. Ale nie jest tak łatwo zapomnieć o własnej mamie, nie uważasz?

Na takie pytanie właściwie nie było dobrej odpowiedzi, Jaga więc poprzestała na wypróbowanej metodzie przynajmniej śladowego rozchmurzenia Dawida – przytuliła się do niego.

~

Na okazję do odbycia konferencji dziewczyny musiały czekać aż do wieczora. Do plaży The Baths dopłynął katamaran geriatryczny, wciąż udekorowany na rufie Różą, trzymającą nogi w kilwaterze, a kiedy i tamta połowa Klubu nazachwycała się kamiennymi gigantami, wszyscy poszli na obiad do baru, gdzie najedli się grillowanych żeberek, wyglądały bowiem bardzo apetyczne, a do miejscowych specjałów z owoców morza jakoś jeszcze nikt nie dojrzał. Potem oba jachty udały się niespiesznie z powrotem do mariny pod lotniskiem na Beef Island, bo trzeba było zdobyć bojki na nocleg.

– Tu słońce zachodzi około szóstej trzydzieści, a wtedy już wszyscy chcą stać na bojkach. Jeśli nie zdążymy, będziemy musieli stanąć na kotwicy, a to jest zawsze niepewne, można w nocy odpłynąć znienacka, trzeba by trzymać wachty, a skończyłoby się na tym, że ja bym z nerwów nie spał całą noc, tylko pilnował – objaśnił swoją załogę Jacek. – Jutro namówię was, żebyście wstali koło siódmej, zobaczycie, szybko się przestawicie.

– Dzisiaj musieliśmy odespać podróż. I wczorajsze śpiewy – oświadczyła Michalina. – Tata, uważam, że dziś na nas kolej ze śpiewami. Niech oni się do nas podłączają. I nie szanty, tylko balladki irlandzkie ze starych, dobrych czasów.

– „Posłuchajcie, o dziatki, bardzo pięknej balladki" – zacytował Grzegorz. – Noel, pamiętasz, z czego to?

– „Ballada o trzęsących się portkach" – uśmiechnął się Noel. – Kochany, na Gałczyńskim mnie nie zagniesz. Nie ma takiej możliwości.

– Znasz całego na pamięć? – prychnęła pogardliwie Bożena.

Cały dzień złościł ją widok byłego męża nadskakującego tym dwóm wariatkom, Lili i Róży. Zwłaszcza Lili. Chryste, co to za denerwująca baba, łeb sobie pofarbowała w placki, ubiera się jak młoda dziewczyna, a zachowuje... lepiej nie mówić. A głupi Noel zachwycony, łazi za nimi i świergoli jak stary wróbel w okresie godowym. I o czym to on z nimi rozmawia? Profesor literatury z fryzjerką?!

– „Gdy wieje wiatr historii, ludziom jak pięknym ptakom rosną skrzydła. Natomiast trzęsą się portki pętakom" – powiedział Noel z tym obrzydliwym uśmiechem. – Panie i panowie, teraz ja pójdę robić drinki. Jacek, mogę pogrzebać w twoich butelkach?

– Oczywiście. To resztki po poprzedniej załodze. Jutro zrobimy nowe zapasy. Czy już mamy kwatermistrza?

– Agnieszkę, jak sądzę, mamy. A gdzie ją mamy?

– Agnieszka jest u Murzyna – oświadczyła Lilianna, wyłaniając się z kabiny w swojej kwiecistej chuście zamotanej jak pareo.

Bożeną wstrząsnęło obrzydzenie. – Przed chwilą chodziła mi po głowie, słyszałam ją. Wylegują się z Jerzym na lewej siatce, a na prawej jest miejsce dla nas. Różo, pospiesz się, kochana. Idziemy do Murzyna!

– Na drinku nie zostaniesz? – nie wytrzymała Bożena.

– Ja im doniosę – odezwał się Noel z kuchni, brzęcząc szkłem. – Misiu, tobie dam tylko soczek panczowy z lodem. Mogę ci dołożyć limonkę.

– Dołóż, tato. Ja na dziób nie idę, bo tam teraz świeci słońce. Zostaję tutaj.

– A ja wam zrobię kolację – zadeklarował się niespodziewanie Grzegorz. – Mam pomysł na makaron w sosie serowym. Czy ktoś ma zastrzeżenia?

– Być może ja – powiedziała sucho Bożena. – Zależy, co to za ser.

– Jakieś pleśniaki tam widziałem. Nazwiemy go sosem gorgonzola, bo może tam i jakaś gorgonzola się pałęta. A jeśli pani nie będzie smakował, to są kabanosy, żywiecka, jakieś twarożki. I jeszcze trochę polskiego chleba razowego. Nie zginiemy.

– Grzesiu, proszę, przynieś ojca gitarę. I niech ona tu sobie leży. Jak tatko dojrzeje, to ona już będzie pod ręką.

~

Podczas gdy młodociano-męska część załogi „Apostoła Szczęścia" przechodziła krótkie szkolenie w łapaniu bojki i prawidłowym knagowaniu cum, Marcin Mokrzycki przyglądał się spod oka manewrującemu sterem i silnikiem Zibiemu. Wyglądało na to, że facet nie ma specjalnie wprawy w tym, co robi. Ale podobno jest doświadczonym kapitanem. W takim razie może nie ma talentu. Tak czy inaczej, Marcin postanowił mieć oko na tego żeglarza.

Alina za to przez cały czas miała oko na Marcina i doznawała coraz silniejszego uczucia, że jednak życie bez niego, choćby na to marynarskie przychodne, nie ma wielkiego sensu. Należało teraz pomyśleć o Nice. Niestety, na razie Alina nie miała jeszcze wyrobionego zdania o niej jako o członku rodziny, młodszej siostrze Jagi, córce, którą zostanie jej na głowie, podczas kiedy romantyczny tata będzie pływał.

Mamy jeszcze dość czasu, żeby o tym pomyśleć, strawestowała na własny użytek słynną dewizę Scarlett O'Hary i oddała się dalszemu kontemplowaniu długonosego przystojniaka. Trzeba przyznać, że z morzem mu do twarzy.

Tymczasem Jurek, Andrzej i Dawid skończyli swoje zajęcia z cumowania i rozłożyli się na siatce, na dziobie, żeby złapać jeszcze trochę przedwieczornego słońca. Po chwili dołączyli do nich Marcela z Krzysią i Bronikiem (zapatrzonym w ostatnie tego dnia pelikany), a także kapitan Zibi Janocha z tacą zimnych napojów, częściowo wyskokowych. Kapitan Marcin Mokrzycki wraz z ukochaną kobietą zostali na rufie, żeby w spokoju popijać swoje drinki i cieszyć się sobą.

Dziewczyny gdzieś znikły. Przed chwilą słychać było ich głosy we wnętrzu jachtu, było więc wiadomo, że się nie potopiły. Alina i Marcin zapatrzyli się na morze, niesłychanie kolorowe o tej porze dnia, równie kolorowe chmury i startujące co chwila niemal tuż nad ich głowami wieczorne samoloty. Świat rzeczywisty, zostawiony w domu, przestał istnieć. Było im po prostu niewiarygodnie dobrze.

Jaga i Nika tymczasem zamknęły się w swojej kabinie z dwiema ogromnymi szklankami wody z lodem i rozpoczęły jedną z najważniejszych rozmów w swoim życiu.

– Kurczę, Jaga, nie wiem, jak zacząć – przemówiła pierwsza Nika. – Ale musimy porozmawiać. Bo sama wiesz.

– Sama wiem. Moja mama i twój ojciec właśnie robią powtórkę z „Romea i Julii".

– Nie czytałam. To fajne?

– Fajne. Szekspira. O Szekspirze słyszałaś?

– Coś tam słyszałam. Nie za wiele. U mnie w domu nie było specjalnie intelektualnej atmosfery. A wy z mamą, no, z twoją mamą czytacie sobie Szekspira do poduszki?

– Przestań. My jesteśmy normalne. Ja może chodzę do lepszej szkoły niż ty. A w ogóle ty chyba dopiero jesteś w gimnazjum?

– I to w pierwszej klasie. Miałam obsuwę, rok z powodu raka.

– Nie martw się. Ja miałam obsuwę, rok z powodu głupoty.

– Nie gadaj! – Nika ucieszyła się szczerze. Jaga trochę ją onieśmielała, ale skoro zawaliła rok...

– Dawid też obsunął rok. Ciekawe, czy Brańskie też obsunęły rok?

– Coś ty, Brańskie są prymusy, to widać. I po nich, i po ich tatusiu. Ale fajni są wszyscy.

– Zwłaszcza Juruś – zachichotała Jaga.

– Wszyscy trzej, sama wiesz – powiedziała uczciwie Nika. – Ty, wróćmy do rzeczy. Z tatą Jurka i Andrzeja to raczej pani Agnieszka będzie się żeniła. To znaczy on z nią. Ja się czasem mylę, jak się denerwuję.

– To się nie denerwuj. Możemy wrócić do rzeczy.

– Do „Romea i Julii".

Jaga się skrzywiła.

– Do tego lepiej nie. Tamta historia się źle skończyła. Spluń trzy razy przez lewe ramię. Ja chcę, żeby im się dobrze skończyło.

– To znaczy co, żeby się pobrali?

– No, chyba tak. Moja mama kiedyś miała męża, to był mój tata, ale on nie żyje. Odkąd zginął, mama ma tylko mnie. Trochę mało, nie?

– Fajną masz mamę.

– Każda mama jest fajna, pamiętaj. Twoja też.

Nika zbladła.

– Czy to znaczy, że ty byś nie chciała, żebym ja...

– Żebyś ty co?

Nika nie odpowiedziała, bo chwilowo z nagłej rozpaczy straciła możliwość mowy. I teraz Jaga wykazała zarówno spostrzegawczość, jak inteligencję, a i dobre serce przy tym.

– Nika, czekaj, rozumiem. Ty byś chciała, żeby oni się pobrali, a ty byś się sprowadziła do nas, tak?

Nika tylko kiwnęła głową.

– No przecież ja nie mam nic przeciwko temu!

Nika podniosła głowę.

– Słuchaj, ty mówisz, że wszystkie mamy są fajne, bo masz fajną mamę. Moja mama ma teraz nowego męża i nowe życie, i będzie miała nowe dziecko, i najmniej na świecie ja ją interesuję. Nie mów mi, że tak nie jest, bo jest. Nic mi się nie wydaje. Ty wiesz, że jak ja miałam operację, to oni pojechali na śniegi Kilimandżaro, a jej wcale nie obchodziło, jak ja się czuję i czy w ogóle żyję. Nie, no, co ja ci będę opowiadać, kiedy ty mi wcale nie wierzysz!

– Wierzę ci. Nie becz.

– Ona mnie po prostu nie potrzebuje, rozumiesz? Ona by najchętniej zapomniała, że ja istnieję. Ty wiesz, w jakim ja wypasionym domu mieszkam? Zrobili mi pokój z osobnym wejściem, żebym jak najmniej im w oczy wchodziła. Tyle co przy obiedzie i kolacji, bo jak ja jem śniadanie, to ona jeszcze śpi i wcale nie ma zamiaru wstawać. Ja myślałam, że może jak mój ojciec się ożeni z twoją mamą, bo oni się przecież kochają, nie jestem ślepa i widzę… to ja będę mogła z wami zamieszkać i że mnie może polubicie. A jak tato będzie wracał z rejsów, to byśmy byli razem.

W tym momencie Alina i Marcin spojrzeli na siebie niemal ze łzami w oczach. Trzeba bowiem wyjaśnić, że siedząc z drinkami w dłoniach i nogami w wodzie, na rufie, na schodkach lewego pływaka, głowy mieli mniej więcej na wysokości jednego z okienek kabiny obu dziewczyn. Okienka zaś dziewczyny otworzyły szeroko, bo inaczej przy zamkniętych z uwagi na dyskrecję drzwiach miały szansę się udusić. W rezultacie ich potencjalnie wspólni rodzice usłyszeli całą tę dramatyczną rozmowę.

Mało brakowało, a Marcin byłby się wtrącił, Alina jednak przytrzymała go za ramię i położyła palec na ustach.

Nika mówiła dalej zduszonym, ale pełnym pasji głosem.

– Ja bym się wam specjalnie nie narzucała. Ja wiem, że ty masz swoją świetną szkołę, a ciocia Alina ma klinikę… namówiłabym tatę, żeby się przeniósł z Gdyni do Szczecina, my tam mamy nasze stare mieszkanie, tata mógłby je sprzedać… Ja nie wiem…

Tu straciła wątek, ale udało jej się nie rozpłakać.

– To byśmy były siostrami – powiedziała wolno Jaga.

– Tak, jakbyś… jakbyś chciała, oczywiście… wiesz, Jaga…

– No wiem. Ja bym chyba mogła mieć taką siostrę jak ty. Kurczę, młodsza siostrzyczka. Od razu całkiem stara…

Dopiero teraz Nika się rozpłakała.

– Nika, nie becz. Musimy ich jeszcze przekonać do tego pomysłu. Bo ja widzę, że oni się kochają, ale nie widzę, żeby cokolwiek planowali. No, wiesz, z drugiej strony mama mi się nie ze wszystkiego zwierza…

Na pokładzie Marcin Mokrzycki ponownie spojrzał w oczy Alinie Grosik i spytał ją szeptem:

– Ala, wyjdziesz za mnie? Chcesz być żoną marynarza? To nie jest łatwe, ale przecież ja cię kocham jak wariat, ty mnie podobno też… Jakoś damy radę. Wyjdziesz? Sprzedam to mieszkanie w Gdyni, do diabła z Gdynią. Weźmiemy Nikę i będziemy rodziną z dwiema dorastającymi córkami. Zapracowaną mamusią i tatusiem w przerwach między rejsami. Chcesz? Wyjdziesz za mnie?

Alina skinęła głową. Marcin powinien teraz według reguł sztuki wziąć ją w ramiona i obdarzyć namiętnym pocałunkiem. Zamiast tego zerwał się ze schodków, pochylił w stronę otwartego okienka i powiedział w mrok kabiny:

– Hej, dziewczyny! To już się nie martwcie. Jaga, twoja mama zgodziła się właśnie za mnie wyjść. Nika, zabierzemy cię z tego Koszalina. Będzie dobrze.

Cofnął się na schodki i dopiero teraz wypełnił swoją powinność wobec ukochanej kobiety, która właśnie przeistoczyła się w jego legalną narzeczoną.

~

Następnego dnia postanowiono płynąć na Anegadę, a to ze względu na Bronika, który sechł i marniał w oczach z powodu tęsknoty do flamingów. Ponieważ jednak Anegadę od Tortoli dzieliła dość spora odległość, kapitanowie zaproponowali, żeby po drodze zahaczyć jeszcze o jakieś ładne miejsca na Virgin Gorda, tak by na wieczór dotrzeć do celu, przenocować w tamtejszej marinie, zjeść kolację w jakimś plażowym barze, a jutro dopiero wynająć taksówkę i spokojnie zwiedzić wyspę. Bronik trochę płakał, ale go przegłosowano.

„Apostoł" ze swą młodzieżową załogą wystartował, oczywiście, pierwszy. Marcin dogadał się z Zibim Janochą, siadł do steru, postawił żagle i po niedługiej chwili śmignął do przodu. Pięcioro młodych ludzi aż się rwało, żeby mu pomóc w czymkolwiek, ale, jak już się rzekło, wiele roboty dla załogi na katamaranie nie było. Od czasu do czasu tylko przy zmianach kursu trzeba było wybierać szoty. Marcin zmieniał go więc ile wlezie, żeby młodzi mieli przyjemność z żeglugi – w efekcie, zanim dopłynęli do północnych brzegów Virgin Gorda, cała piątka opanowała tę nieskomplikowaną czynność do perfekcji.

Bronik tkwił w tym czasie z laptopem w salonie i oglądał wszystkie swoje zdjęcia tutejszych saganuszek. Alina usadowiła się tak, żeby widzieć swojego mężczyznę przy sterze i z halsu na hals zakochiwała się w nim bardziej. Chyba trochę to wyczuwał i sprawiało mu to dużą satysfakcję – któryż mężczyzna jest wolny od próżności? Chyba żaden. Zupełnie tak samo jak kobiety.

Marcelina z Krzysią i chwilowo bezrobotny Zibi zasiedli na dziobie, gdzie Zibi otoczył swoją towarzyszkę nadzwyczajną troskliwością, donosząc jej sok z lodem, szukając dla niej najlepszych miejsc w cieniu żagla i zabawiając małą Krzysię – to ostatnie na zmianę z Jagą i Niką, które bardzo polubiły spokojnego dzieciaczka. Było jej dobrze. Dawno nikt nie był dla niej taki miły. Ostatnio Mikołaj... zanim nie zrobił się zupełnie niemiły i nie odmaszerował do nowej pani, zapewne żeby dla niej z kolei być miłym.

– Niech pani się po prostu położy i korzysta ze słońca. Odrobina opalenizny świetnie pani zrobi. Krzysią się zajmiemy i nie pozwolimy jej wyjść z cienia. Może pani być całkowicie spokojna. Oczywiście pamiętała pani o kremie ochronnym?

Mój Boże, Bronik nigdy by na to nie wpadł. Chociaż trzeba mu przyznać, że potrafi być uroczym człowiekiem i cudnym kochankiem... do czasu, kiedy między nią a niego nie wkroczy jakiś cholerny ptak brodzący.

Położyła się na siatce, mile od spodu owiewana podmuchem idącym od wody. Co za boskie miejsce. Dopiero kiedy się odprężyła, poczuła, jak bardzo była zmęczona.

~

Na pokładzie „Shanty", jak przystało na oddział geriatryczny, czyli dom spokojnej starości, panowała atmosfera nieustającego szczęścia i słodyczy. Tworzyli go przede wszystkim – bo jakżeby inaczej – najstarsi pensjonariusze. To znaczy załoganci. Nie mówimy tu o Bożenie, która starała się, jak mogła, zepsuć sobie samej wakacje. Lila i Róża natomiast kwitły i tryskały energią, co dawało rezultaty w postaci całkiem wymiernej. Obie damy okazały się niezawodnymi kucharkami, z wielkim zacięciem i radością produkując znakomite eintopfy – urozmaicone i pożywne. Wyglądało na to, że są urodzonymi matkami karmicielkami. Może to sprawa ich wieku: obie urodziły się w czasach, kiedy dziewczynki bawiły się w dom, a nie w „Monopoly". Noel Hart zadomowił się w butelkowej części kambuza i z pełną aprobatą kapitana sam sobie przyznał tytuł nadmistrza drinków. Zakomponował już wszystko, co Jacek trzymał w szafce pod kuchenką, i miał szczery zamiar dokupić wiele interesujących tutejszych składników w najbliższym sklepie na Virgin Gorda. Szczególną miłością obdarzył ów historyczny rum zwany Krwią Nelsona i postanowił w tym temacie maksymalnie wykorzystać pobyt na BVI – skoro bowiem rumu Pussera nie można dostać nigdzie poza tym archipelagiem…

– Nigdzie – poświadczył Jacek. – Nawet na St. Martin go nie dostaniesz. Kiedyś szukałem tam na lotnisku. Jeśli chcesz się napić rumu Pussera, musisz tu przyjechać.

– Trochę drogo wypada – mruknął Noel. – Tym bardziej będę się starał.

Starali się wszyscy, oczywiście każdy na swoją miarę. Najbardziej ekonomicznie wypadały Michalina z powodu ciąży i Róża z powodu wielkiej ilości lekarstw, które zażywała, żeby czuć się lepiej albo żeby nie czuć się gorzej. Być może jej leki reagowały jakoś z rumem, bo do nabrania doskonałego humoru wystarczała jej jedna kropelka.

Na Virgin Gorda stanęli na krótko w marinie Leverick Bay, głównie dlatego, że znajdował się tu spory sklep Pussera, gdzie uzupełniono zapasy podstawowego trunku, a w sklepiku nieopodal – innych trunków, soków, wody w pięciolitrowych baniakach i lodu w plastikowych workach. „Apostoł" już tu był przed nimi, ale nie poczekał, tylko popłynął dalej wzdłuż brzegów wyspy, żeby zobaczyć eleganckie miejsce zwane Bitter End. Ornitolog Bronik długo jeszcze potem płakał z powodu tego pośpiechu, ominęło go bowiem przedstawienie, jakie zobaczyli jego przyjaciele z geriatrii.

A to przecież on, nie oni, kochał ptaki nad życie i tak naprawdę jemu się należało.

Przedstawienie dała duża saganuszka z gatunku pelikanów. Klub już się w zasadzie przyzwyczaił do ich obecności, niemniej zawsze miło było popatrzeć, jak zdobywają jedzenie. Tak więc, podczas gdy Jacek powoli przygotowywał się do opuszczenia mariny, załoga zabawiała się obserwowaniem kilku pelikanów polujących na przybrzeżnej rafie. Wszystko odbywało się w zasadzie standardowo: lot, pikowanie do wody, po którym ptak na chwilę znikał, a potem tryumfalne wynurzenie z wolem pełnym żarcia. Klub, z nowiutkimi drinkami w rękach, kibicował saganuszkom życzliwie. I oto jeden pelikan wykonał swój piękny lot, po czym zwiedziony tą nadzwyczajną tutejszą przejrzystością wody runął do morza i zamiast zanurkować po rybki, zarył swym potężnym dziobem w dno. Było bliżej, niż się biedakowi wydawało. Z ust załogi s/y „Shanty" wyrwał się zbiorowy okrzyk zaskoczenia i współczucia, który szybko przekształcił się w gromki wybuch śmiechu. Na powierzchni wody widać było kuper i łapy pelikana, machającego nimi bezradnie. Wyglądało to, niestety, dość pociesznie. Pierwsza wykazała ludzkie uczucia Agnieszka.

– Słuchajcie, on się męczy! Jacek, on tam zdechnie, w tej wodzie?

– Nie powinien – uspokoił ją kapitan. – Patrz, zaraz się uwolni.

Istotnie, woda obok pelikana kłębiła się coraz gwałtowniej, aż wreszcie całe ptaszysko wyprysnęło z impetem na powierzchnię. Gibnął się parę razy na falach i odleciał.

– I nikt z was nie robił filmu? Nawet komórką? – dopytywał się beznadziejnie załamany Bronik, kiedy obie załogi spotkały się w Bitter End.

– Nikt – odpowiedziała bezlitośnie jego matka. – Nikt nawet nie pomyślał, wszyscy się zapatrzyli. Opanuj się, Eduś, przecież nie dało się przewidzieć, że ona zaryje.

– Jaka ona?

– Saganuszka.

– Co to jest saganuszka? – Bronik był coraz bardziej zrozpaczony.

Uświadomiono go co do saganuszek, ale przyjął to z lekkim obrzydzeniem.

– Jak możecie tak lekceważąco? Nie rozumiem tego. *Pelecanus occidentalis.* Pelikan brunatny. Wszędzie... no, prawie wszędzie na świecie one są białe, a tu są brunatne, musieliście to zauważyć.

– Musieliśmy – zgodziła się Michalina. – A pod skrzydłami mają taki sam kolor jak to morze, tylko bledszy. Taki zielony. Pewnie żeby rybom się myliło. Bardzo ładne saganuszki.

Bronik aż się wzdrygnął.

Bitter End było miejscem w istocie nader wypasionym, czy jak kto woli – ekskluzywnym. Marina, benzyniak, czyli stacja paliw dla łodzi, kluby żeglarskie, kluby dla nurków, restauracje, domki, różne przykłady ażurowej architektury kolonialnej i masa kwiatów na zboczach wzgórz. Lila i Róża – dwie damy, jakby nie było kwiatowe – zachwyciły się zwłaszcza gąszczem nieprzytomnie kwitnących bugenwilli. Michalina, ogrodniczka, też im się przyglądała, ale w duchu pielęgnowała przekonanie, że nasza środkowoeuropejska zielenina jest piękniejsza.

– Masz patriotyczną słabość do chabrów, maków i bławatków – zaśmiał się Grzegorz, a ponieważ sam też miał takową, nie powstrzymał się od uściskania żony. Właściwie to nawet nie starał się powstrzymywać.

Jerzy Brański też miał ochotę uściskać Agnieszkę, wciąż jednak siedział w nim ten przedwojenny dżentelmen, który raczej nie objawia uczuć na forum publicznym, poprzestał więc na rzuceniu jej wiele mówiącego spojrzenia.

Obie załogi pospacerowały zgodnie po wypielęgnowanych ścieżkach, zrobiły zdjęcia, odpuściły sobie obiadowanie w tutejszej raczej drogiej restauracji i wolnym krokiem udały się na pomost, przy którym dingi z „Apostoła" i „Shanty" kiwały się na falach, zacumowane w długim rządku identycznych pontonów.

I wtedy nastąpiło coś, co biednemu Bronikowi prawie wynagrodziło stratę z Leverick Bay.

Duży pelikan brunatny, zażywający do tej pory wczasu na zanurzonych w wodzie korzeniach mangrowców, podniósł się majestatycznie, wzbił w górę i wykonał swój normalny lot obserwacyjny. Najwidoczniej zobaczył w wodzie potencjalny obiad, więc runął w dół, zanurkował z pluskiem, na moment zniknął im całkowicie z oczu, aż wreszcie wynurzył się z imponującą rybą w dziobie. Bronik, który uwiecznił podobnych scen już bez liku, zarówno aparatem fotograficznym, jak kamerą, tym razem dokumentował zdarzenie filmowo.

I oto na oczach wszystkich, a zwłaszcza kamery Bronika, spadł z nieba wielki, czarny kształt. W momencie kiedy pelikan zamierzał wpakować sobie zdobycz do gardła, intruz rzucił się na niego. Nastąpiła krótka kotłowanina połączona z chlapaniną i bezczelny napastnik poderwał się do lotu z obiadem pelikana w krzywym dziobie. Pelikan, obrabowany i poturbowany, otrząsnął się jak pies Huckleberry na kreskówkach, wydał z siebie krótki krzyk złości czy może rozpaczy i też odleciał.

– Matko jedyna, co to było? – zapytała pani Lilianna z nabożnym zdumieniem. – Diabeł z nieba?

– Fregata – odpowiedział Jacek, ponieważ Bronik nie był w stanie oderwać oka od wizjera, być może w nadziei, że ptaki wrócą, by się pogodzić, albo raz jeszcze dać sobie w dziób. – Znany bandyta. Najlepszy lotnik z tych wszystkich ptaków.

– Za to pływać nie za bardzo umie. – Bronik wreszcie zakończył kilometrowe ujęcie. – No, kochani, trochę się pocieszyłem. Co za scena! Samo życie. Samo życie. Boże, gdybym i to miał stracić, chyba bym tego nie przeżył. Płyńmy na tę Anegadę, płyńmy, proszę. O matko!

Zdążył jeszcze włączyć kamerę i sfilmować przelatującą nisko fregatę. Była wspaniała, większa od pelikana, cała czarna. Miała potężne skrzydła, którymi zagarniała powietrze z siłą i elegancją. Jej dziób był długi i zakrzywiony na końcu, a ogon mocno rozwidlony.

– Przypomina widelec do pieczeni – trafnie zauważyła pani Róża. – Mam nadzieję, że one nie wpadną na taki pomysł, żeby się z nami podzielić obiadem? Jak myślicie?

– Jeśli będziemy jeść surowe ryby, to nie wiadomo – zaśmiał się Bronik. – A może i na surowe mięsko poleci.

– Tatar zabroniony – oświadczyła pani Lila. – Kto mi pomoże zejść do tej łupinki?

~

„Shanty" i „Apostoł Szczęścia" dopłynęły tym razem do celu mniej więcej w tym samym czasie. Jacek sprawdził, czy jego geriatryczna załoga umie pływać i wie, gdzie ma swoje kamizelki ratunkowe, kazał wszystkim usiąść w bezpiecznych miejscach, po czym postawił żagle i poszedł jak przeciąg.

– Myślisz, że możemy wylecieć?

Lilianna i Róża siedziały na rufie, zaparte między stołem a ścianką nadbudówki, i całe zadowolone kontemplowały uciekający szybko kilwater. Lilianna pokręciła głową.

– Nie wylecimy. On jest stabilny, ten katamaran. Wiesz, że bardzo go polubiłam.

– Ja też. Ale teraz nie odważę się pójść do kuchni, a napiłabym się czegoś na wzmocnienie. Gdzie Noel?

– Tu jestem – odparł, wynurzając się zza ich pleców. – Zaraz wam coś zrobię, dziewczęta.

– Lubię, jak on tak na nas mówi – mruknęła Róża.

– Noel, co ty wyprawiasz, chodziłeś po jachcie, a my tak szybko płyniemy! – Lila na moment straciła swoją niewzruszoność. – A gdybyś wypadł?

– Tobyście krzyczały „człowiek za burtą". Ja też bym krzyczał, na pewno głośniej od was. Ale nie martwcie się, mówiłem wam kiedyś, że sporo pływałem i umiem sobie poradzić nawet przy tych siedmiu knotach. Zrobię wam drinka, chcecie?

– A może chciałbyś posterować? – spytał niespodziewanie Jacek. – Ja zrobię tego drinka. Siadaj na moim miejscu.

– Z przyjemnością – oświadczył Noel i z małą pomocą Jacka wdrapał się na wysokie siedzisko sternika.

Chwilę później prowadził katamaran, jednym okiem patrząc w dal, drugim na przyrządy, a trzecim na „dziewczęta" obserwujące go w niemym podziwie.

Kobietom zawsze imponują faceci przy sterze.

Anegada okazała się płaska jak naleśnik – w przeciwieństwie do wszystkich innych Brytyjskich Wysp Dziewiczych, zdecydowanie górzystych. Oba katamarany zacumowały do bojek i zanim jeszcze załogi skończyły knagowanie lin, do „Shanty" podpłynęła dingi z dużym, przyjaźnie uśmiechniętym czarnym chłopakiem. Chłopak najpierw skasował dwadzieścia pięć dolarów za postój, a potem zaoferował kapitanowi kartę dań restauracji na plaży.

– Może skorzystamy? – zaproponował Jacek. – Tu są znakomite lobstery. Podobno, ja ich jeszcze nie kosztowałem, ale wszyscy tak mówią. Proszę, zobaczcie sami tę kartę. Potem popłynę na brzeg i złożę zamówienie, a o umówionej porze pojedziemy tam wszyscy na gotowe.

– Co to są lobstery? Jakieś robaki? – Róża była nieufna.

– Langusty. Trochę jak homary, ale bez szczypiec. Dużo mięska.

– A co to jest mahi-mahi? – drążyła Róża.

– Dorada. Bardzo dobra.

– Mówisz? Grilled shrimps. Krewetki z grilla, sama wiem. A gruper?

– Też ryba.

– Swordfish? Też ryba?

– Jak wszystkie fisze. Ryba miecznik.

Po dokładnym namyśle załoga zdecydowała się – głównie na lobstery i trochę innych rzeczy do spróbowania. Jacek spisał zamówienie na kartce i zabrał się do spuszczania na wodę dingi, która tym razem przebyła drogę przez ten kawałek Atlantyku umocowana nad rufą katamaranu.

– Ktoś chce płynąć ze mną?

Ku lekkiemu zdziwieniu Jacka zgłosiła się cała geriatria, i to całkiem ochoczo. Pozostałym członkom załogi oczka podejrzanie zabłysły. Agnieszka i Michalina oświadczyły, że czują się znużone słońcem i z przyjemnością odpoczną przed kolacją, Jerzy i Grzegorz zaś – że nie mogą żadną miarą zostawić swoich kobiet samych na katamaranie. Na Karaibach, jak wiadomo, są piraci.

– Jak myślisz, Różo, oni będą to robić w swoich kabinach czy jedni na dziobie, a drudzy na rufie?

– Lilu, kochana, nie możemy być takie wścibskie!

Kiedy dopłynęli do pomostu, dingi z „Apostoła" już tam była. Dawid i młodzi Brańscy czekali z pomocną dłonią, żeby umożliwić starszyźnie wygrzebanie się na dechy. Z drugiego końca pomostu dobiegały dramatyczne okrzyki Niki Mokrzyckiej i Jagi Grosikówny. Bronik był z nimi i coś zapamiętale fotografował.

– Macie tam jakieś ptaszki, Eduś?

– Nie, mamo. Chodźcie i zobaczcie sami.

W koszu z metalowej siatki umieszczonym w wodzie, pod pomostem, kłębiły się blisko półmetrowej długości potwory. Woda była, jak wszędzie tutaj, idealnie przezroczysta i widać było brązowo-czerwonawe skorupy, mnóstwo odnóży, odwłoki z płetwiastymi ogonami.

Róża chwyciła się za serce.

– Jacek, matko jedyna, co to jest?

Jacek zajrzał jej przez ramię, choć nie musiał, wiedział bowiem, co trzymają tutejsi restauratorzy w podwodnych „lodówkach".

– A to nasza kolacja, lobstery. Langusty. Bardzo dobre, jak już wam mówiłem.

– Myślisz, że nie umrę, jak tego spróbuję? – Róża bała się okropnie, a jednocześnie miała wielką ochotę na przygodę z lobsterem. Oczywiście na talerzu.

– Nie powinnaś. Jak widzisz, one będą absolutnie świeże... wciąż jeszcze mają się znakomicie.

Róża i Lila wzdrygnęły się, a obserwująca to Bożena wzruszyła ramionami.

– Zachowujecie się jak dzieci.

– I tobie też to radzimy – prychnęła na nią Lila. – Jacek, jeżeli te lobstery oni żywcem wrzucają do wrzątku, ci czarni tubylcy, to ja jednak poproszę rybę mahi-mahi...

– Podobno nie, ale możemy ich zapytać.

– Uważasz, że można im wierzyć?

– Nie musisz wierzyć na słowo. Popatrz.

Kawałek dalej wysoki facet brał właśnie z wiklinowego kosza, w którym przygotował sobie kilka skorupiaków, dorodnego lobstera i walił go jakimś narzędziem, najwyraźniej w celu ukatrupienia. Róża chwyciła się za serce.

– Nie mogę na to patrzeć. Chodźmy stąd, proszę. Ale jeśli oni ich nie wrzucają żywcem, to ja jednak poproszę taką poczwarę. W Polsce przecież nikt mi tego nie da.

Restauracja znajdowała się na piaszczystej plaży i stanowiła, ogólnie rzecz ujmując, dość przewiewną konstrukcję z desek. Był tam też grill umieszczony pod obszerną wiatą, a także stoliki ustawione bezpośrednio na piasku, tuż nad morzem. Do kołka wbitego tak, żeby był dobrze widziany przez schodzących z pomostu, przymocowano drewnianą tablicę z koślawo wypisanym menu.

Okazało się, że restauracja i bar nazywają się Whistling Pines, co przetłumaczono sobie jako Gwiżdżące Sosny.

– To chyba z powodu wiatrów – orzekła Bożena. – Tu muszą być nieliche przeciągi. A gdzie sosny?

– Obok ciebie. – Jacek pokazał jej palcem drzewa otaczające restaurację.

– Jakieś dziwne – wzruszyła ramionami Bożena. – Jak firany. Ale faktycznie, chyba to sosny.

– *Pinus caribea* – powiedział swobodnie Noel. – Sosna karaibska, moja droga Bożenko. Tutejsza odmiana. Bardziej wiotka niż nasza i ma dłuższe igły. I coś tam ma z liczbą tych igieł w wiązce, ale nie pamiętam co...

Bożena spojrzała na niego z odrazą.

– Od kiedy znasz się na sosnach?

– Odkąd nasza córka opowiedziała mi, jakie roślinki spotkamy na Karaibach. Byłem ciekaw. A ona sobie sprawdziła w jakichś dendrologicznych źródłach. My z Misią lubimy wiedzieć, z czym mamy przyjemność.

Bożena mętnie pomyślała, że kiedyś, dawno temu, ona też lubiła, tylko od jakiegoś czasu jakoś tak zobojętniała na świat. Oraz straciła serce do ludzi. Ale przecież wiadomo, że świat jest zły, a ludziom też nic nie brakuje, więc po co się łudzić?

Noel i te dwie stare wariatki najwyraźniej postanowili się łudzić aż do śmierci. Ależ się zdziwią, kiedy ona przyjdzie. Wyglądało na to, że wszyscy poza nią, Bożeną, mają ten obrzydliwy, kompletnie niepoważny stosunek do życia. Trudno.

Jak to się stało, że ona w ogóle tu przyjechała z tym całym stukniętym towarzystwem? Niewykluczone, że miała zaćmienie umysłu.

Stuknięte towarzystwo, jak najdalsze od rozmyślań egzystencjalnych, zamawiało właśnie u szefa kuchni kolację. Oczywiście wszyscy zachowywali się jak dzieci.

Bożena siadła na okropnym, plastikowym krześle (czy tu też mają jakieś dyskonty dla tubylców, gdzie się kupuje takie szkaradzieństwa?). Zapatrzyła się na lazurowe morze. Dobrze, że przynajmniej ono zachowuje się przyzwoicie.

– Bożenko, wracamy.

To nie Noel. Noel też mówi do niej „Bożenko", ale zupełnie innym tonem.

Jacek.

– Zamyśliłaś się. Wracamy na jachty, młodzież chce jeszcze przed wieczorem popływać na dingi.

– Po co?

– Dla przyjemności. Młodych to bawi. A my sobie posiedzimy, Noel nam pośpiewa, będzie miło.

No, trafił kulą w płot. Komu miło, temu miło. A ten gdzie lezie?

– Bronik nie wraca na „Apostoła"?

– Bronik zamówił taksówkę i chce się jeszcze dziś przejechać, żeby zobaczyć te swoje rozlewiska. To nie jest daleko, zresztą będzie musiał wrócić jak się zrobi ciemno.

~

Ciemno zrobiło się, jak to na Karaibach, dość wcześnie, bo około siódmej wieczorem. Słońce odpracowało przedtem imponujący spektakl z chowaniem się w Atlantyku. Na siódmą zamówiona była kolacja, więc Klub ponownie przeniósł się do pontonów, a następnie na plażę. Stoły już na nich czekały. Przy sąsiednich siedzieli już jacyś ludzie, prawdopodobnie z innych jachtów kołyszących się na bojkach. Korony sosen kiwały się przyjaźnie nad głowami biesiadników, niestety, zapewne z powodu braku wiatru, nie chciały gwizdać.

Bronika nie było.

Czarnoskóry kelner, błyskając zębami w reklamowym uśmiechu, dopytywał się, czy już może podawać, ponieważ w zasadzie kolacja dla państwa jest gotowa i czeka.

– Prosimy – Jacek uznał, że byłoby bez sensu jeść wystygłego lobstera tylko z powodu uprzejmości dla Bronika. Jeśli facet woli moczary w ciemnościach, to jego sprawa.

Upieczone na grillu lobstery okazały się znacznie mniej przerażające niż w koszu pod pomostem i żywe. Leżały grzecznie na półmiskach, wręcz zapraszając do wyjadania widelcem znakomitego, lekko przydymionego białego mięsa. Ci, którzy zamówili ryby, żałowali teraz ciężko, zakwitło więc dzielenie się daniami po bratersku. W chwili, kiedy na stołach panowało już kompletne pandemonium i prawie nie było wiadomo, który półmisek czyj, w krąg światła padającego od zawieszonej nad stołem lampy wkroczył Bronik.

Nie sam.

Widelce zastygły w powietrzu. Zza ramienia Bronika wychylała się, machając powitalnie pazurzastą łapką, Miss Karaibów w dredach. Panienka z lotniska na St. Martin.

– To jest Lutia Tyler – zaprezentował Lalę w Dredach bardzo zadowolony Bronik. – Patrzcie, jaki świat jest mały. Tatuś Lutii ma tu taksówkę. A Lutia ma właśnie tydzień urlopu i przyjechała do domu, bo na St. Martin nie mieszka na stałe. Poznałem ją od razu. Pamiętała nas. To miłe z jej strony, prawda?

– Eduś, czyś ty kompletnie zwariował? – spytała go matka tonem sugerującym, że właśnie wita Dredziastą Lutię najmilej, jak potrafi. – Po coś tu przywlókł tę lalę?

– Całkiem fajna paniena – szepnął Dawid Niepiera do ucha Jagulki. – On się do niej strasznie wyrywał już na tym lotnisku, pamiętasz?

– Fajna paniena, tylko łapki ma jak to z „Obcego", co facet miał na twarzy. Pamiętasz „Obcego"?

– Kto nie pamięta?

– Czy on nie pomyślał, co pomyśli Marcela? – wymamrotała Agnieszka do siedzącej obok Aliny. – Jak ona się będzie czuła?

– Może ona jest tutejszym ptakiem brodzącym – odmamrotała Alina. – Taka karaibska czapla siwa.

– Raczej bocian czarny – wtrąciła Michalina-przyrodniczka. – Nawiasem mówiąc, widziałyście, że tu wszystkie młode laski są ładne, a wszystkie stare brzydkie...

– Będzie z niej straszna megiera za kilka lat – dołożył z całą powagą Grzegorz, czego przyjaciółki już nie wytrzymały i parsknęły śmiechem. – Trochę żałuję, że nie mogłem się ożenić z wami trzema. Miałbym nielichy ubaw.

– No, no! Nawet o tym nie myśl! Ja ci się rozmnożę i będziesz miał ubaw po pachy!

Przez cały ten czas Bronik, który na szczęście w ogóle nie zwracał uwagi na polskie dialogi przy stole, opowiadał swojej czarnej piękności, kto jest kim, kto z kim i kto na jakim jachcie. Dredziasta Lutia słuchała go cokolwiek niecierpliwie, w końcu przerwała mu bezceremonialnie i pokazała palcem na jedyny nietknięty półmisek z lobsterem stojący wśród pobojowiska. Bronik zrozumiał, natychmiast zatroszczył się o to, że teraz ona nie ma co jeść, i postanowił się z nią podzielić, poleciał więc szukać kelnera, żeby dołożył talerz. Zachwycająca Lutia nie chciała jednak dzielić się z nim lobsterem, tylko zamówiła sobie krewetki.

– I po co narobiłeś tego całego zamętu? – Mama Lila była niezadowolona z popisów syna. – Musicie mu wybaczyć – zwróciła się do ogółu. – Przemęczył się, jak kończył pracę habilitacyjną, i chyba teraz musi jakoś odreagować.

Bronik właśnie wpychał Lutii na talerz sporą część swojego lobstera. Oboje śmiali się przy tym i przekomarzali.

Marcelina uchwyciła skierowane na siebie, pełne troski spojrzenie Zibiego Janochy.

Kiedy następnego poranka pod restaurację Whistling Pines podjechały dwie taksówki, było zrozumiałe samo przez się, że właścicielem i kierowcą jednej z nich był tatuś Lutii Tyler – Collin.

– Przez dwa „l" – zaznaczał, przedstawiając się. – Collin. Collin Taxi. Chcecie jechać na rozlewiska?

– Chcemy obejrzeć całą wyspę – sprostował go Jacek. – W tym rozlewiska.

– W porządku. – Collin zaprezentował reklamowy uśmiech numer jeden. – Obie taksówki razem?

Upewniono go, że tak, że wszyscy tutaj stanowią jedno towarzystwo i nie zamierzają się rozdzielać. Collin wykonał uśmiech numer dwa.

Taksówki były w istocie odkrytymi furgonetkami. Siedziało się na pace, na dwóch przeciwległych ławeczkach. Był to doskonały sposób podróżowania po wyspie, klimatyzacja bowiem działała tu bezbłędnie, przynajmniej w zakresie świeżego powietrza, w przeciwieństwie do szoferki, gdzie było okropnie duszno. Karaibskie słońce starało się, jak mogło.

Niezawodna młodzież pomogła wdrapać się na pakę osobom starszym oraz w ciąży i już, już dwie lekko zdezelowane furgonetki miały ruszyć w drogę, kiedy pasażerów dobiegł okrzyk głośny i ochoczy. Marcela pierwsza spojrzała i zbladła. Bronik natomiast rozpromienił się i też wydał ochoczy okrzyk. Plażą zmierzała w ich stronę Dredziasta Lutia, wymachując radośnie chusteczką z emblematem lotniska na St. Martin.

– Eduś, jak mogłeś? – spytała pani Lila, całkowicie retorycznie, gdyż Bronik siedział na pace tej drugiej taksówki, kierowanej przez posępnego faceta imieniem Mitch. Mitch Taxi.

Lutia właśnie wskakiwała zgrabnie na pakę, wspomagana, oczywiście, przez uradowanego Edusia.

– Cholera by ją wzięła – powiedziała pani Lila dobitnie, zapominając, że wcale nie tak dawno zastanawiała się, co by tu zrobić, żeby zniechęcić syneczka do smętnej donny. Ostatecznie smętna donna wcale nie była taka najgorsza, dbała o Edusia, podmaślała mu, jak potrafiła (a zdaje się, że kiedy chciała, to potrafiła), Krzysia miłe dziecko... poza tym nasze dziewczyny, obie, matka i córka, a nie takie aroganckie paskudztwo w dredach.

Pani Lilianna jako rasowa fryzjerka nienawidziła dredów, będących w jej przekonaniu wstydem i obrazą boską, nie zaś fryzurą godną człowieka kulturalnego!

Etniczne aspekty poskręcanych warkoczyków były jej absolutnie obojętne.

~

Wytęsknione Bronikowe rozlewiska nosiły nazwę Anegada Western Salt Ponds. Pani Lilianna przetłumaczyła to na Zachodnie Słone Bajora, co wyraźnie wskazywało na jej nowy, negatywny stosunek do podmokłych obszarów, choćby nie wiem ile razy były wpisywane na listę z Ramsar i wszystkie inne listy świata. Spoglądała na swego syna, który tańcował wokół karaibskiej panienki, zaniedbując kochającą go kobietę, i martwiła się.

– Grzesiu, nie wiem, co zrobić – pożaliła się w końcu doktorowi Wrońskiemu. – Czy wszyscy faceci tak mają? Przecież on jest kompletnie niepoważny, ten mój syn.

– Obawiam się, Lilu, że nic tu się nie da zrobić. Najwyraźniej doznał olśnienia i możemy tylko mieć nadzieję, że mu przejdzie równie szybko, jak przyszło. Chodź, obejrzymy sobie te bajora, skoro już tu jesteśmy.

Collin i Mitch zatrzymali taksówki w miejscu, które niczym się nie wyróżniało. Oświadczyli, że dalej nie pojadą, bo mogliby spłoszyć flamingi. W związku z tym Klub też ma się zachowywać cicho, jeśli chce zobaczyć czerwone ptaki.

Klub chciał. Na paluszkach nieomal wszyscy przeszli kilkadziesiąt metrów i zatrzymali się przy jakichś suchych krzakach. Jak na teren podmokły roślinność była zdumiewająco sucha.

Ale rzeczywiście rozlewały się tu jakieś jeziorka o dziwnym, jasnomorelowym kolorze. Prawdopodobnie słone. Nikt nie chciał tego sprawdzać organoleptycznie, ponieważ nie było wiadomo, jakie też bakterie i inne niemiłe żyjątka mieszkają w tej różowawej wodzie. Przeszli jeszcze kilka kroków, dotarli do kolejnych suchorośli i Collin kazał im stanąć. Nic nie mówiąc, wyciągnął rękę i pokazał coś daleko, daleko. Wszystkie oczy zwróciły się w tamtą stronę i nie zobaczyły nic.

– Są flamingi – wyszeptał niecierpliwie Collin. – Lornetki!

Przez silne lornetki (jedną Bronika i dwie przezornie zabrane z jachtów), owszem, było je widać. Ciemnoróżowo-czerwone ptaki na wysokich nogach łaziły spokojnie, pochylając się i najwidoczniej poszukując pokarmu w słonej wodzie.

– Czy one jedzą solone śledzie? – mruknęła z pewnym przekąsem pani Lilianna, która była zła na Edusia, a więc i na cały świat. Ale Bronik w sprawach ptasich nie uznawał żadnych przekąsów.

– One jedzą małe żyjątka i małe roślinki, mamusiu. Prawda, że są piękne?

– Kolana im się do tyłu wyginają – mruknęła nieprzejednana mamusia. – Kaleki.

– A jak się nazywają po łacinie? – spytała Jaga, aktualnie z Krzysią-Marysią w ramionach. Krzysia też dostała lornetkę do łapki i nawet troszeczkę czerwonych ptaszków zobaczyła.

– *Phoenicopterus ruber* – powiedział Bronik tonem pewnego rozmarzenia. – Feniks. Ptak czarodziejski. Słuchajcie, jedźcie sobie dalej oglądać Anegadę, a ja tu zostanę i jak będziecie wracać, to mnie zabierzecie. Po drodze. Dobrze?

– A twoja kudłata przyjaciółka z tobą zostanie? – zadrwiła mamusia. – Czy może pojedzie z tatusiem?

– Myślę, że tak. Znaczy, zostanie. Zaraz ją spytam…

Oderwał Dredziastą od lornetki i chwilę pogadał z nią po angielsku. Pokiwała energicznie dredami i wróciła do obserwacji.

– Lutia też się interesuje ptakami. Woli zostać ze mną.

– Ja bym ci powiedziała, co ją interesuje – warknęła mamusia rozsierdzona. – Tylko mi się nie wypada tak wyrażać. A co powiesz Marceli?

– A co mam jej powiedzieć? Nie robię niczego złego. Mamusiu kochana, nie przesadzaj, proszę. Wiesz, że dla mnie to okazja. We dwójkę podejdziemy do nich dużo bliżej niż całą gromadą. Będę mógł zrobić zdjęcia. Przypatrzę im się z bliska. Ja wiem, że są już doskonale opisane, ale obejrzeć je na własne żywe oczy to przecież zupełnie co innego. No i przecież zaraz wrócę do was.

Wyglądało to prawdopodobnie i pani Lila musiała przyznać synowi rację, coś jej jednak mówiło, że nie wszystko jest takie piękne i proste, jak by się mogło wydawać.

Lekko skwaszony Klub wyruszył w dalszą drogę. Anegada poza swoimi słonymi rozlewiskami była raczej sucha i wypalona tropikalnym słońcem. Spotkali po drodze trzy osły, stojące pośród suchorośli i przyglądające im się z filozoficznym spokojem. Przejechali przez tutejsze główne miasto, The Settlement, co znaczy po prostu osiedle. Osiedle było dość rozciągnięte, ale też nic specjalnie ciekawego. Mijali szkołę – widocznie była właśnie przerwa, bo przed budynkiem hasały nieduże dzieci w jednakowych niebieskich fartuszkach. Potem znowu był kawałek niczego, jak to określiła Michalina. A potem zobaczyli przed sobą jakieś palmy. Okazało się, że przejechali już całe południowe wybrzeże Anegady i zbliżają się do północnego. Jeszcze jakaś piaszczysta droga, jakiś budynek w typie hotelowym i nagle znaleźli się w raju. Przed nimi pojawiła się piaszczysta, prześliczna plaża i rozkosznie kolorowy Atlantyk. Między dwiema palmami wisiał hamak, dalej stał stół z krzesłami gotów na przyjęcie gości, a jeszcze kilka kroków dalej – oczywiście bar. Wszystko razem biło po oczach reklamowymi barwami Karaibów: złoty piach, szmaragdowo-turkusowa woda, zielone palmy i jakieś liściaste rośliny wyrastające prosto z wydmy.

Klub, zapominając chwilowo o Broniku, wydał z siebie zbiorowy okrzyk radości i wysypał się z taksówek.

– Proponuję, żebyście spróbowali painkillera – powiedział Jacek. – Zamawiać?

Narodowy drink Brytyjskich Wysp Dziewiczych pachniał kokosem, ananasem, pomarańczą i gałką muszkatołową. Barman nalał go na mnóstwo kostek lodu, co sprawiło, że wszystkie szklaneczki (o ile szklaneczkami można nazwać plastikowe pojemniczki) natychmiast pokryły się szronem.

– Dobre – orzekła w imieniu Klubu Alina. – Co tu jest? Naprawdę mleczko kokosowe?

– Cztery części soku z ananasa, jedna część soku z pomarańczy, jedna mleka kokosowego. – Jacek był precyzyjny. – Rumu Pussera ile chcesz. Lodu ile chcesz. Gałeczka muszkatołowa starta na sam koniec. I nie próbuj tego robić w domu, bo poza wyspami już tak nie smakuje. Oni tu nawet mają taką gotową mieszaninę, którą można kupić w komplecie z rumem, ale to nie to. Painkillera trzeba pić pod karaibskim słońcem.

– Narodowy drink – zaśmiała się Agnieszka. – Ja bym strzeliła jeszcze jednego.

Sącząc pachnący, lodowaty napój, Klub rozlazł się po ślicznej plaży. Pani Lilianna dopadła swojego wymarzonego hamaka między palmami i wyłożyła się w nim z drinkiem w ręce. Noel postanowił robić za Murzyna – wprawdzie nie miał liścia palmowego, za to stanął obok i delikatnie kołysał hamakiem, wprawiając panią Lilę w kompletny błogostan. Młodzież natychmiast poleciała się wykąpać w krystalicznej wodzie, a po chwili namysłu starszyzna poszła za dobrym przykładem.

O Broniku myślała już tylko Marcelina, budująca z Krzysią zamki z piasku w cieniu palmy kokosowej. Ale ona nie wypiła Mordercy Cierpień.

Po Bronika i jego przyjaciółkę Dredziastą Lutię wysłano tatusia Collina, bowiem w drodze powrotnej na plażę przy Gwiżdżących Sosnach o rozlewiska już nie zahaczano. Ornitolog pojawił się zadowolony, ale nie bardzo.

– Mam niedosyt – wyznał, przeskakując zgrabnie z baniaka dingi na rufę „Apostoła". Piękna Lutia cały czas podskakiwała i machała łapkami z brzegu, aż wreszcie tatuś wpakował ją do taksówki i odjechał. Bronik spojrzał za nią cokolwiek tęsknym wzrokiem.

– Niedosyt czego? – spytała natychmiast Alina. Marcela udawała, że to wszystko jej nie dotyczy, i usiłowała nakarmić Krzysię kanapką z twarożkiem.

– No, wiesz…

Ta odpowiedź mogła oznaczać wszystko i nic.

– Za wcześnie odpływamy – westchnął jeszcze Bronik i zanurkował w kambuzie.

– Mamy dość daleko do Cooper Island – powiedział Zibi Janocha od steru, trochę w powietrze, a trochę w stronę Marceliny. – A chcielibyśmy z Jackiem dopłynąć tam przed zmierzchem. Może chcesz posterować, Marcinie?

Marcin tym razem nie chciał. We czwórkę z Aliną, Jagą i Niką, zaopatrzeni w odpowiednie do wieku napoje, przenieśli się na dziób, aby spokojnie omawiać sprawy rodzinne. Mieli pewne plany, które należało zrealizować precyzyjnie, wymagały więc precyzyjnego przygotowania.

Młodzież męska – być może pod wpływem painkillera – popadła w rozleniwienie i też rozlokowała się w różnych przyjemnych miejscach. Na geriatrycznym „Shanty" nastroje były kubek w kubek podobne.

Dwa beztroskie (prawie) katamarany popłynęły spokojnie na południowy zachód. Zostawiły z lewej burty długie wybrzeże Virgin Gorda z mnóstwem zatoczek i marin, weszły do kanału Sir Francisa Drake'a, ominęły Fallen Jerusalem i Round Rock, kilka mniejszych wysepek i znowu większą Ginger Island, i wreszcie, już prawie o zachodzie słońca dotarły do celu. Była nim marina w Manchioneel Bay na Cooper Island.

– Cooper Island to na cześć pisarza? – chciała wiedzieć Agnieszka, stojąc przy Jacku i obserwując, jak manewrował przy wejściu do zatoczki.

– Raczej na cześć miedzi – odparł. – Następna wysepka nazywa się Salt Island, na cześć soli.

– A mijaliśmy Wyspę Imbirową – zaśmiała się Agnieszka. – Na cześć imbiru. Będziemy się jeszcze gdzieś szlajać czy spokojnie zostajemy na łódce?

– Jak chcecie. Zibi proponował, żebyśmy wszyscy odwiedzili ten ośrodek jego żony, ja też tam nie byłem i chętnie obejrzę, ale zostawiłbym to do jutra. Niemniej jeśli macie ochotę już dzisiaj, zawiozę was tam, naturalnie.

– Zostańmy na jachcie. – Obok Agnieszki zmaterializował się Jerzy Brański. – Niech to będzie miły, spokojny wieczór. Noel nam pośpiewa, pogapimy się na ten śmieszny księżyc. Agnieszko, zauważyłaś, że u nich księżyc nie stoi na rożku, tylko leży na pleckach?

– Albo na brzuszku – odezwała się Michalina, wychodząc z kambuza. – Zrobię wam kolację. Jestem dzisiaj matka karmiąca. Też mam ochotę na spokojny wieczorek. Totalne lenistwo. Słuchajcie, to jest po prostu boskie, że tu nie ma zasięgu. Ja już prawie zapomniałam, że mam komórkę. Wyładowała się i leży w szafce. Tato, będziesz śpiewał?

– Za odpowiednią opłatę jestem gotów na wszystko – oświadczył Noel. – Ale uprzedzam, dzisiaj mam nastrój liryczny. Będę śpiewał wyłącznie rzewne ballady. Żadnych dziarskich piosenek o rybakach z Killybegs. I zrobię mnóstwo drinków. Ale nie painkillera, tylko takich mojego wynalazku z soczkiem panczowym i innymi ingrediencjami. Będziemy pili, płakali i śpiewali. Co wy na to?

– Bardzo po irlandzku – zaśmiał się Grzegorz. – Albo po polsku, jak kto woli.

– Względnie po rosyjsku – wtrąciła pani Lila. – Noel, umiesz „Bradziagę”? Strasznie chciałabym zaśpiewać „Bradziagę” na Karaibach...

Na „Apostole Szczęścia” również nikomu nie chciało się już dzisiaj schodzić na ląd. Niebawem z obu katamaranów dał się słyszeć głuchy łomot – to kapitanowie rozdrabniali lód do drinków, tłukąc zbryloną zawartością plastikowych worków o próg oddzielający kambuz od pokładu.

Kilka chwil później karaibski, leżący na brzuszku półksiężyc usłyszał artystycznie wykonanego na głosy „Bradziagę”, a potem jeszcze wiele pięknych pieśni. Wyłącznie rzewnych.

~

– My się chyba tam nie wybierzemy, mamo – Jaga pracowicie smarowała twarz i ramiona kremem chroniącym przed słońcem. – Do tego spa. Spa jest dla starszych pań. Przepraszam cię, mama, ale rozumiesz, że jesteś starszą panią.

– Rozumiem, że stoję nad grobem – Alina spojrzała w lusterko i naciągnęła sobie zmarszczki wokół oczu.

– No nie, nie przesadzałabym. Nie nad grobem. Są starsi od ciebie. I wcale nie mam na myśli naszych babć, bo one są młodsze od ciebie.

– Z wyjątkiem Bożeny...

– Z wyjątkiem Bożeny. Ale Noel jest świetny. W ogóle jesteście świetni jak na starszyznę.

– Wy też jesteście świetni jak na młodszyznę. Jak ja wyglądam w tym pareo?

– Czadowo, mamcia. Czadowo. Ale nie musisz już uwodzić Marcina, on cię uwielbia. Uwielbia cię na dziko. Ja ci to mówię. Twoja starsza córka.

– A ja uwielbiam ciebie, starsza córko. Co zamierzacie robić?

– Pokąpać się, poplażować, pokąpać, pójść trochę na tę górkę i zobaczyć, co z niej widać. Muszą być fajne widoki. I pokąpać się znowu.

– Tylko się nie potopcie. Tfu!

– Nie ma obawy, mamcia. Pływamy jak rybki, wszyscy. Zresztą nie będziemy wypływać na otwarte morze, co to, to nie. Jak nam się znudzi, to wrócimy na jacht.

– Wpław?

– Nie, na dingi. Może przeoczyłaś, ale ćwiczyliśmy się w obsłudze przez pół dnia. Jesteśmy bardzo dobrzy. Patrz, to pewnie po was. Zrobimy wam komitet pożegnalny.

Do pomostu w marinie Manchioneel Bay podjeżdżał właśnie busik, w niczym nieprzypominający prześnych taksówek Collina i Mitcha. Kolor busika zwycięsko rywalizował ze szmaragdem wody, a za kierownicą siedział siwowłosy i ciemnoskóry facet w mundurku o tych samych barwach. Napis „The Island of Happiness" i logo z purpurowym kwiatem hibiskusa biły w oczy zarówno z karoserii busika, jak i z marynarki kierowcy.

Agnieszka z Jerzym i Michalina z Grzegorzem zdecydowali się zostać na plaży i zażywać szczęścia we dwoje, wyglądało więc na to, że reszta towarzystwa się w busiku upchnie, zwłaszcza że Zibi Janocha bezceremonialnie oświadczył kierowcy, iż sam poprowadzi, a kierowca może sobie do ośrodka wracać na kamasz.

Zanim całe towarzystwo rozmieściło się w klimatyzowanym i pachnącym jakoś chemicznie (ale nie obrzydliwie) wnętrzu busa, stało się coś, co sprawiło, że ze składu wycieczki ubył jeszcze ktoś.

Do pomostu podpłynęła z dużym fasonem dingi prowadzona pewną ręką niewielkiej osoby. Z daleka było widać tylko, że osoba ma biust i na głowie strzechę dredów. Z bliska poznali ją wszyscy.

– O, Lutia! – zawołał radośnie Bronik, nie troszcząc się o żadną dyplomację.

W istocie, była to Lutia.

Chwila rozmowy wyjaśniła wszystko. Dredziasta Miss Piękności namówiła tatusia Collina, który akurat nie miał klientów, żeby ją podrzucił rodzinną motorówką na Cooper Island, gdzie zamierzała poszukać Bronika i złożyć mu pewną propozycję. Co za nadzwyczajne szczęście, że go tak od razu spotkała!

Jaką propozycję?

Nikt tego pytania nie zadał, ale wisiało w powietrzu jak miecz Damoklesa.

Lutia bezceremonialnie wzięła Bronika na boczek i coś mu tam klarowała, wymachując po swojemu pazurzastymi łapkami. Bronik jakby miał wątpliwości, ale nie trwało to długo.

– Zibi, ty nie zamykałeś katamarana, prawda? Można się dostać do kabin?

– Można. Chcesz coś wziąć?

– Moje rzeczy. Marcelino, kochana, będziesz miała więcej miejsca dla siebie i Krzysi na te kilka dni. Ja płynę z powrotem na Anegadę.

Klub zmartwiał. Marcela nawet nie próbowała ukryć zaskoczenia i przykrości.

– Co to znaczy, na Anegadę? – żachnęła się pani Lilianna.

Marcelina pierwsza oprzytomniała i teraz udawała, że cała ta rozmowa nic jej nie obchodzi. Wzięła na ręce Krzysię i pokazywała jej kolorową wodę.

– Schodzę z jachtu i płynę na Anegadę. Collin ma mały pensjonat niedaleko rozlewisk, zamierzam się tam zatrzymać. Kochani, kiedy ja tu będę znowu? Czy w ogóle będę? Umówimy się, kiedy mam dotrzeć na Tortolę, no bo mamy te wspólne bilety na samolot. Poradzę sobie. Duży jestem, język znam. Lutia mi pomoże. Będzie jechała do pracy akurat wtedy, kiedy my będziemy wracać do domu, tak że z Tortoli na St. Martin możemy lecieć razem. A co zobaczę i sfotografuję przez te kilka dni, to moje. Prawda?

Przełożył Dredziastej, co powiedział, i wywołał tym u niej radosne potrząsanie setką warkoczyków.

Mamusia omal się nie zadławiła ze złości.

– Chodź za ten krzaczek – warknęła. – Mamy do pogadania!

Eduś niechętnie udał się za krzaczek. Po mamusi widać było, że zaraz eksploduje.

– Czyś ty kompletnie oszalał? Czy ty masz świadomość, co robisz Marcelinie?

– Nic nie robię, mamo. Naprawdę. Ja jej tu wcale nie jestem potrzebny, jest was jeszcze siedemnaście osób czy coś koło tego, przecież nie będzie się czuła samotna!

– Eduś, nie udawaj idioty! Ona nie jest ślepa ani niedorozwinięta i widzi, że zostajesz z tą czarną kudłatą laleczką! My też widzimy, jakie oczy do niej robisz!

– Czy mamusia nie przeoczyła czasami faktu, że już jestem dorosły?

– Dorosły to niekoniecznie znaczy świnia!

– Na wypadek gdyby mamusia została feministką, podpowiem, że w całości to brzmi: szowinistyczna męska świnia.

Pani Lilianna była ciężko zdumiona. Bronik nigdy jej się nie stawiał w taki sposób!

– Nie rozumiem cię, synu! Robisz Marcelinie świństwo i udajesz, że nic złego się nie dzieje. Nie podoba mi się to, ale rób, co chcesz.

– No to ja chcę obserwować flamingi, dobrze?

Pani Lila wzruszyła ramionami i wróciła do towarzystwa. Bronik obdarzył Marcelinę zdawkowym pocałunkiem i pomknął za długonogą Lutią do pontonu. Po chwili odbijali z wielkim warkotem od pomostu, zmierzając w stronę „Apostoła Szczęścia", skąd Bronik zamierzał się właśnie wyprowadzić. Nieopodal kiwała się na wodzie niewielka motorówka, a z niej przyjaźnie kiwał ręką Collin Tyler, tatuś Lutii.

Nikt mu nie odpowiedział żadnym gestem.

Atmosfera zagęściła się tak, że można ją było nożem kroić.

– My spadamy – odezwała się pierwsza Jaga. – Bawcie się dobrze, starszyzno.

– Wy też – odpowiedział za wszystkich Jacek. – Tylko uważajcie na jabłuszka.

– Jakie jabłuszka?

– Zibi was nie ostrzegał? Tu rosną takie małe, zielone, na drzewach. Do tych drzew też się zanadto nie zbliżajcie ani ich nie dotykajcie. Jakby deszcz padał, to lepiej pod nimi nie stawać. One się właśnie nazywają manchioneel. Są trujące.

– Zatoka Trujących Jabłuszek – powiedziała ponuro pani Lilianna. – Jedźmy już.

Szmaragdowy busik ruszył z miejsca i skierował się na drogę wiodącą w górę. Po jakichś dziesięciu minutach, może nawet nie, dotarli na miejsce. Najwidoczniej szmaragdowy był tu kolorem firmowym, bo i pawilony za szmaragdowym parkanem miały szmaragdowe ściany, i dama, która wyszła na ich powitanie, miała na sobie szmaragdowe giezło. Obok bramy wjazdowej pyszniły się dwa wielkie krzaki kwitnącego purpurowo hibiskusa. Spoza parkanu zaglądały do wnętrza gałęzie drzew, z których zwisały niewielkie zielone owoce, wypisz, wymaluj jabłka papierówki. Pewnie te trujące manchioneelki. Dama w gieźle była postawna, choć nie przesadnie gabarytowa, za to wszystko w niej było jakoś ponadnormatywnie duże. Miała ogromne jasnorude loki, wielkie zielone oczy, szerokie usta i wydatny nos. Z tym wszystkim była nawet ładna i dość stylowa, a przede wszystkim bardzo wyrazista. Czekała na podjeździe przed sporym pawilonem, stanowiącym chyba główny budynek ośrodka.

– Jakże się cieszę, że Zibi przywozi mi rodaków – zagruchała niskim, obiektywnie biorąc, nawet przyjemnym głosem. – Proszę, zapraszam, bądźcie naszymi gośćmi. Na pewno chętnie się napijecie czegoś zimnego, a potem was oprowadzimy z Zibim po ośrodku. Mam nadzieję, że wam się u nas spodoba.

– Już nam się podoba – powiedziała uprzejmie Alina, rozglądając się dokoła.

Istotnie, musiał tu swego czasu pracować utalentowany architekt, bo rzucało się w oczy przyjemne uporządkowanie przestrzeni. Naturalny stok tworzył szerokie tarasy. Kilka szmaragdowych pawilonów znikało w bujnych krzewach bugenwilli i oleandrów, basen umiejscowiony był ładnie w górnej części ogrodu, natomiast przez środek trawnika płynął wąski strumyk, miło szemrząc po kamieniach. Jak wszędzie na tych wyspach, pod palmami stały leżaki, między palmami wisiały hamaki, a wygodne ławeczki zachęcały do odpoczynku w cieniu kilku rozłożystych sosen karaibskich. Pod jedną z nich przygotowany był stół zastawiony zimnymi napojami i owocami.

– Tu w ogóle nie ma ludzi? – zainteresowała się pani Róża. – Taki duży teren i tak pusto?

– Ależ są ludzie – uśmiechnęła się Brygida Kic-Janocha. – O tej porze goście hotelowi przeważnie są już na morzu albo na plaży, klienci spa korzystają z zabiegów, a pensjonariusze naszego ośrodka terapeutycznego medytują albo mają jakieś zajęcia. Znajdziecie ich z pewnością za tymi krzewami.

– A ja myślałem, że teren tu się kończy – zdziwił się Noel. – Tam jeszcze coś jest?

– Jak najbardziej. Teraz jesteśmy na południowym stoku wzgórza, te duże oleandry są na jego grzbiecie, a po drugiej stronie mamy drugie zbocze, tak samo urządzone jak to. Może trochę mniej pochyłe, więc nie trzy tarasy, tylko dwa. W ten sposób nasi stali goście nie są niepokojeni przez nowo przybyłych.

– To nie można tam chodzić? – zmartwiła się pani Lilianna.

– Ależ wszędzie można, gdzie tylko państwo mają ochotę. Proponuję najpierw napić się, zjeść z nami sałatkę z owoców, a potem państwo obejrzą sobie cały nasz teren. My z Zibim służymy pomocą, możemy oprowadzić, a jeśli wolicie chodzić sami, bez planu, na żywioł, to proszę bardzo.

– Bee, kochana moja – przejął głos Zibi Janocha. – Nazywam ją Bee, bo taka z niej pracowita pszczółka – wyjaśnił zgromadzonym. – Brygida do niej nie pasuje, to takie twarde imię! Bee, kochana, nie uważasz, że skoro na jachcie wszyscy jesteśmy z sobą po imieniu, tutaj też moglibyśmy wypić za przyjaźń i przejść na ty?

– O ile nasi goście nie mają nic przeciwko temu. – Bee przewróciła wielkimi oczami.

Oczywiście, nikt nie miał nic przeciwko, przyjaźń została zawarta, sałatka owocowa była wyśmienita, lekkie drinki i soczki takoż, goście spożyli, wypili i zapragnęli obejrzeć posiadłość bez przewodnika.

– Matko jedyna, myślałam, że nie wytrzymam takiej ilości szczęścia i słodyczy – chichotała Lilianna, podążając za Noelem i Różą, która na swych długich nogach pruła naprzód jak posunięta w latach, ale ambitna sarenka. – Czy ona wszystkich swoich gości całuje w czółka na dobranoc?

– I osobiście okrywa ich pledzikiem – dodała Róża. – Ale trzeba im przyznać, że ładnie tu mają. Ciekawa jestem, z czego oni to wszystko kupili. Chyba nie z pasażerów tego katamaranu po sto dolarów dziennie.

– Wiecie, dziewczynki, oni nie wyglądają na jakichś najmłodszych, ja im daję po pięćdziesiątce na twarz. Może dorobili się gdzie indziej, a tu przyjechali, kupili kawałek ziemi nawet z tymi pawilonami i teraz koszą kapuchę. Tak się teraz w Polsce mówi?

– Może być tak – Lilianna ziewnęła. – Słuchajcie, kochani. A co by było, gdybym ja tu w jakimś hamaczku ucięła sobie komarka? Jakaś taka ta atmosfera senna się zrobiła.

– Bardzo dobry pomysł – powiedziała stanowczo Róża. – Z ust mi to wyjęłaś. A ja tu widzę leżaczek, z którego chętnie skorzystam. Noelu, nie wydasz nas?

– Niech mnie Bóg broni! Prześpijcie się, moje drogie, tylko bardzo proszę, uważajcie na słońce. Zobaczcie, w którą stronę idzie. Zresztą będę na was zerkał, żeby wam się nic nie stało. Ja się chętnie przespaceruję, może spotkam kogoś ciekawego.

Gdyby Noel Hart wiedział, jak mu się sprawdzi to porzekadło, prawdopodobnie nie byłby taki beztroski.

Na razie nie wiedział, więc spokojnie pomaszerował, nieznacznie tylko kulejąc (i on, i pani Róża zauważyli, że tutejszy klimat doskonale im robi na stawy) na szczyt wzgórza, aby podziwiać drugą stronę wyspy. Widok był cudny, jak zresztą znakomita większość tutejszych widoków. W tym przepięknym krajobrazie, nieco z boku, pląsała driada czy nimfa – ubrana podobnie jak Brygida w szmaragdowe giezło. W dłoni trzymała gałązkę kwitnącego hibiskusa, którą to gałązką wdzięcznie wywijała nad głową. Noel obserwował ją z przyjemnością, odrobinę tylko zmąconą faktem, iż tańcząca nimfa trochę mu się zamazywała. Aby poprawić obraz, wyjął z kieszonki okulary i włożył je na nos.

Przysłowie o tym, że lepsze jest wrogiem dobrego, nabrało nowego znaczenia.

Nimfa okazała się starą, siwą gropą.

Trzeba jej przyznać, że pląsała dość zgrabnie – możliwe, że podobnie jak Noelowi i Róży klimat dobrze jej robił na stawy. Jednakowoż długie siwe warkocze w liczbie pięciu czy sześciu sztuk, na dodatek rozplatające się na końcach, wydały się Noelowi nie do przyjęcia.

Driada wykonała jeszcze kilka tanecznych pas i stanęła, trochę zadyszana. Być może poczuła na sobie wzrok intruza, bo odwróciła się, by mu się przyjrzeć dokładniej.

I tu Noelowi wyrwało się z głębi serca najpaskudniejsze irlandzkie przekleństwo, jakie znał. Nigdy dotąd jeszcze go nie użył, ale teraz samo pchało mu się na usta.

– Noel! – zawołała driada radośnie i zaczęła iść ku niemu, kontynuując przemowę. – Noel! Nie wierzę własnym oczom! To jest cud!

Nie chciałam wierzyć, ale Bee mówiła, że cuda się zdarzają, jeśli ich się bardzo pragnie. A może ty jesteś tylko projekcją mojej wyobraźni? Noel! Czy ty jesteś prawdziwy? Czy ja mogę cię dotknąć?

– Skoro musisz – odparł niechętnie. – Witaj, Stephanie. Skąd się tu wzięłaś, na litość boską? Kto tłumaczy studentom „Beowulfa"?

– Joanna Trapp. Doktoryzowała się u mnie. Ręczę ci, że da sobie radę. A ja już miałam dość „Beowulfa" i tej całej reszty. To przez ciebie. Wyjechałeś z Dublina, nie powiedziałeś dokąd, a jak już się dowiedziałam, to prysnąłeś do Polski. Czyś ty kompletnie sfiksował, żeby uczyć angielskiego jak zwykły lektor?

– A skąd ty to wszystko wiesz?

– Mamy wspólnych znajomych, prawda? Do niektórych dzwoniłeś, zaznaczając, żeby tylko biednej Stephanie nic nie powiedzieli. Niechby sobie umarła w nieświadomości. Wydawało mi się, że jesteśmy przyjaciółmi, Noelu Hart!

– Bo jesteśmy. – Noel już trochę doszedł do siebie. – Stephanie, słyszałaś na pewno, że córka mnie odnalazła…

– A przedtem?

– A przedtem byłem w depresji. – Uznał, że takie tłumaczenie będzie dla niej najbardziej do przyjęcia. – Po wypadku. Usiądźmy. Opowiesz mi o sobie.

Profesor Stephanie Fitzjohn-Smith odrzuciła kokieteryjnie sploty na plecy i spojrzała na Noela powłóczyście. Cholera. Jeśli uznała, że marzenia jej się spełniły, gotowa się na niego rzucić. Na szczęście, o czym Noel nie wiedział, Stephanie trochę się zmęczyła pląsami na trawie i teraz nie była pewna, czy jej naturalny zapach nie zdominował zapachu dezodorantu. Nie chciała więc ryzykować żadnych niepożądanych komplikacji.

Usiadła na ławce jakieś pół metra od niego, uznając, że tak będzie bezpiecznie.

– Cóż ci mogę powiedzieć, niedobry chłopcze? Ja też byłam w depresji, i to przez ciebie. Ale ty o tym na pewno doskonale wiedziałeś i wcale cię to nie obchodziło. Mało brakowało, a popełniłabym samobójstwo. Przez mężczyznę! W moim wieku! Spróbowałam jakoś się bronić sama przed sobą, a skoro już wyjechałeś z Irlandii, nie miałam co liczyć na to, że się opamiętasz i wrócisz do mnie, postanowiłam więc również zmienić otoczenie.

– I przyjechałaś tutaj?

– Nie od razu. Wykupiłam wycieczkę takim wielkim cruiserem po całych Karaibach, on się nazywał „Costa Fortuna", ten cruiser, zabierał trzy tysiące ludzi. Pełen luksus. Jakoś tam jednak nie mogłam znaleźć spokoju.

Nic dziwnego, pomyślał Noel. Pomiędzy knajpą, kasynem i dyskoteką trochę trudno o spokój. Nie powiedział jej tego jednak.

– Czy ty wierzysz w znaki? – spytała znienacka Stephanie i nie czekając na odpowiedź, mówiła dalej: – Nie wiem, czy wiesz, ale nie ma przypadków, są znaki. No więc kiedy byliśmy w Road Town na Tortoli, spotkałam na przystani Bee. To musiało nam być pisane. Bee opowiedziała mi o tym ośrodku. I pomyślałam sobie, że może właśnie tak chce los: pojechałeś do Polaków, a inni Polacy może mi pomogą zapomnieć o tobie? Ale Bee nie kazała mi zapominać, wprost przeciwnie…

– Chwila, Stephanie – przerwał jej. – Co to za ośrodek? Bee mówiła, że terapeutyczny, ale ja myślałem, że chodzi o jakieś sprawy kosmetyczne…

Stephanie zaśmiała się perliście.

– Tu jest ośrodek leczenia duszy. Tu przywracają ci wiarę w siebie. Ukierunkowują na szczęście. „The Island of Happiness". Są mistrzowie. Przede wszystkim sama Bee. Rozmawia z tobą. Uczy cię rozpoznawać samego siebie. No i najważniejsze, nawiązuje kontakt z duchami, które przeszkadzają ci odzyskać spokój.

– Powiedziałaś: z duchami?

– Tak powiedziałam, Noelu Hart. I radzę ci: porozmawiaj z Bee, poproś ją, żeby odnalazła w przestrzeni duchy, które każą ci wędrować po świecie i robią z ciebie Żyda Wiecznego Tułacza!

– Porozmawiam. I ty mówisz, Stephanie, że zeszłaś z tego cruisera i przyjechałaś tutaj? Dawno?

– Trzy miesiące temu. W połowie września.

– A ile im płacisz?

Stephanie spojrzała na niego i zatrzepotała rzęsami.

– A co cię to obchodzi? Ale powiem ci jedno. To, co oni tutaj dają, warte jest wszystkich pieniędzy.

~

– Jesteś bardzo wrażliwą istotą, Marcelino, prawda? Nie, nie odpowiadaj, bo cóż mogłabyś odpowiedzieć. Ale ja to wiem. Ja to wiem. Widzę dużo więcej, niż mogę powiedzieć. Napij się, proszę, to sok z passiflory, a my go tu specjalnie energetyzujemy. Choć akurat temu sokowi niewiele trzeba, bo passiflora to roślina mistyczna. Pewnie wiesz, kwiat Męki Pańskiej.

– Wiem, studiowałam ogrodnictwo.

Marcelina siedziała wraz z Bee w altance z trzech stron zarośniętej bugenwillą, a z czwartej otwartą na Atlantyk. Miejsce było jakby stworzone do zwierzeń. Krzysia-Marysia bawiła się w kąciku plastikowymi piłeczkami różnej wielkości – widać w altance bywały również małe dzieci.

A może psy, pomyślała Marcela. Takie piłeczki doskonale nadawałyby się również dla psiaków.

– Krzysiu, nie bierz tego do buzi – powiedziała na wszelki wypadek.
– Nie wiem, Bee, czy jestem taka wrażliwa. Chyba raczej przeciętna.

Bee roześmiała się perliście.

– Jak wszyscy skromni ludzie nie doceniasz siebie. Jesteś wrażliwa, poza tym oczekujesz od ludzi, że będą wobec ciebie równie lojalni jak ty wobec nich. Przywiązujesz się, dajesz im siebie, hojnie dajesz i co masz w zamian?

Marcela miała pewne wątpliwości co do tego „hojnie", ale generalnie ta cała Pszczółka miała wiele racji. Tylko co może dać gadanina?

– Czy musimy o tym mówić?

– Nie, oczywiście, że nie. Ale, moja droga, chowanie głowy w piasek niczego nie rozwiąże.

– Skąd wiesz, że mam jakieś problemy do rozwiązania?

Bee pomilczała chwilę i uśmiechnęła się ciepło.

– Marcelino, ja naprawdę dużo wiem. To ja prosiłam Zibiego, żeby z tobą porozmawiał, powiedział ci o naszym ośrodku, o moim pobycie na Grenadynach. Bo powiedział ci, prawda?

Marcelina kiwnęła głową.

– No właśnie. Ja wiedziałam, że do nas przybędziesz, jeszcze zanim wsiadłaś na pokład samolotu. Mój mistrz wiele mnie nauczył. Słuchaj, nie chcę cię tu epatować jasnowidztwem, bo możesz pomyśleć, że to sztuczki. Ale muszę cię ostrzec.

– Każdego ostrzegasz? – wyrwało się Marcelinie.

– Nie, nie każdego – odrzekła poważnie Bee. – Tylko tych, którzy są tego warci. A ty jesteś warta dużo więcej niż to, czego nie chcieli ci dać mężczyźni, z którymi się związałaś. Swoją drogą były znaki, że oni nie są ciebie warci, prawda? Były znaki. A ty nie chciałaś wierzyć własnej intuicji. Ludzie powiedzą: okłamywałaś sama siebie. Ale tak nie było. Ty byłaś zbyt delikatna, żeby tę prawdę móc przyjąć, znieść. Ja to wiem i nie musisz przytakiwać.

Wobec tego Marcela nie przytaknęła. Jednak to, co mówiła Bee, miało sens.

– Przed czym chcesz mnie ostrzec, Bee?

Bee czyli Brygida Kic-Janocha, wstała z ławki i stanęła przy filarku z widokiem na ocean. Chwilę milczała, po czym odwróciła się do Marceliny. Nie uśmiechała się.

– Otaczają cię nieprzyjazne dusze, Marcelino. Dusze zazdrosne. O ciebie. O twoją subtelność. O to, że nie idziesz przebojem. Że jesteś jak cenny kwiat na śmietnisku życia.

– One mnie mają raczej za miągwę i nyguskę – wyrwało się Marcelinie.

– No właśnie. Tak mówią, żeby siebie ukazać w lepszym świetle. A w czym są lepsze od ciebie? Że zaradniejsze? Że mają mocniejsze łokcie? Że potrafią nienawidzić, chociaż skrywają to uczucie głęboko? A ty nie potrafisz. Ciebie łatwo zranić. W gruncie rzeczy sama dobrze wiesz, że nie są twoimi przyjaciółkami. A ich mężczyźni nie są twoimi przyjaciółmi. Nie przestrasz się, Marcelino, ale muszę ci o nich coś powiedzieć. To wampiry. Żywią się twoją energią. Nie zaprzeczaj, nic nie mów. Pomyśl tylko sama, ile razy, kiedy się rozstawaliście, byłaś kompletnie wyczerpana? Bez energii? Chciało ci się płakać, może nawet płakałaś z bezsilności, ale to niczego nie zmieniało.

– No, kiedyś, kiedy leczyłam się u Grzegorza, bywało lepiej…

– Tylko wtedy, kiedy on był w pobliżu, prawda? Uzależniał cię od siebie. Po to, żeby zabierać nie tylko twoje pieniądze, ale i twoje siły życiowe. Tak to wygląda, niestety. Przepraszam cię na chwileczkę, muszę pójść na pięć minut do biura, o tej porze miał do mnie dzwonić człowiek dla mnie ważny, również uczeń mojego mistrza z Grenadyn. Prosiłam go, żeby zadzwonił później, bo wiedziałam, że będę zajęta z tobą, ale on wyjeżdża z Wysp do Stanów, na Alaskę. Przez rok nie będzie się kontaktował z nikim, a ja muszę mu zadać kilka pytań. Zostaniesz tu czy zaprowadzić cię do ludzi?

– Do jakich ludzi?

– Takich, którzy kiedyś byli w podobnej sytuacji jak ty, kochanie. Nigdzie nie chodź, przyślę ci kogoś.

~

– Zostawiłaś ją, Bee?

– Tak. Już z nią trochę porozmawiałam i uważam, że połknęła… teego… haczyk.

– Ale zostawiłaś ją samą czy posłałaś do niej jakiegoś neofitę?

– Neofitkę, Zibi. Dulcie. Tę z poprzedniego twojego rejsu. Ona jest pełna zapału i codziennie rano biega witać się z kwiatami. Wiesz, że nadaje imiona wszystkim hibiskusom?

– Pojedynczym kwiatom?!

– Nie, na szczęście tylko krzakom. Te dwa przy bramie to Gog i Magog.

– Gog, Magog i Demagog. – Zibi aż się zachłysnął własnym śmiechem. – Oleandry też się nazywają?

– Jeszcze nie, ale i do tego dojdzie. Słuchaj, a tu jest jeszcze taka jedna starsza babka, bo ta młoda to od razu widać, że wydra, pożytku z niej nie będzie. I faceta nie wypuści z garści. Ale ta stara, ta, co chodzi osobno, a nie z tymi dwiema i ich bodyguardem. Jakaś taka niezadowolona z życia. Ona by się nie nadała?

– Może by się i nadała, ale nie ma w ogóle forsy. Zapomnij o niej.

– Dobrze, Zibi. Chodź, chlapniemy sobie po małym, bo te wszystkie soki już mnie lekko brzydzą.

~

– Hajjjjoooo...

Po takim powitaniu Marcelina spodziewała się zobaczyć Teletubisia, ale podniosła głowę i ujrzała pół kobiety. Druga połowa zapewne kryła się w gąszczu bugenwilli.

– Ty jesteś Marcelina? – spytała połówka po angielsku.

Marcelina przytaknęła. Połówka uśmiechnęła się uradowana.

– Bee mówiła, że tu jesteś, i prosiła, żeby ci dotrzymać towarzystwa przez kilka minut, bo ona ma jakieś kłopoty z połączeniem telefonicznym. Czy mogę usiąść koło ciebie?

– Jasne.

– Siuuuuur – powiedziała bardzo wyraźnie Krzysia-Marysia. – Mamo, siusiu.

Wykonała przy tym wiele mówiący gest zdejmowania majteczek.

– Mała królewna chce siusiu – zaświergotała domyślnie połówka. – Daj ją tutaj, niech siusia na trawę.

Wyciągnęła ręce, ale jeśli chodzi o dziecko, Marcela nie miała zaufania do nieznajomych połówek. Wyszła z altanki i pomogła Krzysi wysiusiać się pod krzakiem. Przy okazji obejrzała sobie w całości osobę, która je nawiedziła. Była to dama mniej więcej pięćdziesięcioletnia, odziana w szmaragdową szatę, podobną do giezła Bee. Wyglądała w niej jednak nieco gorzej, była bowiem o połowę grubsza. Chyba jej to nie przeszkadzało.

– Mam na imię Dulcie. Cieszę się, że cię tu widzę.

– To miło, ale czemu właściwie się cieszysz? Przecież mnie nie znasz?

– Trochę cię znam. Skoro trafiłaś tutaj, to pewnie masz takie same problemy jak ja i inni…

– Ależ ja tutaj trafiłam przypadkiem. Parę dni temu nie miałam pojęcia o istnieniu tego ośrodka.

– Nie ma przypadków, kochana. Są tylko znaki. Skoro tu trafiłaś, to znaczy, że tak miało być. Zostaniesz na dłużej?

– Nic o tym nie wiem.

– Ja też nie wiedziałam, że tu zostanę. Byłam na rejsie z przyjaciółmi, katamaranem Zibiego. Spotkała nas zła pogoda i wylądowaliśmy tutaj, na Cooper Island, całkiem niespodziewanie. I to mnie też nauczyło, że nie ma przypadków. Tę burzę zesłały moje dobre duchy, moi opiekunowie.

– Wierzysz w duchy?

– Oczywiście. Bee widzi duchy. Może nie mówiła ci tego tak od razu, żeby cię nie przestraszyć, ale ona widzi duchy i w ogóle dużo wie. Dlatego może pomagać.

– Mówiła o wampirach energetycznych i o nieżyczliwych duszach.

– To na pewno mówiła o duchach ludzi żyjących. Wokół nas mogą być też dusze ludzi nieżyjących, życzliwe nam lub nie. Prawdopodobnie i koło ciebie takie są i szkodzą ci. Ale z nimi nie ma problemu, Bee potrafi je odsyłać tam, gdzie być powinny. Nad duszami żyjących nie ma władzy, z kolei one nie oddalają się od swoich ciał zbyt daleko, więc i tu rozwiązanie jest proste: trzeba się od nich odsunąć. Fizycznie.

– Jak daleko?

– Im dalej, tym lepiej.

– A co tu jeszcze robicie oprócz rozmów z duchami?

– Nie śmiej się z nas. Z duchami rozmawia tylko Bee. A my tu po pierwsze, dochodzimy do siebie, bo złe duchy potrafią człowieka naprawdę wykończyć, poza tym uczymy się siebie, uczymy się panować nad własnym ciałem i duchem. Jeśli ktoś chce, Bee robi z nim specjalne ćwiczenia oddechowe i medytacje, żeby się dowiedzieć, kim był w poprzednich życiach.

– Kim byłaś, Dulcie?

– Córką faraona. Nie śmiej się.

– Nie śmieję się.

– Wiesz, kiedy Bee mi to powiedziała, zrozumiałam, dlaczego tak dobrze się czułam na wycieczce w Egipcie. Naprawdę, Marcelino. Czułam duchową więź z piramidami. Słowo ci daję.

– Która była twojego tatusia?

– Nie wiem. Jeszcze nie doszłyśmy do tego z Bee. Mówię ci, nie śmiej się z nas. Pójdę już. Nie chcę być nieuprzejma, ale to jest pora moich medytacji kwiatowych. Wcielamy się w dusze kwiatów i roślin, to nam później pomaga w uzyskaniu prawdziwej świadomości szczęścia. Szczęście jest w nas. Nie w ludziach, którzy nas otaczają. W nas. Ja już tego doświadczam. Ach, coś ci jeszcze poradzę. Niech ci serce podpowie i twoja intuicja, czy możesz o tym wszystkim opowiadać twoim przyjaciołom. Nie trzeba, żeby się z ciebie śmiali.

Szmaragdowa Dulcie zerwała gałązkę pomarańczowej bugenwilli i podała Krzysi.

– Oby twoja dusza była jak ten kwiat, maleńka – powiedziała i odeszła z dużą gracją jak na swoją wagę.

~

Wizyta w szczęściodajnym ośrodku potrwała do późnego popołudnia. Alina i Bożena skorzystały z dobrodziejstw masaży ciepłymi kamieniami oraz klasycznych, a na etapie kąpieli w algach dołączyły do nich Róża i Lila, wyspane i zadowolone, aczkolwiek za masaż i kąpiele trzeba było zapłacić dość słono. Panowie zalegli w barze, gdzie nie tylko napotkali dobre trunki (też płatne, widać do baru gościnność Zibiego nie sięgała), ale okazało się, że wszyscy są entuzjastami żaglowców – Noel do tej pory raczej sentymentalnie niż praktycznie, czy choćby akademicko, za to Marcin i Jacek jak najbardziej praktycznie. Spędzili więc dobre trzy godziny przy rumie Pussera i licznych rysunkach poglądowych produkowanych od ręki przez Marcina, który następnie objaśniał je zafascynowanemu Noelowi. Pod koniec trzeciej godziny tego posiedzenia naukowego mniej zainteresowany Jacek spał smacznie w fotelu, pilny student zaś bez mała dorównywał wykładowcy w znajomości budowy fregaty. I nie mamy tu na myśli budowy anatomicznej ptaka o bandyckich skłonnościach, tylko statek żaglowy posiadający trzy maszty i wszystkie rejowe…

O swoim spotkaniu z byłą flamą Noel nie powiedział na razie nikomu.

Bee Kic-Janocha pożegnała swoich gości bardzo serdecznie. I dopiero kiedy wszyscy znaleźli się już w marinie, gdzie czekała na nich młodzież męska z pontonami (reszta Klubu zajmowała się właśnie przyrządzaniem na jachcie kolacji) – wybuchła kolejna bomba.

– Słuchajcie – powiedziała w przestrzeń Marcelina. – Ja skoczę na katamaran tylko po rzeczy. Chcę pomieszkać trochę na lądzie… Bee zaproponowała mi pokój w jednym ze swoich pawilonów. Będzie mi tam wygodniej niż samej z Krzysią na jachcie.

– Jak to: samej? – Alina była tyleż wzburzona, ile zaskoczona. – Przecież my ci przy małej pomożemy, Jaga, Nika i ja. I z chłopakami ona się zawsze ślicznie bawiła. Myślisz, że będzie wam lepiej na lądzie? Tak samym? Bez nas?

– Bez was nie oznacza samym – zauważyła sucho Marcela i Alina musiała uznać słuszność tego argumentu.

Nikomu jednak nie było przyjemnie. Marcela potraktowała ich jak wrogów. A przynajmniej jak obcych.

– Zatoka Trujących Jabłuszek – powiedziała nagle z pasją pani Lilianna. – Czyś ty się ich najadła tam na górze? Bo Edusiowi wystarczyło, że ich powąchał!

– Chyba nie powinniście tej decyzji Marceliny traktować osobiście – wtrącił Zibi zmartwionym tonem. – Po tym, co dzisiaj rano się wydarzyło, Marcelina może czuć się nieswojo. Pod opieką Bee szybko dojdzie do siebie.

– Dlaczego z jakąś nieznajomą Bee ma jej być lepiej niż z nami? – spytała pani Róża tonem pełnym pasji.

Nie otrzymała odpowiedzi. Marcela poprosiła tylko Jagę o chwilowe zaopiekowanie się Krzysią i popłynęła dingi na katamaran po rzeczy. Krzysia po raz pierwszy w tej podróży okazała niezadowolenie i rozpłakała się żałośnie.

– Alinko, Marcinie. – Noel wykorzystał moment, kiedy Zibi oddalił się od nich. – Chętnie bym pogadał z wami wszystkimi, mam na myśli cały wasz Klub. Może byście wpadli do nas z wizytą towarzyską? Oczywiście bez tego gładkiego palanta, mam na myśli Zibiego…

– Mamy wziąć młodych?

– Niekoniecznie. Lepiej niech zostaną na „Apostole" i pilnują, żeby Zibi nie podsłuchiwał. Po wodzie niesie, mógłby usłyszeć coś niepotrzebnie. Powiecie im, o co chodziło, kiedy wrócicie.

– Ja was zawiozę – zadeklarował młody Niepiera, stojący obok. – I odbiorę na sygnał. A co, coś tam nie w porządku z tym ośrodkiem?

– No, właśnie chcę się naradzić, synu, bo sam nie jestem pewien.

– To może ona nie powinna tam jechać?

– Nie, jeśli chce, niech jedzie. Ale pogadać trzeba.

Kwadrans później szmaragdowy busik uwoził Marcelę z dzieckiem krętą drogą pod górę, w kierunku „Wyspy Szczęścia". Pół godziny później dingi z „Apostoła" podpływała pod rufę „Shanty".

– Powiedziałam, że macie dzisiaj na kolację ostatnie nasze kabanosy i że nie pozwolę wam ich zeżreć beze mnie – zakomunikowała Alina. – Zibiemu nie wypadało się wpraszać, bo zaznaczyłam, że to ostatki i że mało. Kurczę, jestem cała w nerwach. Noel, o co chodzi?

– Zaraz wam wszystko powiem. Patrz, naprawdę zostały jeszcze kabanosy. Jedz na zdrowie. Zrobię nam po drinku, Jacek, mamy rum? Bo wczorajsza butelka mi się skończyła.

– Mamy, jest w szafce, tylko upchnięty z tyłu. Siedź, zaraz go wyciągnę. Tylko nic nie opowiadaj beze mnie, bardzo cię proszę.

– Jasne.

– Zimno jakoś – wzdrygnęła się pani Róża. – Drink drinkiem, a ja zrobię sobie żurku z papierka. Jacuś, proszę, nastaw wodę na gaz!

Pomysł Róży zyskał ogólne uznanie i kilka minut później na stole zgodnie sąsiadowały z sobą oszronione szklanki z mieszanką rumu i soczku panczowego z parującymi kubkami pełnymi żurku instant z Winiar.

– Noel, jeśli natychmiast nie powiesz, o co chodzi, wepchnę cię do wachy – oświadczyła Lilianna, która ostatnio nauczyła się mówić „wacha" zamiast „woda" i bardzo polubiła tę formę.

– Mów, o co chodzi. Coś się wydarzyło, kiedy poszłyśmy z Różą spać?

– Tak. Spotkałem swoją dawną… znajomą…

– Tato?…

– Bardzo dobrą znajomą. Mówiąc prawdę, kiedyś dawno trochę uciekłem od niej, bo zamierzała mnie zagłaskać na śmierć, a ja wtedy byłem po wypadku i nie miałem na nią siły. Potem okazało się, że życie bez niej jest o wiele piękniejsze, a zwłaszcza spokojniejsze niż z nią, więc na wszelki wypadek nie podałem jej mojego adresu w Killybegs. Mówię wam o tym wszystkim, bo ona twierdzi, że z mojego powodu była załamana. No i jakiś czas temu, taka załamana, popłynęła w podróż po Karaibach wielkim cruiserem, a jak wylądowali na Tortoli, to przypadkiem spotkała Bee. Oni mówią, że nie ma przypadków, są znaki. Moim zdaniem nie ma przypadków, tylko ta para cwaniaków poluje na takich naiwniaczków jak Stephanie. I Marcela, oczywiście. Grzegorzu, słuchaj szczególnie uważnie, bo może ty mi to wytłumaczysz.

Grzegorz kiwnął głową.

– Chyba wiem, czego się powinienem spodziewać. Szkoda, że jednak nie pojechaliśmy z wami. Opowiadaj. Nie ma przypadków…

– Są znaki. Pani Bee spojrzała na moją biedną Stephanie i stwierdziła, że widzi przed sobą istny kwiatek skrzywdzony przez niedobrych ludzi. A zwłaszcza przez niedobre dusze. Żywe i nieżywe. Powiadam wam, zdrętwiałem, kiedy Stephanie mi zaserwowała te nieżywe dusze. Jak u Gogola, cholera.

– U Gogola to martwe dusze – sprostowała jego córka.

– Martwe, masz rację, kochanie. Są to w każdym razie dusze, które robią krzywdę. Nie dają spokoju, są zazdrosne i tak dalej. Zdaje się, że ona dzieli je na dwie kategorie. Od żywych dusz każe po prostu odjechać. Niemądra Stephanie zaserwowała Bee opowieść o mnie, a Bee wyciągnęła mylne wnioski, że jestem na pokładzie tego cruisera i kazała jej ode mnie odejść. Fizycznie, na odległość. Jak się okazało, że mnie już dawno nie ma, to strzeliła w nią duszą jej babki. Babka Stephanie nie ma prawa żyć, bo musiałaby mieć ze sto dwadzieścia lat. No więc nie żyje, ale napuściła na Stephanie swojego ducha. Ze złości o dom rodzinny, w którym mieszka Stephanie. Bee porozmawiała z tym duchem i kazała mu się wynosić. A jeszcze potem obiecała Stephanie, że jej powie, kim była w poprzednim życiu. Po miesiącu ćwiczeń i medytacji wyszło jej, że... nie zgadniecie.

– Egipską księżniczką – powiedział Grzegorz. – To jest najczęstsze.

– Nie tym razem. Stephanie była Ginewrą, żoną króla Artura. Ni mniej, ni więcej. Żeby chociaż dwórką, ale nie. Samą Ginewrą.

– Ciekawe!

– Ale logiczne. Stephanie była zachwycona, bo ona się zajmuje średniowieczem na uniwersytecie, jest zresztą niezłą specjalistką zwłaszcza od „Beowulfa".

– Bee mogła nie słyszeć o „Beowulfie"...

– Ja też nie słyszałam – oświadczyła odważnie pani Lilianna. – Co to za jeden?

– To taki epos średniowieczny, kiedyś ci chętnie opowiem, Lilu. W każdym razie Stephanie uznała, na zasadzie „nie ma przypadków, są znaki", że prawdopodobnie zainteresowała się tym średniowieczem jako była królowa Ginewra.

– Coś podobnego! – wykrzyknęła pani Lila. – To ja byłam w przeszłym życiu cyrulikiem sewilskim!

– A ja lordem Byronem – mruknął Noel. – Bardzo lubię Romantyzm. No i co ty na to, Grzegorzu?

– Obawiam się, że mamy do czynienia z typowym zjawiskiem – powiedział Grzegorz powoli.

– Od razu mi się ten Zibi nie bardzo podobał! – Agnieszka kręciła głową. – On jest w typie Szczurka, zauważyłyście, dziewczyny?

I ty, Grzesiu? Ach, i Jurek go znał przecież... Szczurka mam na myśli. Nawet był kandydatem na jego następcę, hehe...

– Proszę, nie przypominaj mi o tym, kochanie.

– Czekajcie, bo coś w tym jest. Grzesiu, takie osoby... powiedzmy, chwiejne emocjonalnie... można jakoś rozpoznać?

– Jak ktoś jest dobrym obserwatorem, to oczywiście. Tu Zibi miał ułatwione zadanie... bo najwidoczniej on jest naganiaczem... miał Marcelę na patelni. Bronik robił Marceli przykrości, ona się zamykała w sobie, może Zibi podpatrzył ją, jak gdzieś płakała sama... Może z nią porozmawiał raz, drugi. Facet ma zacięcie na psychologa, tylko je źle wykorzystuje. A jego żonka robi resztę. Wmawia delikwentom, że im pomaga, i prawdopodobnie kasuje ich na niemałe pieniądze. Ten ośrodek może nie jest pierwszy, może już gdzieś mieli podobny interes, na przykład w Stanach. Amerykanki są bardzo podatne na takie wmawianie dziecka w brzuch. Że się tak wyrażę, za przeproszeniem pań.

– Grzesiu, na litość boską, dlaczego ludzie dają się na to nabierać? Przecież psychiatrów i prawdziwych psychologów czy psychoterapeutów jest jak naplute! Za przeproszeniem obecnych!

– Misiu, kochana moja, ale psychoterapia to przeważnie nic przyjemnego. Faktycznie, jest nas jak naplute, ale co o nas ludzie wiedzą? Jak nas chcą widzieć? Najbardziej by chcieli jako dobre wróżki. Przylecimy, machniemy różdżką czarodziejską i myk, wszystkie troski idą się bujać. Te ich nazwy, „Apostoł Szczęścia", „Wyspa Szczęścia", to nie jest przypadek...

– Nie ma przypadków, są znaki!

– No właśnie. Tym razem to rodzaj sprytnej sugestii. Apostoł szczęścia doprowadzi cię na wyspę szczęścia. Wszystko logicznie. Jeśli cię męczą nieżyczliwe duchy, to dobra wróżka Bee da im wycisk i wyrzuci je z twojego życia. Zrobi z tobą trochę ćwiczeń oddechowych i będziesz wiedziała, kim byłaś w poprzednim życiu.

Ja się śmiałem z tych księżniczek egipskich, ale ich naprawdę jest najwięcej, z tego, co wiemy. Zauważcie, kochani, mało kto w przeszłym życiu był chłopkiem małorolnym, peonem, egipskim niewolnikiem budującym piramidę, wioślarzem gnijącym na galerze. Tylko klasa panująca.

– A chciałbyś być chłopkiem pańszczyźnianym?

– Nikt by nie chciał. A przecież nasz klient, nasz pan. Natomiast w uczciwej psychoterapii wszystko musi trwać i często boleć. Ja wymagam od moich pacjentów współpracy. Nie ma tak, że dam im tabletkę szczęścia i wszystko gra. Oni sami muszą, z moją pomocą, naturalnie, dotrzeć do własnych uczuć i przekonań, o których nie mają często pojęcia. Dotrzeć, zrozumieć, skąd się wzięły i jaka jest ich rola w życiu. To wcale nie jest łatwe, nawet ze wspomaganiem. A potem jeszcze trzeba szukać innego sposobu na życie, lepszego, mądrzejszego.

– A można to wszystko bez pomocy lekarza? – spytała ciekawie pani Róża.

– Można, Różyczko, przecież lekarz to też jest tylko człowiek, który się czegoś nauczył, więc w zasadzie każdy może się tego samego nauczyć. Tylko, jak mówię, ze wspomaganiem łatwiej.

– Grzesiu, ty tego nie powiesz, ale ja powiem. – Agnieszka bębniła po swojemu palcami w blat stołu. – Mnie pomagałeś, Alinie pomagałeś, Marcela też do ciebie latała. Tylko że jej się nigdy nie chciało przyłożyć. Oczekiwała, że ludzie zrobią wszystko za nią. Ty, Jerzy, a ostatnio Bronik. Jak jej znika to wspomaganie, to ona się robi bezradna. Dlatego Zibi ją upolował. Mam rację?

– W dużej mierze, chociaż jesteś bezlitosna dla biednej Marceli.

– Przestań, Grzesiu, teraz facet przez ciebie przemawia, a nie zawodowiec!

– Faceci lecą na bezradne – dodała Alina, pogryzając kabanosa. – I co teraz zrobimy?

– Proponowałbym poczekać. Niech ona sobie te kilka dni tam posiedzi, odpocznie, odpręży się, a jak będziemy odlatywać do Polski, to i Bronik się znajdzie, i ona. Noelu, a powiedz mi, co się dzieje z tymi ich klientami, którzy już nie potrzebują kuracji?

– Masz na myśli tych, którym skończyły się pieniądze? Nie wiem. Stephanie nic na ich temat nie mówiła.

– A mówiła ci, ile tam się płaci?

– Nie, ale powiedziała, że to jest warte wszystkich pieniędzy.

– Czy my już wiemy, gdzie spędzimy Wigilię? – spytała Agnieszka następnego dnia przy śniadaniu.

Towarzystwo spojrzało na nią jak na cielę z dwiema głowami, zaś pani Lila aż podskoczyła.

– Przez to wszystko zupełnie zapomniałam, że będą święta! – zakrzyknęła. – Wy, zdaje się, też tak samo!

– Popłynę wszędzie, gdzie będziecie chcieli – oświadczył Jacek, którego od wczoraj żarły wyrzuty sumienia, bo to przecież on polecił im Zibiego. Wprawdzie mówili mu, żeby się nie martwił, bo skąd miał wiedzieć, przecież chciał dobrze, ale martwił się i tak.

– My nie wiemy, dokąd chcemy – zauważył przytomnie Noel. – To ty znasz te wody i te wyspy. Doradź nam coś.

– Wszystko zależy od tego, czego chcecie. Czy chcecie iść do kościoła, czy wolicie być w mieście, czy na pustej plaży, czy w eleganckiej marinie? A może w jakimś spa?

– Przestań natychmiast! – Pani Róża zamachała rękami. – Już byliśmy w jednym spa!

– No to czego klienci sobie życzą?

– Poproszę wyspę bezludną – zadysponowała pani Lilianna stanowczo. – I żeby nie było na niej żadnych trujących jabłuszek. Ani żadnych trujących bab.

– Fajna idea – odezwała się Michalina. – Co wy na to?

Okazało się, że pomysł pani Lilianny spodobał się w zasadzie wszystkim (w zasadzie, ponieważ Bożena tylko prychnęła pogardliwie, jednak odmówiła wypowiedzenia się w tej sprawie). Pozostawało wytypować wyspę. Oczy wszystkich skierowały się na Jacka.

– Jest jedna chyba odpowiednia, może nie do końca bezludna, ale wygląda jak prawdziwa wyspa, dzieci takie rysują... śliczna plaża, palmy na niej rosną, a manchioneelek nie widziałem.

– Jacek, ty masz tu Internet? – spytała niespodzianie Michalina. – Sprawdziłabym coś...

– Mam, podłączałem dzisiaj laptopa, jest nawet nieźle. Już ci służę.

Po chwili Michalina już grzebała w Internecie, a Jacek pokazywał pozostałym na mapie swoją wyspę bezludną.

– Niedaleko Jost Van Dyke, patrzcie, tu jest. Na Jost van Dyke też musimy popłynąć, choćby dlatego, że tam jest bar, w którym wymyślono painkillera. Ja w ogóle lubię tę wyspę, mam tam nawet swój ulubiony leżak na plaży. Jakieś drobne zakupy będziecie tam mogli zrobić.

– A nasza wyspa wigilijna? – Lilianna czuła się już bez mała jej właścicielką.

– Nazywa się Sandy Cay. Niestety, nie widziałem na niej sosen, więc za choinkę będzie nam musiała wystarczyć palma.

– Nie będzie – powiedziała wyniośle pani Bożena. – Wiedziałam, że nikt o tym nie pomyśli, i sama wzięłam małą choineczkę. Sztuczna ona, ale zawsze.

Rozległy się chichoty. Pani Bożena uznała je za absolutnie niestosowne i w ogóle bez sensu.

– No i czemu się śmiejecie? Trzeba było samemu pomyśleć!

– Pomyślałyśmy – oświadczyła pani Lilianna z tryumfalnym uśmiechem. – Mamy z Różą choinkę dla was!

– My z Grzesiem też pomyśleliśmy – wyznała Michalina od laptopa, budząc zdrową radość wśród obecnych. – To już będą trzy... Agniecha, czemu rżysz? Ty też?

– Ja też, oczywiście. To znaczy Jerzy, a ja mam do niej bombki…

Lila z Różą zaśmiewały się do łez. Pozostali również.

– Nie wiecie jeszcze wszystkiego – chichotał Noel. – Chciałem zrobić niespodziankę mojej córce…

– Pięć! – zawołała Michalina, płacząc ze śmiechu.

– Sześć – skorygował Jacek. – Chciałem zrobić niespodziankę wam wszystkim.

– Słuchajcie! – zażądała Lilianna, kiedy już się trochę wyśmiała. – Ja muszę natychmiast wiedzieć, czy na tamtym katamaranie mają jakieś choinki, czy będą się wozić na naszych plecach…

– Przejadę się i spytam – zaofiarował się Jacek. – Przy okazji ustalę z Zibim, gdzie dziś płyniemy. Ja proponuję Wyspę Skarbów.

– Tę ze Stevensona? – zdziwił się Noel.

– Podobno to właśnie ta. No to jadę.

Odwiązał dingi od rufy katamaranu i odpłynął.

– Misiu, kochanie, znalazłaś, czego szukałaś?

– Tak. Znalazłam to trujące paskudztwo. Manchioneel. *Hippomane mancinella.* Patrzcie, jak ładnie się, skubane, nazywa. *Euphorbiaceae.* Euforbie rosną u nas w ogródkach, ale to z innego miotu. Ono tu jest na różnych wyspach, nie tylko na Cooper Island. Chcesz laptop, Grzesiu?

– Tak, poproszę. Spróbowałbym napisać do moich przyjaciół, niech pogrzebią za tymi Janochami, czy środowisko coś o nich słyszało.

– W takim razie – Noel wstał zza stołu z pewnym trudem – zrobię nam wszystkim drinki. Nie możemy poddawać się marazmowi wywołanemu sytuacją. Sytuacja jego mać, nie wiem, czy pamiętacie taką piosenkę Młynarskiego. Ja pamiętam. Lilu, daj przykład innym. Bądź pogodna. Liczę na ciebie. I na ciebie, Różyczko. Bożenko, uśmiechnij się.

– Bredzisz – powiedziała pani Bożena z właściwym sobie wdziękiem. – Przecież nikt się żadnemu marazmowi nie poddaje.

– Ja tak na wszelki wypadek. Nastroje jednak były obniżone. Dam podwójnie rumu, co wy na to?

Wyspa Skarbów okazała się, jak większość tutejszych wysp, podobna do kawałka naszych Karkonoszy wrzuconych przez kogoś silnego do morza. Zanim katamarany tam dopłynęły, liczba choinek zwiększyła się do jedenastu, okazało się bowiem, że bracia Brańscy mieli jedną, Niepiera drugą, Nika z tatusiem trzecią, Alina z Jagą czwartą, a piąta leżała porzucona w pustej kabinie Marceliny.

– Szkoda, że głupi Zibi nie pomyślał – mamrotała pod nosem Lila, która znielubiła przymilnego kapitana na dobre. – Mielibyśmy tuzin choinek. A Marcelina miała i zostawiła. Ani słowa nam nie powiedziała. Myślała o Wigilii, a potem ją odżałowała, tak samo jak nas olała. Boże, jak ja się wyrażam. Sytuacja jego mać, Noel ma rację. Bożenko, a może ty byś chciała się przenieść do kabiny po Marceli i Edusiu?

– Za ciasno wam ze mną? – warknęła zapytana. – Nigdzie się nie przenoszę.

– Och, och, przepraszam, przecież nie chciałam cię urazić. Myślałam, że byłoby ci wygodniej samej w kabinie.

Bożena tylko prychnęła i zajęła się obserwowaniem fal rozbijających się o kamienisty brzeg.

Oba katamarany stały w bardzo malowniczym miejscu – nie w marinie, która okazała się jakoś wyjątkowo zapchana, tak że nie było ani jednej wolnej bojki, tylko kawałek dalej, można by rzec: za węgłem, na kotwicach, kilkadziesiąt metrów od skalnej ściany podziurawionej przez wypełnione wodą jaskinie.

W takiej właśnie jaskini Stevenson ukrył swój powieściowy skarb.

– Ja bym wam proponował poćwiczyć nurkowanie na tej rafie, zobaczycie prawdziwe skarby – powiedział swojej załodze Jacek.

Prawdopodobnie Zibi swojej powiedział coś podobnego, bo na „Apostole" widać było młodszą część załogi przymierzającą maski i płetwy. Dziesięć minut później morze wokół jachtów zaroiło się od pływaków prezentujących różny stopień zaawansowania i talentu. Andrzej i Juruś Brańscy podjęli się eskortowania najstarszych pływaczek, nieustraszonej Lili i nieco spłoszonej, ale bohatersko przezwyciężającej strach Róży. Bożena jako jedyna pozostała na pokładzie.

– Co do nurkowania to ja chyba jednak nie dam rady – oznajmiła Jurkowi Juniorowi Lilianna po kilku średnio udanych próbach zanurzenia. Wypluła słoną wodę z impetem i ściągnęła z głowy maskę z fajką. – Ale jak myślisz, synku, czy moglibyśmy popłynąć do tej jaskini?

– Myślę, że tak – odkrzyknął Jurek. – Proszę mi dać te rzeczy, ciepnę je na jacht i popłyniemy. Pani Róża pewnie też by tak wolała. Hej, Andrzej! My płyniemy do jaskiń, nurkowanie jest za męczące dla starszych pań! O, przepraszam, pani Lilu…

– Nic nie szkodzi, kochany, przecież my jesteśmy stare pudła. A co z naszą jachtową zasadą, że wszyscy jesteśmy po imieniu? Trochę wam głupio, młodym, co? Ale nam z Różą byłoby bardzo miło.

– Jesteście najbardziej odjazdowymi staruszkami, jakie w życiu widziałem – zaśmiał się Jurek. – Co ty na to, Niczka?

Nika podpłynęła do nich właśnie, rozchlapując wodę rękami i nogami.

– Tak, tak, tak. Boskie babcie. Boskie babcie. Płyniecie do jaskini? Jaga z Dawidem już tam są.

Jaskinia była dość obszerna i miała z obu stron skały dwa spore wloty, którymi wpadało światło. Można się więc było przyjrzeć dokładnie kolorowym ścianom.

– Tu chyba jest jakaś ruda w tej skale – oświadczyła autorytatywnie Nika. – Dużo czerwonego widzę. Albo miedź, tak jak na Cooper Island. Kurczę, ale tu fajnie! Gdzie jest mój tata?

– Rybki ogląda na rafie, Niczko. Z twoją przyszłą mamą. Daj im przeżywać te romantyzmy we dwoje, a ty zostań z nami. Z nami młodymi. Ile lat ma twoim zdaniem nasza Lila? Bo moim dziewiętnaście.

– Ja też mam dziewiętnaście – sapnęła, podpływając do nich Róża. – Tylko jestem dzieckiem niepełnosprawnym. Męczę się bardziej, niż bym chciała.

– Spokojnie, tu wszyscy odpoczniemy – powiedział holujący ją Andrzej Brański. – Panie odpoczną, a my poszukamy skarbu czy coś?

– Zwłaszcza czy coś – zachichotała Nika. – Tu nie ma żadnych zakamarków, niestety. Chyba że mamy poczekać do określonej godziny, kiedy słońce oświetli tę, a nie inną skałę, wtedy trzeba ją kopnąć zdrowo, a ona się gładko odsunie i ukaże grotę ze skarbami. Tylko trzeba wiedzieć, która skała i o której godzinie. A w ogóle może to nie słońce, tylko księżyc wskazuje grotę ze skarbami. W jakiejś określonej kwadrze. Ja stąd spadam. Babcie, za mną!

~

– Ty popatrz tylko, Lilu – mówiła godzinę później Róża, popijając delikatnego drinka sporządzonego przez jakże odkrywczego w tej dziedzinie Noela. – Ile tracą te naprawdę stare pudła… nie mówię tu o nas, oczywiście… te stare pudła, które uważają, że pojadły wszystkie rozumy i z młodzieżą rozmawiają wyłącznie z pozycji wszystkowiedzących czarownic. My zaś – popiła znowu łyczek – wprawdzie narażamy się na zarzut, że jesteśmy niedorozwinięte, ale za to jakież przyjemne chwile przeżywamy! Bardzo lubię tę naszą młodzież, bardzo!

– Masz sto procent racji, Różo. Ja też lubię naszą młodzież, Jagę, Niczkę i chłopaków. Jak oni nas cudnie dzisiaj holowali, nie? Myślisz, że naprawdę nas lubią?

– Myślę, że tak, Lilu. Oni czują, że my ich lubimy, i oni lubią nas. Uważam, że absolutnie zasługujemy na ich sympatię, a ty?

– Czy wy do mnie pijecie? – nie wytrzymała Bożena. – Bo się nie podlizuję tym bezczelnym dzieciakom, które nawet nie potrafią się zachowywać przyzwoicie i uszanować nasze lata?

– Do ciebie? Lilu, czy my pijemy do Bożenki?

– Nigdy w życiu. My pijemy do Noela. Noel, fajnie, że pojawiłeś się w naszym życiu. Czy mógłbyś nam zaśpiewać coś pięknego?

Rozwścieczona Bożena przeniosła się z rufy na dziób, aby tam przeszkadzać czulącym się do siebie zakochanym parom, które do tej pory starannie udawały, że nie widzą siebie nawzajem. Rozśmieszony Noel poszedł zaś do kabiny po gitarę, aby przy jej dźwiękach śpiewać serenady dwóm lekko zalanym starszym paniom.

~

– No i gdzie wam się najbardziej podobało?

Katamarany dopływały powoli do Sandy Cay. Na pytanie Jacka trudno było jednoznacznie odpowiedzieć. W ciągu kilku ostatnich dni Klub opłynął w zasadzie wszystkie pozostałe wyspy archipelagu. Na Tortoli, podobnie jak na Anegadzie, wynajęto taksówkę i objechano całą wyspę. Kobiety zrobiły zakupy w głównym mieście BVI – Road Town, a potem poprawiły tu i ówdzie. Bar Soggy Dollar, czyli Mokry Dolar, na Jost Van Dyke zdobył zasłużoną sympatię obu załóg jako miejsce, gdzie wynaleziono painkillera. Młodzież podtrzymała tradycję, o której opowiedzieli im kapitanowie, i udała się do owego baru wpław, lekceważąc dingi, którą grzecznie przeprawiała się na ląd cała reszta. W efekcie pięciodolarówki, powtykane przez panów w spodenki kąpielowe, a przez panienki za staniczki, rzeczywiście były mokre i uzasadniły po raz kolejny nazwę baru. Barman, postawny, przyjazny i czarny jak noc Mike (miał to napisane na koszulce) nie przejął się wcale, tylko całą tę mokrą forsę powiesił na sznurku, żeby się suszyła, i przypiął klamerkami do bielizny, żeby nie spadła. Na Jost Van Dyke spróbowano też lobstera, ale okazało się, że te anegadzkie rzeczywiście nie mają sobie równych. Nie rozczarowywały natomiast kalmary, pocięte w obrączki, upanierowane i podawane na stosiku przysmażonej cebulki – załogi zażerały się nimi, gdzie tylko popadło, najczęściej w plażowych barach pod palmami, z beztroskim widokiem na kolorowe morze, saganuszki i kołyszące się na falach jachty.

I wszystko byłoby cudnie, gdyby nie pewien podskórny niepokój o Marcelinę i niewypowiedziana głośno złość na Bronika.

Przy każdej większej wyspie Jacek podłączał się do Internetu, a Grzegorz sprawdzał, czy nie ma jakichś wiadomości o podejrzanych Janochach. Nic jednak nie przychodziło.

Nadeszła natomiast Wigilia.

Sandy Cay rzeczywiście wyglądała jak te wyspy bezludne rysowane przez dzieci – piaszczysta plaża, palmy i jakieś zarośla. Zero człowieka, Nawet hamaka między tymi palmami nie było.

Jacek i Zibi stanęli na kotwicach i rozpoczęły się przenosiny na ląd dwóch załóg, jedenastu sztucznych choinek i wszystkiego, co potrzebne było do wieczerzy wigilijnej, z wyjątkiem, oczywiście, tych rzeczy, które należało do ostatniej chwili trzymać w lodówce. Choinki ustawiono w piasku wzdłuż brzegu, dostatecznie daleko od morza, żeby ich nie zabrało, i podparto muszlami i kamieniami, żeby się nie przewracały. Ozdobione bombkami i lśniącymi łańcuchami wyglądały rozkosznie. Okazało się natomiast, że nikt nie wpadł na pomysł przywiezienia opłatka. Postanowiono go zastąpić chlebem powszednim.

Gdy już wszystko było gotowe, Zibi spytał, krygując się nieznośnie, czy mógłby zostawić wszystkich na ten wieczór pod opieką Jacka. Chciał zaprosić załogi na Wigilię do żoninego ośrodka – powiedział, fałszywie szczerząc zęby, ale widział, że to nie ma najmniejszych szans przy bezludnej wyspie. On to szanuje, ale bardzo chciałby spędzić ten wieczór na łonie rodziny. Czy jego załoganci zechcieliby spać tym razem na katamaranie Jacka? Na siatce „u Murzyna" doskonale się śpi, jakieś koce załatwią sprawę...

Załoganci zgodzili się uprzejmie. Nie uznali za słuszne poinformować Zibiego, że sprawił im dużą przyjemność, oddalając się właśnie tego wieczoru. Wszyscy bowiem mieli wrażenie, że Wigilię należy spędzać wyłącznie z rodziną i przyjaciółmi, a nie z facetem, co do którego ma się paskudne podejrzenia.

Kiedy słońce zaszło i na niebie pojawiła się pierwsza gwiazdka, wieczerza wigilijna była gotowa. Agnieszka, Alina i Michalina mianowały same siebie kapłankami tego domowego ogniska i wyczarowały z papierowych obrusów rozłożonych wprost na piasku prawie normalny stół wigilijny. Były na nim śledzie z cebulką, barszczyk z papierka, doprawiony czosnkiem i ziołami przez Agnieszkę, były uszka do barszczu – Alina, która, jak pamiętamy, robiła zakupy jedzeniowe przed podróżą, pamiętała o zabraniu suszonych grzybków, ciasto zrobiła Michalina w Jackowym kambuzie, a lepiły wszystkie, z pomocą Jagi i Niki. Zamiast bigosu mieli świeżą kapustę z boczkiem, fasola była jak najbardziej klasyczna, a rolę karpi odegrały nabyte dwa dni temu na Tortoli i przechowane w zamrażarce ryby mahi-mahi, czyli tłuste dorady. Do podgrzewania dań, które tego wymagały, posłużyły dwupalnikowa kuchenka turystyczna na gaz w butli (przezorny Jacek woził z sobą różne takie gadżety) oraz ognisko rozpalone na brzegu z zebranego przez młodzież męską suszu.

Ponieważ na choinkach nie można było zawiesić żadnych lampek – z powodu braku prądu na wyspie bezludnej – zapalono kilkanaście pochodni, które przytomni bracia Brańscy nabyli na Tortoli. Jacek, jako kapitan, a więc osoba najważniejsza, podzielił suchy chleb, który zastąpił opłatek. Wszyscy wszystkim złożyli życzenia i trzeba przyznać, że nie było nikogo, komu by łza nie zakręciła się w oku. Młody Niepiera udawał, że jemu nie, ale kiedy Jaga i Agnieszka życzyły mu poprawy zdrowia jego mamy, załamał się i też wzruszył widocznie.

– Jakoś dziwnie poza domem – powiedziała Lilianna, ocierając załzawione oczka. – I ten głupi Eduś, czemu go tu nie ma! Gdyby nie jego fanaberie, Marcela też by tu była. Słuchajcie, chcę wam podziękować. Jesteście tacy kochani. Tacy przyjaciele. Ja się nie spodziewałam, że będę miała jeszcze w życiu takich przyjaciół. Więcej nie będę mówić, bo na pewno się popłaczę. Róża już ryczy. Kochamy was. To wszystko.

– My was też kochamy – zapewniła w imieniu młodzieży Nika. – Słuchajcie, ja nie znoszę przemówień. Chcecie przemawiać? To ja pójdę, a wrócę, jak skończycie!

– Nie będziemy przemawiać – zdecydował kapitan. – Jemy ten barszczyk?

Wieczerza, acz nie do końca klasyczna, okazała się znakomita. Prezentów tym razem nie przewidziano, ale okazało się, że jednak Marcin i Jerzy, a także młody Niepiera nie wytrzymali. W rezultacie trzy damy pokładały się ze śmiechu nad prawie identycznymi pierścionkami. Jagi był stosownie mniejszy, ale Agnieszki i Aliny nie różniły się niczym.

– Gdzieście to kupili? – spytał rozśmieszony Jacek.

– Nie mówcie, ja wiem! – Agnieszka z satysfakcją przyglądała się swojej dłoni. – Na lotnisku w St. Martin! To są szmaragdy kolumbijskie. Tam wszędzie były reklamy! Że tanie!

– Jak na szmaragdy, kochana Agnieszko…

– Ja też chcę! Grzesiu, dlaczego mi nie kupiłeś?

– Bo to zaręczynowe, jak rozumiem, a my już jesteśmy po ślubie...
– I mam z tego powodu być pokrzywdzona?
– Tata! Kup mi taki mały! Malutki!
– Patrz, kapitanie – odezwał się Noel. – Sroczki. Regularne sroczki. Jak ich nie kochać? A gdzie jest teraz twoja rodzina?
– Moja rodzina jest daleko. W Kanadzie, u rodziny mojej żony. Normalnie żona z córkami przyjechałyby tutaj, ale tam wychodzi za mąż jej siostrzenica i chrześnica zarazem, więc pojechały do Toronto. Ja się nawet cieszę, że mam tu was, w charakterze wymówki, bo nie znoszę takich spędów na sto pięćdziesiąt osób. Pomijając fakt, że jesteście bardzo mili.
– Czas na kolędy, moi drodzy. – Noel sięgnął po gitarę i wyjął ją z pokrowca. – Co śpiewamy na początek?
– „Cichą noc" oczywiście – zdecydowała za wszystkich Róża.
Noel zagrał kilka taktów i zaintonował tę najpiękniejszą ze wszystkich kolęd. Początkowo śpiewali wszyscy, a po jakimś czasie Jerzy wstał od ogniska i pociągnął Agnieszkę za sobą. Odeszli kilka kroków i usiedli na piasku, blisko linii wody.
– Dziękuję ci za pierścionek – odezwała się pierwsza Agnieszka. – Prawdę mówiąc, miałam nadzieję, że mi go kupisz, a jakbyś mi go nie kupił, tobym ci to zasugerowała w drodze powrotnej. Śliczne te szmaragdy. Jak ta woda tutaj.
– Widzieliśmy z Marcinem, jak krążycie dookoła tych sklepów jubilerskich – zaśmiał się Jerzy. – Kupiliśmy wam jednakowe, bo nie mogliśmy znieść myśli, że któraś z was będzie miała ładniejszy. A poza tym nie mogliśmy się zdecydować i jedna panienka nam poradziła.
– Dobrze wam poradziła.
– Agnieszko... A skoro chciałaś, żebym ci kupił pierścionek... czy to znaczy, że dojrzałaś? I mogę ponowić moją propozycję? Czekaj, nie odpowiadaj. Propozycja jest wiązana. Gdybyś chciała wziąć z sobą Różę, to mogę jej odstąpić mój pokój na dole, a ja się przeniosę na górę.

Agnieszka poczuła się lekko oszołomiona. Pani Róża była jednym z powodów, dla których nie mogła wyjść za Jerzego, ale przecież nie jedynym...

– Agnieszko. Naprawdę nie chcesz? Naprawdę?

– Nie, Jurek. Chcę. Kurczę, bardzo chcę. Ale ja nigdy w życiu... Ja zawsze byłam sama!

– To spróbuj raz być z kimś. To znaczy nie z żadnym kimś, tylko ze mną. Patrz, jesteśmy tu razem, cały czas, źle ci ze mną? Bo ja nie wiem, jak miałbym teraz wrócić do domu bez ciebie. Możemy pomieszkać na próbę...

Agnieszka ujęła go za rękę.

– Chrzanić próbę, Jurek. Wyjdę za ciebie i niech się dzieje, co chce. Ja też nie chcę już być bez ciebie. Podoba mi się, jak śmiesznie chrapiesz... czasami.

Kiedy przestali się całować, stwierdzili, że obok nich stoją Alina i Marcin.

– Możemy?

– Ależ siadajcie, nie krępujcie się. Słuchajcie, powiem wam od razu, zanim Agnieszka zmieni zdanie. Zgodziła się za mnie wyjść.

– No właśnie, my też w tej sprawie – powiedział Marcin, siadając obok nich. – Aha, gratulacje.

– Nawzajem – odparł Jerzy uprzejmie.

– Mamy pomysł.

– Patrz, Aga, te facety dogadują się poza naszymi plecami. Nawet nie pytają, czy nie mamy czegoś do powiedzenia.

– Coście wymyślili?

– To on wymyślił i jeszcze mi w ogóle nie powiedział. Stwierdził tylko, że to będzie fajne i możemy zrobić to razem.

– Marcin, co chcecie zrobić razem?

– Nie wiem, czy wiecie, nasze kochane kobiety... Jerzy, mogę tak? Rozumiesz, że to nie jest osobiste.

– Proszę cię uprzejmie.

– Aga, mogę ich trzepnąć?

– Wal, nie krępuj się.

– Już mówię. Chyba wiecie, że statek jest kawałkiem terytorium kraju, którego nosi banderę?

– Wiemy – odpowiedzieli chórem wszyscy troje.

– A kapitan jest pierwszym po Bogu?

– Ale nie masz tu swojego statku, a poza tym nie jesteś na „Darze" pierwszym, tylko drugim po Bogu – przypomniała mu Alina.

– Będę miał żonę megierę – rzekł pogodnie Marcin. – Nie mówiłem o sobie, ukochana przyszła żono. Mówiłem o Jacku.

– Ach! – Agnieszka wyglądała, jakby złapała, o co chodzi. – Ale „Shanty" ma banderę amerykańską, nie polską!

– O czym wy mówicie? – Jerzy wciąż nie chwytał, Alina również.

– Myślisz, Agnieszko, że nasze urzędy nie uznają amerykańskiego ślubu?

– Ach! – zawołali teraz jednym głosem Alina i Jerzy.

– Jacek! – wrzasnęli wszyscy.

Jacek przerwał wykonywaną na głosy kolędę „Oj, maluśki" i podszedł do nich.

– Jacek, ty możesz udzielić ślubu? Jako kapitan? – spytała z niedowierzaniem Alina.

– Odnoszę wrażenie, że nie. Kiedyś kapitanowie mogli, owszem, ale to było w czasach, kiedy statki bywały w morzu po pół roku i więcej…

– No to o co chodzi? – Marcin wzruszył ramionami. – Mamy tu morza do oporu. Możemy wypłynąć na otwarty Atlantyk, będzie jeszcze ważniejsze. Alinko, co ty na to?

– Agnieszko?

Zaintrygowana reszta towarzystwa porzuciła coraz bardziej fałszywe śpiewanie kolęd i podeszła do grupki nad brzegiem. Kiedy Marcin wyjaśnił swój niekonwencjonalny pomysł, zachwyt był, doprawdy, ogromny. Jacek wciąż twierdził, że nie posiada stosownych urzędowych możliwości, ale został zakrzyczany. Szczególnie głośno potępiały go, jak łatwo się domyślać, romansowe staruszki, Lilia i Róża.

Dwie potencjalne panny młode zostawiły podniecone towarzystwo i odeszły kilka kroków.

– Alka, czy my to naprawdę chcemy zrobić?

– Wiesz co, Aga? Ja chyba naprawdę. Jesteśmy tu od tygodnia stale razem i jak sobie teraz pomyślę, że on będzie ode mnie odpływał na całe miesiące, to mi się niedobrze robi. Słuchaj, ja chcę być jego żoną i mieć z nim dwie córki. Nika twierdzi, że ostatnio tak się dała matce we znaki, że pani Kaczmarkowa, znana ci osobiście, oszaleje ze szczęścia, kiedy mała się od nich wyniesie. Chcę je obie mieć pod ręką i chcę, żeby Nika chodziła do twojej szkoły za te dwa lata z groszkiem. Jaga już wtedy skończy, to damy radę z czesnym. I chcę, kurczę, zostać tą durnowatą Penelopą, co to tka i pruje. I już się cieszę na myśl, że on jednak czasami będzie miał wolne.

– Słuchaj, ja mam coś podobnego. Myślę o tym byciu razem. Alka, powiem ci w tajemnicy: ja już nie chcę spać bez niego! Obawiam się, że Rambo mi już nie wystarczy. Jak ja kotu w oczy spojrzę? Aha, jeszcze jedno. On chce zabrać Różę do tego swojego domu. Mówi, że może jej oddać własny pokój na parterze. Czy to znaczy, że on ma dobre serce?

– Boże, kretynka! Pewnie, że ma! Nie pamiętasz, jak się opiekował Marcelą?

– A co z tym jutrzejszym ślubem? To przecież chyba na niby?

– Jeśli chodzi o mnie, to na pewno nie na niby. A jak nam w urzędzie stanu cywilnego nie uznają ślubu udzielonego przez kapitana amerykańskiej jednostki, to pies im mordę lizał, weźmiemy jeszcze jeden. Aga, nie kombinuj. Wychodzimy za nich jutro?

– Wychodzimy. Boże, mam nadzieję, że nie robimy żadnej głupoty… Alka! Kiecki nie mam!

Jacek Orłowski miał trochę nadziei, że z tym ślubem to tylko efekt napojów wyskokowych, a gdy potencjalne młode pary wytrzeźwieją, to zrezygnują, od rana jednak na obu katamaranach (Zibi wrócił przed świtem) trwało gorączkowe przerzucanie wszystkich damskich ciuchów w poszukiwaniu stosownych strojów dla panien młodych. Ostatecznie dobrano jaki taki zestaw: obie panie przywdziały białe spódnice i bajecznie kolorowe bluzki kupione na Jost van Dyke. Miały też bose nogi, ponieważ wszyscy na pokładzie chodzili na bosaka.

Zibi Janocha był nie tylko zdumiony takim niespodziewanym obrotem spraw, ale i trochę obrażony, że nie poproszono i jego o udzielenie ślubu. Ostatecznie Alina i Marcin byli jego załogą, a nie Jacka. Pocieszał się tylko małą niespodzianką, jaką miał w zanadrzu.

Katamarany podniosły kotwice i opuściły Wyspę Bożonarodzeniową (w odróżnieniu od Wielkanocnej), elegancko przez młodzież wysprzątaną, udając się na północ, w kierunku Atlantyku. Coś w tym rzeczywiście było, ślub na oceanie miał swój ciężar gatunkowy.

Atlantyk okazał tym razem uprzejmość, wiatr wiał delikatny i z właściwego kierunku, słońce świeciło przez koronkowe chmurki, stan morza kapitan określał na jedyneczkę. Lekkie zmarszczki na wodzie. Koło południa Jacek przekazał ster Noelowi, katamarany burta w burtę stanęły w dryf, a obie załogi zebrały się na rufach.

Wyglądało na to, że najbardziej zdenerwowany ze wszystkich był Jacek.

– Nie znam tych wszystkich formułek – mruknął.

– Kombinuj – poradził lakonicznie Grzegorz, dosyć ubawiony.

Trzeba to przyznać obiektywnie, że obie pary wyglądały nader dorodnie i urodziwie. Jacek odchrząknął, założył ręce na piersiach po napoleońsku i zaczął ceremonię.

– Agnieszko, czy chcesz pojąć tego tu Jerzego za męża, kochać go, dbać o niego i być z nim wiernie w zdrowiu i chorobie, dopóki śmierć was nie rozłączy?

– Tak – odpowiedziała Agnieszka i oczy jej się zaszkliły. Przytomnej, niepokonanej dyrektor Borowskiej!

– Jerzy, czy chcesz pojąć Agnieszkę za żonę, kochać ją, dbać o nią, jak na to zasługuje, i być z nią wiernie w zdrowiu i chorobie, dopóki śmierć was nie rozłączy?

– Tak.

– Jako kapitan tej jednostki w imieniu Stanów Zjednoczonych Ameryki ogłaszam was mężem i żoną. Macie jakieś obrączki?

Wszyscy spojrzeli po sobie w niemym przerażeniu.

– Cholerka, trzeba było chociaż z trawy upleść – szepnął Dawid w ucho Jagulce.

Sytuację uratowała Michalina. Zdarła z palca obrączkę, zabrała drugą Grzegorzowi, złapała z kambuza talerzyk i podała państwu młodym dwa złote krążki.

– Od przyjaciół pożyczone, to na dobrą wróżbę.

Agnieszka i Jerzy wsunęli sobie nawzajem obrączki Wrońskich na palce.

– Możecie się pocałować, a potem podpiszecie akt małżeństwa.

Akt małżeństwa został przez Jacka sporządzony odręcznie na kawałku papieru do drukarki, której na pokładzie nie było, i ozdobiony pieczęcią: S/y „Shanty", St. John, USA, cpt. Jacek Orlowski. Agnieszka i Jerzy w cudzych obrączkach, ale już zaślubieni, podpisali papier, a po nich zrobili to świadkowie: Róża i Noel.

Po czym nowożeńcy musieli oddać obrączki, ale jak oboje sobie potem wyznali, poczuli, że te kawałki metalu niewiele znaczą. Liczyło się coś zupełnie innego, czego nigdy nie będą musieli pożyczać. A zwłaszcza oddawać.

Chwilę później Jacek w imieniu Stanów Zjednoczonych Ameryki ogłosił mężem i żoną Alinę i Marcina. Świadkami byli tym razem Lilianna i Grzegorz. Zanim kapitan odebrał młodym obrączki, by je oddać prawowitym właścicielom, wygłosił do obu par krótkie przemówienie.

– Drodzy przyjaciele. Myślę, że mogę tak do was mówić? – Przeczekał aplauz i ciągnął dalej. – Nie wiem, czy urzędnicy waszego, a i trochę wciąż mojego kraju odniosą się z należytym szacunkiem do sporządzonych i podpisanych tu dziś dokumentów. Podejrzewam, że nie, więc będziecie musieli powtórzyć ceremonię. Ale pamiętajcie jedno. Tu, na tym pokładzie, przysięgaliście sobie w obecności oceanu. On jest waszym najważniejszym świadkiem. Mam nadzieję, że on i ja, jego pokorny oracz, mieliśmy dobrą rękę i że będziecie żyli długo i szczęśliwie. Szampana nie mamy, co?

W istocie, szampana na pokładzie nie było, toast wzniesiono więc tym, co było: rumem Pussera wymieszanym z niezawodnym soczkiem panczowym. I na tym się właściwie świętowanie zakończyło. Katamarany wzięły kurs na Tortolę, na której północnym wybrzeżu zamierzano znaleźć jakiś sympatyczny hotel, żeby młode pary mogły spędzić noc poślubną niekoniecznie w kabinie jachtu, przez ścianę z resztą załogi. Miał to być prezent ślubny od przyjaciół, bardzo zadowolonych, że nie muszą wymyślać bardziej skomplikowanych patentów.

Klimatycznym hotelem okazał się raczej wypasiony pensjonat o wszystko mówiącej nazwie Sebastian's on the Beach, w Little Apple Bay na zachodnim krańcu Tortoli. Jakimś cudem znalazły się tam dwa pokoje, a kiedy jeszcze recepcjonistka dowiedziała się, że to dla dzisiejszych nowożeńców, trzeba ją było powstrzymywać, żeby nie zorganizowała na ich cześć jakiejś specjalnej fiesty. Nie odmówiono sobie za to świątecznego obiadu, na który złożyły się w większości panierowane kalmary, panierowane krewetki i grillowane ryby. Grzegorz pozwolił sobie tylko na małe westchnienie, że wiele by dał za panierowanego schabowego z klasyczną kapustką, ale w ostatecznym rachunku to on zjadł najwięcej krewetek tygrysich panierowanych w orzechach makadamia.

Nadrobiono tu również niedobór szampana i atmosfera stała się bardzo świąteczna.

Ponieważ w biesiadzie uczestniczył Zibi, nieuniknione było pytanie, dlaczego Marcelina nie przypłynęła z nim na święta i ślub przyjaciółek. No, powiedzmy, o ślubie nie mogła wiedzieć, ale chyba nie przeoczyła Bożego Narodzenia?

Zibi przewrócił spektakularnie oczkami i uśmiechnął się słodko.

– Marcelina kazała was wszystkich uściskać... Wigilię spędziliśmy razem, było bardzo przyjemnie... Noel, Stephanie również kazała cię pozdrowić...

– Ale czemu nie wróciła z tobą? – spytała wprost Agnieszka.

– Postanowiła zostać jeszcze jakiś czas na Wyspie Szczęścia. Czuje się u nas bardzo dobrze...

– Co to znaczy, jakiś czas? – Agnieszka była konkretna. – Do naszego odjazdu, czyli jeszcze dwa dni?

– Obawiam się, Agnes, że się nie rozumiemy. Marcelina nie określiła czasu, jaki zamierza spędzić z nami. W każdym razie nie wraca na razie z wami do Polski...

Okrzyki zdumienia i oburzenia przerwały mu kwestię. Przecież Marcela ma wykupiony bilet i jest to bilet zbiorowy, na jednym blankiecie ze wszystkimi!

– Prosiła mnie, żebym ten bilet przebukował. Jeśli więc mogę was prosić o udostępnienie go, to udam się na lotnisko i załatwię co trzeba. Może jutro. Marcin poprowadziłby katamaran, robi to przecież znakomicie...

– Zapomnij, misiu, że damy ci do ręki nasz bilet – prychnęła Agnieszka bojowo. – Zapomnij, że zostawimy wam Marcelinę!

– Marcelina jest dorosła, Agnes. Dorosła i nikt jej jak dotąd nie ubezwłasnowolnił. Nie sądzę, żeby chciała oddać w wasze ręce prawo do decydowania o jej przyszłości, takiej czy innej. A jeśli chodzi o bilety, to dlaczego uważacie, że wolno wam dysponować jej finansami? Przecież jeśli go przebukuję, Marcela straci mniej pieniędzy…

– Dzisiaj chcesz tam jechać? – spytał niespodziewanie Grzegorz.

– Dzisiaj raczej nie, jest święto, nie wiem, czy będą czynne te wszystkie biura. Jutro.

– To porozmawiamy o tym jutro. Agnieszko, Alinko, dzisiaj jest wasze święto i waszych chłopów… zwłaszcza ich. Panowie, mieliście wiele szczęścia i mam nadzieję, że to doceniacie. Ja też miałem wiele szczęścia. Zdrowie naszych żon!

– Zdrowie Klubu Mało Używanych Dziewic! – dodał Jerzy z uczuciem.

Przyjątko potoczyło się dalej ku zadowoleniu wszystkich obecnych, po jakimś kwadransie czarna, fertyczna panienka wniosła ślubny tort, nieco improwizowany, niemniej imponujący – nikt więc nie zauważył zniknięcia Grzegorza. On zaś udał się do biura, gdzie siedziała kolejna fertyczna i sympatyczna panienka, oczarował ją w sześć sekund i poprosił o dostęp do Internetu. Dziewczyna puściła go do własnego komputera, mógł więc zajrzeć do swojej skrzynki pocztowej.

Tym razem w skrzynce coś było.

~

„Cześć, Grzesiu, a gdzie cię zaniosło, na litość boską! Chyba nie na stałe? Słyszałam, że się ożeniłeś, a nawet rozmnożyłeś – gratuluję jednego i drugiego. Dostałam twój dramatyczny apel od kilku naszych wspólnych kolegów z dawnych lat, bo nie wiem, czy wiesz, ale ja teraz siedzę w Londynie. Niemniej kiedyś mieszkałam, i to dość długo, w Katowicach, do których był nader przywiązany mój były mąż (ja wtedy byłam nader przywiązana do niego, ale puścił mnie kantem, czego jakoś mu nie mogłam przebaczyć. Grzesiu, pamiętaj, nie puszczaj kantem swojej żony, one to strasznie przeżywają!). Wracając do baranów. W czasach gdy tam mieszkałam, jakieś dziesięć i mniej nawet lat temu, na Śląsku grasowała znana pani psycholog i psychoterapeutka Brygida Kicówna. Może nawet miała jakieś szczątkowe wykształcenie, ale na pewno żadnych poważnych certyfikatów, których, jak wiesz, my musieliśmy mieć od jasnej Anielki. Miała gabinet w Zabrzu, ale też jakiś dziwny ośrodek pod Brenną. Brenna jest w ślicznych Beskidach, jeśli nie pamiętasz. Ludzie do niej walili drzwiami i oknami, szukając łatwych rozwiązań do trudnych problemów. Ona im, zdaje się, obiecywała toczka w toczkę to samo co ta twoja – nakierowanie umysłu na szczęście, samowiedzę, samopoznanie, rebirthing, regressing, medytacje i diabli wiedzą co jeszcze. Domową metodą, jak się zdaje. Nie było na nią żadnego bata, więc kiedyś jedna nasza koleżanka, Basia Zagórska, może ją znasz, mądra dziewczyna bardzo – otóż Basia za składkowe pieniądze paru kolegów, w tym moje, udała się do niej na terapię w te góry i spotkała w ośrodku całe tabuny egipskich księżniczek, średniowiecznych królowych, jedną Marię Curie-Skłodowską, jedną kochankę starego Dumasa, tego od „Trzech muszkieterów" i sporo innych fajnych ludzików. Wszyscy uczyli się, jak być szczęśliwymi bez wysiłku, wtapiali w przyrodę, zaprzyjaźniali z kwiatami i drzewami, pisali afirmacje. Poza tym tam, w górach, Brydzia była jasnowidzką i kontaktowała się z duchami. Basia straciła trochę naszej forsy i dowiedziała się, że w przeszłym życiu była sławną aktorką, kto wie, czy nie Modrzejewską, oraz że kiedy była w życiu płodowym, tatuś gwałcił jej mamusię i dlatego ona teraz jest taka wrażliwa ponad miarę. Duch tego tatusia (Basia powiedziała, że on nie żyje, co nie było prawdą, świetny facet, znałam go, też psychiatra) miał jakoby naszą Basię prześladować. Brygida porozmawiała z nim i obiecał dać spokój. Nie bardzo chcieli Baśkę puścić z tego ośrodka, ale jak się dowiedzieli, że jest psychiatrą, z miejsca przestali ją zatrzymywać. Środowisko nawet próbowało coś z tym zrobić, ale wiesz, jak jest, nikt nie miał czasu się angażować, a jak się rozmawiało ze znajomymi prawnikami, to twierdzili, że nie ma na nich paragrafu, u nas każdemu wolno założyć sobie ośrodek i leczyć psychozy wąchaniem kwiatów. Ostatecznie pani Kicówna się zwinęła, gdy dwie osoby, które u niej były na kuracji, popełniły samobójstwo. Jedna, jak się zdaje, zostawiła list pożegnalny, z którego wynikało, że po opuszczeniu ośrodka nie potrafi już sama żyć. Sam rozumiesz, że baba, jak już wydusiła z człowieka całą forsę, to pokazywała, gdzie mają bramkę. W sumie nie wiadomo, ilu takich uzależnionych od siebie kopnęła w d., ale przypuszczalnie nagrabiła sporo pieniędzy. Chodziły słuchy, że poleciał na nią jakiś obcokrajowiec i zabrał, gdzie pieprz rośnie. Pewnie to ten twój Apostoł. Pięciu groszy bym za to nie dała, że nie prali w tym ośrodku Brygidy jakichś jego brudnych pieniędzy, ale może go krzywdzę.

Grzesiu, więcej nie wiem. Mam nadzieję, że ci się na coś przydałam, poza tym, że trzydzieści lat temu zrzynałeś ode mnie na kolokwiach. A może to ja od ciebie zrzynałam, nie pamiętam. Całuję cię w czółko, a mój nowy (czteroletni) mąż cię pozdrawia. Napisz, jak się rozwiązała sprawa z tym kimś, z czyjego powodu robiłeś całą zadymę.

Twoja koleżanka Lenka Kostkiewicz-Webster".

~

Grzegorz odpisał szybko:

„Lenko, jesteś aniołem. Oczywiście to ja zrzynałem. Napiszę do Ciebie za kilka dni, jak wrócimy do Polski. Ściskam Cię mocno i kłaniam się panu Websterowi. Grzegorz".

~

Wydrukował sobie list Lenki, na wszelki wypadek dwa razy, podziękował sympatycznej panience w recepcji i poszedł do towarzystwa.

Towarzystwo w międzyczasie przeniosło się z tarasu, na którym obiadowano, na hotelowy kawałek plaży, częściowo zacieniony palmami i parasolami. Grzegorz popatrzył na rozbawionych przyjaciół i doszedł do wniosku, że dzisiaj nic konkretnego już nie załatwi, zwłaszcza że zbliżał się wieczór. Dołączył więc do grona weselników i też się dobrze bawił prawie do północy, kiedy to nowożeńcy poszli do swoich apartamentów z widokiem na ocean, a cała reszta popłynęła pontonami na katamarany, by tam pozwolić się ukołysać leciutkiej fali.

W ramach rozpusty świątecznej postanowiono zjeść jeszcze śniadanie na tym wygłaskanym hotelowym tarasie. Grzegorz uznał, że jedzenie w napięciu jest niezdrowe, więc nie wyrywał się z nowinami. Poczekał, aż Zibi zahaczy po raz kolejny o sprawę biletu. Zibi zahaczył dość szybko.

– Zostawię was teraz, jeszcze na pewno sobie trochę posiedzicie, a ja bym szybciutko pojechał taksówką na lotnisko, trzeba koniecznie załatwić sprawę biletu Marceliny. Oczywiście, mam jej upoważnienie, mówię to na wypadek, gdybyście mieli wątpliwości…

Dobry nastrój osiągnięty dzięki dobremu śniadaniu natychmiast się zwarzył. Zanim jednak Agnieszka z Michaliną zrobiły Zibiemu awanturę, na co się bardzo zanosiło, Grzegorz przemówił:

– Chwila, Zibi. Nie spiesz się. Potrzebuję pięciu minut, chcę wam coś powiedzieć. Tobie również. Zaczekasz?

– Naturalnie – zgodził się Zibi, wciąż ze swoim firmowym uśmieszkiem na twarzy, która Agnieszce coraz bardziej przypominała oblicze Szczurka. – Mam nadzieję, że nic nieprzyjemnego? Bo jesteś taki poważny, doktorze…

– Jestem poważny, bo sprawa jest poważna, Zibi. Słuchajcie, moi drodzy. Dzięki uprzejmości pani Yvette z recepcji zajrzałem wczoraj do Internetu, bo chciałem przejrzeć swoją pocztę…

Michalina aż podskoczyła. Pozostali też bez mała podskoczyli. Tylko Zibi nie spodziewał się niczego, więc siedział spokojnie.

– Dostałem list od mojej koleżanki ze studiów, Lenki Webster. Wyszła za Anglika. Jako studentka nazywała się Kostkiewicz, a po pierwszym mężu Banach.

Zibi jakby zbystrzał.

– Bee mówiła ci o Lence Banach? A o Basi Zagórskiej? W latach kiedy miała ośrodek pod Brenną?

Zibi już się opanował.

– Nie pamiętam takich nazwisk. A powinienem?

– Myślę, że Bee je pamięta. Bo jakieś dziesięć lat temu, kiedy Brygida Kicówna kosiła naiwnych w Beskidach, Lenka i Basia praktykowały na Śląsku. Ach, ty jeszcze nie wiesz, że ja też jestem psychiatrą. Chyba nam się nie zgadało.

– Grzegorzu, mów jaśniej – zażądała Lilianna. – Nie chwytam wszystkiego! Róża, ty chwytasz?

– A skąd. Grzesiu, wytłumaczysz?

– Przeczytam wam list od mojej koleżanki Lenki.

I przeczytał.

W hałasie, jaki powstał, kiedy skończył, milczał tylko Zibi Janocha.

Grzegorz poczekał, aż zebrani się wygadają i uciszą, po czym zadał Zibiemu nieuniknione pytanie:

– Co proponujesz?

– Nic nie proponuję. – Wzruszył ramionami. – Teraz twój ruch.

– Dobrze. – Grzegorz był na to przygotowany. – Nasza umowa opiewa także na jutro i pojutrze, więc dwa dni jeszcze nas powozisz. Teraz poproszę cię jednak, żebyś nas zabrał na Cooper Island, pojedziemy do waszego ośrodka i zabierzemy stamtąd Marcelinę.

– My to kto?

– Ja, Marcin, Jerzy z synami.

– Silna grupa – zadrwił Zibi.

– A to tak na wszelki wypadek. Marcinowi nie wmówisz, że jacht ci się zepsuł i trzeba natychmiast skakać za burtę, bo utonie, Jerzy jako prawnik nie pozwoli na wciśnięcie nam żadnego kitu, a młodzi koledzy Brańscy są po prostu krzepcy. Jakby co.

– To ja bym też prosił – odezwał się Dawid Niepiera. – Też jestem krzepki.

– Świetnie.

– Ja też – powiedział cicho Noel. – Ta biedna Stephanie tam siedzi.

– Oczywiście. Zatem kobiety zostają, a my płyniemy.

– Nie zapominaj o mnie – uśmiechnął się Jacek. – Ja wiem, że w tym składzie to już raczej do dekoracji, ale miej na względzie moje wyrzuty sumienia.

– No to mamy jasność. Dziewczyny, chcecie na katamaran czy wolicie czekać na nas tutaj?

– Wolimy tu – zadeklarowała w imieniu wszystkich Bożena, która chyba nie pokochała pływania tak naprawdę. Sprzeciwów nie było.

Kwadrans później osiem kobiet w bardzo różnym wieku obserwowało z hotelowego tarasu biały katamaran opuszczający zatokę. Pani Lilianna, która w młodości namiętnie czytywała Londona i Kiplinga, klasnęła nagle w dłonie.

– Karna ekspedycja, jak Boga kocham! Gubernator wysłał kanonierki! Yah, yah, yah! Niezwyciężony biały człowiek płynie poskromić dzikusów!

Nie wzięła pod uwagę, że w charakterze dzikusów występuje dwójka jej własnych rodaków, niemniej porównanie było krzepiące.

~

Grzegorz dobrze przemyślał skład „karnej ekspedycji". Było ich w sumie tylu, że stale któryś z nich miał Zibiego na oku, uniemożliwiając mu skorzystanie z telefonu komórkowego – na brzegach Tortoli, wzdłuż których płynęli, znajdowały się jakieś stacje przekaźnikowe, więc teoretycznie istniała szansa na dodzwonienie się do Zatoki Trujących Jabłuszek. Kiedy dopłynęli na miejsce, zamiast szmaragdowego busika wydzwoniono miejscową taksówkę. Okazała się pojemnym vanem, do którego beztroski kierowca upchnął wszystkich dziewięciu pasażerów, nie przejmując się specjalnie przepisami.

Na miejscu okazało się, że Marcelina jest właśnie na indywidualnej sesji medytacyjnej z Bee, w altance z widokiem na Atlantyk.

– Bardzo dobrze – powiedział Grzegorz. – Tam sobie spokojnie porozmawiamy.

Poszli więc tam wszyscy z wyjątkiem Noela, który chciał odnaleźć Stephanie i zobaczyć, czy da się przemówić jej do rozumu.

Bee i Marcelina, ubrane w szmaragdowe szaty, siedziały na trawie, zwrócone twarzami do oceanu, i powtarzały monotonnie jakieś niewyraźne teksty, podobne do mantr buddyjskich, pomiędzy którymi wykonywały głębokie oddechy i klaskały w dłonie. Mała Krzysia z markotną miną siedziała w rogu pawilonu i bawiła się piłeczkami. Na widok nadchodzących poderwała się i popędziła w ich stronę, wydając radosne okrzyki:

– Wujek Dzieś! Jujek! Ańdziej! Dawid! Jaciek, na jąćki, na jąćki!

Zakończyła tę imponującą sekwencję przeraźliwym piskiem. Widać nie wystarczyło jej zasobów leksykalnych na wyrażenie całej wielkiej uciechy na widok ukochanych wujków, którzy tak pięknie się z nią bawili na pokładzie katamaranu i na tych wszystkich wyspach. Nie potrafiła też zdecydować, do którego właściwie chce na rączki. Dawid był najbliżej, więc ją złapał i podniósł, a ona z całej siły objęła go łapkami za szyję.

– Ja pierniczę – wyrwało się z ust młodego Niepiery. – Mała, nie wiedziałem, że mnie tak lubisz! Ale ty słodziaczka jesteś, naprawdę...

Mała jednak, wyściskawszy go, już darła się do Andrzeja Brańskiego, który stał najbliżej. Przechodziła tak z rąk do rąk, aż przywitała się ze wszystkimi. Zibi tylko się odsunął, ale ona się nie przejęła, wylądowawszy ostatecznie w ramionach Jacka. Przytuliła się do jego brody i tak chwilowo życzyła sobie pozostać.

Jej matka wstała przez ten czas z trawy i przybrała minę pełną niezadowolenia.

– Jeżeli przyjechaliście mnie przekonywać, żebym z wami wróciła, to zapomnijcie. Jestem dorosła, dysponuję sobą i nie muszę słuchać waszych rozkazów. Nie wiem zresztą, kto wam dał prawo nachodzenia mnie tutaj i zakłócania mojego spokoju.

– Spokoju Krzysi też? – nie wytrzymał Niepiera.

Bee uznała, że powinna wkroczyć. Jako apostołka szczęścia starała się wykazać radość i łagodność. Pozwoliła sobie jednak również na okazanie zaskoczenia.

– Zaraz ci wszystko wytłumaczymy – powiedział Grzegorz. – Siadajmy i porozmawiajmy.

– Może zaproszę was na coś do picia, kochani?

– Nie trzeba, Bee. Marcelino, chciałbym, żebyś przeczytała list, który dostałem wczoraj od dawnej koleżanki ze studiów. Proszę. Bee, ty go nie musisz czytać, chociaż oczywiście zostawimy ci go na pamiątkę. Powiem ci tylko, że moja koleżanka, Lenka Banach... znasz to nazwisko? Otóż Lenka przyjaźniła się swego czasu z Basią Zagórską. Widzę, że je pamiętasz. Ośrodek koło Brennej w Beskidach? Też pamiętasz. No.

Bee siedziała na ławce jak wmurowana, blednąc i czerwieniejąc na przemian. Spojrzała wściekle na swojego Zibiego, ale on tylko rozłożył ręce. Zważywszy na obstawę, w jakiej przybył, Bee musiała mu wybaczyć, że jej nie uprzedził.

Marcelina przeczytała list i też zbladła. Przeczytała go raz jeszcze i zbladła jeszcze bardziej.

– I co? – Grzegorz był lakoniczny.

Marcelina milczała.

– Byłaś egipską księżniczką czy Heleną Modrzejewską?

– Ja jeszcze nie zdążyłam się dowiedzieć – chrypnęła Marcela przez zaciśnięte gardło. – Egipską księżniczką była Dulcie, cholera jasna!

Siedem par zaprzyjaźnionych męskich oczu wpatrywało się w nią z napięciem. W wypadku Grzegorza było to również napięcie zawodowe. Czekał, jak ostatecznie Marcela zareaguje, czy się, Boże broń, nie załamie.

– Mogę wrócić z wami? – szepnęła wreszcie.

Wszyscy odetchnęli z ulgą, nie wyłączając małej Krzysi, która czuła, że coś ważnego się rozstrzyga.

Marcela zupełnie niespodziewanie i z dużą siłą rąbnęła pięścią w ławkę.

– Rzuć mięsem, nie krępuj się – poradził dobrotliwie Jacek.

– Kurwa mać! Jestem idiotką!

– Mama, nie bij łałki!...

– Chodź, Krzysiu, pójdziemy zobaczyć te kwiatki – zaproponował Jacek, ale dziewczynka zaczęła wyrywać mu się z rąk, krzycząc i płacząc, czym prędzej oddał ją więc matce. Marcela nadal była blada jak śmierć na chorągwi.

– Uratowaliście mnie przed jakimś potwornym idiotyzmem. – Przytuliła Krzysię, która przestała wrzeszczeć. – Byłam gotowa tu zostać... Boże! Kto wie, jaką tapiokę z mózgu by mi zrobili... U nich naprawdę są ludzie, którzy sprzedali wszystko, żeby tu być... Co zamierzacie zrobić z Bee i Zibim, Grzesiu? Jerzy?

– My nic – odparł spokojnie Jerzy. – Są tu jakieś władze, gubernator Jej Królewskiej Wysokości, odpowiednie urzędy, policja, nie wiem co jeszcze. Przekażemy, co wiemy, i lecimy do kraju. Czas wracać do pracy.

– Nie musimy nic przekazywać – powiedział od niechcenia Grzegorz. – Dzisiaj rano też zaglądałem do poczty… tu jest taka pani Yvette, to znaczy tam, na Tortoli, w hotelu, bardzośmy się polubili. Nie mówiłem wam jeszcze, ale moja Lenka w Londynie sprawę przemyślała, opowiedziała swojemu panu Websterowi… to jej mąż, jak się okazuje, prawnik… a potem jako lojalni poddani Korony Brytyjskiej wzięli sprawę w swoje ręce i przekazali odpowiednim organom wszystko, co wiedzieli na temat pani Bee Janochy.

– Nie wiem, co Koronę Brytyjską obchodzi ośrodek terapeutyczny w Beskidach – prychnęła Bee.

– Ależ Bee… Lenka przypomniała sobie przeszłość, ponieważ ja jej opisałem teraźniejszość. Ma pełnię wiedzy na twój temat. No więc odpowiednie organa też mają. Na razie w mejlu, bo święta, ale w Londynie chyba nawet już dziś się skończyły. Marcelino, proponuję, żebyś wzięła do towarzystwa młodych Brańskich, skoczyła do siebie się przebrać i zapakować szybciutko wasze rzeczy. A my tu zaczekamy. Państwo Janochowie też. Jest taki piękny dzień…

Marcela skinęła głową i oddaliła się w asyście Jurka i Andrzeja.

– Wy naprawdę chcecie jeszcze dwa dni pływać? – spytał ponuro Zibi.

– Oczywiście – odparł milczący dotąd Marcin. – Mamy jeszcze dwa dni opłacone, zapomniałeś, kapitanie?

– Mam wrażenie, że nie będziemy się razem dobrze czuli. Marcinie, może chcecie, żebym wam po prostu oddał katamaran na te dwa dni? Świetnie sobie z nim radzisz, przecież jesteś zawodowcem. Paliwo jest, woda też. Jak będziecie odjeżdżać, zostawicie go na bojce w Trellis Bay, pod lotniskiem. Razem z dingi. Klucze dacie Jackowi, dobrze?

Pomysł wydawał się doskonały i niezawierający żadnych podstępów. Przypuszczalnie Zibi Janocha znienawidził dokładnie swoich pasażerów, podobnie jak oni jego (zwłaszcza Marcela) i właśnie wymyślił salomonowe wyjście z sytuacji.

Do altanki wszedł Noel. Był sam i minę miał zmartwioną.

– Stephanie się załamała – powiedział. – Siedzi w swoim pokoju i płacze. Dwa tygodnie temu przez swojego prawnika wystawiła na sprzedaż dom rodzinny pod Dublinem. Zrobili jej wodę z mózgu. Tak to się mówi po polsku?

– Tak to – odrzekł Jerzy. – Czy ten dom jest już sprzedany?

– Ona nie wie.

– Miejmy nadzieję, że nie. Były święta, to nie jest dobry czas na kupowanie i sprzedawanie domów. Noelu, dobrze by było jak najszybciej skontaktować się z tym jej prawnikiem i wstrzymać sprawę. Prawdopodobnie zdążymy. Drugą sprawą jest, ile pieniędzy tu obecni państwo Janocha zdążyli już od niej wyciągnąć.

– Pobyt w luksusowym hotelu wszędzie musi kosztować – oświadczyła Bee z błyskiem w oku.

– Czy ja mógłbym coś powiedzieć? – Dawid był trochę onieśmielony. – Bo chyba jest jedno rozwiązanie. Może trochę niekonwencjonalne…

– Mów, chłopcze. Chcesz może szóstkę z angielskiego na semestr?

Dawid wyszczerzył białe zęby w szerokim uśmiechu.

– Pomyślałem tak. Może ta pani Stephanie pojechałaby teraz z nami i zamieszkała w hotelu w Road Town albo gdziekolwiek. I gdyby w ciągu dwóch dni na jej konto nie wróciły te pieniądze, które tu zostawiła, to my byśmy niechcący spalili katamaran. Wypadki chodzą po ludziach.

Prostota tego pomysłu była tak zniewalająca, że wszyscy obecni – wyjąwszy państwa Janochów – ryknęli śmiechem. Kiedy się już wyśmiali, Jerzy zgłosił poprawkę.

– Chyba żeby państwo te pieniądze pani Stephanie wypłacili natychmiast. Nie wiem, ile środków na bieżące potrzeby trzymają państwo w szufladzie... Bo chcielibyśmy też prosić o zwrot pieniędzy Marceliny, jeśli jakieś wam wpłacała.

Zibi spojrzał rozpaczliwie na żonę.

– Bee, masz jakieś aktywa?

Wzruszyła ramionami.

– Coś tam mam. Marcela nam jeszcze nic nie wpłaciła, miała przelać dopiero jutro.

– Ja się z panią przejdę do biura – zaofiarował się Jerzy. – Sprawdzimy, co się da zrobić w sprawie pani Stephanie.

Okazało się, że jednak Stephanie będzie musiała poczekać na większą część pieniędzy, które zainwestowała w swoją wątpliwą przyszłość byłej królowej Ginewry. Ustalono więc, że jeszcze dziś Zibi uda się do banku i załatwi przelew. Kiedy Stephanie stwierdzi przypływ gotówki na koncie, katamaran będzie bezpieczny.

– To się nazywa ochrona przeciwpożarowa – powiedział niewinnie Marcin Mokrzycki.

Noel udał się ponownie do swojej byłej przyjaciółki, potrząsnął nią zdrowo, żeby przestała lać ślozy i w miarę przytomnie mogła rozmawiać ze swoim prawnikiem. Prawnik poinformował ją, że domu jeszcze nie sprzedano, więc ponownie zalała się łzami i kazała wycofać dom z oferty. Wiadomość o tym, że odzyska również resztę pieniędzy, spowodowała trzeci wybuch płaczu.

Niebawem „Apostoł Szczęścia" z nowym kapitanem, męską załogą i dwiema nawróconymi na zdrowy rozsądek kobietami plus jedno dziecko odpływał majestatycznie z Zatoki Trujących Jabłuszek.

– Nie macie wrażenia, że jesteśmy teraz prawdziwymi piratami z Karaibów? – zaśmiał się Marcin, naciskając guzik stawiający grota.

– Raczej Janosikami albo Robin Hoodami na chwilowym etacie piratów – sprostował Noel, literaturoznawca. – Tak czy inaczej, bardzo szlachetne z nas istoty. Słuchajcie, w ramach szlachetności ja bym został ze Stephanie w tym hotelu. Ona potrzebuje opieki, a ja jestem jej coś winien.

Stephanie siedziała na dziobie w pozie tragicznej i prawdopodobnie nawet myśleć jej się nie chciało.

– Ale do Polski z nami wracasz? – upewnił się Marcin.

– Oczywiście. Chcę tylko wiedzieć, że ona jutro będzie miała te pieniądze na koncie. Może nawet sam ją wsadzę do jakiegoś samolotu. Powinna wracać do Dublina, do studentów. Wyście ją poznali jako starą wariatkę, ale to naprawdę świetna specjalistka od Starej Anglii i Średniowiecza. Jak wróci do „Beowulfa", to jej się polepszy. Marcinie, podrzucisz nas do Road Town? Albo lepiej gdzieś w pobliże lotniska. Naradzimy się jeszcze. Jacek coś poradzi.

~

Powitanie, jakie zgotowano wracającym z karnej ekspedycji bohaterom, nie miało sobie równych w historii entuzjastycznych powitań. Kobiety znowu siedziały na tarasie hotelu Sebastian's on the Beach, pospacerowały bowiem trochę po okolicy i zapragnęły odpoczynku przy solidnej porcji kalmarów i painkillera. Mała Krzysia natychmiast rzuciła się w objęcia swoich ulubionych młodych ciotek, Jagi i Niki, a potem przeleciała jak przeciąg przez kolana ciotek starszych. Marcelina, widząc to, miała ochotę tłuc głową o jakąś szczególnie twardą ścianę – dotarło do niej z całą jasnością, że zachowywała się ostatnio nie tylko jak karygodna idiotka, ale i karygodna, nieodpowiedzialna egoistka, która zapomniała o własnym dziecku. Jeszcze na pokładzie „Apostoła", w jakimś kącie, złożyła tajną przysięgę Grzegorzowi Wrońskiemu, że w razie jakichkolwiek dołów psychicznych zgłosi się do niego, a on albo sam ją będzie leczył, albo znajdzie dla niej odpowiedniego terapeutę.

Jedyną, i to dość małą łyżeczką dziegciu w tej beczce miodu była Stephanie. Nie dla wszystkich, oczywiście, ale dla Róży, a zwłaszcza dla Lilianny.

– Dziewczęta kochane – powiedział do nich na poły rozbawiony, na poły zadowolony Noel, kiedy dopadły go na schodach hotelu (właśnie szedł do toalety). – Przysięgam wam, że ja jej już dawno nie kocham. Muszę się nią zaopiekować, bo nie jestem świnia. Ale obecnie kocham tylko was. Zbiorowo. Stephanie jest moją koleżanką z pracy. To wszystko. Powinnyście jej współczuć...

– Dlaczego? – postawiła się Lilianna. – Dlaczego to niby mamy jej współczuć?!

– Bo nas kocha, nie ją – podpowiedziała jej Róża, chichocząc. – Jedziesz z nią do Dublina?

– Ależ skąd! Wracam z wami, tak jak było zaplanowane. Musicie mnie jej tylko wypożyczyć na dwa dni.

– No, pomyślimy. Róża, musimy go puścić, bo on już ma żółte oczy. Idź, ale zaraz wracaj, bo się Stefcia zapłacze!

– Kocham was, jędze. Bądźcie dla niej dobre!

~

Dwa ostatnie dni na Karaibach Klub, który teraz już zdecydowanie powinien zmienić nazwę, przebąblował beztrosko, żeglując wokół Tortoli. Pół dnia zabrały zakupy w Soper's Hole na zachodnim krańcu wyspy – kobiety zwłaszcza poddały się szaleństwu, kupując podkoszulki z planem Road Town albo mapą Tortoli czy całych BVI, szale w kolorze Morza Karaibskiego, kieliszki w pudełkach z rysunkiem piratów, chusty pirackie i mnóstwo podobnych gadżetów – wszystko z metkami „Made in Taiwan". Panowie popijali rum Pussera, pamiętając, że jak wyjadą, to już go nie popiją. Noel przenocował ze Stephanie w niewielkim hoteliku na Beef Island – Janochowie musieli jej pieniądze przelać bardzo szybko, bo już na drugi dzień pojawiły się na koncie. Nie zaniedbując wygłaszania przemówień umoralniających, zaciągnął Stephanie na lotnisko i osobiście znalazł jej bardzo dobre połączenie z Dublinem. Udało się dostać dla niej bilet na następny dzień, więc w rezultacie Noel, wysławszy Stephanie w przestworza, gonił katamaran „Shanty" taksówką i dopadł go w marinie Maya Cowe, gdzie jednostka grzecznie stała na bojce.

Róża i Lilianna odetchnęły.

Brakowało jeszcze Bronika. Niesforny Eduś, Piotruś Pan i miłośnik ptaków błotnych, jak zniknął, tak nie dawał znaku życia. Martwiło to jego matkę i martwiło Marcelinę. Martwiło zresztą wszystkich. Pocieszali się, że spotkają go na lotnisku w dniu wyjazdu.

~

Ostatni dzień przed odjazdem z urlopu jest zawsze trochę dziwny. Po południu Jacek i Marcin przeprowadzili katamarany do mariny w Trellis Bay, tam gdzie rozpoczęły się karaibskie wakacje Klubu Mało Używanych Dziewic z Przyległościami. Samolot miał odlecieć o świcie, trzeba było więc spakować wszystko, tak żeby rano doładować tylko do wypchanych worów piżamy czy co tam było nocą w użyciu. W rezultacie schludne zwykle jachty wyglądały jak składnice bagażu. Konsekwentna nieobecność Bronika warzyła humory.

– Tak nie może być – oświadczył Noel i sam sobie przydzielił rolę oficera kulturalno-oświatowego. Niezawodne drinki na bazie soczku panczowego z solidną, pożegnalną dawką rumu zrobiły swoje. Niebawem marina rozbrzmiewała wielojęzycznymi śpiewami, bo i angielskie piosenki się załapały, i polskie, i rosyjskie, i kilka hiszpańskich, które znał Marcin.

– Bosko jest – oświadczyła Lilianna. – Już tu więcej nie przyjadę, więc muszę ci powiedzieć, Jacku, że jest bosko. Dzięki tobie,

Ty robisz coś takiego, że nam tu jest tak dobrze. Ten podstępny podlec, Noel, dolał mi za dużo rumu do soczku i dlatego nie mogę powiedzieć ci wszystkiego tak ładnie, jak bym chciała. W każdym razie my z Różą kochamy cię i nigdy nie zapomnimy, co, Róża?

– Jasne – odparła Róża. – Warto było poświęcić fundusz pogrzebowy. Teraz już nie mogę umrzeć. Zaśpiewajmy coś pięknego. Tylko nie ma prawa być sentymentalne, bo będę płakać.

W związku z tym Jerzy zaintonował „Kroplę Krwi Nelsona", której w czasie rejsu załoga nauczyła się perfekcyjnie, ponieważ często śpiewała ją na zagrychę.

Na „Apostole Szczęścia" atmosfera była podobnie niemrawa, chociaż jako tako ratowała ją młodzież śpiewająca szanty na zmianę z wielojęzycznymi balladami konkurencji. Alina opowiedziała Marceli, co straciła, zostając w cholernej Zatoce Trujących Jabłuszek. Tak naprawdę jednak nie była wcale pewna, czy Marcela żałuje, że nie była świadkiem ślubu przyjaciółek na oceanie. Głupi Bronik!

Przy pakowaniu, które zamieniło „Apostoła" w dokładnie takie samo śmietnisko, jakim stała się „Shanty", Alinie rzucił się w oczy szmaragdowy kolor w kabinie Marceliny.

– Zabrałaś z sobą to ich giezło? – spytała ze zdumieniem. Czyżby Marceli jednak nie przeszło do końca? Będzie medytować w szmaragdowej chlamidzie na włościach w Stolcu?! – Chcesz w tym chodzić?

– Nie – odparła krótko Marcela. – Zrobię sobie z tego firaneczki do sraczyka. Będzie bardzo ładnie. Wystraszyłaś się?

– Trochę.

– Niepotrzebnie. Dostałam zdrowo w główkę i wyciągnęłam wnioski. Ty wiesz, Alka, tak sobie myślę, że może mi to było potrzebne? Taki szok. Całkiem przypadkiem w końcu.

– Nie ma przypadków, są znaki – powiedziała basem Alina i obie się roześmiały. Śmiech Marceli brzmiał najzupełniej naturalnie. Może naprawdę znormalniała?

– Bo wiesz – kontynuowała Marcela. – To taki powrót znad przepaści. Podobno jak się leci w przepaść, to się widzi całe swoje życie…

Czyżby Zatoka Trujących Jabłuszek miała swoje zalety?

W małych dawkach, dlaczego nie?

~

Lotnisko na Beef Island o piątej rano było jeszcze trochę zaspane. Jacek odprowadził swą nietypową załogę do hali odlotów. Czas, jaki razem spędzili, był w całości poświęcony obopólnym podziękowaniom i wyznaniom sympatii.

– Słuchaj, Jacku! – Agnieszka chwyciła swojego kapitana za koniuszek chustki, którą miał zawiązaną na szyi. – Masz świadomość, że my umrzemy z ciekawości, jeśli się nie dowiemy, jak się skończyła sprawa z Janochami? Dasz nam znać, czy to całe gubernatorstwo wzięło ich za tyłek, dobrze?

– Oczywiście. Mam wasze adresy mailowe, będziemy w kontakcie. Przyjedziecie do mnie jeszcze kiedyś?

– Kto to wie? Może. Na razie wracamy do rzeczywistości. Dawid przestanie być naszym młodszym kolegą i znowu będzie naszym uczniem, Noel będzie mu dwóje stawiał…

– Nie ma takiej możliwości – zaprotestował Noel.

– Misia urodzi i wpadnie w kierat, my się chyba jednak będziemy musieli pobrać po raz kolejny, Grzegorz będzie leczył główki-makówki, Marcin popłynie, Alka zostanie wielodzietną Penelopą, ja będę się bała, że mi znowu uczennica zajdzie w ciążę…

– Jakoś to brzmi mało zachęcająco – uśmiechnął się Jacek.

– Nie, dlaczego. To jest życie. Ja je tam lubię, nie wiem jak inni.

– Inni też – zakomunikowała stanowczym tonem Lilianna. – Gdzie ten mój cholerny syn?!

W istocie – Bronika nie było widać.

Jacek wyściskał wszystkich i wrócił na swój katamaran, trochę odespać.

Bronika nie było.

Klub oddał kwity Immigration.

Bronika nie było.

Klub odprawił bagaże, pokazał dokumenty i bilety.

Bronika nie było nadal.

Kiedy poproszono pasażerów do samolotu, Lilianna zbladła i chwyciła się za serce.

– Nie martw się, Lilu. – Grzegorz miał wbudowane odruchy samarytańskie. – Zaspał. Zabradziażył na tym swoim rozlewisku. Może coś odkrył. Spokojnie. Nie miał się jak skontaktować, przecież wiesz, jak tu jest z zasięgiem. Da znać, jak tylko będzie mógł.

– Lila, spokojnie. – Z drugiej strony zdenerwowanej Lilianny pojawiła się Róża. – Ja bym wiedziała, gdyby coś się stało. Ja jestem czarownica. Prawdziwa, a nie jak te Janochy. Wsiadamy do samolotu. No już.

– Bilet straci – szepnęła jeszcze Lila.

– To sobie kupi nowy. Idziemy.

Niewielki De Havilland warczał silnikami.

Podczas kiedy wszyscy pchali się do okien, żeby jeszcze z wysoka po raz ostatni rzucić okiem na zielone, niemal nierzeczywiste wyspy na szmaragdowym morzu, Lilianna siedziała nieruchomo, trzymając się cały czas za serce. Powtarzała sobie wszystkie argumenty Grzegorza i wymyślała kolejne, jednak niewiele to pomagało.

Jakieś czterdzieści minut po starcie samolot śmigał już nad głowami plażowiczów na St. Martin.

Pierwszą osobą, którą Klub ujrzał w hali lotniska, był Bronik.

Szalenie zadowolony, opalony, obwieszony swoim sprzętem fotograficznym, z wielkim worem na plecach. Przystojny do bólu, jak stwierdziła natychmiast Marcelina.

Mama Bronikowska niczego nie stwierdziła, bo padła jak ścięta lilia, której imię nosiła. Na szczęście stał obok niej Dawid i nie pozwolił jej upaść, tylko wziął ją na ręce. Bronik rzucił wory i podbiegł do nich.

– Mamo! Co się stało? Co ci jest? Upał jej zaszkodził...

– Powinieneś dostać w pysk – warknęła do niego Róża. – Nie przyszło ci do głupiego łba, że matka się o ciebie martwiła? Nie wiedziała, gdzie jesteś! Nie przyjechałeś na lotnisko!

Dawid zaniósł filigranową Liliannę na jakąś w miarę wygodną ławeczkę, Grzegorz przystąpił do cucenia, a reszta towarzystwa (z wyjątkiem Marceliny) dołączyła do pomstującej Róży. Bronik próbował się tłumaczyć.

– Nie przyjechałem na lotnisko, no bo ja tu jestem od wczoraj! Tatuś Lutii nas przywiózł motorówką, Atlantyk był spokojny, a ona przyjechała do pracy...

– Spałeś z nią? – Ton Agnieszki był groźny, a oczy rzucały wściekłe błyski.

– No coś ty!

Z szeroko otwartych oczu Bronika biła taka szczerość, że obecni zwątpili.

– Przepraszam was – rzucił i pobiegł w stronę ławeczki, na której pani Lilia siedziała już o własnych siłach, podczas gdy Grzegorz podawał jej jakąś tabletkę. Syn marnotrawny rzucił się przed matką na kolana i niemal rozpłakał. Klub patrzył, jak Eduś się tłumaczy i przeprasza.

To było zdumiewające, ale wyglądał wiarygodnie.

Ostatecznie matka, jak to matka, machnęła ręką i przebaczyła. Wtedy Eduś się popłakał i rzucił się całować jej ręce oraz ściskać całą mamusię jak leci.

– Jezu, on jest jakiś niedojrzały kompletnie – szepnęła Alina w stronę Agnieszki.

– Ale w sumie dobry z niego chłopak, a jaki przystojny...

– No to co?

– No to trzeba wydać za niego tę Marcelę, niech ja już będę o nią spokojna. Patrz, tak naprawdę jej najbardziej chłop potrzebny, a tu my trzy już mamy, a ona nie.

– Ale taki chłop? Jak dziecko?

– Bardzo dobry chłop. Ma serce na swoim miejscu. I nie może być całkiem głupi, jeśli robi habilitację. Tyle że nie myśli o pewnych rzeczach, jak to faceci. Marcela musi wziąć na niego poprawkę. Marcela, chodź no tu!

Marcela oderwała się od obserwacji swojego przystojnego Bronika i podeszła do przyjaciółek.

– Jestem.

– Marcela, dlaczego jeszcze nie wyszłaś za niego?

Obcesowe pytanie Agnieszki sprawiło, że Marcela zrobiła wielkie oczy.

– Marcela, proszę, nie patrz na mnie, tylko odpowiedz.

– Nie proponował mi, do diabła.

– Marcela, on nie zaproponuje. Ty musisz.

– Zwariowałaś. Na pewno nie. Po tym, jak mnie teraz olał?

– Faceci nie myślą tymi kategoriami. Oni są od innej małpy.

– Ale mnie przez usta nie przejdzie…

– To jednak myślałaś o tym! Alka, słyszysz?

– Słyszę. Marcela, to jak będzie?

– Przestańcie, dziewczyny. Mowy nie ma.

Agnieszka z Aliną spojrzały na siebie bezradnie. W tym momencie podeszła do nich Michalina.

– O czym radzicie, dziewczynki?

Powiedziały jej. Michalina zamyśliła się głęboko.

– Marcelka, a jakby on ci się jednak oświadczył?

– Miśka, zlituj się! On ma tu swoją czarną kicię, a mnie w odwłoku.

– Marcelka, a jakby jednak? Patrz, żadnej czarnej kici tu nie ma…

– Przestańcie natychmiast!

Przestały, ale odeszły trochę, stanęły pod palmą w donicy i znowu zaczęły.

– Waszym zdaniem ona go chce? – spytała Michalina. – Ja tu siądę, stanie mnie męczy, strasznie brzuchata już jestem.

Siadły wszystkie.

– Moim zdaniem ona go kocha i chce – powiedziała autorytatywnie Agnieszka. – Tylko po pierwsze, on jej zrobił afront, a po drugie, on się nie oświadczy, bo mu nie przyjdzie do głowy, że ona by chciała.

– No to co – prychnęła Alina. – Mamy się oświadczyć w jej imieniu? Czy w jego imieniu, bo już mi się myli?

– Idziemy do baru – zakomunikował Jerzy Brański, materializując się przed nimi znienacka. – To jest pora, kiedy normalny człowiek je śniadanie. A potem... mamy z Marcinem taki pomysł... tu są te sklepy jubilerskie nie za drogie, a ładne w nich rzeczy widzieliśmy... Obrączki na przykład. Jesteście zainteresowane?

W rezultacie sprawa kontrolowanych oświadczyn na linii Marcela – Bronik, Bronik – Marcela odeszła chwilowo na plan drugi.

Śniadanie było raczej obrzydliwe, jak to w fastfoodowym barze, za to obrączki kupiono bardzo ładne. Jako małżonkowie zaślubieni w obliczu oceanu, nieważne, czy formalnie, czy nie – Agnieszka, Jerzy, Alina i Marcin włożyli je natychmiast na palce.

A potem nadszedł czas odprawy na samolot Air France do Paryża. Klub wjechał ruchomymi schodami na piętro, przemaszerował przez halę odlotów i skierował w stronę bramek, do których wzywały nieznoszące sprzeciwu głośniki.

ACH.

W bramce z napisem „Paris check-in" stała Dredziasta Lutia. Nie odprawiała pasażerów, robiła to zupełnie inna panienka, w towarzystwie jeszcze innej panienki. Lutia wyraźnie czekała. A kiedy się doczekała, podbiegła do Bronika, złapała go za rękaw i pociągnęła kilka metrów dalej, tak że Klub, choć wyciągał uszy, jak tylko potrafił, niewiele usłyszał. Widowisko natomiast było wszystkim doskonale dostępne. Przypominało trochę te sceny operowe, kiedy zły człowiek namawia heroinę, żeby z nim uciekła, a heroina się wykręca. Tym razem najwyraźniej wykręcał się Bronik. Lutia tłumaczyła coś zaciekle, machała rękami, przymilała się i groziła na przemian. Bronik coś tłumaczył i konsekwentnie kręcił głową.

W końcu wykonał nieśmiały gest w stronę bramki, gest oznaczający ewidentnie, że musi się udać do samolotu. I wtedy dostał w pysk.

Aż huknęło.

Trzy Matki Założycielki Klubu M.U.D. znalazły się natychmiast obok Marceli.

– Twoim zdaniem dlaczego on dostał? – spytała Agnieszka, a oczy jej płonęły. – Bo ją chciał?

– A skąd ja mam wiedzieć?...

– Kochana – wtrąciła Alina. – Takie w pysk to się dostaje, jak się nie chce, rozumiesz? On jej ewidentnie nie chce. Wcale z nią nie spał!

– Skąd wiesz?

– Jakby z nią spał, toby jej teraz obiecywał pierdoły, że wróci, napisze, tratata. A on jej po prostu powiedział, że leci do domu i już. Mówię ci, nic między nimi nie było. Sama go spytaj przy okazji. On nie umie kłamać.

Klub z Przyległościami w komplecie wszedł na pokład airbusa 340. Lilianna i Róża zachowywały się już jak stare globtroterki, cała reszta podobnie, choć mniej spektakularnie. Tak jak poprzednio muzyczka z „Gwiezdnych wojen" zapowiedziała start. Wielka maszyna przeleciała nad głowami plażowiczów i znalazła się nad Atlantykiem. Kiedy już skończyły się wszystkie ochy i achy na temat archipelagów znikających za horyzontem, Michalina odpięła pasy i zwróciła się do Aliny i Agnieszki siedzących w innym rzędzie.

– Słuchajcie, dziewczynki. Mam dość tej sytuacji. Muszę zadziałać. Wy tu siedźcie i się nie ruszajcie.

Zdecydowanym krokiem podeszła do Bronika i postukała go w ramię.

– Chodź ze mną na spacer.

Bronik miał na policzku czerwony placek, który jakoś jeszcze nie zszedł.

– Gdzie ty chcesz na spacer, Misia, zlituj się.

– Tam za wychodkiem jest takie miejsce, gdzie można porozmawiać.

Bronik, jak się zdaje, miał właśnie zamiar sobie pospać, ale przemógł się i wstał z fotela. Stanęli w owym szerszym miejscu za wychodkiem.

– No co, Misiu?

– Słuchaj mnie uważnie. Nie śpij. Odpowiadaj precyzyjnie. Kochasz Marcelę?

Bronik wytrzeszczył oczy.

– No przecież!

– Co, no przecież?

– Misieńko, przecież wiesz. Oczywiście, że ją kocham!

– Dlaczego jej zrobiłeś taki numer?

– Jaki numer? Że zostałem na Anegadzie? Dziecko, zlituj się, to dla mnie było eldorado, kiedy ja tam pojadę znowu? Na akademickiej pensji pewnie nigdy.

– Ty, Bronik, ja to nawet rozumiem, ale po co ci była ta lala?

– Lutia? Jej tatuś zaprosił mnie do swojego pensjonatu i wziął pół ceny. A ona sama jest bardzo miła... – Pomacał policzek i uznał, że sprawa wymaga skomentowania. – Dzisiaj była trochę w nerwach, poniosło ją.

– Czemu ją poniosło? Spałeś z nią? Obiecałeś, że zostaniesz, i nie zostałeś?

– Ja miałbym z nią spać? Przecież mam Marcelinę.

W tym momencie Misia pomyślała, że faceci naprawdę są od innej małpy.

– Bronik, żeby nie bić piany. Czemu się jej nigdy nie oświadczyłeś?

– Marceli? Przecież ona by mnie nie chciała. Co ja jej mogę dać? Stuknięty nauczyciel akademicki, ornitolog z bożej łaski... szkoda gadać. Jest, jak jest, ale na jedno jej słowo ja się wyprowadzam...

– Bronik, proszę. Nie gadaj takich strasznych głupot. Idź do niej i oświadcz się. Poproś ją o rękę. No, żeby za ciebie wyszła! Powiedz, że ją kochasz, że nie spałeś z Lutią i dlatego właśnie dała ci po gębie.

– Misia, teraz? W samolocie?

– Bronik! Słyszałeś, że Aga i Alka wyszły za mąż na Atlantyku? Jacek im dawał ślub.

– No, słyszałem. To naprawdę? Myślałem, że mnie robicie w konia.

– Nic podobnego. Teraz sobie wyobraź, jak ona się czuje. My wszystkie szczęśliwe, a ona samotna. Myśli, że nikt jej nie chce.

– Ja chcę przecież...

– Ale jej tego nie powiedziałeś! Powiedz jej to natychmiast. Niech już i ona będzie szczęśliwa.

– Misia, myślisz?

– Bronik, ja nie myślę, ja wiem. Poza tym zaraz cię zabiję. Idź i rób, co mówię. Ciężarnym się nie odmawia, nie wiesz?

– Ale ona tam siedzi na tym miejscu dla matki z dzieckiem...

Michalina zgrzytnęła i nic już nie powiedziała. Podeszła natomiast do Jagi, siedzącej razem z Niepierą przy oknie.

– Dzieci, prośba jest. Jaga, idź do Marceli, weź od niej Krzysię i posiedź trochę na jej miejscu. Dawid, siądź na razie na miejscu Bronika, dobrze? Wszystko wam potem wyjaśnię. A może nie będzie trzeba.

– Już?

– Już.

Dawid cmoknął Jagulkę w czubek głowy i poszedł siedzieć w środkowym rzędzie. Po chwili nieco zdziwiona Marcela zmierzała w kierunku, który jej wskazała Jaga. Teraz Michalina popchnęła w tę stronę Bronika i ciężko westchnąwszy, przysiadła na poręczy fotela Agnieszki.

– Słuchajcie, zorganizowałam, co się dało. Macie rację co do innej małpy. Rozmawiać z Bronikiem na tematy zasadnicze to gorzej, niż tłuc kamienie na drodze. Ale zrobiłam swoje i teraz umywam ręce.

– Ty lepiej nie siedź na tym oparciu, tylko usiądź normalnie – powiedziała Agnieszka z troską. – Poobserwujemy i się zobaczy.

– Ode mnie ich nie widać.

– Jakby co, to cię zawołamy.

Michalina uznała słuszność argumentacji i wróciła na swoje miejsce obok Grzegorza. Opowiedziała mu, co zdziałała, czym wywołała u niego atak długiego i serdecznego śmiechu.

– Dlaczego się ze mnie śmiejesz?

– Nie z ciebie. Do ciebie. Jesteś jedyna na świecie. Alina coś od ciebie chce.

Alina i Agnieszka machały znacząco rękami i pokazywały coś przed sobą. Michalina zostawiła Grzegorza i podeszła do nich.

Z tego miejsca doskonale było widać Marcelę i Bronika, pogrążonych w rozmowie, trzymających się za ręce i przytulających się do siebie co chwila.

– Nie będę wierzyć pozorom – mruknęła Michalina. Po czym zwyczajnie podeszła do przytulonej pary i zadała jakieś pytanie. Alina i Agnieszka widziały, jak Marcela i Bronik kiwają głowami radośnie.

W tym momencie obsługa ogłosiła małą turbulencję i poprosiła o zajęcie miejsc. Michalina skierowała się w „swoją” stronę. Przechodząc obok przyjaciółek, zakomunikowała:

– Dogadali się!

Trzy damskie kciuki uniosły się w górę.

– To już naprawdę możemy spokojnie wracać do domu – powiedziała Agnieszka.